시체를 보는 사나이

3부. 다크킹덤 ①

제1화

보육원의 그 아이

1990년 4월

보육원에 남매가 새로 들어왔다. 제대로 먹지 못했는지 삐쩍 마른 9살 남자아이와 12살 여자아이였다. 남매는 보육원 아이들과 잘 어울리지 못하고, 둘만 붙어 다니며 겉돌기만 했다.

남매가 보육원 생활에 적응하지 못하자, 원장은 남매를 떼어 놓아야 친구들과 어울리며 적응할 것이라 생각했다. 그래서 원장은 여자아이에게 별도의 일을 시켰다. 하지만 남자아이는 누나와 떨어져 있는 시간 동안 오히려 친구들에게 따돌림을 당하거나 형들에게 괴롭힘을 당하기 일쑤였다.

어느 날, 남자아이는 보육원 형들에게 끌려가 이유 없는 폭행을 당했다. 입술이 터지고 눈 주위는 빨갛게 부어올라 겉보기에도 상태가 좋지 않았다. 억울하고 화가 난 남자아이는 모든 사실을 말하려 원장실로 뛰어갔다. 그러나 애석하게도 원장실 문이 잠겨 있었다.

아무도 없는 줄 알고 뒤돌아선 그때, 안에서 작은 신음이 들렸다. 남자아이는 그 소리가 무슨 소리인지 궁금해, 밖으로 나가 화단 쪽 창문으로 원장실 안을 훔쳐봤다. 그리고 이내 남자아이는 온몸을 부들부들 떨며 그 자리에 주저앉고 말았다. 눈에서 뜨거운 눈물이 흘러내렸지만, 차마 울음소리를 내지는 못했다.

　보육원의 모든 일과가 끝난 후에야 남자아이는 누나를 만날 수 있었다. 남자아이는 누나를 보자마자 한달음에 달려가, 있는 힘을 다해 끌어안고 엉엉 울음을 쏟아 냈다. 그 모습에 놀란 누나는 동생의 머리를 쓰다듬으며 다독여 주었다.

　그렇게 누나 품에서 한참 동안 울던 남자아이의 눈빛은 어느새 살기가 느껴질 정도로 매섭게 변해 있었다.

　누나가 숙소로 들어간 뒤, 남자아이는 다시 원장을 찾아갔다. 원장실 문을 열고 들어간 남자아이는 울먹이며 원장에게 다가갔다. 원장은 우는 남자아이를 가볍게 껴안으며 머리를 쓰다듬어 주었다. 그리고 일순간, 원장은 얼굴이 일그러지며 그 자리에 힘없이 주저앉았다.

　원장의 배에선 시뻘건 피가 뿜어져 나오고 있었다. 손으로 급히 배를 움켜쥐어 보지만, 피는 손 옆으로 계속해서 새어 나왔다. 남자아이는 전혀 놀랍지 않은 듯 원장을 멍하니 쳐다보기만 했다. 남자아이의 손에도 붉은 피가 묻어 있었고, 바닥에는 피가 묻은 송곳이 떨어져 있었다. 원장은 비명조차 지르지 못하고 배를 움켜쥔 채 뒤로 쓰러져 버리고 말았다. 남자아이는 무표정한 얼굴로 송곳을 집어 들어 다시 원장에게 다가갔다.

보육원 교사가 원장실에 들어왔을 때 원장은 이미 숨을 거둔 상태였고, 남자아이는 소파 위에 쪼그려 앉아 원장을 노려보고 있었다. 교사는 급히 경찰과 구급대를 불렀다.

그 일이 있고 사흘 후, 보육원 앞마당에 검정 세단 한 대가 들어섰다. 차에서 내린 정장 차림의 남자들은 주변을 한번 쭉 둘러본 뒤 보육원 안으로 들어갔다.

"그 꼬마가 너냐?"

남자아이는 힐끔 정장 차림의 남자를 보고 뒤로 한 발짝 물러났다.

"괜찮아. 무서운 아저씨 아니야. 이름이 뭐야?"

"……."

"괜찮대도. 이름이 뭐지?"

"오민석."

"어, 민석이. 그래. 민석아, 우리랑 같이 가자."

"싫어."

"우리랑 가는 곳이 여기보다 좋을 거야. 여긴 널 괴롭히는 애들만 있잖아. 우리랑 같이 가면 좋은 친구들도 사귈 수 있고, 여기보다 맛난 음식도 많이 먹을 수 있어."

"정말?"

"그럼. 같이 갈래?"

남자아이는 눈치를 살피며 물었다.

"누나는?"

"누나? 누나도 같이 가야지. 근데 오늘은 민석이 혼자 가야

해. 누나는 내일 아저씨가 다시 데리러 올게."

"진짜? ……그럼 누나 얼굴 보고 갈래요."

"내일 볼 건데 뭘? 시간이 늦어서 그래."

"정말 누나도 같이 가는 거죠?"

"그렇다니까."

그 대화를 마지막으로 정장 차림의 남자들은 남자아이와 함께 보육원을 떠났다.

현재. 채이돈 사망사건 D-7

정민우는 사우나 라커룸에서 옷을 갈아입지 않고, 곧바로 휴게실로 들어가 의자에 앉았다. 뒤따라 들어온 차동민이 그의 옆에 앉으며 물었다.

"브라더, 여기까지 와서 탕에 안 들어가는 거야?"

"너 때문에 온 거야. 갑자기 사우나를 왜 하자고 그래? 거기서 몸도 다 씻고 나왔는데 또 무슨……."

"에이, 거기서 씻은 게 씻은 건가? 여기 사우나에서 피로도 좀 풀고 제대로 씻고 가면 좋잖아. 왜? 사우나는 별로야 브라더?"

"난 다른 사람들하고 같은 물로 씻는 거 별론데. 저 탕에 얼마나 많은 사람들이 들어갔겠어? 오우, 불결해. 여기서 쉬고 있을 테니까 씻고 와."

"아하, 아쉽네. 난 브라더랑 같이 탕에서 속 깊은 얘기도 하고 추억 좀 쌓으려 왔는데. 알았어. 그럼 여기서 쉬고 있어. 금방 다녀올게."

"자식, 그런 거야? 그럼…… 좋다. 건식 사우나 정도만 하자. 탕은 싫어."

"알았어. 그 정도도 영광이지."

정민우와 차동민은 라커룸에서 옷을 벗고 샤워장으로 들어가, 간단히 샤워를 한 뒤 건식 사우나실로 향했다.

정민우는 모래시계를 돌려놓고 의자에 앉았다. 차동민은 맞은편에 앉아 정민우의 몸을 위아래로 훑어봤다.

"뭘 그렇게 봐?"

"어? 아니야. 브라더 운동 좀 하나 봐?"

"에이, 운동은 뭐? 간단히 헬스 정도 하는 거지. 너처럼 몸 만들려고도 해 봤는데…… 이야, 그거 어렵대. 힘들어 죽는 줄 알았어. 난 못 하겠더라고."

"별거 아니야, 브라더. 꾸준히 하면 돼. 브라더도 할 수 있어. 어때? 나랑 한번 몸 만들어 볼래?"

"됐어. 그 시간에 여자를 더 만나겠다."

정민우는 차동민에게 윙크하며 음흉한 미소를 지었다.

"그래, 그게 더 낫겠다."

차동민은 정민우와 손뼉을 부딪치며 웃어 보였다.

"근데 브라더는 몸에 타투 같은 거 안 해?"

"문신? 그건 왜?"

"아니, 요즘 타투 하나씩은 다 하잖아."

"넌? 너도 보니깐 안 한 것 같은데."

"그래서 말이야. 은밀한 곳에 할까 싶은데."

"은밀한 곳? 크하하하. 그거 재밌네. 그런데 난 별로야. 할 때 아프잖아."

"그래? 그럼 브라더는 한 적 없는 거야?"

"왜? 내가 은밀한 곳에 했을까 봐?"

"아니, 뭐……."

정민우와 차동민은 주먹을 맞부딪치며 웃었다.

"실없는 소리 그만하고, 오늘 어땠어? 괜찮았지?"

"기대 이상이었지. 쇼킹 그 자체였다고."

"그치? 내가 그랬잖아. 제정신에 놀 수 없는 곳이라고. 네가 그 광경을 보고 놀라서 큰 눈이 얼마나 더 커질지 궁금했는데, 눈이 그렇게나 커지는 걸 보고 웃겨 죽는 줄 알았다니까."

그렇게 말한 정민우는 차동민에게 손가락질하며 큰 소리로 깔깔대며 웃었다.

"그랬어? 그런데 이런 모임이 자주 있어?"

"자주 모이면 오래 못 살아. 어쩌다 한 번 있는 거지. 네가 아주 운 좋았던 거야. 그러니까 제임스 형님이 그 난리인 회사까지 젖혀 두고 미국에서 급하게 들어온 거 아니겠냐. 여하튼 운은 졸라 좋은 자식이야. 너!"

"그런가? 아무튼 신세계였어. 고마워, 브라더."

"고맙긴? 나중에도 같이 가자고. 너랑 있으니까 나도 간만에 제대로 즐겼다. 기분 째졌어, 아주."

"그래? 그럼 다행이고. 그런데 위층에서는 무슨 모임이 따로 있었던 거야? 제임스 말로는 심각한 일로 모인 거라고 하던데, 맞아?"

정민우는 차동민의 질문에 살짝 인상을 찌푸리며 답했다.

"난 잘 몰라. 아니, 신경 안 써. 내가 알 게 뭐야? 모였다 하면 정치 얘기뿐인데. 그 얘기는 그만하자. 머리만 아프다."

"정치 얘기……. 그러게, 머리만 아프지. 아! 그리고 명근이 말이야."

"아이씨, 그 새끼는 또 왜?"

"미안. 말하지 말까?"

"뭔데?"

"명근이도 다음부터 모임에 참석할 수 있다고 하더라고. 부친이 멤버가 된다고 말이야."

"그래서? 엄청 좋아하던?"

"그래 보였어. 혼인 관계로 멤버를……."

정민우는 손을 휘저으며 차동민의 말을 잘랐다.

"시끄럽다. 그만 얘기해. 그거 때문에 나도 머리 아프니까. 어디 족보도 모르는 여자랑 결혼을 하라고…… 아이, 씨발. 정말 결혼도 마음대로 못 하고. 재벌? 그거 좋은 거 아니다, 브라더. 난 네가 얼마나 부러운지 모른다."

"그게 무슨 소리야? 세상 다 가진 사람이 그런 말하면 안 되지."

"세상을 다 가져? 에이, 그건 아직 아니지. 그리고 세상을 다 가지면 뭐 하나? 속만 썩어 나가는데. 뭐 하려고 그렇게 아등바

등 세상 권력을 탐하는지 모르겠어. 난 지금이 제일 좋아. 골치 아픈 건 아빠가 다 하니까 난 그냥 즐기는 거지."

정민우는 어깨를 으쓱거리더니 기괴한 웃음을 터뜨리며 말을 이었다.

"미친 듯 놀지 않으면 나중엔 진짜 후회할까 봐 그래. 그때 가서는 하고 싶어도 못 한다니까! 엄청 눈치를 봐야 하거든. 지랄, 보는 눈이 너무 많아. 씨…… 아후, 덥다. 이제 나가자."

"벌써? 아직 모래도 다 안 내려갔는데……."

"에이, 몰라. 그럼 나 먼저 나간다. 더는 못 참겠어."

정민우는 숨을 크게 내쉬며 먼저 사우나실을 빠져나갔다. 차동민은 나가는 정민우를 잠시 멍하니 보다가, 벌떡 일어나 따라나섰다.

"자, 이제 각자 맡은 일을 시작해 볼까요?"

따르릉. 따르릉.

"내가 받을게, 박 형사."

"네, 팀장님."

민우직 경정은 자리로 걸어가 수화기를 들었다.

"여보세요. 어, 승철아. 결과 나왔어? 그래, 거기서 보자. 곧 갈게."

민 경정이 수화기를 내려놓자마자 한서율 검사가 재빠르게 다가와 물었다.

"팀장님, 김승철 경감님 전화인가요?"

"네, 검사님. 결과가 나왔다네요."

"만나러 가시게요? 저도 같이 가요."

"아닙니다. 시간도 늦었고 혼자 다녀오겠습니다."

어느새 옆에 와 있던 안 경위가 끼어들며 말했다.

"그럼 제가 따라가겠습니다, 팀장님."

"아니야. 혼자 가도 되니까, 안 형사는 나 형사랑 같이 서 의원님부터 안전 가옥으로 모셔."

"서 의원은 제가 옆에서……."

이번엔 최우철 경위가 나서서 말하려는데 민 경정이 앞서 끊었다.

"그 몸으로 어떻게 하겠다는 거야? 아직 걷지도 못하잖아."

"그들이 찾고 있는 중요한 물증이잖아요. 혼자 움직이시면 위험할 수도 있어요."

"괜찮아. 혼자 움직이는 게 눈에도 잘 안 띄고 더 안전할 수 있어. 그렇게 하는 걸로 알고. 남 순경!"

민 경정은 가까이 오라고 손짓하며 남시보 순경을 불렀다. 남 순경은 잰걸음으로 걸어오며 대답했다.

"네, 팀장님."

"오늘은 현장에 같이 못 나가겠다. 이제 며칠 안 남았으니까 도 경감하고 A지점 잘 다녀오고."

"걱정 마세요, 팀장님. 그런데 정말 괜찮으시겠어요?"

남 순경까지 우려스러운 목소리로 묻자 민 경정은 눈을 키우며 떵떵 소리쳤다.

"왜들 그래? 날 못 믿는 거야? 나 민우직이야! 걱정 말라고."

"알죠. 그걸 누가 모르나요. 걱정돼서 그러죠."

"쓸데없이 내 걱정 말고 남 순경이나 잘하세요."

"에이, 말씀을 또 그렇게……. 알겠습니다. 조심히 다녀오세요."

민 경정은 서둘러 고스트 수사본부 상황실을 나갔다. 그 뒤로 안 경위와 최 경위는 서 의원과 함께 상황실을 나섰다.

민 경정은 서울역 주차장에 차를 주차하고 역사 밖으로 나왔다. 자정이 넘은 시간이었지만 광장엔 여전히 많은 사람들이 분주히 오가고 있었다. 먼저 도착한 민 경정은 시간을 확인한 뒤, 광장 주변을 배회하며 주위를 살폈다. 미행하는 사람이 있는지도 다시 한번 체크했다. 다행히 미행 붙은 사람은 없는 듯했다.

그런데 어찌 된 일인지 약속 시각이 지났는데도 심승철 경감의 모습이 보이지 않았다. 전화를 걸어도 받지 않았다. 다시 전화를 했을 땐 통화 중 안내가 흘러나왔다. 민 경정은 자신에게 전화하는 것으로 생각하고 잠시 기다렸지만, 한참이 지나도 전화는 오지 않았다.

민 경정은 초조한 마음에 가만히 서 있지 못하고, 광장을 계속 배회하며 주변을 살폈다. 그때 전화가 걸려 왔다.

"여보세요."

"팀장님, 박 형사입니다."

"어, 그래. 무슨 일이야?"

"팀장님을 찾는 전화가 와서 연락드렸어요."

"나를?"

"네. 김승철 경감님이라고 하셨어요."

"뭐라고?"

민 경정은 깜짝 놀라 순간 목소리가 커졌다.

"왜 그러세요?"

"아니야. 그래, 나를 찾았다고?"

"연락처를 하나 남기셨는데, 팀장님께 연락 달라고 하셨어요."

"그 번호 불러 봐. 아니, 문자로 바로 보내."

"보냈습니다, 팀장님."

박민희 순경이 보낸 문자 알림이 울렸다.

"고마워. 김승철 경감이라고 했다는 거지? 다른 말은 없었고?"

"네. 연락처만 남기셨어요."

"김승철 경감 목소리가 어땠어?"

"목소리요? 어……. 뭐라고 말씀드려야 할지……."

"아니야, 알았어. 이만 끊어."

박 순경은 고개를 갸우뚱하며 수화기를 내려놓았다.

민 경정은 박 순경이 보내 준 문자를 확인한 뒤 곧장 그 번호로 전화를 걸었다. 신호음이 몇 번 울리지도 않았는데 휴대폰 너머로 목소리가 들려왔다.

"민우직 팀장?"

"……누구시죠?"

"그건 알 거 없고, 김승철 경감은 우리가 잘 모시고 있다."

"뭐라고?"

"못 들었나? 이번 한 번만 다시 말해 줄 테니 잘 들어. 김승철 그 자식은 우리가 잘 데리고 있다고. 이제 알아들었어?"

"왜? 무슨 이유로?"

"그건 말 안 해도 잘 알 텐데."

"당신 누구야? 뭐하는 작자야?"

"흥분하지 말고. 그러다 친구가 다쳐. 온전한 친구를 보고 싶으면 우리 말을 잘 따르는 게 좋을 거야."

"그걸 어떻게 믿지? 목소리라도 들려줘야 믿을 수 있지 않겠어?"

"좋아. 그러지. 이리 데리고 와."

휴대폰 너머로 투박한 발소리가 들렸다.

"말해, 새끼야."

"……."

"말하라고! 죽고 싶어?"

"아흑……. 우직아, 오지 마. 오……."

퍽!

"아악!"

"이런 미친 자식이!"

휴대폰 너머로 들려오는 김 경감의 비명에 민 경정은 두 눈을 질끈 감았다.

"들었지? 민우직."

"대체 원하는 게 뭐야?"

"너."

서민주 의원을 안전 가옥까지 경호하기 위해 차 두 대로 움직였다. 안 경위가 모는 차엔 서 의원과 최 경위가 타고 있었고, 나 경사는 안 경위의 차를 호위하며 뒤따랐다.

안 경위는 무전기로 상황을 전했다.

"나 형사님, 아직은 그림자가 안 붙은 것 같습니다."

"네, 안 형사님. 아무 낌새도 안 보이네요."

"목적지에 거의 다 도착했습니다. 혹시 모르니 끝까지 잘 지켜봐 주십시오."

"걱정 마세요. 눈 크게 뜨고 살피고 있습니다."

안 경위는 무전기를 내려놓으며 최 경위에게 말했다.

"최 형사님, 특이 사항 없는 것 같습니다."

"그래, 그런 것 같아."

안 경위는 룸미러를 통해 서 의원을 힐끔 보며 말했다.

"서 의원님, 당분간 힘드셔도 혼자 움직이시면 안 됩니다."

"걱정 마세요. 여기 최우철 형사님이 귀가 닳도록 말씀을 하셔서요."

"내가 언제 그랬다고 그러세요? 서민주 의원님."

"편하게 말씀하셔도…… 혹시 두 분 싸우셨습니까?"

"아니야. 싸우긴? 서 의원이 갑자기 존칭을 쓰니깐……."

"안 형사님, 우철 씨 잔소리가 날이 갈수록 심해져요. 그 사건 이후 조심하라는 말을 입에 얼마나 달고 사는지 모른다니까요."

"그거야 정말 위험했으니까 그렇지. 남 순경이 아니었으면……."

"네, 그건 맞습니다. 그들이 언제 또 의원님을 노릴지 모르니 조심하셔야 합니다."

"그렇지, 안 형사?"

"안다고요, 저도. 그러니 애 취급은 하지 마시죠."

"아니, 누가 애 취급을……."

그때 안 경위의 휴대폰에서 벨 소리가 울렸다.

"아, 박 형사 전화입니다."

"어서 받아 봐."

안 경위는 이어폰을 귀에 끼고 전화를 받았다.

"어, 박 형사. 무슨 일이야?"

"안 형사님, 최 형사님하고 같이 계시죠?"

"어. 왜?"

"민 팀장님 찾는 전화가 와서 조금 전에 팀장님께도 전달드렸는데요. 뭔가 좀 심상치 않아 보여서요. 김승철 경감님 만나러 가신다고 하셨잖아요?"

"그렇지. 그런데?"

"김승철 경감님이 전화하셔서 팀장님께 연락처를 남기셨어요. 그래서 팀장님께 연락드렸는데, 팀장님께서 말씀하시는 눈치가 왠지 좀 걸려서요."

"뭐가 어떻게?"

"뭐라고 말씀드려야 할지……. 혹시 몰라서 팀장님 휴대폰을 위치 추적해 봤는데 현재 인천에 계시더라고요. 인천항으로 가시는 것 같았어요."

"인천? 거기까지 가셨다고?"

"네. 문제없을까요?"

"전화는 해 봤어?"

"그 후로 연락을 안 받으세요. 그래서 전화드린 거예요."

"알았어. 우선 팀장님 움직임 계속 지켜보고, 혹시 위치가 멈추거나 끊기면 바로 연락 줘."

"네, 그럴게요."

안 경위가 귀에서 이어폰을 빼자 최 경위가 몸을 앞으로 기울이며 물었다.

"안 형사, 무슨 일이야? 김승철 경감님이 왜? 인천은 또 뭐고?"

"의원님부터 안전 가옥으로 모시고 말씀드리겠습니다."

"급한 일 아니었어?"

"제가 알면 안 되는 일인가요?"

"그런 거 아닙니다, 서 의원님. 이제 다 왔습니다. 제가 안까지 안전히 모시겠습니다."

　　도 경감은 연쇄 살인사건 A지점에 오토바이를 세우고 헬멧을 옆구리에 낀 채 서 있었다. 그때 저 멀리서 경찰용 오토바이 싸이카 한 대가 다가와 도 경감 앞에 멈춰 섰다. 싸이카 뒷좌석에 타고 있던 사람이 먼저 내리며 헬멧을 벗었다.

　　"어! 남 순경이었어요? 그럼 이분은 누구……."

　　"저예요. 먼저 와 계셨네요, 경감님."

　　"검사님? 모터사이클을 탈 줄 아십니까?"

　　싸이카 운전석에 앉아 있던 사람은 바로 한서율 검사였다. 그녀는 운전석에서 내리며 헬멧에 눌려 있던 머리카락을 쓸어내렸다.

　　"놀라셨어요?"

　　"오우, 그럼요. 근데 여기는 어쩐 일로 오셨습니까?"

　　"오늘부터 같이 현장을 돌아보려고요."

　　"신경 쓰셔야 할 일도 많으실 텐데 힘들지 않으시겠어요?"

　　"저 좌천됐잖아요, 경감님. 요즘 한가하답니다."

　　한 검사는 해맑은 미소로 웃어 보였다.

　　"그렇죠. 제가 깜박했네요."

　　"그러니 걱정 마시고 어서 출발하시죠. 아, 제가 처음이라 혹시 경감님을 놓치면 남시보 순경이 안내를 해 줘야 할 것 같아서요. 남 순경님은 오늘 제 뒤에 타시죠."

"아, 네. 그럴게요."

"그렇게 하시죠. 그럼 이제 출발할까요?"

도 경감은 먼저 A지점 예상 장소로 이동했다. 한 검사는 싸이카에 남 순경이 올라타자 곧바로 뒤따라 출발했다. 이들은 A지점 예상 장소들을 빠르게 돌며 현장을 확인했다.

"그동안 이렇게 두 시간 가까이 쉬지도 않고 계속 돈 건가요?"

예상 장소를 보고 나오는 길에 한 검사가 남 순경에게 말을 걸었다.

"그렇죠. 어쩔 수 없잖아요. 두 시간 내에 예상 지점을 다 돌아봐야 하니."

"고생 많으셨네요."

"고생은요. 해야 할 일을 한 것뿐인데요."

그때 도 경감이 먼저 오토바이에 앉으며 말했다.

"이제 다음 장소로 이동하시죠?"

"네, 경감님."

한 검사와 남 순경은 서둘러 싸이카에 올라타 출발했다. 다음 예상 장소로 가자 도 경감이 먼저 도착해 기다리고 있었다.

"경감님, 죄송해요. 제가 길을 잘못 들어서 늦었어요."

"아닙니다, 검사님. 남 순경, 어서 확인해 봐요."

남 순경은 어두운 골목길 사이로 들어가 외진 장소들을 살폈다. 도 경감과 한 검사는 조심스럽게 남 순경 뒤를 따랐다.

"경감님, 지금이 몇 시죠?"

"지금이······."

한 검사가 급히 휴대폰을 꺼내 시간을 확인했다.

"03시 15분이에요."

도 경감은 빠르게 남 순경 옆으로 다가가 물었다.

"무슨 일이에요?"

남 순경은 옆에서 물어보는 도 경감을 쳐다보지 않고, 정면을 응시한 채 대답했다.

"시간대는 맞는 것 같은데······."

"왜요? 시체가 보이는 거예요?"

"네. 지금 보고 있는데······ 피해 여성 외상을 봤을 때 연쇄 살인범의 짓인 것 같습니다. 근데 예상했던 날짜보다 좀 빠르지 않나요?"

"그렇긴 하죠. 그래도 피해자 외상이 일치한다면 가능성이 높을 것 같은데요."

도 경감 뒤에 있던 한 검사가 옆으로 다가와 말했다.

"피해 여성의 몸에 별 문양을 남겼는지 확인해 보면 연쇄 살인범의 범행인지 알 수 있지 않을까요?"

"그래요. 남 순경, 한번 확인해 봐요. 이번엔 오른쪽 팔에 시반이 보일 겁니다."

"가까이 가기가 겁이 날 정도예요. 사진으로 봤던 것하고는 차원이 다르네요."

남 순경은 천천히 시체 앞으로 다가갔다. 한 검사는 도 경감에게 속삭이듯 말했다.

"직접 옆에서 보니 남시보 순경이 남달라 보이네요. 우리에게 보이지 않는 미래의 시체를 본다니 말이죠."

"그렇죠?"

"남시보 순경은 정말 대단한 능력을 가진 특별한 사람이에요."

남 순경은 바닥에 무릎을 꿇고 앉아 어두운 어딘가를 이리저리 살폈다.

"경감님, 별 문양 같기는 한데 선명하게 드러나 있지 않네요. 정확히 맞는지 육안으로 식별하기는 어렵겠어요."

"아마도 사건이 일어난 지 얼마 되지 않은 시간 같군요."

"그런 것 같아요."

"남 순경님, 눈에서 단서를 볼 수 있다고 하지 않았나요?"

"네. 별 모양의 둔기를 들고 있는 사람이 보여요."

남 순경의 말에 한 검사는 도 경감을 쳐다봤다.

"그럼 연쇄 살인범이 맞는 거죠?"

"그런 것 같습니다. 남 순경, 다른 건 안 보여요?"

"이 여름에 털모자를 깊게 눌러 쓰고…… 그리고 마스크와 고글을 썼어요."

"마스크와 고글까지 썼으니 누군지 알 수 없겠네요."

"아니에요, 검사님. 고글이 투명해서 눈은 보여요. 근데……."

남 순경은 잠시 멈칫하며 말을 잇지 못했다.

"왜 그래요?"

"그게, 주명근 눈 같지 않아서요. 그자보다 경감님이 만든 살인범 몽타주 눈과 비슷한데요."

도 경감은 깜짝 놀라며 남 순경에게 되물었다.

"정말이에요?"

"경감님, 그럼 뭐가 어떻게 되는 거죠?"

한 검사는 어리둥절한 얼굴로 남 순경과 도 경감을 번갈아보며 물었다.

"연쇄 살인범이 맞는다면서요? 선명하지는 않지만 팔에 별 문양도 보인다고 하지 않았나요? 그런데 주명근이 아니라니……."

"제가 잘못 본 걸까요? 분명 피해자 몸에 난 상처들은 연쇄 살인범 피해자 상흔과 같았어요. 피해자 여성 나이도 20대로 보였고요. 육안으로 식별하기는 어려웠지만 별 문양도 비슷했는데……."

"남 순경, 그자 말고 또 다른 사람이 있지는 않았어요?"

"네? 다른 사람이면……."

남 순경이 말하는 동시에 한 검사가 물었다.

"경감님, 공범이 있다고 보시는 건가요?"

"맞습니다. 그때도 공범을 염두에 두고 수사해야 한다고 말씀드렸을 겁니다. 남 순경, 좀 더 확인해 볼 수 있겠어요?"

"네. 살펴볼게요."

"설마 그때 말했던 쌍둥이…… 아니, 아니죠. 주필상에게는 아들이 주명근 하나이니."

"그렇죠. 쌍둥이는 아닙니다. 분명 조력자가 있을 거예요. 아니면 뒤에서 조종하는 자일 수도 있겠죠."

한 검사와 도 경감이 대화하는 중에 남 순경의 목소리가 들려왔다.

"경감님, 살인범 뒤에 뭔가 있는 것 같은데 그게 사람인지는 잘 모르겠어요. 연쇄 살인범이 쓰고 있는 모자랑 비슷한 것 같기도 하고…… 살인범의 몸에 가려 알 수가 없어요."

"그래요? 그럼 공범일 수도 있겠네요. 주명근이 뒤에 서 있는 것일지도 모르죠."

"하지만 경감님, 지금까지 나온 사건 기록을 보면 연쇄 살인범이 남긴 족적이나 손자국 등에서는 한 사람 흔적만 나왔잖아요."

"맞아요. 하지만 신체 사이즈가 비슷한 사람이라면 가능하지 않을까요? 신발 자국이나 지문이 남겨져 있지 않았으니 그 점도 간과해서는 안 되겠죠."

남 순경은 잠시 망설이다 입을 열었다.

"그런데 경감님, 계속 걸리는 게 있는데요. 제가 이런 말씀을 드려도 될지 모르겠어요."

"왜 그런 말을 해요? 괜찮아요. 편하게 말해 봐요."

"그게, 감이 좀 이상해서요. 경감님도 느끼셨을 것 같은데……. 정확히 뭔지는 모르겠지만 뭔가 걸려요. 경감님이 예측했던 기간에 살인사건이 발생하지 않은 것도 그렇고, 시체 눈에 보였던 자가 주명근이 아니라는 것도 꺼림칙하고요. 공범이 있을 수 있다는 것도…… 지금까지 맞춰 온 예측이 갑자기 다 어그러진 게 뭔가 이유가 있지 않을까요?"

남 순경은 말하면서도 자신이 없었는지 애먼 머리만 긁적이며 웃음 지었다.

"저도 남 순경 말에 동의합니다."

한 검사는 고개를 갸우뚱하며 물었다.

"경감님도 감이 오신 거예요?"

"하하. 감이 아니라 이성적 추리력이라고 해야겠죠. 남 순경 말대로 범행이 예상보다 일찍 일어났어요. 범행 시기에 변동이 생겼다는 거죠. 연쇄 살인범은 심리적으로 압박을 받았다고 볼 수 있을 겁니다. 연쇄 살인범이 주명근이라면, 분명 우리가 쫓고 있다는 걸 알고 심리적 압박을 느꼈을 거예요. 그런 이유로 계획했던 것보다 서둘러 의식을 진행한 것이라 예측해 볼 수 있겠죠. 그렇다면 앞으로 두 명의 피해자가 남아 있으니 범행 기간이 더 짧아질 수도 있을 겁니다. 그게 아니라면, 한 명이 아닌 여러 명을 같은 날에 살해할 수 있다는 점도 간과해서는 안 될 거예요."

한 검사는 고개를 끄덕이며 말했다.

"무슨 말씀인지 알겠어요. 살인범에게 심경의 변화가 생겼고, 그런 이유로 예상했던 범행일보다 빨리 살인사건이 발생했다는 거잖아요."

"맞습니다. 그런 것 같습니다."

"그럼 빨리 대책을 마련해야겠는데요."

"그래야 할 것 같습니다. 어서 본부로 돌아가시죠."

눈발이 날리는 허허벌판에서 상의를 벗은 남자들이 군사 훈련을 받고 있었다. 철조망 아래 살얼음이 떠 있는 진흙탕 속을 기어 나와, 가파른 절벽을 끈 한 줄에 의지해 올라가 뛰어넘었다.

그때 붉은색 모자를 쓴 지휘관이 소리쳤다.

"모두 집합한다!"

훈련 중이던 대원들이 일제히 지휘관 앞으로 뛰어와 줄을 섰다. 뒤이어 맨 앞의 한 대원이 손을 번쩍 들어 소리쳤다.

"기준!"

그 대원을 기준으로 5열 종대로 줄을 맞춰 섰다.

"오늘부로 다크포스는 해산한다."

줄을 섰던 대원들이 웅성거리기 시작했다.

"주목!"

맨 앞의 대원은 지휘관 말을 복명복창했다.

"주목!"

"각 대원들은 육군 각 사단 예하 부대나 특수 부대로 편입될 것이니, 그렇게 알고 지금 바로 내무반으로 들어가 짐을 정리한다. 이상."

"이상, 해산!"

국민의 정부가 들어서고 1999년, 국가 안전 기획부(이하 안기부)가 국가 정보원으로 개칭하게 되었다. 안기부 소속 산하 예하에 비밀 특수 부대를 양성하던 중 정권이 바뀌고, 국가 정보원 권한이 약화 및 축소되면서 다크포스도 결국 해체를 맞이하게 된 것이다.

대원들끼리 수군거리며 숙소로 들어가던 중, 한 대원이 지휘관에게 다가갔다.

"대장, 갑자기 이게 무슨 일입니까?"

"상부의 지시다. 갑자기가 뭔가? 우리는 지시에 따르면 된다, 오민석 대원."

"그럼 이대로 모두 흩어지는 겁니까?"

"그렇다. 추후 국가를 위해 일할 때가 다시 올 거다. 그러니 그때를 기다려라."

"국가를 위해서 말입니까?"

"그래. 국가를 위해서다."

1990년 4월

"여기가 보육원이에요?"

소년은 말똥말똥한 눈으로 어른을 올려다봤다.

"여긴 양성소다."

"그게 뭔데요?"

"국가를 위해 일할 일꾼을 키우는 곳이지."

"국가를 위해 일을 해요?"

"그래. 너 같은 친구들이 이곳에 많이 모여 있다. 이곳에서 많은 것을 배우게 될 거다."

"누나는 언제 와요?"

"누나?"

"네. 아저씨가 누나 데려온다면서 갔는데. 내일 와요?"

"누나는 죽었다."

"뭐라고요? 누나가 죽다니요? 아니에요. 누나가 왜 죽어요? 누나한테 갈 거야!"

소년은 뒤돌아 철창으로 된 출입문을 향해 달려갔다. 하지만 문은 굳게 닫혀 열리지 않았다. 문을 부술 기세로 몸을 부딪치며 안간힘을 써 보지만 소용이 없었다.

소년은 끝까지 포기하지 않고 온몸에 멍이 들고 피가 나도록 울먹이며 문을 열고자 했다. 그런 소년을 아무도 말리지 않고 그저 바라만 보고 있었다. 이런 경우가 처음이 아닌 듯 얼굴은 여유롭기까지 했다.

소년은 울부짖으며 철창문을 주먹으로 두드리다 기진맥진해져 바닥에 쓰러졌다. 그제야 누군가가 쓰러진 소년을 들쳐 안고, 아이들이 생활하는 숙소로 가 이불 위에 눕혀 주었다.

잠시 생각에 잠겨 있던 오민석 대원에게 누군가 다가와 말을 걸었다.

"민석아, 이게 어떻게 된 거야?"

"어, 그러게. 넌 뭐 들은 거 없어?"

"들은 거? 며칠 전에 우리 중 몇 명을 차출해 간다는 소리만 들었지, 갑자기 해산이라니……. 이게 무슨 소리냐?"

"그러게 말이야. 대장 말로는 단순히 상부의 지시라고 하지만 정권이 바뀐 게 이유인 것 같다."

"정권이 바뀌는 거랑 우리랑 무슨 상관인데?"

"이번 정권은 우리가 필요 없다는 거겠지."

"우리가 필요 없어? 왜? 우리 같은 정예 대원들이 왜 필요 없는데?"

"그건 나도 모르지. 그런 이유가 아니면 왜 해산을 시키겠어?"

"지금까지 빡세게 구른 세월이 얼만데, 국가가 우리한테 이러면 안 되는 거 아니냐?"

"그러게. 지옥 같은 이 생활을 버텨 온 것도 국가를 위한다는 이유 하나였는데……."

"이제 와서 국가가 우리를 버린다고?"

현재, 채이돈 사망사건 D-6, 연쇄 살인사건 D-7

바다 위에 낀 안개가 어두컴컴한 선착장 부근까지 내려앉아 있었다. 부두에는 컨테이너들이 줄지어 겹겹이 쌓여 있었다.

안개 사이로 헤드라이트 불빛이 보였다. 컨테이너가 높이 쌓여 있는 곳까지 다가오던 차 한 대가 서서히 멈춰 섰다. 이내 헤드라이트 불빛이 꺼지고 운전석에서 민우직 경정이 내렸다. 그는 캄캄한 어둠 앞으로 걸어 나오며 말했다.

"아무도 없나? 나 왔다!"

민 경정은 허공에 대고 소리쳤다. 아무 대답이 없자 휴대폰 조명을 켜고 주위를 살폈다.

"나 왔다고! 여기서 만나기로 한 민우직이다!"

민 경정은 다시 한번 큰 소리로 외쳐 봤지만, 역시나 아무런 대답도 돌아오지 않았다.

"뭐야? 아무도 없는 거야!"

그때 맞은편에서 헤드라이트 불빛이 여러 번 깜빡였다. 민 경정은 깜빡이는 불빛을 따라 걸어갔다. 그곳에는 헤드라이트가 켜진 차 한 대가 서 있었다. 눈이 부셔 차 안에 누가 있는지는 보이지 않았다.

"헤드라이트 좀 끄지? 앞이 안 보이잖아!"

헤드라이트가 켜진 차에서 누군가가 말없이 내렸다.

"혼자 온 건가?"

"혼자 오라며?"

"야아, 역시 들던 대로 대책이 없는 형사네."

"나에 대해 알아? 쓸데없는 소리 말고 승철이 좀 보자."

"그래, 친구 보러 가야지."

"뭐야, 여기 없어? 승철이 잘 있는 거지? 너희들 내 친구 잘못 건드렸다가는 내가 가만히 안 둔다! 명심해라."

"가만히 안 있으면 네가 어쩔 건데?"

"뭐? 저 자식이……. 좋아, 거기에 승철이가 있는 건 맞지?"

"의심이 많은 편인가 봐?"

"너 같으면 널 믿겠어?"

"그래. 놀리고 싶은 만큼 충분히 입 놀려. 여기서나 그럴 수 있을 테니. 주머니에 있는 물건들 발밑에 내려놔. 쓸데없는 짓 하지 말고."

"뭐가 보여야 쓸데없는 짓이라도 하지."

민 경정은 혼잣말하며 손에 들고 있던 휴대폰을 바닥에 내려놓고, 안주머니에서 권총과 수갑을 꺼내 놓았다.

"이제 손들고 뒤로 물러나. 어서!"

"좋아."

민 경정은 손을 들고 세 발자국 뒤로 물러났다.

"뒤돌아 서."

그의 지시에 아무 말 없이 따랐다.

"앞으로도 그렇게 말 잘 들어야 너도 살고 네 친구도 살아. 알겠지?"

헤드라이트 불빛 사이로 한 남자가 걸어 나왔다. 그러고는 바닥에 놓여 있던 휴대폰과 권총, 수갑을 챙겨 다시 돌아갔다. 그때 갑자기 어디서 나타났는지 모를 누군가가 민 경정의 얼굴에 검은 천을 덮더니 손목에 수갑을 채웠다.

"뭐야! 왜 이래?"

"조용히 따라와. 쥐어 터지기 싫으면."

"너희 뭐야? 이거 수갑이잖아. 경찰이야?"

"시끄럽다고 했잖아."

민 경정을 끌고 가던 한 남자가 손바닥으로 민 경정의 뒤통수를 세게 내리쳤다.

"아으! 알았어. 알았으니까 때리지 마."

"꼭 맞아야 말을 듣는다니까."

그들은 민 경정을 차 트렁크에 물건 싣듯 처박아 넣었다. 그를 실은 차는 빠른 속도로 부둣가를 가로질러 어딘가로 향했다.

안민호 경위는 서 의원을 안전 가옥에 들여보내고 다시 밖으로 나왔다. 나오면서 나상남 경사를 호출하고 차에 올랐다.

"최 형사님, 의원님은 안전하게 들어가셨습니다."

"수고했어. 근데 박 형사 전화는 뭐야?"

"나상남 형사도 불렀습니다. 오면 같이 말씀드리겠습니다."

"그래."

얼마 있지 않아 나 경사가 차에 올라탔다.

"무슨 일입니까, 안 형사님?"

"죄송합니다. 오시라고 해서요. 다름이 아니라, 박 형사한테 전화가 왔는데 팀장님이 인천에 계신다는 겁니다."

"그게 어때서요?"

"김승철 경감님을 뵈러 가신 줄 알았는데 너무 멀리 가신 게 아닌가 싶어서요. 박 형사도 팀장님과 통화하면서 뭔가 심상치 않은 걸 느꼈답니다."

최 경위는 앞뒤 설명 없이 말하는 안 경위가 답답했는지, 살짝 짜증 섞인 목소리로 물었다.

"안 형사, 그러니까 정확히 박 형사가 뭐라고 한 건데."

"그게, 본부로 김승철 경감님이 전화를 하셨다고 합니다. 팀장님께 연락처를 전달해 달라고 말이죠. 그것부터 이상하지 않습니까? 박 형사는 그 연락처를 팀장님께 전달하면서 뭔가 심상치 않은 걸 느꼈다고 했고요. 그 뒤로 팀장님과 연락도 안 되고 있답니다."

"그럼 지금 이러고 있을 때가 아니지 않습니까? 바로 인천으로 가시죠."

"그렇죠. 가 봐야겠죠?"

안 경위는 고개를 돌려 최 경위를 바라보았다. 나 경사도 최 경위를 바라보며 덧붙여 말했다.

"물어보나 마나죠. 그렇죠? 최 형사님."

"박 형사 느낌만으로 움직이기엔……. 팀장님이 이랬던 적이 여러 번 있어서 말이야. 전화라도 다시 해 보지."

"제가 전화해 보겠습니다, 그럼."

안 경위는 바로 민 경정에게 전화를 걸었다. 하지만 한참 동안 귀에 대고 있던 휴대폰을 내려놓으며 고개를 가로저었다.

"어쩔 수 없지. 일단 가 보자고. 어서 출발해, 안 형사."

"최 형사님, 괜찮으시겠습니까? 아직 상처가 완전히 아물지 않으셨습니다. 걷기도 힘드신데⋯⋯."

안 경위의 말에 고개를 끄덕이던 나 경사도 최 경위를 말렸다.

"그러네요. 저희에게 맡기시고 최 형사님은 집에서 쉬시는 게 좋겠습니다."

"아니야. 난 괜찮으니까 빨리 움직이지."

"나 형사님, 먼저 인천으로 출발하십시오."

안 경위의 말에 나 경사는 고개를 끄덕였다. 최 경위는 안 경위를 어리둥절한 표정으로 바라보며 물었다.

"왜?"

"최 형사님, 제가 집까지 모셔다드리겠습니다."

"아니야, 정말 괜찮⋯⋯."

"그렇게 하세요, 최 형사님. 하루빨리 완쾌하셔서 온전한 몸으로 수사하셔야죠. 언제까지 그러고 다니실 겁니까?"

"나 형사, 무슨 말인지 알겠는데⋯⋯. 그래, 알았어. 괜히 방해만 된다 그거잖아. 그럼 나 혼자 집에 갈 테니 두 사람은 빨리 움직여."

"우선 나 형사님, 출발하십시오."

"그럼 먼저 가겠습니다."

나 경사는 곧장 차에서 내려 자신의 차로 뛰어갔다.

"최 형사님, 집에 모셔다드리고 갈 테니 그렇게 아십시오. 그 몸으로 혼자 움직이시는 건 아닌 것 같습니다. 그럼 출발합니다."

"아니⋯⋯ 그래, 고마워."

안 경위는 차에 시동을 걸고 출발하며 최 경위에게 물었다.

"최 형사님, 그런데 김승철 경감님에 대해 잘 아십니까?"

"아니, 잘 몰라. 팀장님 동기라는 것밖에. 아까 상황실에서 듣기로는 정보과에 계신 것 같았어. 검사님은 좀 아시는 것 같기도 하던데."

"아닙니다. 검사님도 잘 모르시더라고요. 제가 물어봤습니다."

"그래? 근데 그건 왜 묻는데?"

"어떤 분인지 알고 싶어서 그렇습니다. 믿을 만한 분인지…….
동기라고 하셨으니 믿을 만한 분이시겠죠?"

"김승철 경감님을 의심하는 거야?"

"아닙니다. 의심이 아니라 다크킹덤이 어디까지 뻗어 있는지
모르니까…… 그냥 어떤 분인지 궁금해서 그러죠."

"그게 그 말 같은데. 형사가 의심하는 건 좋은 습관이지. 내가
알기론 채비로, 김범진 살인사건 때 도움 주셨다고 들었는데.
못 들어봤어? 그때 같이 있었잖아."

"네, 알죠. 그때 팀장님께 큰 도움 주셨다고 들었습니다."

"그래. 그런 분이니 너무 성급하게 생각하지 말자고."

"성급한 게…… 네, 알겠습니다. 팀장님께는 비밀로 해 주십
시오. 괜히……."

"에이, 그게 무슨 비밀이라고? 괜찮아. 뭐든 의심해 보는 건
형사한테 좋은 거야. 쫄지 마."

"쫄긴 누가 쫄았다고 그러십니까?"

헤드라이트 불빛이 어둠을 가르며 흙먼지를 날렸다. 산 너머로 붉은 빛이 어렴풋이 드리울 때, 차 한 대가 허름한 창고 앞에 멈춰 섰다. 그러고는 뒷좌석에서 정장 차림의 남자와 짧은 머리에 캐주얼 차림의 남자가 내렸다. 그들은 검정색 선글라스와 마스크를 쓰고 있었다.

짧은 머리 남자는 곧바로 트렁크에서 민 경정을 끌어내렸다. 정장 차림의 남자가 앞서 걸어가 창고 문을 열었고, 뒤따라 짧은 머리 남자가 민 경정을 끌고 안으로 들어갔다.

"다 온 거야?"

"그래, 다 왔다. 좀 더 걸어."

짧은 머리 남자는 그렇게 말하며 민 경정의 등을 밀쳤다. 민 경정은 넘어질 듯 휘청거리다 균형을 잡고 앞으로 걸어갔다.

"그만 풀어 줘."

어둠 저편에서 들려온 지시에 따라 민 경정의 머리에서 검은 천이 걷어졌다.

"아휴, 이제 좀 살 것 같네. 숨도 제대로 못 쉬고 죽는 줄 알았잖아!"

뒤에 서 있던 짧은 머리 남자가 짜증 섞인 목소리로 소리치는 민 경정의 허벅지를 발로 세게 걷어찼다.

"아윽!"

그 충격에 민 경정은 무릎을 꿇었다.

"조용히 하라고 했지."

"오케이. 알았어."

"민우직 서울 지방 경찰청 형사과 계장. 맞지?"

어둠 저편에서 목소리가 들리자 민 경정은 주위를 두리번거리며 말했다.

"누구? 어디서 누가 말하는 거야?"

"누구인지가 그렇게 중요한가?"

"통성명을 해야 관계가 돈독해지고 그래야 말도 좀 통하지 않겠어? 일단 김승철 경감 좀 보여 주지."

"약속은 약속이니 보여 주지. 데리고 나와."

어둠 속에서 구둣발 소리가 들려오고, 서서히 검은 실루엣이 선명해지며 김승철 경감이 모습을 드러냈다.

"승철아!"

"으음, 으음……."

김승철 경감의 입에는 재갈이 물려 있었고, 양팔은 밧줄에 꽁꽁 묶여 있었다.

"그래. 괜찮은 거 봤으니 다행이다. 미안하다, 승철아."

"으으음……."

김승철 경감은 대답하듯 고개를 좌우로 흔들었다.

"내가 왔으니 김승철 경감은 풀어 주지. 저 친구는 상관없잖아. 내가 필요했던 거 아니야?"

"김승철 경감도 입이 꽤 무겁더군. 쓸데없이 말이야. 보면 알겠지만 얼굴이 조금 흉해졌어."

어두운 주변 탓에 잘 보이지 않아 몰랐지만, 김 경감의 얼굴엔 피멍이 들어 있었고 핏자국도 선명하게 남아 있었다.

"젠장! 그래, 그 정도 했으면 됐다. 이제 풀어 줘! 뭐가 궁금한데? 나한테 물어봐. 내가 다 말해 줄게. 어?"

"그래? 맞기는 싫은가 보지?"

"내가 좀 맷집이 약하거든."

"웃어? 그래, 좋아. 서 의원에게 받은 그 서류 봉투는 지금 어디에 있지?"

"뭐야? 바로 본론으로 들어가는 거야? 난 또……."

"지금 그렇게 여유 부릴 때가 아닐 텐데."

"그거야 나도 모르지."

"으음, 으음……."

김승철 경감은 재갈 때문에 말은 못 하고 고개만 좌우로 마구 흔들었다.

"몰라? 친구도 모른다고 하고 민우직 당신도 모른다고 하니 이걸 어쩌나?"

뒤에서 갑자기 민 경정의 등을 사정없이 각목으로 내리쳤다.

"으억!"

팍!

"악! 으윽……."

"자, 이래도 모르나?"

"그런 거면 여기로 부르기 전에 말했어야지. 사무실에 있어. 갖다줄게. 그럼 됐지?"

"뭐야? 사무실에 있어?"

각목이 또 한 번 민 경정에게 날아들었다. 민 경정은 앓는 소리를 내며 쓰러졌다.

"아흐……. 사실대로 말했는데…… 왜……."

"아니지. 거짓말을 했잖아. 서류 봉투는 우리가 가지고 있는데."

어둠 속에서 사늘한 비웃음 소리가 흘러나왔다.

"뭐야? 거짓말은 네가 했네. 아흐……."

쓰러져 있던 민 경정은 땅을 짚고 일어나 바닥에 앉았다.

"그러니까 사실대로 말을 하라고. 김승철 경감이 가지고 있었 잖아. 친구 살리겠다고 쓸데없이 머리 굴리지 말라는 말이야."

"알았어. 그러지."

의문의 남자는 민우직 경정이 잠잠해지자 본론을 꺼냈다.

"왜 아직도 이민지 학생 사건을 수사하고 있는 거지? 자살로 종결됐는데도 말이야."

"자살? 타살 아니고?"

"타살이라……. 그래서 수사 중이라는 건가?"

"까놓고 얘기하자. 너희들 다크킹덤 때문에 이러냐?"

"다크킹덤?"

"어라! 모르는 척하는 거야? 이거 섭섭한데. 여기 오면 알 수 있을 줄 알았더니."

"그게 뭔데?"

"나도 몰라서 묻잖아. 그럼 대체 정체가 뭐야?"

뒤에 서 있던 짧은 머리 남자가 민 경정의 어깨를 각목으로 내리쳤다.

"아흑!"

"아, 모른다는 소리는 하지 마. 그 말이 나올 때마다 뒤에 있는 애가 가만히 안 둘 거니까."

"빨리도 알려 준다. 아으흑……."

"알겠으면 아는 대로 말해 봐. 그 다크킹덤에 대해."

"뭐야? 정말 몰…… 아, 아니야? 너희들이 다크킹덤 아니냐고?"

"내가 물었다. 묻는 말에나 대답해."

"그 얼굴 좀 보고 얘기하면 안 될까? 깜깜한 곳에 대고 말하려니 말도 잘 안 나오는 것 같아서."

"또 맞고 싶어?"

"아, 알았어. 말하면 되잖아. 그러니까……."

인천항에 도착한 안 경위는 차로 부둣가를 돌며 민 경정을 찾고 있었다. 컨테이너가 쌓여 있는 곳을 수색하던 중 나 경사의 차를 발견하고 곧장 그 앞에 차를 세웠다. 하지만 차 안에 나 경사는 없었다. 안 경위는 차 주변을 두리번거리며 나 경사를 불렀다.

"나 형사님! 여기에 계십니까?"

"……."

"나 형사님! 나상남 형사님!"

"여깁니다! 여기!"

컨테이너 뒤편에서 들리는 목소리였다. 안 경위는 서둘러 소리가 들리는 곳으로 달려갔다. 컨테이너 안쪽엔 차 한 대가 있었고, 그곳에 나 경사가 서 있었다.

"팀장님 차 아닙니까?"

"맞습니다. 근데 팀장님은 안 계시네요."

안 경위는 차 문을 열어 안을 살폈다.

"차 키가 꽂혀 있는 것을 봐서는 정말 무슨 일이 일어나긴 난 것 같습니다. 휴대폰은 못 보셨습니까?"

"찾아봤는데 없네요. 어쩌죠? 이 넓은 곳에서 팀장님을 어떻게 찾을지······."

"그래도 찾아봐야죠. 흩어져서 찾아보시죠. 전 여기를 확인할 테니 나 형사님은 부두 외곽을 확인해 주세요. 일단 이렇게라도 찾아보죠."

"그러죠."

안 경위는 컨테이너 사이사이를 뛰어다니며 큰 소리로 민 경정을 불렀다. 나 경사는 차로 부두 외곽을 돌며 민 경정의 흔적을 찾았다. 어느새 하늘은 푸른빛을 띠며 밝아져 있었다.

목이 쉬어라 민 경정을 외치며 뛰어다니던 안 경위의 눈에 멀리서 시꺼먼 연기가 피어오르는 것이 보였다. 연기를 본 안 경위는 나 경사에게 전화를 걸었다.

"나 형사님, 연기 보이십니까?"

"네, 보입니다. 저곳에 계실까요?"

"일단 확인해 보시죠."

"그럼 여기서 가까운 것 같으니 제가 가 보겠습니다. 안 형사님은 그곳에서 좀 더 찾아보시죠."

"아닙니다. 저도 가겠습니다. 이곳은 더 찾아봐도 없을 것 같아 그렇습니다."

"그러시죠. 그럼 저 먼저 출발합니다."

나 경사는 연기가 피어오르는 곳으로 차를 몰았다.

제2화

위태로운 고스트 수사팀

남시보 순경은 주위를 살피다 철물점 안으로 들어갔다. 건축 자재와 도구가 쌓여 있는 하얀색 앵글 선반을 지나 상황실 문을 열자, 홀로 자리를 지키고 있던 박민희 순경의 모습이 보였다.

"어! 박 형사님, 지금까지 여기 있었어요?"

"오셨어요, 남 순경님."

박 순경의 표정과 목소리에서 남 순경은 심각한 상황임을 느낄 수 있었다.

"무슨 일 있어요?"

"경감님은 댁에 가신 건가요?"

"아니요. 혹시 미행이 붙을 수 있어서 흩어졌다 모이기로 했어요. 검사님도 곧 오실 거예요."

"그럼 모두 오시면 말씀드릴게요."

그때 상황실 문이 열리고 한서율 검사가 들어왔다.

"먼저 와 있었네요. 어, 박 순경도 있었어요?"

박 순경은 자리에서 일어나 한 검사에게 인사했다.

"검사님, 어서 오세요. 고생 많으셨어요."

"아니에요. 근데 왜 이 시간까지 남아 있는 거예요?"

남 순경이 먼저 나서서 말했다.

"뭔가 일이 있었나 봐요. 경감님 오시면 그때 다 같이 들으시죠."

한 검사는 고개를 갸우뚱하며 박 순경을 쳐다봤다.

"아……. 금방 오실 줄 알고 그랬는데 그냥 두 분께 먼저 말씀드릴게요. 다름이 아니라……."

박 순경은 민 경정과 통화했던 일과 안 경위에게 전달한 내용에 대해 얘기했다. 그녀의 얘기가 끝나자마자 남 순경은 잔뜩 인상 쓴 얼굴로 한 검사를 바라봤다.

"그럼 팀장님과 지금 연락 두절 상태라는 거잖아요. 팀장님께 무슨 일이 생긴 게 아닐까요?"

"그런 것 같네요. 박 순경, 안 경위님과 나 경사님은 그 뒤로 연락 없었나요?"

"네, 검사님. 인천으로 출발한 뒤로는 없었어요."

남 순경이 박 순경을 보며 물었다.

"박 형사님, 팀장님은 휴대폰이 꺼져 있는 건가요?"

"아니에요. 통화 연결음은 계속 갔어요. 받지 않으시는 거예요. 아니, 못 받으시는 거겠죠."

"검사님, 저희도 인천으로 가서 팀장님을 찾아봐야 하지 않을까요?"

"일단 경감님 오시면 의논해 보죠. 지금 안 경위님이랑 나 경사님이 가셨다니 연락을 기다려 보는 게 좋을 것 같아요. 박 순경, 위치 추적이 끊긴 곳이 어디죠?"

"인천항 부두 근처로 나와요. 정확한 위치는 알 수 없고요."

"안 경위님에게 한번 전화해 보는 건 어떨까요?"

남 순경이 손을 들며 말했다.

"검사님, 제가 연락해 보겠습니다."

"그러세요. 전화부터 해 보고 어떻게 할지 결정하죠."

남 순경이 안 경위에게 전화를 거는 그때, 도 경감이 상황실로 들어왔다.

"네, 남 순경님."

"안 형사님, 박민희 형사한테 얘기 들었습니다. 혹시 팀장님과 연락되셨어요?"

"저는 이제 인천항에 다 와 갑니다. 나 형사님이 먼저 도착해 계실 테니 나 형사님께 전화해 보시죠."

"알겠습니다. 그럼 끊을게요."

남 순경은 전화를 끊고 한 검사에게 바로 상황을 전했다.

"검사님, 안민호 형사는 지금 인천항으로 가는 길이라고……어! 경감님 오셨네요."

박 순경의 설명을 듣고 있던 도 경감이 남 순경을 보며 말했다.

"박 순경에게 얘기 듣던 중이었어요. 팀장님과는 연락이 안 됐다고 하나요?"

"네, 경감님. 나상남 형사가 인천항에 먼저 도착했을 거라고

해서요. 한번 전화해 볼게요."

"그래요. 어서 해 봐요."

남 순경은 고개를 끄덕이며 나 경사에게 전화를 걸었다.

"어, 남 순경. 무슨 일이야?"

"나 경사님, 팀장님 만나셨어요?"

"뭐야? 알고 전화한 거야?"

"박민희 형사한테 들었어요. 팀장님은 못 만나신 거죠?"

"어, 아직. 위치 추적이 끊긴 곳에 와 봤는데 안 계시네. 근처에서 찾는 중이야."

"정말 큰일이네요. 팀장님 만나시면…… 아니, 뭐라도 찾으시면 바로 연락 주세요."

"그래, 알았어."

전화를 끊는 남 순경을 보며 한 검사가 물었다.

"아직 팀장님을 못 찾은 거죠?"

"네, 검사님. 어쩌죠?"

"여기서 이러지 말고 우리도 인천항으로 가서 같이 찾죠. 어떠세요, 경감님?"

"저도 같은 생각입니다."

"그럼 두 팀으로 나눠 움직이죠. 저랑 남시보 순경이 함께 이동할 테니 경감님은 박민희 순경과 함께 이동하시죠."

"좋습니다. 저는 잠깐 나영석 경위와 통화 먼저 하겠습니다. 연쇄 살인사건 관련해서 부탁할 게 있어서요."

"범행 예상 장소 때문에 그러신 거죠?"

"맞습니다, 검사님."

"그럼 저희 먼저 출발할게요. 가죠, 남 순경님."

"내가 알고 있는 건 다 말한 거야. 나도 다크킹덤 정체를 더 알고 싶다고. 그러니 이제 김승철 경감은 풀어 주는 게 어때?"

"그렇게 나오면, 그래 줄 것 같아? 형사 경력이 꽤 되는 줄 아는데 이거 하나 예측 못 했나?"

"빌어먹을……. 그래, 알았지. 그래서 둘 다 죽이겠다는 거야? 왜? 현직 경찰을 죽이면 당신들은 무사할 줄 알아? 풀어 주는 게 좋을 거야. 난 당신이 누군지도 몰라. 그러니까 그냥 우릴 풀어 줘. 그럼 아무 일 없었던 것으로 해 줄 테니."

"수사를 하지 않겠다는 건가?"

"에이, 다크킹덤 수사는 계속해야지. 납치 사건은 없었던 것으로 해 줄 수 있다, 그거지."

민 경정의 말에 피식하고 비웃는 소리가 작게 들려왔다.

"아직도 사리 분별이 안 되나 본데, 제대로 알려 주지."

"좋아. 죽을 거면 이유나 알고 죽자. 대체 왜 이러는 건데? 다크킹덤이 뭔지도 모른다며? 너희 살인 청부업자들이야? 누가 우리를 죽이라고 한 거야? 얼마 받고 이러는 건데? 응? 이거 돈이 문제가 아니다. 우리 죽이면 너희 정말 끝이야. 그것만 알아 둬."

"혼자 소설을 쓰시네. 이봐, 형사 양반. 잘 들어. 다크킹덤은 존재하지도 않아. 네가 알고 있는 게 하나도 없다는 사실에 그저 웃음밖에 안 나온다. 이 불쌍한 친구야, 네 친구랑 얌전히 좋은 곳에나 가. 그게 내가 해 줄 수 있는 마지막 선물이야. 그리고 우리 걱정은 안 해도 돼. 너희는 사고사로 처리될 거니까."

어둠 속에서 비아냥거리듯 웃는 웃음소리가 크게 울려 퍼졌다. 그 웃음소리에 민 경정도 크게 따라 웃었다.

"다크킹덤이 존재하지 않아? 그 거짓말을 나보고 믿으라는 거야? 차라리 모른다고 했으면 믿어 줬을 텐데. 없다고? 그걸 믿을 것 같아? 그럼 뭘 감추기 위해 우릴 죽이려는 거지? 이민지, 여남구 학생들 때문인가?"

"참…… 그거 말 많네. 미안하지만 나도 바쁜 사람이라 이 정도로 하지. 끌고 가!"

뒤에 서 있던 짧은 머리 남자는 민 경정의 머리카락을 움켜쥐어 일으켜 세웠다. 그리고 민 경정의 엉덩이를 발로 걷어차며 말했다.

"걸어."

민 경정은 아무 소리도 내지 않고 그의 지시에 따라 김승철 경감이 있는 곳으로 갔다. 그곳에는 목재들이 높게 쌓여 있었다. 목재들을 보관하는 곳인 듯했다. 하지만 나무 냄새보다는 휘발유 냄새가 코를 찔렀다. 자세히 보니 김 경감이 앉아 있는 바닥에도 휘발유가 뿌려져 있었다. 불이 붙으면 삽시간에 창고는 불바다가 될 것이 뻔했다.

"불로 태워 죽이려는 거야?"

"냄새나지? 그러니까 얌전히 있어. 빨리 뒈지기 싫으면."

"알았어."

"알았으면 친구 옆에 가서 앉아."

민 경정은 그자의 말을 순순히 따랐다. 김 경감은 정신을 잃은 채 목재 더미에 기대앉아 있었다. 잠시 주변을 살피고 있을 때, 어둠 속에서 다시 목소리가 들려왔다.

"가기 전에 한마디만 해 줄게. 너희들처럼 주제 파악 못 하고 날뛰던 놈들이 한둘이 아니었어. 그때마다 어떻게 됐는지 알아? 모르겠지, 당연히. 왜? 쥐도 새도 모르게 갔으니까. 하하하. 너희도 그렇게 가게 될 거야. 그러니 쓸데없이 힘 빼지 말고 얌전히 가."

"그렇게 대단한 분들이었어? 몰라 뵈서 미안하네. 얌전히 가 줄 테니 한 가지만 알려 줘라. 내가 죽는 건 겁이 없는데 궁금한 건 또 못 견디거든. 도대체 너희 정체가 뭐냐? 다크킹덤 아니야? 그거라도 알고 죽자. 어?"

"그게 그렇게 궁금해?"

"그래. 궁금해 죽겠다."

"좋아. 그럼 그건 내가 말해 주고 가지. 일단 불붙여."

"예."

짧은 머리 남자는 담배 한 개비를 꺼내 민 경정의 입에 가져다 댔다.

"뭐야?"

"시끄럽고, 물어."

그러고는 억지로 민 경정의 입에 담배를 물린 뒤 담배에 불을 붙였다.

"빨아, 힘껏."

민 경정은 그냥 물고 있기만 했다. 하지만 불이 붙는 것은 피할 수 없었다. 그는 민 경정이 물고 있던 담배가 타들어 가자, 그대로 빼서 목재 위에 던져 버렸다. 그리고 민 경정의 손목에 채워져 있던 수갑을 풀어 준 뒤 곧장 문으로 뛰어갔다.

곧이어 목재 더미 위에서 불길이 치솟기 시작했다.

"형사 양반, 지금이라도 문으로 뛰어가서 살려 달라고 애원해. 그럼 살려 줄지 누가 알아?"

"어서 말해 줘. 당신들 정체가 뭐야?"

"살아서 나오면 말해 줄게. 음하하하."

"야! 말해 준다며? 너희들 정체가 뭐냐고?"

어둠 속에 있던 자도 자리를 피했는지, 더 이상 기분 나쁜 웃음소리조차 들리지 않았다. 옆을 보니 빠르게 번진 불길이 목재 더미를 타고 아래로 내려오는 것이 보였다.

"승철아! 정신 좀 차려 봐. 승철아! 김승철!"

민 경정은 김승철 경감을 흔들어 깨웠지만 아무런 소용이 없었다. 깨우는 걸 포기하고 등에 둘러업은 채 문을 찾아 뛰었다. 하지만 생각과 다르게 몸이 따라 주지 않았다.

이내 불길은 목재 전체로 옮겨붙었고, 그 불길은 서서히 김 경감과 민 경정을 향하고 있었다. 문을 찾아야 했지만 어둠 속에서 문을 찾기란 어려웠다. 거기다 밀려오는 뿌연 연기에 숨까지 제대로 쉬기가 어려웠다.

민 경정은 더는 앞으로 나아가지 못하고 김 경감과 함께 바닥에 쓰러지고 말았다. 그 순간 창고 전체가 불길에 휩싸였고 어둠 속은 연기로 가득 차올랐다.

나상남 경사가 창고에 도착했을 때는 이미 소방대원들이 도착한 뒤였다. 창고는 형체를 알아볼 수 없을 정도로 무너져 내렸고, 창고 안에 있던 목재들도 남김없이 몽땅 전소된 상태였다.

뒤늦게 안민호 경위가 도착했다.

"나 형사님! 화재가 크게 난 겁니까?"

"그런 것 같네요. 저도 와 보니 벌써 소방대원들이 화재 진압 중이더라고요. 그런데 워낙 불길이 세서 모두 전소돼 버렸어요."

"안에 사람은 없었습니까?"

"구급차가 왔다 간 것 같은데, 인명 피해가 있었는지는 확인해 봐야 알 것 같아요."

"설마…… 아니겠죠?"

"아니길 바라야죠."

"시간을 더 지체하면 안 될 것 같습니다. 나 형사님, 전 다시 부둣가로 가서 찾아보겠습니다."

"전 여기서 인명 피해가 있었는지 확인하고, 있었으면 신원 조회부터 하겠습니다."

"확인되면 바로 연락 주십시오."

"그럴게요. 어서 가 보세요."

안 경위는 다시 차에 올라 부둣가로 출발했다. 나 경사는 화재 진압 중인 소방대원 책임자를 찾았다.

"바쁘신데 죄송합니다. 서울 지방 경찰청에 나상남 형사라고 합니다."

"서울에서 여기까지…… 무슨 일로 그러십니까?"

"찾고 있는 사람이 있어서 그렇습니다. 구조된 사람이 있었나요? 구급차가 왔다 간 것 같아서 말입니다."

"맞습니다. 두 명이 구조돼 병원으로 이송했습니다."

"두 명이요? 남성이었습니까? 누군지 신원이……."

"위독한 상태여서 신원 확인을 할 수 없었습니다. 인천 백도 병원으로 긴급 수송했으니 그곳에 가서 확인해 보시죠."

"감사합니다. 아! 여기 제 명함입니다. 혹시 또 다른 사람이 구조되거나 시신이 발견되면 연락 좀 부탁드립니다."

"그러죠."

"그럼 수고하십시오."

나 경사는 응급대원에게 명함을 건넨 뒤 서둘러 차로 달려갔다.

한서율 검사와 남시보 순경은 고속도로에 진입해 인천항으로 향했다.

"검사님, 팀장님이 납치된 걸까요?"

"지금 상황에선 알 수 없지만 연락이 안 되는 걸 봐서는……."

"다크킹덤의 짓이겠죠?"

"그럴 가능성이 높지 않을까요?"

"그들이 어떻게 알았을까요? 저희 본부가 노출된 걸까요? 그렇지 않고서는 팀장님을 미행해 납치할 수 없지 않습니까?"

"납치된 거라면 김승철 경감님과 함께 납치되셨을 거예요. 김 경감님의 위치가 노출되었을 확률이 더 높지 않겠어요?"

"그렇다고 해도 김승철 경감님이 그 증거물을 가지고 있다는 사실을 어떻게 알았을까요? 김승철 경감님을 미행했다는 건 그 사실을 알고 있었다는 거잖아요."

"왜요? 내부에 그들과 내통하는 자라도 있다고 보는 거예요? 혹 의심 가는 사람이라도……."

한 검사가 남 순경을 힐끔 보며 넌지시 묻자, 남 순경은 흠칫 놀라며 대답했다.

"아니요! 그런 게 아니고요."

"그럼 의심 정도는 하고 있다는 건가요?"

남 순경은 한 검사의 눈치를 살피며 조심스럽게 말했다.

"혹시…… 아니, 우리 멤버만 아는 일이 다크킹덤으로 흘러 들어간 거라면…… 그러면……."

"다른 루트로 정보가 빠져나간 것일 수도 있죠. 김승철 경감님을 통해서 말이죠."

"아! 그 생각까지는 못했네요."

남 순경은 창밖으로 시선을 돌리며 어색하게 웃어 보였다.

"꼭 뭔가 알고 있는데 숨기는 눈치네요. 그렇죠?"

"아닙니다, 검사님. 제가 뭘 숨긴다고 그러세요?"

"제가 앞만 보고 운전만 하는 줄 알죠? 이래 봬도 운전 경력 8년 차예요. 운전하면서 볼 건 다 본답니다. 남 순경님 얼굴 다 보고 있었다고요. 뭐예요? 말해 보세요."

"그런 거 없어요. 그리고…… 아니에요. 제가 괜한 얘기를 꺼낸 것 같아 죄송해요. 정말 아무것도 아니에요."

"알았어요. 그렇다면 어쩔 수 없죠. 난 괜찮으니 나중에라도 언제든 편할 때 말해요. 알았죠?"

"고맙습니다, 검사님. 저기…… 전화 온 것 같은데요."

"아! 네. 잠시만요."

운전석 옆 보관 홀더에 있는 휴대폰을 잡으려던 한 검사는 그걸 집어 주려던 남 순경의 손을 잡고 말았다.

"어머!"

한 검사는 깜짝 놀라며 손을 뗐다.

"미안해요. 폰을 집는다는 게……."

"아니요. 제가 죄송해요. 전 휴대폰을 드리려고……."

남 순경의 얼굴은 순식간에 발그레 달아올랐다.

한 검사는 휴대폰을 들어 스피커 폰으로 연결한 뒤 다시 홀더 위에 내려놓았다.

"네, 최 경위님."

"검사님, 운전 중이십니까?"

"괜찮아요. 말씀하세요."

"아닙니다. 차를 잠깐 세우시죠."

"무슨 일인데 그러세요? 잠시만요. 그럼 제가 다시 연락드릴게요."

"알겠습니다. 전화 주십시오."

통화 내용을 듣고 있던 남 순경이 의아한 눈빛으로 물었다.

"무슨 일일까요?"

"그러게요. 괜히 느낌이 안 좋네요."

한 검사는 비상등을 켜고 도로 갓길에 차를 정차했다. 그리고 곧바로 최 경위에게 전화를 걸었다.

"차 세우셨습니까?"

"네. 무슨 일로 그러세요?"

"너무 놀라지 마십시오."

"네? 그게 무슨……."

"과장님이 전화 주셨는데, 팀장님이 인천 백도 병원에서 경찰 병원으로 헬기 이송 중이라고 합니다."

"그게 무슨 말씀이세요? 자세히 좀 말씀해 보세요."

"팀장님이 위독하다고 하시네요."

남 순경은 깜짝 놀라며 통화에 끼어들었다.

"최 형사님, 그게 무슨 말씀이세요?"

"남 순경, 듣고 있었어?"

"팀장님이 위독하다니요? 왜요?"

"자세한 건 나도 가 봐야 알 것 같아. 지금 경찰병원으로 가는 중이야. 검사님, 이쪽으로 오시죠."

"알겠어요. 바로 갈게요."

경찰병원 중환자실 대기석에 서도경 총경이 눈을 감고 앉아 있었다. 최우철 경위는 목발을 짚고 절뚝이며 서 총경 앞으로 걸어왔다.

"과장님, 저 왔습니다."

"어, 최 형사. 그 몸으로 온 거야? 경과 지켜보고 연락할 테니 오지 말라고 했잖아."

"그냥 기다릴 수가 있어야 말이죠. 어찌 된 겁니까?"

"일단 여기 앉게."

서 총경은 일어나 최 경위에게 자리를 양보했다.

"아닙니다. 괜찮습니다."

"뭐가 괜찮아? 어서 앉아."

"감사합니다. 팀장님은 어떻게 된 겁니까?"

"인천항 근처 목재 창고에서 화재 사고가 있었네. 그 화재로 김승철 경감과 민우직이…… 전신 화상을 입었어. 그런데……."

서 총경은 잠시 말을 잇지 못했다.

"위중한 상태입니까?"

"……김승철 경감은 이송 중에 사망했네."

그 말을 들은 최 경위의 눈이 파르르 떨렸다.

"죽었단 말입니까? 팀장님은 괜찮은 건가요?"

"중환자실에서 겨우 버티고 있는 중이네."

"화재라고 하셨는데, 방화였습니까? 살해할 목적으로 불을 지른 게 아닐까요?"

"현장 검증 중이니 그건 곧 알 수 있겠지."

"김승철 경감 시신은 부검하실 거죠?"

"그래야 하는데 유족들이 부검을 반대하고 있어."

"왜요? 사인을 명확히 밝혀야 하지 않습니까?"

"그렇지. 그런데 전신 화상으로 고통받다 사망한 거잖아. 유족들이 또 고통을 주고 싶지 않다고 해서 말이야. 의사 소견으로는 연기 흡입으로 인한 질식사라고 하니 굳이 부검까지 할 필요는 없을 것 같기도 해."

"그런 거라면 어쩔 수 없죠……. 그런데 팀장님은 아직 의식이 없는 겁니까?"

서 총경은 말없이 고개만 끄덕였다. 대기실에 잠시 침묵이 흘렀다.

그때 남 순경이 잔뜩 인상을 쓴 채 헐레벌떡 뛰어왔다.

"최 형사님! 어, 충성!"

남 순경은 뒤늦게 서 총경을 보고 깜짝 놀라 곧바로 경례했다.

"왔어, 남 순경."

"팀장님은 지금 어떠세요? 괜찮으신 거죠?"

"잠깐 나가서 나랑 얘기 좀 해."

최 경위는 목발을 짚고 일어나 남 순경을 데리고 대기실 밖으로 나왔다.

　"혼자 온 거야?"

　"아니요. 검사님도 주차하고 곧 오실 거예요."

　"그럼 검사님 오시면 그때 얘기하지. 우선 진정 좀 하고. 팀장님은 아직 의식이 없으신 것 같아."

　"위독하다고 하셨잖아요. 지금도 그런 건가요?"

　"그래. 아직 위중한 상태이셔. 아, 저기 검사님 오시네."

　최 경위는 한 검사에게 손을 들어 보였다. 한 검사는 최 경위를 발견하고 서둘러 달려왔다.

　"최 경위님, 팀장님은요?"

　"중환자실에 계십니다. 저기, 검사님. 그리고 김승철 경감님이 돌아가셨습니다."

　"뭐라고요? 설마 살해당한 건가요?"

　"아직 현장 검증 중이라 확실하지는 않지만 그런 것 같습니다."

　남 순경이 끼어들어 최 경위에게 물었다.

　"팀장님은 지금 어떤 상태이신 거예요?"

　"화재 사고로 전신에 화상을 입으셨다고 하네."

　"화상이요?"

　"그래. 과장님이 말씀해 주셨는데, 인천항 부근 목재 창고에서 화재가 발생했대. 거기서 화상을 크게 입으신 것 같아."

　"그럼 김승철 경감님도 화재 사고로 돌아가신 건가요?"

　"맞습니다. 의사 소견상 연기 흡입으로 인한 질식사로 보인다고 하네요."

"부검은⋯⋯."

서 총경이 착잡한 표정으로 한 검사 옆으로 다가와 말했다.

"한 검사, 왔어요?"

"어, 과장님."

"김승철 경감의 부검은 못 할 것 같아요. 유족들이 반대하고 있어요."

"가족분들을 설득해서라도 진행해야 하지 않을까요? 이건 분명 살인사건이에요. 과장님도 그걸 모르시지 않잖아요."

"그래요. 나도 그렇게 보고 있어요. 그런데 현장에 있는 감식팀 말로는 재밖에 남은 게 없어서 증거를 찾기가 어렵다네요."

"두 분 모두 구조 당시 몸이 결박되어 있거나 상처가 있지는 않았나요?"

"처음 발견한 구급대원 말로는 몸에 결박한 흔적은 없었다고 했어요. 온몸이 다 화상을 입은 상태라 확인할 방법도 없으니 답답할 노릇이네요."

"그러니까 김승철 경감의 시신을 부검해야 하지 않을까요? 부검이라도 해서 타살 증거를 찾아야 하잖아요."

"일단 현장 검증 결과를 보고 부검은 그때 다시 얘기하죠, 한 검사."

최 경위는 한 검사에게 한 발짝 다가가 말했다.

"그러는 게 좋겠습니다, 검사님."

"⋯⋯그렇게 하시죠."

최 경위는 한 검사의 대답을 들은 뒤, 서 총경에게 물었다.

"과장님, 수사팀은 앞으로 어떻게 되는 겁니까?"

"나도 그게 고민이네. 리더가 저리 됐으니 수사를 중단해야할지……. 다른 팀원들도 걱정이고 말이야."

남 순경은 앞으로 불쑥 나와 울먹이듯 말했다.

"중단이라니요? 저는 괜찮습니다. 팀장님도 원하지 않으실거예요."

최 경위가 남 순경의 팔을 잡으며 말렸다.

"남 순경, 진정해. 지금 남 순경이 나설 때가 아니야."

"죄송해요, 과장님. 하지만 팀장님은……."

"그만해, 남 순경. 진정하고 나랑 나중에 얘기해. 응?"

최 경위는 남 순경을 진정시키기 위해 벽 쪽으로 데리고 갔다. 남 순경은 울먹이며 벽에 등을 기댄 채 주저앉았다.

"최 형사, 괜찮아. 남시보 순경, 그 마음 잘 아네. 나도 수사를중단하고 싶지는 않아. 하지만 민 계장 없이 이 수사를 계속 진행한다는 건 무리가 있어. 팀원들도 위험할 수 있고. 안 그래요,한 검사?"

"과장님, 그건 좀 더 시간을 갖고 생각해 보시죠. 저도 팀장님없이 수사팀을 이끌어 갈 수 있을지…… 사실 자신 없네요. 하지만 팀원들이 그걸 원하지 않을 거예요. 물론 남시보 순경 말대로팀장님도 원하지 않으실 거고요. 이렇게 수사를 중단한다면 그들이 원하는 대로 되는 거잖아요. 그건 더더욱 안 되죠."

최 경위는 서 총경과 한 검사에게 다가서며 말을 덧붙였다.

"검사님 말씀이 맞습니다. 그들이 원하는 대로 해 줄 수는 없죠. 이가 없으면 잇몸으로 산다고 하지 않습니까? 팀장님이 함께하지는 못하시지만, 팀장님 몫까지 제가 어떻게든 해 보겠습니다."

"민 계장이 이걸 봐야 하는데…… 좋아요. 다들 그렇게 나온다는데 내가 빠질 순 없죠. 수사는 계속 이어 가도록 합시다."

"감사해요, 과장님. 일단 사라진 증거물을 찾는 게 급선무일 것 같아요. 김승철 경감 주변을 조사해 봐야겠어요. 증거물을 어딘가에 남겨 놓았을지도 모르는 일이잖아요. 팀장님도 이런 일을 대비해서 증거물 사본을 따로 보관해 놓았을지 모르고요. 그러니 상황실과 팀장님 차량도 수색해 볼 필요가 있겠어요."

"그럼 제가 김승철 경감 쪽을……."

"최 경위님, 괜찮으시겠어요? 아직은 무리하지 않는 게 좋을 것 같은데요. 좀 더 쉬시는 게 어떠세요?"

"그래, 최 경위. 나랑 여기 있으면서 상황을 공유하자고."

"움직이는 건 문제없는데……. 이거 형사 체면이 말이 아니네요. 죄송합니다, 검사님."

"아니에요. 그런 말씀 마세요. 그럼 가 볼게요."

한 검사는 앉아 있는 남 순경 앞으로 다가가 말을 건넸다.

"저기, 남 순경님."

남 순경은 손으로 빠르게 눈물을 닦으며 일어섰다.

"지금 의기소침하게 있을 때가 아니에요. 팀장님도 이런 모습을 원하지 않으실 거예요."

"매번 이런 모습 보여 죄송해요, 검사님."

"아니에요. 사실 저는 인간미 있어 보여 좋은데요. 조금만 힘내요, 우리."

"네, 검사님."

"남 순경님이 해 줘야 할 일이 있어요. 본부로 가서 사라진 증거물 사본이 남아 있는지, 팀장님 자리와 자료를 모아 놓은 캐비닛 안을 살펴봐 주세요."

최 경위도 남 순경에게 다가와 어깨에 손을 올리며 말했다.

"남 순경, 부탁할게."

"네. 걱정 마세요."

"한 검사님도 조심하셔야 합니다. 그들이 지켜보고 있을 겁니다."

"조심할게요, 최 경위님. 걱정 마세요."

한 검사와 남 순경은 중환자실을 나와 병원 본관을 나섰다. 그때 도 경감과 박 순경이 달려오는 모습이 보였다.

"검사님, 어디 가십니까? 팀장님은요?"

"잘됐네요. 도 경감님, 저랑 같이 가시죠."

"갑자기 어디를 말입니까?"

"그건 가면서 말씀드릴게요. 박민희 순경은 남 순경님하고 같이 가 줘요."

"네, 알겠습니다."

"남 순경님, 제 차 가져가요. 경감님, 차 가지고 오셨죠?"

도 경감은 차 키를 흔들어 보였다. 한 검사는 차 키를 꺼내 남 순경에게 건넸다.

"여기 받아요. 경감님, 가시죠."

"네. 저쪽입니다."

한 검사는 도 경감이 가리키는 방향으로 서둘러 뛰었고, 도 경감은 무슨 일인지 궁금한 얼굴로 뒤따랐다.

"남 순경님, 팀장님은요?"

"가면서 말해 줄게요."

"네. 어서 가요."

경찰병원 주차장에 차 한 대가 들어와 주차 구역에 차를 세웠다. 얼마 있지 않아 또 한 대가 굉음을 내며 들어오는가 싶더니 단번에 차를 주차했다. 시동이 꺼지자마자 운전석에서 나상남 경사가 내려, 곧장 병원 본관 출입구로 달려갔다.

"나 형사님, 잠깐만요!"

먼저 들어온 차에서 안민호 경위가 내리며 나 경사를 불렀다.

"어! 안 형사님."

"빨리 오셨네요?"

"간만에 속도 좀 냈습니다. 어서 들어가시죠."

나 경사는 말이 끝나기가 무섭게 다시 병원 본관 출입구를 향해 뛰어갔다. 안 경위도 있는 힘껏 뒤를 따라 달렸다. 1층 로비에 올라온 나 경사는 중환자실을 찾기 위해 다급히 주변 안내도를 확인했다.

"나 형사님, 저쪽입니다."

"네, 알겠……."

나 경사는 안 경위가 가리킨 곳으로 고개를 돌리다 낯익은 얼굴을 보고 멈칫했다.

"왜 그러십니까?"

"잠시만요."

"뭘 보고 계신 겁니까? 어서 가시죠."

"아니, 저기 저 사람 보이시죠."

"누구 말입니까? 저기 야구 모자 쓴 남자 말입니까?"

"맞아요. 어디선가 본 사람 같지 않습니까?"

"처음 보는 사람인데요. 모자까지 써서 잘 모르겠습니다."

"그래요? 어디서 봤지……. 에이, 모르겠다. 가시죠."

나 경사는 돌렸던 몸을 다시 멈춰 세우며 말했다.

"아! 그래, 그놈이네."

"누군지 기억나신 겁니까? 수배자입니까?"

"아니요. 저번 잠입 수사 때 클럽 앞에서 봤던 싸가지 없는 자식이라 낯이 익었나 봅니다."

"그게 무슨 말씀입니까? 지금 그럴 시간이……."

"아, 그렇죠. 죄송합니다. 빨리 가시죠."

서 총경은 대기실로 들어가려는 최 경위를 말렸다.

"최 경위, 힘들지 않아? 여기는 내가 있어도 되니 들어가 쉬는 게 어때?"

"아닙니다. 괜찮습니다."

"아니야. 괜히 이러다 자네도 잘못되면 큰일이야. 빨리 회복해서 수사팀을 이끌어야지. 안 그래?"

"그럼 팀장님 깨어나시는 거라도 보고 가겠습니다."

"의사 선생님이 언제 의식이 돌아올지 모른다고 했어. 의식 돌아오면 연락할 테니 들어가."

"……알겠습니다. 그럼 오늘만 있겠습니다."

"이 사람 참……. 그래, 그럼 그렇게 해."

최 경위는 잠시 망설이다 서 총경에게 물었다.

"과장님, 주명근을 봤다던 정보원 말입니다."

"어. 그건 왜?"

"정보원에게 더 들은 얘기는 없으십니까?"

"주명근의 소재를 파악 중인데 찾지 못하고 있는 듯해."

최 경위는 주변을 살피더니 나지막이 말했다.

"정보원이 다크킹덤에 대해서도 알아보고 있는 겁니까?"

서 총경은 살짝 놀란 표정으로 급히 주위를 살핀 뒤 최 경위에게 몸을 바짝 붙이며 말했다.

"그렇지. 아직 그것과 관련해서는 알아낸 게 없어. 그리고 가능하면 공공장소에서는 언급하지 말라고 하지 않았나?"

"죄송합니다. 조심하겠습니다. 알아보고 있다는 그 정보원, 저도 아는 친굽니까?"

"그건 알려 줄 수 없네. 잘 알면서 그래?"

"알죠. 답답해서 그럽니다. 뭐라도 나오는 게 있어야 말이죠."

"들어온 정보는 빠짐없이 공유할 테니 염려 말게."

힐끔 최 경위 뒤를 본 서 총경은 턱짓을 하며 말했다.

"저기, 나 형사랑 안 형사 오네."

최 경위는 뒤돌아 나 경사와 안 경위에게 손을 들었다. 안 경위는 오자마자 서 총경에게 민 경정의 안부부터 물었다.

"최 형사, 자네가 얘기해 줘. 나는 잠깐 바람 좀 쐬고 오겠네."

"그러세요, 과장님."

"다녀오십시오."

최 경위는 나 경사와 안 경위에게 민우직 경정과 김승철 경감에 대해 얘기해 주었다. 그사이 바람을 쐬러 나온 서 총경은 주위를 살피며 사람들이 뜸한 외진 곳으로 걸어갔다. 그곳엔 차우석 경위가 서 있었다.

"차 경위, 여기 오지 말라고 했잖아."

"과장님, 죄송합니다. 계장님이 걱정돼서 안 와 볼 수가 없었습니다."

"이해는 하네만, 이러다 신원이 노출되면 그동안의 노력이 수포가 될 수 있다고."

"조심하겠습니다."

"그래. 민 계장은……."

서 총경은 차우석에게 그간의 일을 모두 설명했다.

"정말입니까, 과장님?"

차우석은 두 손을 불끈 쥐었다.

"아니, 어떤 놈들이⋯⋯. 그들 짓입니까?"

"아직 몰라. 하지만 그들이 아닐까 싶어."

"그러면 앞으로 고스트 수사팀은 어떻게 되는 겁니까?"

"계속 수사는 진행할 거야. 민 계장이 아니어도 다른 동료들이 있지 않나."

"그렇죠. 하지만⋯⋯."

"차질이 불가피하겠지. 차 경위는 신경 쓰지 말고 계획대로 진행하게."

"알겠습니다. 계장님을 뵐 수 있을까요?"

"그래. 온 김에 보고는 가야지."

"감사합니다."

서 총경은 좀 더 낮아진 목소리로 물었다.

"사교 파티에서 뭐라도 나온 게 있나?"

"정민우 몸에 문신이 있는지 확인해 봤는데 어디에도 없었습니다. 조직원 모두가 있는 건 아닌 것 같습니다. 행동원들만 있는 건 아닌지 모르겠습니다."

"그럴 수도 있겠지. 그 모임에 참석한 자들을 모두 확인한 건가?"

"연회장에서 확인할 수 있었는데, 정민우는 사람들 앞에서 몸을 노출하는 걸 극히 꺼리는 눈치였습니다. 사우나실에서 겨우 확인했습니다."

"그래. 거기 모인 참석자들 모두 어깨엔 문신이 없었다는 거지?"

"네, 과장님."

"사교 파티는 어떤 곳이었나?"

"처음엔 보통의 사교 모임처럼 보였습니다. 그런데 어떤 특정 장소에서…… 말로 설명드리기 어려울 정도로 문란한 파티가 열렸습니다."

"도대체 얼마나 문란하면 말로 설명하기도 어렵다는 거야?"

"그게……."

차 경위는 서 총경에게 가까이 다가가 조용히 그날에 있었던 일들을 얘기했다.

"뭐야? 그런 곳이 있다고?"

"저도 뭐 이런 곳이 다 있나 싶었습니다. 정민우의 말처럼 제정신으로는 도저히 있을 수 없는 곳이었습니다."

"정말…… 세상 미칠 노릇이군. 상류층들이 논다 논다 했지만 이 정도 줄은 몰랐네."

"저도 그 충격에서 빠져나오는 게 쉽지 않았습니다."

"이젠 괜찮은 거야?"

"네. 치료받고 안정됐습니다."

"고생 많았어. 그럼 다크킹덤 관련 증거는 찾지 못했다는 거지?"

"파티가 있던 같은 시각에 바로 위층에서도 모임이 있었던 것 같습니다. 그 모임이 우리가 찾는 다크킹덤이 아닐까 싶습니다."

"정말?"

"제가 있던 곳에는 젊은 친구들밖에 없었습니다. 실질적인 모임은 위층이 아니었을까 싶습니다."

"그럼 또 언제 모인다고 그래?"

"그건 아직 모릅니다. 정기적으로 모이는 게 아니라고 했습니다. 하지만 5년간 계속 그곳에서 열렸다고 하니 앞으로도 그곳에서 사교 파티가 있을 겁니다."

"그럼 지금 상황에선 주일 빌딩을 계속 주시해 보는 것밖에 다른 수가 없겠군."

"그래서 말입니다, 과장님. 그 빌딩 오피스텔을 임대했습니다."

"뭐? 벌써?"

"주명근의 소재를 파악하고 사교 파티에 대해 조사하려면 이 방법밖에 없었습니다."

서 총경은 작게 고개를 끄덕이며 말했다.

"위험하지 않겠어? 호랑이 굴에 들어간 거나 마찬가지인데."

"그래서 정민우를 이용해 볼까 합니다."

"그게 가능하겠어?"

"해 보겠습니다."

"그래, 해 봐. 대신 정신 바짝 차리고 몸조심하라고."

"네, 과장님."

"이제 민 계장 보러 가지."

차로 이동하던 중 민우직 경정이 위중하다는 얘기를 들은 박민희 순경은 눈물을 뚝뚝 흘리며 울기 시작했다.

"울지 말아요, 박 형사님."

"우리 팀장님 어떡해요?"

"오래 걸리겠지만 꼭 일어나실 거예요. 그러니까 그만 진정해요. 팀장님을 위해서라도 힘내자고요. 그리고 증거물을 찾아서 다크킹덤의 정체를 밝혀요. 그래서 그들의 죗값을 치르게 해야죠. 안 그래요?"

"네……. 그래야죠, 당연히."

박 순경은 휴지로 눈물을 닦으며 울음을 참았다.

"사실 나도 눈물이 날 것 같아서 그래요. 그러니까 참아 봐요."

"그럴게요, 남 순경님. 근데 팀장님 댁도 한번 확인해 봐야 하지 않을까요?"

"우선은 본부 먼저 확인하고요. 혹시 모르니 서 의원님한테도 가 봐야겠어요."

"서 의원님은 아직 모르고 계시나요?"

"최 형사님이 말씀하시지 않았을까요? 아, 이제 다 왔네요. 박형사님, 먼저 가세요. 저는 조금 있다 뒤따라갈게요."

강남 시장에서 조금 떨어진 공영 주차장에 차를 주차한 뒤, 남 순경과 박 순경은 따로 이동을 했다. 가능한 한 눈에 띄지 않기 위해서였다.

조심스레 본부에 들어선 후에야 박 순경이 다시금 입을 열었다.

"뭐 좀 드셨어요?"

"아니요. 박 형사님도 온종일 아무것도 못 먹었죠?"

"네. 본부에 오니까 배에서 요동이 치네요."

"못 들은 척하려고 했는데……."

"어머, 들으셨어요?"

"네, 꼬르륵. 컵라면이라도 먹고 시작해요."

"그럴까요? 그럼 물 먼저 올릴게요."

남 순경과 박 순경은 컵라면으로 배를 채운 뒤, 민우직 경정의 자리에서 증거물을 찾기 시작했다. 하지만 하루를 꼬박 새우고 배에 음식까지 들어간 탓에, 얼마 지나지 않아 눈꺼풀이 무거워졌다. 박 순경은 몸을 움직이면서도 가끔 꾸벅꾸벅 졸았다.

"박 형사님!"

"아! 네. 아하, 깜빡 졸았네요. 밤을 새웠더니…… 죄송해요. 정신 차리고 찾을게요."

"아뇨. 그게 아니고, 눈 좀 붙이라고요."

"아니에요. 괜찮아요."

"괜찮으니까 잠깐이라도 눈 좀 붙여요. 그다음에 나도 눈 좀 붙일게요."

"아, 그러시겠어요? 그럼 20분만 있다 깨워 주세요. 아셨죠?"

"그럴게요."

박 순경은 소파에 누워 눈을 감았다. 금세 잠이 들었는지 새근새근 콧바람 소리가 들려왔다.

남 순경은 민 경정 자리에 있던 서류철들을 일일이 열어 확인했다. 다행히 서랍장이 모두 열려 있어 안을 살펴볼 수 있었다. 하지만 책상 구석구석을 한동안 살펴보아도 아무것도 찾을 수 없었다.

캐비닛 문을 여는 소리에 잠에서 깬 박 순경은 깜짝 놀라 황급히 일어나 앉았다.

"어, 미안해요. 깼어요?"

"어……. 얼마나 잔 거예요?"

"얼마 안 됐어요. 더 자요. 미안해요."

"뭐예요? 1시간이나 지났잖아요."

"정말요? 그렇게 시간이 지났다고요?"

"벌써 오후 2시가 넘었어요. 이제 제가 찾아볼게요. 남 순경님도 눈 좀 붙이세요."

"난 괜찮아요."

"잠깐이라도 붙이세요. 자고 일어나니까 정신도 말짱해지고 좋네요. 앞으로 해야 할 일이 더 많다고요."

"알았어요. 그럼 정말 잠깐만 눈 붙일게요. 금방 깨워 줘요."

"네, 그럴게요."

남 순경은 소파에 눕자마자 바로 곯아떨어졌다.

잠시 후, 본부 상황실 문이 서서히 열렸다. 박 순경은 캐비닛 자료들을 보느라 문 열리는 소리를 듣지 못했다. 열린 문으로 들어온 검은 그림자는 소리 없이 박 순경의 등 뒤로 다가갔다. 박 순경은 그림자가 드리운 후에야 깜짝 놀라 뒤를 돌아보았다.

"당신, 누구야?"

그림자는 재빠르게 박 순경의 입을 손으로 틀어막고, 끌어안으며 목에 칼을 갖다 댔다.

"아악! 으읍……."

남 순경은 박 순경의 비명에 번뜩 잠에서 깨 주변을 살폈다. 박 순경은 목을 부여잡은 채 주저앉으며 옆으로 쓰러졌고, 남 순경이 고개를 들었을 때 그림자는 이미 어디론가 사라진 뒤였다.

"박 형사님!"

안 경위는 중환자실 대기석에 앉아 손으로 얼굴을 가린 채 고개를 숙이고 있었다. 그의 어깨는 계속 들썩였지만, 희미하게 흐느끼는 소리만 들릴 뿐이었다. 나 경사는 안 경위를 안쓰럽게 쳐다보다 고개를 뒤로 젖혀 눈두덩을 꾹꾹 눌렀고, 최 경위는 안 경위 옆에 앉아 천장만 멍하니 쳐다봤다.

눈이 붉게 충혈된 나 경사가 안 경위에게 다가가 말했다.

"안 형사님, 이제 그만 진정하시고 팀장님께 가시죠."

안 경위는 여전히 고개 숙인 채 아무 말이 없었다. 대신 옆에 앉아 있던 최 경위가 고개를 저으며 나 경사에게 물었다.

"나 형사, 면회 시간인가?"

"네, 최 형사님."

"그래. 안 형사, 이럴 때일수록 힘을 내야지. 팀장님은 반드시 일어나실 거야. 그러니까⋯⋯."

안 경위는 흐르는 눈물을 훔치며 최 경위를 바라봤다.

"죄송합니다, 최 형사님. 눈물이 멈춰지지 않네요."

"그래. 안 형사가 팀장님을 워낙 따랐으니 얼마나 상심이 크겠어. 지금 면회 시간이니까 팀장님 뵈러 들어가자고."

"알겠습니다."

안 경위는 양손으로 흐르는 눈물을 닦아 내며 자리에서 일어났다.

"안 형사님, 이걸로 좀 닦으세요."

나 경사가 휴지를 건넸다.

"고맙습니다, 나 형사님."

"화장실 가서 세수 좀 하고 와. 그 얼굴로 들어가서 팀장님을 어떻게 뵈려고 그래? 어서."

"저랑 같이 가요."

안 경위는 고개를 끄덕이며 나 경사와 함께 화장실로 갔다. 두 사람이 화장실에 간 사이 최 경위는 서 총경에게 전화를 걸었다.

"과장님, 면회 시간이라고 합니다."

"어, 그래. 알았어. 금방 들어갈게."

"그럼 저희 먼저 들어가 있겠습니다."

"그래, 그렇게 해."

최 경위는 먼저 중환자실로 들어갔다. 안 경위는 화장실에서 세수한 뒤 마음을 진정시키기 위해 심호흡을 했다. 나 경사가 뒤따라 나오던 그때, 중환자실로 다가오는 차우석이 보였다.

"어! 저 자식."

중환자실 출입구 앞에서 나 경사는 차우석을 빤히 쳐다봤다. 하지만 차우석은 나 경사를 한 번 힐끗 쳐다보고는 곧장 중환자실로 들어갔다.

"뭐야? 저 자식, 중환자실엔 무슨 일이지?"

"나 경사님, 어서 들어가시죠."

"아! 네. 갑니다."

중환실로 들어간 나 경사와 안 경위는 민 경정의 병상을 찾기 위해 두리번거렸다. 그때 간호사가 다가와 물었다.

"누구 면회 오셨나요?"

"민우직이라고……."

"네, 이쪽으로 따라오세요."

간호사는 안 경위와 나 경사를 민 경정의 병상 앞까지 안내해 주고 자리로 돌아갔다. 최 경위는 먼저 들어와 민 경정의 병상 옆에 서 있었다.

"어, 왔어."

"아……. 이게 뭡니까? 어휴……."

안 경위는 병상에 누워 있는 민 경정을 보자마자 고개를 돌려 손으로 눈물을 닦아 냈다.

"이게 어떻게 된 거예요? 전신 화상이라지만 어디 하나 성한 곳이 없지 않습니까? 온몸이 피로……."

나 경사도 처참한 민 경정의 모습을 더는 보지 못한 채 고개를 돌리고 말았다.

　"그러게. 나도 이 정도로 심한 줄은 몰랐네. 온몸에 붕대를 감고 있어 팀장님인지도 모르겠어."

　"정말 팀장님이 맞아요?"

　뒤늦게 들어온 서 총경이 병상으로 걸어오며 대답했다.

　"맞네, 나 경사."

　"어, 과장님."

　서 총경은 안 경위의 어깨를 살짝 잡으며 말했다.

　"안 경위, 그만 진정하지. 여기서 안 울고 싶은 사람이 누가 있겠나? 민우직 계장 앞에서 약한 모습 보이지 말게."

　"아으……. 죄송합니다, 과장님."

　안 경위는 울음을 참아 보려 애썼지만, 더는 참지 못해 결국 중환자실을 뛰쳐나가고 말았다.

　"저런……."

　"과장님, 이해하십시오. 민우직 팀장님을 잘 따랐던 친구라서 그렇습니다."

　"그래, 알고 있어."

　나 경사가 잠긴 목소리로 입을 열었다.

　"과장님, 정말 민우직 팀장님이 맞는 겁니까? 믿기지 않습니다."

　"나도 그러네. 아니었으면 좋겠어."

　"어떤 놈인지…… 가만두지 않을 겁니다."

"그래, 나 경사. 힘들겠지만 수사는 계속돼야 하네. 그게 민 계장도 원하는 일일 거야. 여기는 내가 지키고 있을 테니 어서 본부로 가 보게."

"알겠습니다, 과장님."

"최 경위도 이제 그만 들어가 봐."

"과장님, 저는 좀 더 있겠습니다."

"그러지 말고, 나 경사 갈 때 같이 가."

"그러세요, 최 형사님."

"알겠습니다, 그럼."

"그래. 나 경사, 지금쯤 화재 현장 감식결과가 나왔을 거야. 단서를 찾아보게."

"알겠습니다, 과장님. 충성!"

나 경사는 거수경례하고 최 경위를 따라 중환자실을 나갔다.

"최 형사님."

"어, 왜?"

"중환자실에서 그놈 보셨습니까?"

"그놈? 누구?"

"못 보셨어요? 기분 나쁘게 힐끔힐끔 우리 쪽을 보던데. 저번에 옥스퍼드 클럽 앞에서 박 형사의 이어 마이크 찾을 때 봤던 싸가지 그놈 말이에요."

"그놈이 중환자실에 있었다고?"

"못 보셨구나. 아까는 중환자실에 들어갈 때 저 보고도 모른 체하던데요."

"그렇겠지. 그때 밤에 한 번 보고 어떻게 기억하겠어."

"전 기억하는데요? 그 싸가지 밥맛없게 생겨서."

"쓸데없는 얘기 그만하고 어서 가자. 그나저나 안 형사는 어디로 간 거야?"

"제가 찾아볼게요."

"그래."

한서율 검사와 도민 경감은 서울 지방 경찰청 정보과를 찾았다. 정보과 형사의 협조 아래 김승철 경감의 자리를 수색했지만 별다른 것을 찾지는 못했다. 이후 두 사람은 동료 형사들을 만나 김 경감의 하루 동선을 조사했다.

"어제 밤늦게 나오셨었습니다. 무슨 일로 나오셨냐고 물었지만 아무 일 아니라고만 하시고, 급히 가방에 뭔가를 챙기시더니 바로 나가셨습니다."

"가방에 뭘 넣었는지 보셨습니까?"

"아니요. 서류철처럼 보였는데 자세히 보지는 못했습니다."

"혹시 김승철 경감님이 뭔가에 쫓기는 듯 보였나요?"

"아닙니다. 바삐 뭔가를 챙기면서도 얼굴에 미소를 띠고 계셨습니다."

"미소요? ……뭘까요, 경감님?"

"그러게 말입니다……. 별말씀은 없으셨습니까?"

"나가시면서 금방 다녀올 테니까 수고들 하고 있으라고 하셨습니다."

"그 말씀이 다였나요?"

"네. 금방 오신다고 하셨는데…… 영영 못 오시다니……."

도 경감은 정보과 형사 어깨에 살며시 손을 올려 다독였다.

"저기, 형사님. 경 내 CCTV 좀 확인할 수 있을까요?"

"따라오십시오, 검사님. 제가 안내해 드리겠습니다."

"고맙습니다. 가시죠, 경감님."

"박 형사님!"

나는 다급히 박 순경에게 달려갔다. 쓰러져 있는 박 순경의 목에서 피가 솟구쳐 오르는 것이 보였다. 그런데 난 어느새 다시 소파 앞에 서 있었다. 다시 박 순경에게 가려 했지만, 앞으로 나아가지 못한 채 박 순경만 애타게 부를 뿐이었다. 목이 메어라 큰 소리로 박 순경을 외쳤다.

"박 형사님! 박 형사님!"

그때 쓰러져 있던 박 순경이 벌떡 일어나 나에게 달려들었다. 나도 모르게 눈을 질끈 감고 비명을 질렀다.

"으악!"

그때 누군가가 나를 흔들어 깨우는 것이 느껴졌다.

"남 순경님? 남 순경님!"

"어! 어……. 박 형사님? 괜찮으세요?"

"저요? 남 순경님이야말로 괜찮으세요?"

"뭐가요? 박 형사님 목……."

"목이요? 꿈꾸셨어요? 왜 그렇게 잠꼬대를 심하게 하세요. 깨어나셔서 저를 찾는 줄 알았잖아요."

"뭐라고요? 잠꼬대요?"

"네. 꿈에서 저를 왜 그렇게 부르셨어요?"

"……꿈이었나?"

나는 주변을 둘러보며 소파에서 일어나 앉았다.

"자면서 소리도 지르시던데, 악몽이라도 꾸신 거예요?"

"아휴, 악몽이라면 악몽이죠. 다행이네요, 꿈이라서……."

"무슨 꿈이었는데요?"

"아니에요. 제가 얼마나 잤…… 어! 뭐야? 아직 꿈인가?"

"네? 무슨 말씀이세요?"

나는 믿을 수 없는 광경에 눈을 비비고 다시 바닥을 내려다봤다.

"아니, 저기……."

"저기 뭐요? 남 순경님, 왜 그러세요? 무섭게."

아직 꿈인가 싶어 세게 볼을 꼬집어 봤다.

"아으!"

고스란히 느껴지는 고통에 인상을 찌푸리며 박 순경을 쳐다봤다.

"지금 뭐 하시는 거예요?"

"꿈이 아니네요."

"무슨 꿈을 꾸셨기에 그러세요?"

"아니…… 아니에요."

"괜찮으세요?"

"네, 괜찮아요. 캐비닛에서 뭐라도 나왔나요?"

박 순경에게 말하면서도 난 힐끗힐끗 바닥을 내려다봤다.

"아니요. 뭔데 그래요? 자꾸 바닥은 왜 보는데요? 저기에 뭐가 있나요?"

"아무것도 아니에요, 박 형사님."

나는 손사래를 치며 어색하게 웃어 보였다.

"꿈이 너무 생생하다 보니 놀라서……. 캐비닛에 있는 자료 다 못 봤죠?"

"네. 좀 더 봐야 할 것 같아요. 더 주무세요. 제가 찾아볼게요."

"아니에요. 괜찮아요. 어서 찾아보죠."

나는 캐비닛 자료를 살피며, 소파 앞에 엎드려 쓰러져 있는 시체를 힐끔힐끔 쳐다봤다. 처음엔 꿈인 줄 알았지만 분명 사람 시체였다. 시체는 얼굴이 머리카락으로 가려져 있어 누구인지 바로 알 수 없었다. 머리카락이 긴 것으로 봤을 때 여자인 듯했다. 설마, 꿈처럼 박 순경일까? 아니면 검사님? 그것도 아니면 또 다른 여자?

박 순경에게 시체 환영이 보인다고 말할 수는 없었다. 조금 전 일은 꿈이었지만, 꿈처럼 저 시체 환영이 박 순경일 수도 있기 때문이다. 박 순경이 없을 때 자세히 살펴볼 수밖에 없었다.

"박 형사님, 지금 몇 시나 됐죠?"

"지금이…… 14시 35분이네요. 주무신 지 30분도 안 지났어요. 더 주무셔도 돼요."

"아, 그러면 커피라도 좀 마실까요? 잠도 깨고 좋을 것 같은데……."

"그럴까요?"

"시원한 아아 어때요?"

"좋죠. 제가 사 올까요?"

"아유, 그러면 저야 고맙죠. 바람 좀 쐬고 오세요. 올 때까지전 열심히 찾고 있을게요."

박 순경은 미소 띤 얼굴로 말했다.

"네. 그새 졸지 말고 꼼꼼히 찾으셔야 합니다."

"명심하겠습니다, 박 형사님!"

나는 박 순경에게 경례하며 웃어 보였다.

"그럼 다녀올게요."

박 순경은 환히 웃으며 본부를 나섰다. 나는 상황실을 나가는 그녀를 확인한 뒤, 서둘러 소파 앞에 엎드려 있는 시체 앞으로 갔다. 시체 얼굴을 확인하기 위해 바닥에 엎드리던 그때, 갑자기 본부 문이 열렸다. 문 열리는 소리에 깜짝 놀라 황급히 팔 굽혀 펴기를 했다.

"뭐 하세요? 갑자기 푸시업은 왜?"

다름 아닌 박 순경이었다.

"잠깐만요. 스물 하나, 스물 둘……."

팔 굽혀 펴기를 3번 정도 하고 손을 떨며 일어섰다.

"벌써 사 온 거예요?"

"아니요. 지갑을 놓고 가서요. 근데…… 남 순경님 이상하시
네요, 계속."

"에이, 또 뭐가요? 몸이 좀 찌뿌둥해서 잠깐 몸 좀 푼 거예요.
잠 깨는 데는 푸시업이 최고죠."

"그래요? 그럼 다녀올 테니 마저 하세요."

박 순경은 지갑을 흔들어 보이며 상황실을 나갔다. 나도 억지
웃음을 짓고 있다가 큰 한숨을 내쉬었다.

제3화

칠성의 정체

박민희 순경이 커피를 들고 주상 복합 건물 안에 들어섰을 때, 안민호 경위와 나상남 경사가 앞서 걸어가고 있는 것이 보였다.

"나 형사님!"

걸어가던 안 경위와 나 경사가 뒤를 돌아보자 박 순경은 고개 숙여 인사를 건넸다.

"오셨어요."

"박 형사, 한가하게 커피나 마시고 있을 때가 아닌 것 같은데."

"아……. 죄송해요, 나 형사님."

"왜 그러십니까? 커피 가지고."

"지금 커피가 목에 넘어갑니까? 아이참…….."

나 경사는 볼멘소리를 내뱉고는 철물점 안으로 들어갔다.

"박 형사가 이해해. 팀장님 뵙고 오는 길이라 예민해지셔서 그래."

"아니에요. 맞는 말인걸요."

"에이, 아니라니까. 어서 들어가."

"팀장님은 깨어나셨어요?"

"아니, 아직."

"상태가 어떠신 거예요? 많이 위중하세요?"

"일단 들어가서 얘기하자."

안 경위는 주위를 살핀 뒤 박 순경과 함께 철물점 안으로 들어갔다. 먼저 본부로 들어선 나 경사는 남 순경의 인사를 받는 둥 마는 둥 쳐다보지도 않고 자리로 가서 앉았다. 남 순경이 말을 걸어야 할지 말아야 할지 망설이고 있을 때, 안 경위와 박 순경이 들어왔다.

"남 순경님 뭐라도 찾으셨습니까?"

"아니요. 아무것도 없네요."

뒤따라 들어온 박 순경은 잠시 눈치를 살피다 안 경위에게 물었다.

"안 형사님, 이제 말씀해 보세요."

박 순경의 말에 남 순경이 끼어들어 물었다.

"왜요? 박 형사님, 무슨 일 있었어요?"

"박 형사, 일단 커피 먼저 드려."

"아! 남 순경님, 여기 커피요."

남 순경은 안 경위 옆으로 다가가 나지막이 물었다.

"그런데 나 형사님은 왜 저러세요?"

"아……. 팀장님 뵙고부터 저러시네요. 화가 단단히 나셨어요."

"병원에서 오시는 길이세요?"

"네. 면회하고 오는 길이에요."

"상태가 어떠신 거예요?"

박 순경도 옆으로 붙으며 물었다.

"많이 안 좋으신 거예요?"

"박 형사, 너무 놀라지 말고. 남 순경님도 너무 상심하지 마십시오."

박 순경은 뜸을 들이는 안 경위가 답답했는지 재차 물었다.

"도대체 어떠신데 그러세요?"

"온몸에 화상을 입어 붕대를 감고 계시더라고요. 붕대에 피가……."

"네? 그게 정말……. 으…… 아아……."

박 순경은 손으로 얼굴을 가리고 흐느껴 울기 시작했다. 남 순경도 얼굴이 일그러지며 고개를 푹 숙였다.

"이래서 말하기……."

그때 앉아 있던 나 경사가 벌떡 일어나 소리쳤다.

"그만들 질질 짜지!"

"나 형사님."

"그만들 울어! 운다고 팀장님이 당장 일어나시는 것도 아닌데 뭘 그렇게 울고 난리야! 그 시간에 빨리 일어나 하라고!"

"네……. 알겠습니다, 나 형사님."

남 순경은 소매로 눈을 쓱쓱 문질러 닦고 캐비닛 앞으로 갔다. 안 경위는 박 순경을 다독였다.

"박 형사, 괜찮아?"

"으흠, 흠. 네. 죄송해요. 저도 일 볼게요."

박 순경이 서둘러 캐비닛 앞으로 가자, 안 경위는 남 순경을 보며 물었다.

"남 순경님, 더 찾아볼 곳이 남아 있는 겁니까?"

"팀장님 자리랑 여기 캐비닛 모두 찾아봤지만 없네요. 나머지 남은 캐비닛도 마저 확인해 보려고요."

"나온 게 아무것도 없는 거죠?"

"네. 이곳엔 없는 것 같네요."

나 경사가 손을 번쩍 들어 흔들었다.

"안 형사님! 화재 현장 감식결과가 나온 것 같습니다. 이리 좀 와 보세요."

안 경위와 남 순경은 곧장 나 경사의 책상 모니터 앞으로 갔다. 박 순경도 휴지로 눈물을 닦으며 뒤따랐다. 팀원들이 모두 모이자 나 경사가 감식결과에 대해 설명을 시작했다.

"국과수에서 보낸 결과를 보니 발화 지점이 목재 상단에서 작은 불씨로부터 시작됐다고 나왔네요. 인명 피해는 김승철 경감님과 팀장님밖에 없고요."

안 경위가 모니터를 가리키며 이어 말했다.

"여기, 창고가 전소돼 방화인지 실화인지 판별이 쉽지 않다고 나와 있는 거 맞죠?"

"왜 이걸 판별 못 하는 거죠? 당연히 방화지 이게 실화겠습니까?"

"진정하세요, 나 형사님. 단서가 될 만한 것을 찾지 못했나 봅니다. 아니면 뭔가 숨기는 게 있는 거겠죠?"

모니터를 보고 있던 남 순경은 놀란 눈으로 안 경위를 바라봤다.

"그럼 감식결과도 그들이 조작한 거라고 보시는 거예요?"

"그냥 제 추측입니다, 남 순경님."

"혹시 팀장님 차는 못 찾으셨어요?"

남 순경이 안 경위에게 묻자 나 경사가 대신 입을 열었다.

"아니, 찾았어. 부둣가 컨테이너 안에 있더라고."

"그 차는 지금 어디 있나요?"

"경찰청에 있지. 그건 왜?"

"차에 증거물이 있지 않을까 해서요."

"내가 찾아봤는데 없었어."

안 경위는 남 순경을 바라보며 물었다.

"그럼 팀장님 댁을 확인해 봐야 하지 않겠습니까?"

"팀장님 댁엔 아무도 안 계시지 않을까요?"

"아닙니다. 팀장님의 자녀들은 있을 겁니다."

"그럼 지금이라도 갈까요?"

"네, 그러시죠."

일어서려는 남 순경에게 박 순경이 물었다.

"서 의원님한테는 안 가 봐도 될까요?"

"서 의원님……."

남 순경이 말을 잇지 못하자 안 경위가 먼저 입을 열었다.

"최 형사님이 서 의원님께 가 계시는데, 제가 연락해 부탁드려 보겠습니다."

"그러지 말고 안 형사님은 남 순경이랑 의원님께 가 보십시
오. 박 형사랑 제가 민 팀장님 댁으로 가겠습니다."

"나 형사님, 그렇게 해 주시겠어요?"

"그래, 남 순경. 안 형사님이랑 의원님께 가 봐."

한서율 검사와 도민 경감은 김승철 경감이 경찰청 내에 머물
러 있었던 시간대 CCTV 영상을 확인했다. 김승철 경감은 차를
타고 들어와 주차 구역에 차를 세우고 경찰청 본관으로 들어섰
다. 그리고 특별할 것 없이 정보과로 향했다. 얼마 후 다시 정보
과를 나와 경찰청 본관으로 나갈 때까지 별다른 것을 찾을 수는
없었다. 다만 나갈 때는 주차장으로 가지 않고, 정문을 이용하
는 모습이 포착됐다.

"차를 타고 간 게 아니었네요."

"그러게 말이에요."

"그럼 외부에 촬영된 CCTV를 좀 볼 수 있을까요?"

"잠시만요. 보안실장님, 보여 드리세요."

"네."

동시간대 경찰청 외부가 촬영된 CCTV 영상을 살펴봤다. 김
경감은 정문으로 나와 인도에서 택시를 잡고 있었다. 마음처럼
택시가 잡히지 않자, 계속 걸음을 옮기고 주변을 두리번거리며

택시를 찾았다. 그러고는 어딘가로 전화를 거는 모습이 보였다.

CCTV 영상이 끊기고 다른 영상으로 이어지는 구간에서 갑자기 김 경감이 사라졌다. 택시를 탔는지 확인하기 위해 이전 영상을 살펴봤지만 택시는 보이지 않았다. 그 잠깐 사이에 감쪽같이 김 경감이 증발해 버린 것이다.

그때였다.

"보안실장님, 김승철 경감님이 사라진 구간을 다시 보여 주시겠어요?"

"네, 알겠습니다."

보안실장은 영상을 뒤로 돌려 김승철 경감이 사각지대로 들어서는 구간 전에서 멈췄다.

"여깁니다, 검사님."

"고맙습니다. 이 시간대에 다음 구간 CCTV 영상을 옆에 띄워 주실 수 있나요?"

"그러죠."

보안실장은 동시간대 다음 구간 CCTV 영상을 옆에 띄우고 한 검사를 쳐다봤다.

"띄웠습니다, 검사님."

"저기예요, 경감님. 보이세요?"

"저기 검은 차량 말씀입니까?"

"네. 보안실장님, 동시에 재생해 주세요."

보안실장은 고개를 끄덕이며 영상을 실행시켰다.

"보세요. 검은 차량이 사각지대로 들어서고 바로 다음 구간 영상에 나타나지 않잖아요."

"그럼 저 차량이 김승철 경감님을 납치한 거라고 보시는 겁니까?"

"정황상 그렇게 보이는데요. 택시도 보이지 않고, 갑자기 사각지대에서 김승철 경감님이 사라진 것도 그렇고요."

"그럼 저 차량을 CCTV로 쫓아 봐야겠네요. 차량 번호도 확인해 봐야겠어요."

"네. 보안실장님, 확인 가능할까요?"

"확인해 보겠습니다."

전 구간 동 시간대의 CCTV 영상을 확인해 봤지만, 밤늦은 시간이라 차량 번호 식별이 불가능했다.

"만약 저 차량이 김승철 경감님을 납치했다면 인천항 부근에서도 찍혔을 거예요. 그곳 CCTV 영상을 빨리 확보해야겠어요."

"그게 좋겠습니다. 제가 인천 경찰청에 협조 요청하겠습니다."

"보안실장님, 이 영상 자료 원본을 가져갈 수 있을까요?"

"네. 바로 복사해서 드리겠습니다."

"고맙습니다. 경감님, 영상 자료 받고 본부로 돌아가시죠."

"그러시죠. 그럼 전 전화 좀 하겠습니다."

남 순경과 안 경위는 서 의원이 있는 안전 가옥을 찾았다.

"최 형사님은 어디 가셨습니까?"

안 경위가 서 의원에게 물었다.

"제가 쓸 물품들을 사러 갔어요. 괜찮다고 하는데도 고집을 부려서요."

"저기…… 서 의원님, 얘기는 들으셨죠?"

"네, 남 순경님. 우철 씨한테 들었어요. 어쩌면 좋아요……. 상심이 크죠?"

"그게…… 그렇죠. 의원님도 많이 놀라셨죠?"

"네……. 하지만 남 순경님, 팀장님 금방 일어나실 거예요. 우철 씨도 그럴 거라고 했어요."

"맞아요. 팀장님은 꼭 그러실 거예요."

서 의원과 남 순경의 대화가 끊긴 틈에 안 경위가 입을 열었다.

"그리고 여남구 씨한테 받은 증거물 말입니다. 혹시 복사본을 만들어 놓지는 않으셨습니까?"

"아……. 우철 씨도 물어보더라고요. 이럴 줄 알았으면 복사본이라도 만들어 놓았을 텐데. 그때 바로 팀장님께 드렸거든요."

"그렇죠. 그때는 경황이 없으셨을 거예요."

"그땐 정말 그랬어요. 우철 씨한테도 말했는데, 여남구 씨 어머님한테 한번 가 보는 건 어떠세요?"

"그게 무슨 말씀이세요?"

"여남구 씨의 어머님이 그 증거물을 저한테 우편으로 보내신 거예요. 혹시 어머님이 남겨 놓지는 않으셨을까 해서요."

"아! 그럴 수 있겠네요. 안 형사님, 그럼 바로 움직이시죠."

"지금 출발하면 밤늦게 도착할 겁니다. 그러지 말고 내일 아침 일찍 가시죠. 그리고 연쇄 살인사건 현장도 돌아봐야 하지 않습니까?"

"맞네요. 연쇄 살인범도 잡아야죠. 깜박 잊고 있었어요."

"다들 팀장님 일로 정신이 없으시죠? 그러고 보니 어제부터 한숨도 못 자고 계신 거 아니세요? 오늘은 이만하시고 들어가 쉬세요. 이러다 탈 나겠어요."

"그러네요. 안 형사님, 괜찮으세요? 저야 잠깐 눈 좀 붙였지만 안 형사님은 정말 한숨도 못 주무셨잖아요."

"이 정도는 괜찮습니다. 아무튼 의원님, 감사합니다. 이만 일어나겠습니다."

"도움도 못 드리고 죄송하네요. 팀장님이 저렇게 되셨는데 다른 형사분들도 걱정이네요. 몸조심하세요."

"네. 의원님도 항상 조심하셔야 합니다."

"그럴게요."

채이돈 사망사건 D-5, 연쇄 살인사건 D-6, 본부 살인사건 D-7

장마가 시작됐는지 밤부터 내린 비가 그치지 않고 계속 내리고 있었다. 한 주택의 대문 앞에 우산을 쓴 두 남자의 뒷모습이 보였다.

"안 형사님, 여기가 맞는 거죠?"

안 경위와 남 순경이 여남구의 부모가 사는 집을 찾았다.

"네, 맞습니다."

하지만 초인종을 눌러도 아무런 응답이 없었다. 남 순경은 집 안에 대고 큰 소리로 소리쳤다.

"아무도 안 계세요! 여보세요!"

그래도 인기척이 없자 이번엔 안 경위가 더 크게 외쳤다.

"아무도 안 계십니까! 여남구 씨 어머님, 안 계십니까?"

"안 계시나 본데요."

"그런 것 같습니다. 아침 일찍 온다고 왔는데. 벌써 어디 나가 셨나?"

"전화도 안 받으시고……. 어쩌죠? 여기서 무작정 기다려야 하나…….'

"어쩔 수 없죠. 이따 저녁에라도 다시 와 보죠."

그때 옆집에서 한 아주머니가 눈을 비비며 나왔다.

"이 아침에 누구예요? 왜 이렇게 시끄럽게 소리를 지르고 난 리예요!"

"죄송합니다. 옆집에 사시나 봐요?"

"보면 몰라요? 뭐예요? 이제 거기 아무도 안 살아요."

"아, 그래요? 이사 가신 건가요?"

"이사가 아니고 며칠 전에 두 양반 다 돌아가셨어요. 그러니 까 무슨 일인지 몰라도 가세요, 이제."

아주머니는 크게 하품하며 대문 안으로 몸을 돌렸다. 안 경위 는 황급히 아주머니를 불러 세웠다.

"아주머니, 잠깐만요."

"또 왜요?"

"돌아가셨다고요?"

"에이, 귀찮게 정말. 잘 들어요. 요 집 아들이 몇 개월 전에 죽었거든. 그래서 부부가 비관 자살을 했다고 들었어요."

"들으셨다고요? 누구한테 들으신 겁니까?"

"누구긴 누구야? 요 동네 사람들은 다 아는데. 저기 슈퍼 사장이 경찰한테 물어봤다고 하더만. 궁금하면 저기 슈퍼 사장한테 가서 물어봐요."

"네, 감사합니다."

아주머니는 투덜거리며 집 안으로 들어갔다.

슈퍼 사장을 찾아가 물어본 결과 옆집 아주머니의 말이 맞았다. 안 경위는 곧바로 관할 경찰서에 여남구 부모의 사건 수사 기록 열람을 요청했으나 불가능하다는 통보를 받았다. 어쩔 수 없이 간단히 사건 요지만 확인하고 본부로 돌아갈 수밖에 없었다.

정적이 흐르는 상황실엔 딸깍거리는 마우스 클릭 소리만이 가끔씩 들려왔다. 박 순경과 나 경사는 책상 앞에 앉아, 컴퓨터 모니터에 얼굴을 가까이 대고 뭔가를 유심히 보고 있었다. 그때 한 검사가 커피 캐리어를 들고 상황실에 들어섰다.

"커피 사 왔어요. 잠깐 커피 드시고 하세요."

나 경사는 눈을 비비며 크게 기지개를 켰다.

"아흐, 감사합니다."

"잘 마시겠습니다, 검사님."

박 순경과 나 경사는 인천항으로 통하는 도로 CCTV 영상에 찍힌 차량 중 김승철 경감을 납치한 차량과 일치하는 차가 있는지 찾고 있었다.

"검사님은 안 드세요?"

"저는 이거요."

한 검사는 박 순경에게 텀블러를 흔들어 보였다.

"아하, 헛개차요."

"맞아요. 전 이거면 돼요."

"검사님, 도 경감님하고 나영석 경위가 어제부터 안 보입니다. 무슨 일이 있는 겁니까?"

"아니요. 어제 너무 늦어서 말씀 못 드렸는데요. 남시보 순경이 새벽에 연쇄 살인사건 피해자의 시체 환영을 봤어요."

"봤다고요? 아직 예상했던 주가 아닌데요, 검사님."

"맞아요. 그래서 그것 때문에 오늘도 바쁘신 것 같아요."

나 경사는 고개를 갸웃거리며 말했다.

"왜요? 남 순경이 봤다고 하지 않으셨습니까? 그럼 된 거 아닌가요? 미리 가서 살인범을 기다리기만 하면 되는 거 아닙니까?"

"그렇긴 한데, 공범이 있는 것 같아요. 그리고 만약을 대비해서 다음 범행 예상 지점도 파악하고 계신 듯하고요."

"그러네요. 그때 공범이 있을 수 있다고 하셨어요. 쌍둥이…… 아니, 쌍둥이는 아니죠."

"네. 쌍둥이는 아니에요. 조력자가 있는 것 같아요. 오늘 새벽에 가서 확인해야 했는데, 이틀 연속 밤을 새울 수는 없어서 하루 쉬고 내일 새벽에 가기로 했어요."

커피를 빨대로 쪽쪽 빨아 마시고 있던 나 경사가 너스레를 떨며 말했다.

"너무 걱정이 많으신 거 아닙니까? 이번엔 제가 꼭 잡겠습니다. 장소를 알아냈으니 검거하는 데 크게 문제없을 것 같은데요."

"혹시 모르니 대비는 해야죠. 게다가 예상보다 일찍 범행이 일어나서 다음 범행도 예상보다 빨리 일어날지 모르니까요. 그리고 팀장님 사건도 조사 중이세요. 화재 현장 감식결과도 다시 분석 중인 걸로 알고 있어요. 그래서 직접 현장에 가서 확인도 하신 걸로 알아요."

"아……. 정말 바쁘시겠네요."

"그렇죠. 그럼 우리도 다시 시작해 볼까요."

"네, 검사님."

박 순경과 나 경사는 다시 모니터 앞으로 고개를 돌렸다. 한 검사도 책상 앞에 앉아 모니터 속 CCTV 영상을 확인했다. 새벽 도로에 찍힌 차량 색상이나 모델은 화면상 불분명하게 보여 비슷한 차량을 찾아내는 데 애를 먹었다.

세 사람은 점심시간이 다 될 때까지 반복해서 CCTV 영상을 확인했다. 그때 문이 열리고 안 경위와 남 순경이 상황실로 들어왔다. 다들 잠깐 고개 돌려 인사하고 다시 모니터를 봤다.

"가신 일은 어떻게 되셨어요?"

한 검사는 말하면서도 모니터에서 눈을 떼지 못했다.

"저기, 검사님."

"네, 말씀하세요."

안 경위는 침통한 얼굴로 한 검사를 바라봤다.

"여남구 씨 부모님이…… 돌아가셨습니다."

"뭐라고요?"

한 검사는 깜짝 놀라며 안 경위에게 시선을 돌렸다.

"돌아가셨다고요?"

"네. 자살하셨다고 합니다."

"자살이요? 확실해요?"

"관할 형사한테 확인했는데 자살로 사건 종결이 됐다고 합니다."

"수사 기록은 확인하셨어요?"

"그게, 수사 기록을 보여 줄 수 없다고 해서 말입니다. 영장 청구를 해야 볼 수 있을 것 같은데…… 가능하겠습니까?"

"그럼 쉽지 않을 거예요. 자살로 종결된 사건이니 타살이라는 증거가 있거나 다른 명백한 사유가 있어야만 가능해요."

"영장 청구도 어렵겠죠?"

"아마도요. 어쩌죠? 팀장님 댁에서도 찾은 게 없으니……. 다크킹덤 수사에 차질이 불가피해졌어요. 팀장님도 부재중이시고 어떻게 해야 할지 막막하네요."

어제 나 경사와 박 순경도 민 경정의 집으로 가 증거물을 찾아봤지만 아무 것도 찾지 못한 상황이었다.

"이제 어디를 어떻게 수사해야 할지 정말 모르겠습니다."

"안 경위님, 다크킹덤 수사도 수사지만 주명근 소재 파악은 어떻게 진행되고 있는 거죠?"

"그게…… 사실……."

안 경위가 선뜻 대답하지 못하고 머뭇거리자, 모니터 CCTV 영상을 보고 있던 나 경사가 고개를 삐죽 내밀며 말했다.

"검사님, 최 형사님이 정보원을 통해 주명근의 소재를 파악 중이라고 하셨습니다. 아직 어디에 숨어 있는지는 찾지 못한 듯하고요."

"그런가요. 팀장님이 안 계시니 앞으로는 저한테 조사한 내용들은 바로바로 보고해 주시면 좋겠어요."

"알겠습니다. 앞으로 그러겠습니다."

상황실에 정적이 흘렀다. 모두 자리에서 일에 몰두하고 있어 더욱 조용했다. 그때 남 순경이 조심스럽게 한 검사에게 말을 걸었다.

"검사님."

"네, 남 순경님."

"저……."

남 순경은 말하다 머뭇거리며 주위 동료들의 눈치를 살폈다. 한 검사는 갑자기 텀블러 뚜껑을 열어 안을 확인했다.

"어! 이런, 다 마셨네. 남 순경님, 헛개차 맛 좀 볼래요?"

"네? 아, 네."

"그럼 탕비실로 같이 가죠."

"네."

탕비실에서 남 순경은 한 검사에게 채이돈 의원의 시체 환영을 본 사실을 얘기했다. 시체 눈에서 나상남 경사를 봤다는 사실을 말하려 했지만, 그건 끝내 말하지 못했다.

주일 빌딩 로비에서 차동민과 정민우가 만났다.

"뭐야? 왜 여기서 보자고 한 거야?"

"브라더, 내가 한잔 사려고 불렀지."

"근데 왜 로비에서 보자고 한 거야? 아래 클럽도 있는데."

"브라더, 나 여기 오피스텔로 옮겼어."

"왜? 내가 소개해 준 호텔은 어쩌고?"

"여기 사우나에 반해 버려서 말이야. 하하."

"너 혹시 사교 파티 때문에 여기로 옮긴 거 아니냐?"

"아……. 들켰네. 어쩜 그렇게 사람 속을 꿰뚫어 보는 거야, 브라더. 민망하게."

"정말이야? 자식, 이제 아주 대놓고 들이대네. 그 뭐야? 늦게 배운 도둑놈이…… 뭐 한다고 했는데. 아무튼 그 꼴이네."

정민우는 차동민에게 손가락질하며 큰 소리로 웃어 댔다.

"에이, 브라더. 그만 웃어. 사람 민망하게 자꾸 웃을 거야? 그래. 사실 그날 충격에 아직도 허우적대고 있다고. 이게 다 브라더 때문이야. 책임져!"

"야야, 책임은 무슨……. 카하하하. 좋다. 아무튼 오늘 네가 쏜다고 했다?"

"당근이지. 옥스퍼드 클럽으로 갈까?"

"좋아. 근데 뭔가 싸한데……."

"어?"

"너 혹시 이걸 빌미로 뭐 부탁하려는 건 아니지?"

"야아, 브라더는 못 속이겠네."

"뭐야? 정말이야? 자식이 이 형님을 뭐로 보고. 좋다, 좋아. 브라더 부탁이면 뭐든 들어줘야지. 가자, 가."

"오케이. 굿 맨!"

차동민이 주먹을 내밀자 깔깔대며 웃던 정민우도 주먹을 뻗어 맞댔다. 둘은 어깨동무를 하고 옥스퍼드 클럽으로 내려갔다.

룸에 자리 잡은 그들은 사교 파티 때 있었던 일들을 얘기하며 술을 마셨다.

"야, 그렇게 좋았어? 아무튼 자식이 은근히 음흉한 구석이 있단 말이지."

"에이, 또 그런다. 사람이 다 그런 거지. 아무튼 고마워, 브라더."

"고맙다는 말을 몇 번이나 하는 거야? 야, 쉰 소리 그만하고 술이나 따라."

"어, 그래. 받아."

"브라더, 걱정 마. 다음에 또 파티 열리면 꼭 데리고 갈게. 응?"

"정말? 그럼 나야 땡큐지. 굿 맨! 그러면 이번엔 명근이 그 친구도 볼 수 있는 건가?"

"명근이? 아, 클럽 사장 아들?"

"그래, 그때 그랬……."

차동민은 정민우의 눈치를 살피다 이내 말했다.

"말해도 돼?"

"자식, 쫄기는. 말해. 괜찮아. 그날은 내가 좀 취해서 그런 거야."

"어, 그럼 말한다. 다음 모임에는 참석할 수 있다고 했잖아."

"아으! 빌어먹을. 그런 자식이 다……."

"근데 모임에 참석하려면 멤버가 돼야 한다면서?"

"그렇지."

"무슨 멤버가 돼야 하는 거야?"

"선친들부터 내려오는 모임이 있어. 거기 멤버가 돼야 하거든."

"무슨 조건이 있나?"

"몰라! 그때도 얘기했을 텐데. 정략결혼을 해야 한다고. 더 이상 묻지 마. 알았어?"

"그래, 알았어. 명근이는 멤버가 됐을까?"

"모르지 그거야."

"브라더는 안 궁금해? 명근이랑 연락되면 잠깐 보자고 하면 안 될까?"

"싫어. 그 자식을 내가 왜? 그리고 연락처도 없어. 그날은 우연히 클럽에서 만난 거야."

"그런 거야? 그럼 어디에 있는지 모르는 거네?"

"모르지. 내가 그딴 자식이 어디에 있는지 알아서 뭐 하겠냐? 집에 잘 있겠지."

"그렇구나. 그래, 뭐. 다음 모임 때 보면 되겠지."

"브라더, 너도 그 자식 봐서 알잖아. 그 자식이 그 모임에 어울려? 보나 마나 어울리지도 못할 거야. 너 혹시 동정심에라도 그 자식이랑 어울리지 마라. 그 순간 너도 동급 되는 거야. 알겠지?"

"그런가? 아이, 난 안쓰러워 그러지. 아빠한테도 맞고 자랐다면서?"

"지금도 맞고 살잖아. 자식이 불쌍하긴 하지. 그래도 안 돼. 네가 그 자식이랑 동급 취급당하면 내 체면이 뭐가 되겠냐? 그러니까 안 된다. 절대!"

"오케이. 알았어, 브라더. 그 얘기는 그만하자."

2004년 어느 봄

한적한 인도 위 포장마차에서 한 젊은 남자가 혼자 술을 마시고 있었다. 그 청년 앞에는 빈 소주병 3개가 놓여 있었고, 손에도 이미 소주병이 들려 있었다. 청년은 술잔에 따라 마시는 것도 귀찮았는지 병째로 입에 술을 들이부었다.

그때, 범죄자를 쫓다 놓쳤는지 신경질을 내며 들어서는 젊은 형사가 있었다. 그 뒤로 중년 남자가 젊은 형사 어깨를 토닥이며 들어왔다.

"괜찮아. 매번 어떻게 다 잡나? 놓칠 수도 있지."

"아닙니다. 제가 조금만 빨리 나왔어도……. 아무튼 다 제 잘

못입니다."

"아니라니까. 그놈이 엄청 빠른 걸 어떡해? 자책하지 말고, 술한잔 마시고 풀어. 내일 또 잡으러 가야지."

"한 형사님, 감사합니다. 매번 이렇게 챙겨 주시고……. 항상 감사하게 생각하고 있습니다."

"별것도 아닌 거 가지고 감사는? 됐고 술이나 한잔해. 여기요. 꽁치 하나하고 소주 주세요."

혼자 술을 마시고 있던 남자는 시끄럽다는 듯 인상을 팍 쓰며 형사들을 째려보았다.

"저기, 경찰인 거 같은데 좀 조용하지. 여기 전세 냈어?"

"뭐?"

"아니야. 이 형사, 잠깐. 나랑 자리 바꿔."

한 형사는 시비 거는 남자 옆에서 이 형사를 떼어 놓았다.

"왜? 내가 뭐 잘못 말했나?"

"아이고, 미안해요. 젊은 친구, 우리가 좀 시끄러웠죠? 조용히 할 테니 마저 마셔요."

"그래. 술 처마시러 왔으면 술이나 마셔. 경찰이 범인이나 잡지 술이나 마시니 나라가 이 꼴이지."

"뭐? 이 자식이 진짜……."

이 형사가 더는 참지 못하고 자리에서 일어나 그에게 달려들려 하자 한 형사가 급히 말렸다.

"이 형사, 참아. 저 친구가 술이 많이 취한 것 같아. 그냥 모른 척해."

"아니, 젊은 놈의 새끼가 형사님한테 반말을 자꾸 하니까…….
아이씨, 열받네."

술을 마시던 남자가 소주병을 세게 내려놓으며 소리쳤다.

"야! 열받으면 네가 어쩔 건데?"

한 형사가 황급히 말리며 말했다.

"저기, 젊은 친구. 많이 취한 것 같은데. 그래요, 경찰이 범인
을 잡아야지. 우리도 일 끝나고 잠깐 스트레스 좀 풀러 온 거니
이해해요. 젊은 친구도 스트레스가 많았나 봐요. 혼자 술도 꽤
많이 마신 것 같은데, 이제 그만 마시고 들어가는 게 어때요?"

한 형사의 말에 조금은 화가 진정됐는지 그는 다시 소주병을
들며 말했다.

"별……. 남 신경 쓰지 말고 당신이나 잘하시지? 꼴에 경찰
이라고. 제발 똑바로 좀 해요! 그러니까 내가 이렇게 술이나 마
시고 있는 거 아니야! 당신들이 이 국가를 위해 잘했어 봐. 우리
가…… 젠장! 아이씨, 술맛 떨어지네. 여기 얼마예요?"

"그냥 가요. 술값은 내가 내 줄 테니."

"뭐야? 내가 거지로 보여?"

"미안해서 그래요. 맞아요. 경찰이 잘해야죠. 우리가 많이 부
족해요."

"그래. 알면 똑바로 하라고 제발!"

"많이 힘들어 보이네요. 힘내요."

한 형사가 주먹을 쥐어 보이자, 남자가 풀린 눈을 내리깔며
쳐다봤다.

"뭘 안다고 그딴 소리를 해?"

"가끔 여기 올 때마다 봤어요. 항상 이 자리에 앉아서 혼자 술 마시고 있던데……. 사는 게 많이 힘들죠. 요즘 청년들 많이 힘들 거예요. 가능하면 술로 풀지 말고……."

"시끄러워! 무슨 소리를 하는 거야?"

젊은 남자는 당황한 듯 버럭 소리치며 서둘러 포장마차를 나가 버렸다.

"아니, 저 자식이 지금 어디서……."

"이 형사, 괜찮아. 그냥 가게 놔둬."

포장마차를 나온 젊은 남자는 비틀비틀 걸어 한 여관방으로 들어갔다. 그곳엔 검은색 야구 모자를 쓴 한 남자가 기다리고 있었다.

"뭐야? 전화는 왜 안 받아."

"이 시간에 무슨 일로?"

"무슨 일은? 임무가 떨어져서 그러지."

"또 뭔데?"

"왜 그래? 술 많이 마신 거야?"

"내가 취하는 거 봤어?"

"그럼 왜 그렇게 짜증을 내는데?"

"됐고, 이번엔 무슨 일인지 말이나 해."

모자 쓴 남자는 가방에서 봉투를 하나 꺼냈다. 봉투를 건네받은 그는 봉투 안에서 사진 한 장과 문서 하나를 꺼냈다.

"이 사람은 왜?"

"그걸 왜 물어? 지시 내려온 대로 처리하면 되는 거야."

"씨발, 이유라도 알자. 뭐야? 이 사람을 왜 처리하는 건데?"

"너 왜 그래? 요즘. 국가를 위해 하는 일이라고 했잖아. 그걸 몰라서 자꾸 이래?"

"동구야, 우리……."

"야! 이름 부르지 말라고 했지! 너 왜 이러는 거야? 뭐가 문제야? 그리고 왜 이런 곳에서 지내는 거야? 그 돈 다 어디에 쓰고, 어?"

"돈? 씨발, 그게 뭐가 필요해. 동…… 그래, 오성아. 언제까지 이 짓을 해야 하는 거야? 우리가 처리한 인간이 어떤 인간인지도 모르는데 이 짓을 계속 해야 하냐? 넌 괜찮아?"

"칠성아, 왜 그래? 국가의 명령이야. 이 나라를 위해 우리 손에 피를 묻히는 거라고. 우리는 그렇게 하늘과 땅과 국가 앞에 맹세했잖아."

"그래. 국가를 위해 내 한목숨은 아깝지 않게 내놓을 수 있어. 우리야 이미 죽어야 했을 목숨이었으니까. 그런데 우리가 죽인 자들이 정말…… 이 나라에 위해를 가하는 자들일까? 아무리 명령이라고 하지만……."

오성은 칠성의 어깨를 잡아 흔들며 소리쳤다.

"야! 칠성, 정신 차려! 우린 생각하고 판단해선 안 돼. 그거 몰라? 그냥 지시에 따라 임무만 완수하면 되는 거야. 지시에 따라 움직이기만 하면 되는 거라고. 이번만 그냥 넘어간다. 다음에도 이러면 상부에 보고할 수밖에 없어."

"동구야, 아니, 오성아. 알았다. 알았으니까, 예전처럼 내 이름 한 번만 불러 줄래?"

"왜 그래? 왜 이렇게 약한 모습을 보이는데? 무슨 일 있었어?"

"씨발. 그냥 이름 한 번만 불러 줘, 예전처럼. 우리 친구 아니냐? 어!"

"자식이 정말……. 알았어."

오성은 칠성의 양팔을 잡아 흔들며 큰 소리로 말을 이었다.

"오민석. 민석아! 그만 정신 차리고 본래 네 모습으로 돌아와라. 우리 중에 가장 에이스였던 네가 왜 이러는 거야?"

"그래. 고맙다, 동구야. 이제 그만 가 봐. 내가 처리하고 연락할게."

"시일 내에 완수해야 한다."

"그래."

현재, 채이돈 사망사건 D-5, 연쇄 살인사건 D-6, 본부 살인사건 D-7

만취한 정민우는 제대로 걷지도 못했다. 차동민은 정민우를 힘겹게 부축하며 엘리베이터에 올라탔다.

"야, 어디 가는 거야?"

"이제 좀 정신이 들어?"

"그러지 말고 술 한잔 더 해야지. 벌써 들어가는 거야?"

"알았어. 그럼 내 오피스텔에 가서 마시자."

"오우, 이러려고 여기서 지내는 거냐? 응큼한 자식!"

정민우는 눈을 치켜뜨고는 음흉한 웃음을 지어 보였다.

"아니라니까, 정말. 근데 하나 궁금한 게 있어, 브라더."

"뭐가 또 궁금한데? 말해. 내가 다아 말해 줄게."

"여기 17층은 왜 안 눌러지는 거야?"

"아하, 17층? 거긴 왜?"

"아니, 뭐 하는 곳인가 궁금해서 눌러 봤는데 안 눌러지잖아."

"당연히 안 되지. 아무나 올라갈 수 있는 곳이 아니야. 전용 엘리베이터에 골드 카드까지 있어야 한다고. 그걸 센서에 갖다 대야 17층으로 올라갈 수 있지."

"그런 거야? 나 참……. 브라더는 그 카드 있어?"

"나? 당근 있지."

"지금도 가지고 있어?"

해맑게 웃던 정민우는 눈을 꾸벅거리며 고개를 끄덕였다.

"그래? 그럼 구경 좀 시켜 주면 안 돼?"

"아이, 자식! 음흉한 놈. 뭐가 그렇게 보고 싶은 거야? 매일 열리는 거 아니라니까?"

"알아. 도대체 얼마나 멋진 곳인지 해서 말이야."

"잘 꾸며 놓기는 했더라. 궁금해?"

"아니, 뭐……. 지금 가 볼 수 있어?"

"지금? 에이, 안 돼."

"왜?"

"가서 뭐 하게? 술이나 더 마시자. 집이 몇 층인데 이리 오래 걸려?"

"아! 이런. 12층인데 안 눌렀네."

"뭐야! 빨리 눌러. 술이나 한잔 더 하자. 어?"

"그래, 알았어."

"내가 다음에 제대로 구경시켜 줄 테니까 삐치지 말고. 응?"

"에이, 누가 삐쳤다고 그래? 아니야."

엘리베이터가 12층에 멈춰서고, 정민우와 차동민은 비틀대며 오피스텔로 들어갔다.

　　　　　　　　　　•

밤이 되자 추적추적 비가 내리기 시작했다. 하지만 습한 공기는 씻겨 가지 못한 듯 무더웠다.

한서율 검사가 카페로 걸어오는 모습이 창밖으로 보였다. 카페 구석에 앉아 있는 나를 본 그녀는 우산을 접고 다시 걸음을 옮겼다. 나는 일어나 손을 흔들어 보였다.

"검사님, 여기요!"

한 검사는 미소를 지어 보이며 걸어왔다.

"늦진 않았죠?"

"네. 아직 시간 안 됐습니다. 많이 더우시죠?"

"그러네요. 비가 오는데도 왜 이리 더운지 모르겠어요."

한 검사는 앞머리를 살짝 넘기며 얼굴에 손부채질을 했다.

"여기 앉으세요. 시원한 커피…… 아! 헛개차 드시죠? 근데 여기는……."

"아니에요. 커피 마셔도 돼요. 아니, 찬물이 낫겠네요."

나는 앞에 있던 물컵을 한 검사 앞으로 내밀며 말했다.

"그럼 이 물 드세요. 입 안 댔어요."

"고마워요."

한 검사는 목이 많이 말랐는지 찬물을 단숨에 들이켰다.

"목이 많이 마르신 것 같은데 시원한 아이스커피도 한 잔 시킬까요?"

"아니에요. 바로 움직여야 하잖아요. 괜찮아요."

"아니면 나가서 헛개차라도……."

"정말 괜찮아요. 헛개차는 오늘 많이 마셔서 물이면 돼요."

"그런데 헛개차는 언제부터 드시게 된 거예요?"

"검사 되고부터요. 피로 회복에 좋더라고요."

"그게 그렇게 좋나요?"

"네. 아빠가 매일 드셨거든요. 그런 아빠를 위해 엄마가 매일 헛개차를 끓이셨죠."

"그래서 항상 가지고 다니셨구나. 아버님이 드시는 겸 검사님도……."

"아니요. 아빠는 돌아가셨어요."

"아……. 죄송해요, 검사님."

"아니에요. 아직 시간 안 됐나요?"

한 검사의 말에 서둘러 휴대폰을 꺼내 시간을 확인했다.

"지금 들어가면 될 것 같아요."

"그럼 협조 요청하고 들어가죠."

나는 직원에게 경찰 신분을 밝히고 협조를 요청한 뒤, '청소 중' 팻말을 한 검사에게 들어 보였다.

"검사님, 가시죠."

"네."

먼저 남자 화장실에 들어가 사람이 없는 것을 확인하고 한 검사를 불렀다. 그리고 화장실 밖 문고리에 팻말을 걸어 놓고 문을 잠갔다. 화장실 안은 소변기 2개, 좌변기 1개가 있는 협소한 공간이었다.

"괜찮으세요, 검사님?"

"뭐가요?"

"남자 화장실이라서……."

"지금 우린 사건 현장에 와 있는 거예요, 남 순경님."

"아! 네, 그렇죠."

"여기 좌변기 안에서 본 건가요?"

"네, 검사님. 그때 좌변기 칸막이 문이 열려 있어서 볼 수 있었어요."

"그랬군요. 남 순경님, 저도 들어서 알고 있어요. 이번은 드러내지 말고 보기만 하는 게 좋겠어요. 여긴 너무 비좁아 위험할 수 있을 것 같아요."

"알겠습니다, 검사님. 그럼 잠시만요."

나는 눈을 감았다가, 잠시 후 서서히 눈을 떴다. 앞에는 좌변기가 보였고 주변엔 아무도 없었다. 초자연 현상이었다.

"남 순경님, 채이돈 의원이 보이나요?"

"아니요. 아무도 안 보입니다."

"아직 시간이 안 된 건가요?

"그런 것 같아요. 어! 모자 쓴 남자가 들어왔어요."

"살인범인가요?"

"네. 그자예요."

"남 순경님이 안 보이는 거 맞죠?"

"바로 뒤에 서 있는데 모르는 것 같아요."

"다행이네요."

"어, 다시 그냥 나가는데요."

"그럼 미리 와 본 거네요. 채 의원이 화장실에 들어오면 그때 다시 들어오겠죠."

"그런 것 같아요. 어! 검사님, 채이돈 의원이 들어왔어요."

"곧 시작되겠네요."

채이돈 의원은 서둘러 좌변기 칸막이 문을 열고 안으로 들어갔다. 그리고 문이 닫힌 지 얼마 지나지 않아 좌변기 물 내려가는 소리가 들렸다.

그때, 살인범이 다시 화장실로 들어왔다. 그는 좌변기 칸막이 문 옆에 서서 채 의원이 나오기만을 기다렸다. 칸막이 문이 열리는 순간, 살인범은 나오는 채 의원 목을 한 손으로 움켜쥐며 안으로 밀고 들어갔다.

"남 순경님, 어떻게 되고 있는 거예요?"

"잠시만요. 지금 그자가 채 의원을 위협하고 있어요."

"그래요? 어떤 상황인지 자세히 봐야 해요. 알죠?"

"네, 검사님."

채 의원은 소리도 내지 못하고 살인범에게 밀려 좌변기에 주저앉았다. 안에서 어떤 일이 일어나는지 보기 위해 칸막이 안을 들여다보려 할 때, 화장실로 나상남 경사가 들어왔다.

'정말이었어? 눈에 보였던 사람이 나상남 경사였던 거야? 우연히 들어온 건가?'

나 경사를 보고 잠시 멈칫하는 사이, 칸막이 문이 열리고 살인범이 밖으로 나왔다. 채이돈 의원은 온몸에 힘이 다 풀린 것처럼 고개가 옆으로 축 처진 채 좌변기에 앉아 있었다.

살인범은 나 경사와 마주 섰다. 채 의원의 눈동자에서 봤던 그 장면이었다. 이때 숨진 것일까? 살인범과 나 경사는 잠시 서로를 주시하며 아무런 움직임도 보이지 않았다. 나 경사는 아직 이자가 살인범인지 모르는 것일까? 아니다. 분명 들어올 때 채 의원이 쓰러져 있는 모습을 봤다.

"남 순경님, 뭐가 어떻게 되고 있는 거예요? 왜 아무 말이 없어요?"

"검사님, 잠시만요. 다 보고 나중에 설명해 드릴게요."

둘이 뭐라고 대화를 나누는 것 같은데…… 들리지 않는다. 이건 또 뭐지? 왜 아무 소리도 안 들리는 거지? 이내 살인범은 아무렇지도 않게 나상남 경사 옆을 지나쳐 화장실 밖으로 나갔다. 나 경사는 그를 막아서지 않았다.

"검사님, 지금 살인범이 화장실 밖으로 나갔어요."

"그래요? 범인의 인상착의는 확인했나요?"

"아니요, 검사님. 그게……."

나 경사는 따라 나가지도 않고, 쓰러져 있는 채이돈 의원을 잠시 보더니 어디론가 전화를 걸었다. 나는 곧바로 살인범을 따라 화장실 밖으로 나갔다. 하지만 살인범은 벌써 어딘가로 사라지고 보이지 않았다.

"뭐야? 왜 화장실이지?"

"남 순경님, 눈 떴네요? 저 보여요?"

"어? 검사님."

나도 모르게 눈이 떠져 버린 것이다.

"다 확인한 건가요? 이제 밖으로 나온 거예요?"

"살인범을 쫓으려고 화장실 밖으로 나갔는데 초자연 현상에서 나오고 말았어요."

"살인범의 얼굴은 못 본 거죠?"

"네, 검사님."

뭔가 좀 이상했다. 나 경사는 살인범을 보고도 그냥 보내 줬다. 아니, 쫓아가지도 않았다. 그러고는 채 의원의 시체를 확인한 뒤 어딘가로 전화를 걸었다. 경찰에 신고…… 아니, 응급 구조대를 부르는 걸까?

"남 순경님."

"……."

"남 순경님! 무슨 생각해요?"

"아! 아닙니다. 살인범이 뭐라고 말했는데 소리가 안 들려서요. 그걸 생각하느라……."

"안 들렸다고요? 살인범이 혼잣말을 한 건가요?"

"아니요, 그게……. 누구랑 전화를 하더라고요, 네."

차마 한 검사에게 사실대로 말할 수는 없었다.

"그럼 원래 들렸는데 갑자기 안 들리는 건가요?"

"모르겠어요. 아! 그러고 보니 서 의원님 때도 소리는 못 들었던 것 같아요. 제 존재를 드러내지 않으면 들을 수 없나 봐요."

"그런가 보네요. 그럼 어쩌죠? 여기서 드러내 보일 수도 없는 거잖아요."

"내일 숨어서 무슨 얘기를 하는지……."

그렇게 말하며 숨을 만한 곳을 찾아 고개를 돌리려는데 한 검사가 잘라 말했다.

"그러기엔 숨을 곳이 없어 보이는데요."

"아……. 대놓고 드러낼 수도 없고……. 제가 모습을 드러내면 분명 말을 하지 않을 거예요."

"그렇겠죠. 다른 방법을 찾아야겠어요."

왜 살인범을 놓아준 걸까? 혹시 둘이 아는 사이는 아닐까? 아니면 정말 나상남 경사가 다크킹덤 조직원……. 이 사실을 알려야 할까?

"남 순경님, 여기 더 볼 게 있을까요?"

맞다! 채이돈 의원 손에 뭐가 있는지 확인해야 했는데. 이런, 깜빡하고 잊고 있었다.

"그만 가시죠. 새벽에 A지점에도 가야 하잖아요."

“…….”

“남 순경님. 남 순경님!”

내 어깨에 누군가의 손이 닿았다. 그제야 나는 한 검사의 말이 들렸다.

“아! 네. 뭐라고 하셨어요?”

“무슨 생각을 그렇게 해요? 이제 그만 가자고요.”

“네, 죄송해요. 가시죠.”

아쉬운 마음이 남았지만 한 검사를 따라 일단 화장실에서 나왔다.

“검사님, 저기 앉아서 잠깐 얘기 좀 하시죠.”

“할 얘기가 있는 거죠? 그래요.”

빈 테이블에 자리를 잡고 앉자 한 검사는 재촉하듯 말을 건넸다.

“이제 말해 보세요. 뭐예요?”

“제가 말씀드리지 않은 게 있어요.”

“뭔데요?”

“채이돈 의원의 시체를 처음 봤을 때 시체 눈에서…… 나상남 형사를 봤어요.”

한 검사는 눈을 번쩍 뜨며 격앙된 목소리로 말했다.

“뭐라고요? 그럼 살인범이 나 경사님이라…….”

나는 손을 내저으며 황급히 한 검사의 말을 끊었다.

“아닙니다, 검사님. 그게 아니고요. 살인범과 함께 보였어요. 처음엔 옆모습이라 긴가민가해서 말씀 못 드렸는데, 아까 초자연 현상에서 봤을 때 나상남 형사가 화장실로 들어왔었어요."

"그럼 우연히 현장에 온 건가요?"

"……그게 아닌 것 같았어요. 살인 현장을 목격하고도 살인범을 체포하지 않더라고요."

"그냥 보고만 있었다는 말인가요? 살인을 막지 않고요?"

"살인이 일어난 후에 들어와서 막지는 못했을 거예요. 하지만 살인범을 잡지 않았다는 게 문제죠."

"도망가는 살인범을 놓쳤다는 거죠?"

"아니요. 살인범이 도망치는 것 같지 않았어요. 그냥 아무렇지 않게 나상남 형사를 지나쳐 화장실을 나가더라고요."

"그 말은 나 경사님이 살인범을 잡지 않고 그냥 가게 뒀다는 말인가요?"

"네."

한 검사의 눈이 또 한 번 커지는가 싶더니 파르르 하고 작게 떨렸다.

"왜요? 왜 잡지 않고……. 설마 나 경사님이 공범…… 아니, 다크…… 그 조직원이라는 건가요?"

"그걸 모르겠어요. 공범은 아닌 것 같았는데, 이상하게 살인범을 잡을 생각도 하지 않았단 말이죠. 뭔가 있는 것 같은데 그걸 모르겠어요."

"공범처럼 보이지 않았다니 그건 또 무슨 말이에요? 그런데 왜 살인범을 체포하시 않았겠어요?"

"그걸 알아내기 위해서는 둘이 무슨 대화를 했는지 들어봐야 할 것 같아요."

"그건 위험해요. 비좁은 화장실에서 몰래 듣긴 어려울 거예요. 그러다 남 순경님이 위험해질 수 있다고요."

"하지만…… 뭔가 방법이 있을 거예요."

한 검사는 숨을 고르듯 작게 심호흡하며 말했다.

"좋아요. 그건 좀 더 생각해 보죠. 이 사실을 또 누가 알고 있죠?"

"팀장님밖에 모르세요. 팀장님도 처음엔 믿지 못하셨거든요. 좀 더 지켜보자고, 비밀로 하라고 하셨어요. 그래서 말씀 못 드렸어요. 그런데 팀장님이 병상에 계시는 상황이니 검사님께는 말씀드려야 할 것 같았어요."

"그랬군요. 우선 저랑 둘만 알고 있는 게 좋겠어요."

"저도 같은 생각이에요."

"그래요. 그럼 이제 그만 본부로 복귀하죠."

나상남 경사는 두리번거리다 배를 살살 만지며 박민희 순경에게 다가왔다.

"박 형사, 안 출출해?"

"벌써요? 저녁 식사하셨잖아요."

"그래, 저녁 먹었지. 야식 말이야. 어때?"

"전 괜찮아요."

"에이, 그러지 말고. 늦게까지 찾아야 할 것 같은데 먹고 하자. 응?"

"혼자 드세요. 전 괜찮으니까요."

"정말 그럴 거야? 혼자 먹기 미안해서 그러지."

"주문하기 귀찮으셔서 그런 게 아니고요?"

"뭐? 아니, 그게 아니고……. 됐다. 내가 시켜 먹는다. 후회하지 마."

"후회 안 합니다. 시켜 드세요."

"에이, 정말……."

나 경사는 야식 배달 업체 전단지를 찾기 위해 서랍장을 뒤졌다. 그때 상황실 문이 열리고 도민 경감과 나영석 경위가 들어왔다. 박 순경은 자리에서 일어나 고개 숙여 인사했다.

"오셨어요, 경감님. 간만에 얼굴 봬요, 나 경위님."

"어, 박 순경. 그러네."

책상 아래에서 전단지를 찾던 나 경사도 고개를 삐죽 내밀어 인사했다.

"오셨습니까? 경감님, 나 경위님."

"나 경사, 뭐라도 나온 게 있어요?"

"아직 찾은 게 없습니다, 경감님."

"그래요. 이거 참……. 이쯤 됐으면 뭐라도 나올 줄 알았는데 어렵네요."

"저기, 경감님. 음식을 좀 시킬까 하는데 드시겠습니까?"

"난 저녁 먹었어요. 아직 식사도 못 하고 있었어요?"

"그게 아니라 야식으로……. 나 경위님, 야식 시킬 건데……."

"나도 괜찮아, 나 경사. 박 순경이랑 먹어."

"아니……. 그럼 그냥 저도 뭐……."

나 경사는 시무룩한 얼굴로 전단지를 서랍 안에 도로 넣었다. 도 경감은 박 순경의 책상 앞으로 다가가 물었다.

"박 순경, 검사님은 언제 오신다고 연락 없었죠?"

"네. 검사님이랑 같이 나가실 때 말씀 없으셨어요?"

"과장님을 만나러 간다고만 하고 별말 없었어요. 남 순경하고 안 경위는 어디 간 건가요?"

"같이 나갔는데 어디로 갔는지는 모르겠어요."

"아마 최우철 형사를 만나러 간 것 같습니다."

나 경사가 끼어들어 말했다.

"최 경위한테요?"

"네. 여남구 씨 부모님 건으로 만나러 간 것 같습니다. 사건 관할이 경기 남부 경찰청이라서요."

"사건 기록 열람 건 때문에 간 거군요."

"맞습니다, 경감님. 그런데 나 경위님, 화재 사고 현장에 가셨다고 하셨잖아요. 감식결과 보셨죠? 그거 믿을 수 있는 겁니까?"

나 경위는 나 경사 옆으로 다가가 앉으며 말했다.

"감식결과에는 문제없었어. 직접 가서 화재 현장 주변을 살펴봤는데, 창고 정문과 후문으로 여러 발자국이 나 있더라고. 차량 바퀴 자국도 여러 개 보이고. 현재 족적과 차량 바퀴들을 정밀 감식 중이야. 팀장님을 납치한 차량 바퀴가 그중 하나겠지."

"그걸로 차량이 뭔지나 알 수 있을까요?"

"바퀴 무늬로 차량 모델을 구별할 수 있으니까 그걸 통해 주변 CCTV 영상을 찾아봐야겠지. 현장에 가서 창고로 통하는 모든 도로 CCTV 영상들을 수거해 와서 분석 중에 있어."

"아, 그래요? 오우……."

그때 문이 열리고 안 경위가 상황실로 들어왔다.

"다녀왔습니다."

"이제 와요, 안 경위."

"네, 경감님. 나 경위님, 며칠 못 본 사이에 살이 더 빠지신 것 같습니다."

나 경위가 대답하기도 전에 도 경감이 이어 물었다.

"안 경위, 혼자 온 거예요? 남 순경은 같이 안 왔어요?"

"남시보 순경은 지구대에 일이 생겼다고 해서 따로 움직였습니다."

"그래요. 최 경위를 만나러 갔었다면서요. 간 일은 어떻게 됐어요?"

"사건 기록을 열람할 방법은 없는지 알아보려고 갔었습니다. 최우철 형사가 옛 동료들한테 부탁해 봤는데 안 됐습니다."

"요즘은 더 어려울 겁니다. 예전 같았으면 몰래 보여 주고 그랬을 텐데 말이죠."

"그런 것 같습니다, 나 경사님."

얼마 뒤 한 검사와 남 순경도 본부로 복귀했다. 멤버들은 잠시 휴식을 취하다 전체 회의를 진행했다. 회의를 마치고, 한 검

사와 남 순경 그리고 도 경감은 연쇄 살인사건 피해자 시체를
목격한 현장으로 이동했다.

한 검사, 도 경감과 함께 도착한 곳은 연쇄 살인사건 A지점 현
장이었다.

"남 순경, 공범이 있는지만 확인하는 겁니다. 눈에 보였던 살
인범 뒤에 누가 있는지만 확인하면 되는 거예요."

"눈만 보고는 주명근인지 확신할 수 없잖아요."

"지금까지 정황상 살인범은 확실히 주명근이에요. 그자가 분
명 뒤에 있을 겁니다. 그러니 무리해서 나설 필요 없어요. 사건
당일에 이곳에서 그자를 잡으면 됩니다. 확실하게 연쇄 살인범
인지만 확인하면 되는 거예요. 그자의 범행 재연을 본다고 생각
하고 동선만 정확히 파악하면 되는 거라고요. 알겠어요, 남 순
경?"

"그래도 경감님, 확실하게 얼굴을 확인하는 게 좋지 않을까
요?"

한 검사는 내 팔에 손을 올리며 말했다.

"남 순경님, 경감님 말씀대로 하는 게 좋겠어요."

"서민주 의원 때도 위험했다고 들었어요, 남 순경."

"아니요. 그렇게 위험하지 않았어요. 칼에 찔렸지만 멀쩡했다

고요. 통증이 좀 남기는 했지만…… 별다른 이상은 없었어요."

"그건 모를 일이에요. 그러다 정말 몸에 해라도 입으면 어떡해요? 굳이 그렇게까지 할 필요 없어요. 절대 무리하게 나서서 행동하지 말아요. 알았어요?"

도 경감의 단호한 당부에 이어 한 검사가 걱정 어린 눈으로 내게 말했다.

"그렇게 해요, 남 순경님."

"네, 알겠습니다. 보기만 할게요."

"좋아요. 이제 시간 됐으니 시작하죠."

도 경감에게 고개를 끄덕이며 눈을 감았다. 그리고 잠시 후 준비가 되었을 때쯤 서서히 눈이 떠졌다. 주위에 아무도 없는 것을 보니 초자연 현상 안으로 들어온 듯했다.

"뭐가 좀 보여요?"

어둠 속에서 도 경감의 목소리가 들렸다.

"아니요. 아무도 없네요. 주위가 꽤 어두워졌어요."

"그래요? 그날이 더 어두울 거예요."

"어, 비가 내리는데요?"

"비가 내린다고요?"

"네."

"피해자 시체를 처음 봤을 때 그런 얘기는 없었잖아요."

"시체만 볼 수 있지 날씨는 알 수 없어서요. 그래도 그때 피해자 옷이 젖어 있진 않았는데……."

"그럼 처음 봤을 때랑 뭐가 달라진 건가요?"

"아직 그건 모르겠어요. 사건이 발생하면 알 수 있겠죠."

"그래요. 좀 더 지켜봅시다."

그때였다. 한 여성이 술에 취했는지 우산도 없이 가방으로 대충 머리를 가리고 비틀거리며 걸어왔다. 옷차림을 봤을 때 피해자 여성이었다. 이제 살인범이 등장할 차례였다.

"피해 여성이 걸어오고 있어요."

"지켜만 보는 거예요."

술에 취한 그녀는 비틀거리며 내 옆을 지나갔다. 하지만 살인범은 나타나지 않았다. 뭐가 어떻게 되고 있는 거지? 나는 조심히 그녀의 뒤를 따라갔다.

"경감님, 지금 시간이 어떻게 되죠?"

"03시 17분이에요."

"정말요? 예상 시간이 지났는데 아무 일도 일어나지 않고 있어요."

"뭔가 잘못되고 있는 거죠?"

"보통 범행…… 어!"

"무슨 일이에요?"

"경감님, 시작됐어요."

블랙 비니를 쓴 남자가 방금 지나쳐 갔던 여자를 뒤에서 끌어안고, 내가 서 있는 어두운 곳으로 끌고 들어왔다. 그는 손에 칼을 든 채 여자를 벽으로 밀쳤다. 칼에 위협을 느낀 그녀는 그자의 말에 순순히 따를 수밖에 없었다. 그녀는 두 눈을 질끈 감은 채 부들부들 떨기만 할뿐 소리를 지를 생각도 하지 못했다. 이

내 그는 품 안에서 뭔가를 꺼내 들어 휘둘렀고, 그녀는 그대로 힘없이 주저앉고 말았다.

붉은 피가 그녀의 머리를 타고 흘렀다. 남자는 정신을 잃은 그녀를 발로 툭 밀었다. 그리고…….

"으윽!"

"남 순경, 괜찮아요?"

"어……. 경감님."

"왜 그래요? 지금 온몸을 떨고 있잖아요."

"제가요?"

그랬다. 나는 나도 모르게 몸을 부들부들 떨고 있었다. 눈에선 눈물이 흘러내렸고, 얼굴은 얼마나 인상을 쓰고 있었는지 미간이 경련을 일으킬 정도였다.

"남 순경이 너무 괴로워 보여서 나도 모르게 팔을 잡았어요. 미안해요. 나 때문에 그곳에서 빠져나온 것 같네요."

"아니에요. 너무 끔찍해서…… 저도 보기 힘들었어요. 그래도 확인을 해야 하니 잠시만 기다려 주세요."

다시 눈을 감았다 떴을 때, 살인범은 한 쇳덩어리 위에 그녀의 팔뚝을 올려놓았다. 그녀의 옷은 온통 붉게 물들어 있었다. 비니와 고글을 쓰고 있던 남자는 고글에 묻은 피를 장갑 낀 손으로 닦아 내며 그녀를 내려다보았다.

그자는 그 자리에 우두커니 서서 한참 동안 그녀를 내려다봤다. 주위에 누가 오는지도 살피지 않고 대담하게 범행 현장에 남아 있었다. 그때 또 한 남자가 살인범과 똑같은 복장에 골프 캐디 백을 들고 걸어왔다. 뒤늦게 범행 현장에 온 남자는 그녀의 팔뚝 아래에 놓인 쇳덩어리를 집어 들었다. 그 쇳덩어리는 별 모양의 틀이 있는 금속이었다. 그제야 뒤에 서 있던 살인범은 주위를 살피며 범행 현장을 떠났다. 뒤늦게 온 자도 묵직해진 캐디 백을 들쳐 매고 곧장 그곳을 벗어났다.

제4화

경고 메시지

2004년 비 내리는 어느 날

어두운 밤거리에 오민석이 비를 맞으며 뚜벅뚜벅 걸어가고 있었다. 비에 젖은 몸에선 하얀 김이 피어올랐다. 어쩔 도리 없이 계속해서 흘러내리는 빗물에 그는 손으로 연신 눈을 닦아 냈다.

열린 화장실 창문을 통해 작은 불빛이 안으로 새어 들어왔다. 불빛은 먼저 화장실 문을 비췄다. 곧이어 화장실 문이 열리고, 불빛은 무언가를 찾는 듯 어두운 거실을 이리저리 비췄다. 어느 방문 앞에 멈춰선 불빛은 점점 커지다 이내 흐릿해졌다. 문손잡이가 돌아가는 미세한 소리와 함께 서서히 방문이 열렸다.

불빛은 방 안 침대에서 잠을 자고 있는 남자의 다리에서부터, 서서히 몸을 타고 위로 올라갔다. 그때 창밖에서 번쩍하고 불빛이 반짝거렸다. 그 순간 방 안이 밝아졌고, 두건을 쓴 자가 손전등을 들고 침대 앞에 서 있는 것이 보였다. 얼마 지나지 않아 천둥소리가 크게 울렸다.

두건을 쓴 자는 황급히 침대 밑으로 몸을 숨겼다. 잠을 자고 있던 남자는 천둥소리에 옆으로 몸을 뒤척였다. 그는 침대 밑에서 손전등을 입에 물고 주머니에서 낚싯줄을 꺼냈다. 그리고 장갑 낀 양손에 낚싯줄을 돌돌 말아 양쪽으로 힘껏 잡아당겼다.

침대 위로 살짝 얼굴을 내밀어 살핀 뒤, 아무것도 모른 채 잠들어 있는 남자의 뒤로 다가갔다. 잠들어 있던 남자는 밀려드는 고통에 눈을 번쩍 뜨며 있는 힘을 다해 일어나 앉았다. 잠에서 깬 남자는 괴로운 듯 양손을 앞으로 뻗어 두건 쓴 자의 손을 붙잡았다.

그 순간, 방문이 열리고 창밖에서 또 한 번 번개가 번쩍였다. 그 불빛에 방문 앞에 서 있는 어린아이의 모습이 보였다.

"아빠! 무서워. 천둥소리가 무서워."

"커억! 커어⋯⋯."

"아빠, 뭐야? 아빠!"

아이는 차마 방으로 들어오지 못하고, 방문 앞에 주저앉아 큰소리로 울기 시작했다. 우는 아이의 모습에 두건을 쓴 자는 두 팔에 힘이 풀려 줄을 놓쳐 버리고 말았다. 남자는 앞으로 쓰러지며 목을 붙잡고 거친 숨을 내쉬었다. 두건 쓴 자는 서둘러 방에서 나와 현관문으로 도망쳤다. 그제야 아이는 아빠에게 달려가 품에 안겼다.

집에서 도망쳐 나온 그는 비를 맞으며 무작정 앞으로 내달렸다. 한참을 달리다 쓰고 있던 두건을 벗어 던지자 드러난 오민석의 얼굴 위로 빗물이 세차게 내리쳤다.

오민석은 포장마차 앞에 멈춰 서서 다시 한번 얼굴에 묻은 빗물을 닦아 내고 안으로 들어갔다. 포장마차 안에는 한동탁 형사가 술을 마시고 있었다. 오민석은 자리에 앉으며 국수와 소주를 시켰다. 한동탁은 포장마차에 들어온 오민석을 힐끔 쳐다봤다.

"비를 홀딱 맞았네. 우산 쓰고 다니라고. 젊다고 비 맞고 다니지 말고."

"쓸데없이 남의 일에 참견하지 말아요."

"그러지. 나도 그럴 기분은 아니니까."

오민석과 한동탁은 한동안 조용히 술잔을 기울였다. 이번엔 오민석이 먼저 말을 걸었다. 하지만 시선은 앞을 보고 있었다.

"왜 오늘은 혼자입니까?"

"그게……."

한동탁은 오민석 쪽으로 고개를 돌리려다 말고 말을 이었다.

"남의 일에 참견 말라며?"

"말하기 싫으면 말고."

"혼자 술 마시기 싫지? 오늘은 더 그런 날이네. 비도 내리고."

오민석은 아무 말 없이 술잔을 비웠다.

"오늘 내 부사수가 죽었어."

오민석은 고개를 돌려 한동탁을 쳐다봤다. 하지만 그는 술잔만 내려다보고 있었다.

"살인범을 쫓다 그만 그놈한테 당했지 뭐야. 난 그것도 모르고……."

"……."

"뭐라고 위로라도 한마디 하는 게 예의 아닌가?"

"아……. 내가 그런 건 잘 못 해서……."

"됐다. 그래, 넌 뭐야? 왜 그렇게 비를 맞고 다녀?"

"우산이 없어서 맞은 거요. 비 맞는 데 이유가 있나."

"아닌 것 같던데. 잠깐 얼굴 봤을 때 눈물 흘렸던데."

"잘못 본 거요. 눈물은, 남자가. 빗물이에요, 빗물."

"왜? 남자는 울면 안 되나? 난 울고 싶은데 이제 눈물도 안 나오네."

"……."

"왜냐고? 이젠 흘릴 눈물이 없어. 하도 울어서 말이야. 남자도 울어도 돼. 괜히 남자라고 눈물 참지 말고, 울고 싶으면 울어."

"거참, 아니라니까."

"그래, 알았어. 말하기 싫으면 말고. 그래도 못 울어서 안 우는 건 아니니 부럽네. 난 눈물 좀 흘리고 싶어도……."

"거참, 정말……. 그래요. 내가 도통 무슨 짓을 하고 다니는지 몰라, 나 자신이 한심스러워 그런 겁니다."

"무슨 일인진 몰라도 뭐든 열심히 하면 돼. 대신 나쁜 일은 하지 마라. 특히 사람 죽이는 일은 절대 하지 마. 내가 가만 안 둔다.”

오민석은 말없이 힐끔 한동탁을 쳐다봤다.

“자식, 쫄기는. 내가 경찰이라 하는 말이야. 그래, 네 마음에 내키지 않으면 안 하는 게 좋지. 너 아직 젊잖아. 할 일도 많고. 덩치 보니까 경찰 해도 좋겠는데. 경찰 공무원…….”

“경찰? 별거 없는 것 같던데. 제대로 일이나 하나? 죄 없는 사람이나 잡아넣는 곳 아닌가?”

“거 너무하네, 경찰 앞에 두고. 젊은이, 그래. 경찰이 다 잘한다고 할 수 없지. 그래도 국가와 국민을 위해 희생한 선후배 경찰들이 땅속에서 통곡할 소리니 그 정도만 하지. 더는 들어 주지 못할 것 같으니까. 특히 오늘은.”

“그런가?”

“그 소리 할 거면 그냥 조용히 술이나 마셔.”

“국가와 국민이라…….”

“그래. 국가와 국민을 위해 목숨까지 희생한 수많은 경찰 선후배들을 생각하면 당장이라도 네 아가리를 날리고 싶지만, 젊은 친구의 치기 어린 말이라 그냥 넘어가 주는 거야. 더는 나도 못 참아.”

“당신만…… 아니, 경찰만 국가와 국민을 위하는 줄 알아? 그 딴 소리는 누구나 할 수 있다고. 정말 국가와 국민을 위해 일하긴 하는 거야? 자신의 영달과 잇속을 위해 일하는 게 아니고?”

그 순간 한동탁은 오민석에게 달려들어 멱살을 잡았다.

“너 이 자식. 너 뭐야? 뭐 하는 자식이야!”

"이거 놓지. 경찰이 민간인한테 이래도 되는 건가? 이러니까 짭새라는 소리나 듣지."

"뭐? 이 자식이!"

한동탁은 주먹을 치켜들었다.

"왜? 때리려고? 그래, 때려 봐. 못 때려?"

"젠장!"

한동탁은 잡았던 멱살을 신경질적으로 놓으며 주먹으로 탁자를 내리쳤다.

"그럴 줄 알았어. 입만 살아 가지고는."

"이게 정말!"

오민석의 마지막 말에 참지 못하고 한동탁은 결국 주먹을 날렸다. 하지만 오민석은 그의 주먹을 한 손으로 움켜잡았다.

"아의! 이 자식이……."

"힘도 안 되고, 참……. 저리 가서 술이나 마셔요."

오민석은 잡은 주먹을 밀쳐 냈다. 그 힘에 한동탁은 원래 자리로 뒷걸음치며 주저앉았다.

"너 뭐 하는 놈이야? 힘이 보통이 아닌데."

"그러니까 아무한테나 덤비지 말라고. 그러다 당신 동료처럼 될 수 있으니까."

"뭐…… 이 자식이!"

"오해 말아요. 정말 당신 걱정돼서 한 말이니까."

"참 내, 병 주고 약 주는군."

"먼저 일어납니다. 적당히 마셔요."

오민석은 소주병 아래에 만 원짜리 지폐를 밀어 넣고 포장마차를 나섰다.

주명근의 소재 파악은 여전히 오리무중이었다. 다크킹덤 수사도 진전이 없었고, 김승철 경감을 납치한 차량도 결국 찾아내지 못했다. 게다가 화재 사고는 방화라는 심증만 있을 뿐 증거를 찾아내지 못해 일반 화재 사고로 종결될 판이었다.

서민주 의원은 임시 국회에 참석하기 위해 국회 의사당으로 향했다. 그 곁을 안 경위와 최 경위가 경호하며 함께 움직이고 있었다. 뒷좌석에 서 의원과 함께 앉아 있던 최 경위가 운전하고 있는 안 경위에게 물었다.

"팀장님이 계셨다면 어떻게 하셨을까?"

"그러게 말입니다."

서 의원은 최 경위의 팔을 살며시 잡았다.

"그래도 남시보 순경이 다음 살인사건 범행 장소를 알아냈다니 다행이잖아. 안 그래?"

안 경위가 룸미러를 힐끗 보며 이어 말했다.

"그렇죠? 한 검사님도 밤낮으로 열심히 뛰어다니십니다. 현장에도 직접 나가시고 말이죠."

"검사님만 그런 게 아니잖아. 모두 다 힘든 건 마찬가지지."

"우철, 얼굴 좀 펴. 그렇게 인상 쓴다고 해결되는 것도 아니잖아."

"알아. 하지만 너무 화나고 답답해서 그래. 팀장님이 그들에게 당했는데 알아낸 게 아무것도 없잖아. 고작 현장 검증으로 증거나 찾고 있고……. 이런 식으로 가다간 우리 모두 위험할 수 있다고. 민주도 언제까지 이렇게 안전 가옥에만 있을 순 없잖아."

"그래. 그래도 차근차근 하나씩 다크킹덤의 정체를 밝혀 가야지. 당장은 그 방법밖에 없잖아."

"차근차근? 언제까지? 알아낸 게 뭐가 있는데? 그들은 우리 심장을 찔렀다고. 팀장님을 죽이려 했어. 지금 며칠째 중환자실에 계신다고. 이쯤에서 중단해야 해. 이러다 팀원들 모두가 위험에 빠질 수 있어."

최 경위의 우려 섞인 목소리가 점점 커졌고, 그의 말에 안 경위는 깜짝 놀라 룸미러로 뒤를 보며 말했다.

"최 형사님, 그게 무슨 말씀이십니까? 중단이라니요?"

"알아, 둘 다 무슨 생각인지. 하지만 우리 힘으로 지금 뭘 할 수 있겠어? 지금은 물러나 있을 때야. 분명 다시 기회는 올 거야. 그때……."

"그게 정말 팀을 위한 최선의 선택입니까? 힘을 합쳐 다크킹덤 그놈들을 잡아 정의를 바로 세우자고 하시지 않으셨습니까?"

"그래, 그랬지. 하지만 지금 우리 상황을 봐. 맨몸으로 전쟁터에 나가는 거랑 뭐가 다르냐고. 이러다 우리 모두 총 한 발 제대로 쏴 보지도 못하고 전멸할 수 있어. 그게 정말 옳은 선택일까?”

“최 형사님, 그렇다고 이대로 물러서는 건 아닌 것 같습니다.”

“아니, 안 형사…… 어! 뭐야?”

정지 신호에 멈춰 선 앞차가 갑자기 후진해, 이들이 타고 있는 차를 그대로 들이박았다. 그리고 뒤차도 멈추지 않고 그대로 달려와 차 후미와 충돌했다.

“차 문 잠가! 안 형사, 빨리!”

“네!”

안 경위는 황급히 차 문을 모두 잠갔다. 앞뒤 차량에서 가면 쓴 사람들이 쇠파이프를 들고 재빠르게 내렸다. 그들은 안 경위의 차를 둘러싸더니, 망설임 없이 쇠파이프로 사방을 내리치기 시작했다.

최 경위는 서 의원을 끌어안으며 소리쳤다.

“민주야! 고개 숙여!”

안 경위는 다급히 총을 꺼내 들었지만 그들이 내리치는 쇠파이프 충격에 제대로 총을 겨누지 못했다. 최 경위가 뒤늦게 총을 꺼내 겨누려는 순간, 그들은 재빠르게 자기네 차로 돌아갔다.

“안 형사, 빨리 내려서 한 놈이라도 잡아. 어서!”

“네! 어, 문이…….”

안 경위는 차에서 내리려 했지만 차 문이 열리지 않았다.

“왜 그래? 안 열려?”

“네. 고장 난 것 같습니다.”

최 경위는 서둘러 뒷문을 열고 밖으로 뛰쳐나갔지만, 그때는 이미 차들이 멀리 사라진 뒤였다. 그 모습을 최 경위는 망연자실 쳐다만 봤다.

한 검사와 남 순경은 서울 구치소를 찾았다. 구치소에 수감 중인 중국 교포를 면회하기 위해서였다.

"검사님, 중국어도 할 줄 아세요?"

"조금이요. 간단한 의사소통 정도만 가능해요."

"정말요? 와아! 대단하세요. 검사님은 못 하시는 게 없네요."

"아니에요. 못 하는 거 많죠. 아, 저기 오네요."

중국 교포 두 사람은 가볍게 목례하고 의자에 앉았다. 한 검사는 중국 교포에게 간단히 인사하고 바로 본론으로 들어갔다.

"이필석 의원의 집 앞에서 봤던 사람 기억한다고 했죠."

"네."

한 검사는 옆에 있던 가방에서 몇 장의 사진을 꺼내 중국 교포 앞에 내려놓았다.

"여기 있는 사진 중에 그 사람이 있는지 확인해 줄 수 있겠어요?"

사진은 서민주 의원을 살해하려 했던 남자와 살인 전과 기록이 있는 조폭들이었다.

"아니요. 여기엔 없어요."

"그래요? 확실한가요?"

중국 교포 두 사람 모두 고개를 끄덕였다.

"없다는 거죠?"

"네. 이 사진들에는 없나 보네요."

그때 한 중국 교포가 한 검사에게 말했다.

"뭐라고 하는 거예요, 검사님?"

"팀장님이 오셔서 물어본 걸 왜 또 물어보냐고 하는데요?"

"네? 정말요?"

한 검사는 다시 중국 교포에게 물었다.

"팀장님께 말한 게 있으면 뭐든지 다 말해 줄래요?"

두 사람은 잠시 망설이나 싶더니 이내 입을 열었다.

"그게…… 구치소로 온 바로 다음 날 찾아오셔서 조 검사에 대해 물어보셨어요. 그래서 조 검사에게 들었던 얘기를 해 드렸죠."

"무슨 얘기요?"

"그때 택시에 탔던 조 검사가 누군가와 통화를 했었거든요. 그게 블랙박스에 저장되어 있다는 얘기였어요."

"무슨 통화인지 기억나요?"

"그건 제가 한국어를 못 해 모릅니다."

"아, 그렇죠."

"근데 이 친구가 한국어로 말은 못 해도 대충 알아듣기는 하거든요."

"정말요? 그럼 그 통화를 들었나요?"

"아니요. 그건 아닌데, 조 검사가 마지막 죽기 전에 한 말이 있어요. 그것도 팀장님께 말씀을 드렸는데……."

"뭐라고 했는데요?"

"……."

중국 교포들은 서로 눈치를 보며 말하기를 머뭇거렸다.

"괜찮으니 말해 봐요. 조 검사가 무슨 말을 했나요?"

"팀장님께 말했으니 직접 들으시면 되잖아요."

"아……. 지금 팀장님이 사고를 당해 위중한 상태세요."

한 검사의 얘기를 들은 중국 교포들은 눈을 파르르 떨며 고개를 숙였다.

"검사님, 왜 이러는 거예요?"

한 검사는 중국 교포에게 들은 얘기를 남 순경에게 말해 주었다.

"이유는 모르겠지만 겁을 먹은 것 같아요."

"도대체 무슨 말을 들은 걸까요?"

"오늘은 이만하고 돌아가죠."

"벌써요? 얘기를 들어봐야죠, 검사님."

"보니까 쉽게 말할 것 같지 않아서 그래요. 다음에 또 오죠."

한 검사는 지갑에서 펜을 꺼내, 휴지에 전화번호를 적어 중국 교포에게 내밀었다.

"무슨 일인지 몰라도 너무 겁먹지 말아요. 도움이 필요하면 이 번호로 연락해요. 팀장님께 말한 내용을 말해 줬으면 좋겠는데…… 지금 말하기 어렵다면 좀 더 생각해 보고 연락 줘요."

중국 교포는 아무 말 없이 고개만 끄덕였다.

"우린 그만 가 볼게요. 일어나죠, 남 순경님."

17층 엘리베이터 문이 열리고, 차우석이 주변을 살피며 조심스럽게 내렸다. 어젯밤 정민우가 잠들어 있을 때, 차우석은 정민우 지갑에서 골드 카드를 꺼낸 뒤 요원을 통해 카드를 복사했다. 그 카드로 17층에 올라올 수 있었다.

17층 엘리베이터 앞에는 넓은 로비가 펼쳐져 있었는데, 그 앞으로는 커다란 유럽풍 대문이, 옆으로는 기다란 복도가 나 있었다. 차우석은 까치발로 살금살금 걸어 복도로 향했다.

그때 복도 안쪽 어딘가에서 소리가 들려왔다. 차우석은 깜짝 놀라 벽면에 몸을 붙이고 복도를 살폈다. 하지만 아무도 보이지 않았다. 복도 안쪽 방에서 나는 소리인 듯했다. 차우석은 소리가 나는 곳으로 조심스럽게 걸어가, 문 너머에서 들려오는 대화 소리에 귀를 기울였다.

"칠성아, 이제 움직여도 괜찮은 거냐?"

"배려해 주셔서 편히 쉬고 나왔습니다."

"그래. 더 쉬게 해 주고 싶지만 네가 없으니까 일이 진행이 안 된다."

"괜찮습니다. 많이 쉬었습니다."

"그럼 다행이다. 아주 친한 친구였다고?"

"네. 어릴 적부터 보육원에서 함께했던 친구였습니다."

"이런……. 상심이 컸겠구나. 어쩐지 이런 적이 없었는데 얼굴도 아주 핼쑥해졌네."

"죄송합니다. 이런 모습 보여 드려서."

"아니야, 괜찮아. 이런 모습 보니까 네가 이제야 인간답다. 그런데…… 무슨 일로 세상을 등진 거야?"

"사고로 죽었습니다."

"아이고, 아직 젊은데…… 그거 참……. 칠성아, 너도 조심해라. 응?"

"예, 감사합니다."

"아니야. 내가 뭐 해 준 것도 없는데. 그건 그렇고 주 이사는 어떻게 지내고 있어? 쓸데없는 짓은 안 하는 거겠지?"

"네. 제가 없는 동안에도 호텔에만 계셨습니다."

"그래. 잘 지켜보라고. 외출 못 하게 잘 감시하고. 그곳은 안전하겠지?"

"불안하시면 이곳으로 모시겠습니다."

"그게 안전하지 않을까 싶어. 이곳에 방 마련해서 옮겨."

"네. 죄송하지만 잠시……."

"왜 그래?"

오칠성은 황급히 문으로 뛰어가 밖을 확인했다. 복도까지 나가 주위를 살폈지만 아무도 없었다.

"누가 있어?"

"아닙니다. 죄송합니다. 인기척이 느껴져 확인해 봤습니다."

"그래. 아무튼 이곳으로 옮기고, 미국 출국 준비 차질 없이 하고."

"그런데 그게 조금 늦어질 듯합니다."

"왜?"

"여권 준비가 늦어지고 있습니다. 장물아비를 찾는 데 문제가 생겼습니다. 죄송합니다. 최대한 빨리 진행하겠습니다."

"그래야 할 것 같아. 경찰들 움직임이 심상치 않다는 얘기가 들려."

"수사본부도 해체된 걸로 알고 있는데 크게 문제가 되겠습니까?"

"쉬는 동안 듣지 못했나 본데, 비밀리에 수사를 진행하고 있다는 첩보야. 그러니 지체 말고 빨리 미국으로 보내야 해. 알겠어?"

"알겠습니다."

"그럼 이제 가서 일 봐."

"검사님, 조금이라도 눈 좀 붙이시죠."

"아니에요. 운전하는데 옆에서 자는 건 아니죠."

"에이, 괜찮아요. 새벽에도 살인사건 현장에 나오시고 제대로 못 주무셨을 텐데요."

"그건 남 순경님도 마찬가지잖아요. 말동무해 드릴 테니 운전 조심히 하세요."

"아이, 뭐예요? 제 운전이 걱정돼서 못 주무시는 거예요? 검사님처럼 운전 연차는 오래되지 않았지만 이래 봬도 순마 좀 몰아봤습니다. 걱정 안 하셔도 돼요."

"푸흡. 좀 몰아 보셨어요?"

한 검사는 손으로 입을 가리며 웃음 지었다.

"비웃지 마십시오. 정말이에요."

"비웃는 거 아니니 오해 말아요. 남 순경님 표정이 웃겨서 웃는 거니까."

한 검사는 자신의 이마를 손가락으로 가리키며 말했다.

"표정에 '나 억울해' 딱 그렇게 쓰여 있는 걸요."

한 검사는 말하면서도 참지 못하고 피식피식 웃음 지었다.

"에이, 정말. 맞아요. 억울해요. 제가 운전하는 걸 못 미더워하시는 거잖아요."

"아니라니까요. 조수석에 앉은 사람은 운전자가 졸지 않게 말동무를 해 줘야 한다고 그랬거든요."

"누가요?"

"아빠가요."

"아……. 그래요."

돌아가신 아버지를 상기시킨 것 같아, 미안한 마음에 남 순경은 한 검사의 눈치를 살폈다.

"괜찮아요. 눈치 보지 말고 운전에 집중하세요."

"죄송해요, 검사님."

"에이, 아니에요."

"……말 나온 김에 여쭤봐도 될까요? 검사님의 아버님은 어떤 분이셨는지 궁금해서요."

"음, 저희 아빠는……."

중학생 때였어요. 주말 저녁에 아빠와 함께 식사를 하고 있었죠. TV 뉴스에서는 비리 형사 소식이 보도되고 있었어요.

"아빠, 뉴스에 나온 저 형사, 아빠 아니에요?"

"아니야, 서율아."

"정말?"

아빠는 무릎을 꿇고 앉아 내 어깨를 잡으며 똑바로 눈을 보고 말했어요.

"그럼. 아빠는 우리 딸한테 한 점 부끄러움 없는 형사로 기억되고 싶어서 누구보다 정직하게 살아왔단다. 아빠 말 잘 기억해. 아빠는 비리 형사를 잡는 형사란다. 그러니까 아빠를 믿어주렴."

"응, 아빠. 믿어요."

"고맙다, 우리 딸. 앞으로 무슨 얘기를 듣더라도 아빠 말만 기억하렴. 알았지?"

"응."

"아빠가 급한 일로 지금 가 봐야 할 것 같아. 밥 혼자 먹어야겠다. 미안해."

"아니야, 아빠. 대신 빨리 와요."

"그래, 그럴게. 할머니 금방 오실 거야. 그동안 밥 먹고 TV 보고 있어. 그럴 수 있지?"

"응, 아빠. 걱정 마."

아빠는 그렇게 말하며 날 안아 줬어요.

"사랑한다, 서율아."

"나도!"

"그게 마지막이었어요."

"아……."

"아파트 공사 현장에서 아빠의 시신이 발견됐어요. 자살하셨다고……."

"죄송해요, 검사님. 제가 또 괜한 걸 물었네요."

"괜찮아요. 전 아빠 말을 믿어요. 비리 형사로 불명예스럽게 돌아가셨지만 우리 아빠는 절대 그럴 분이 아니라는 걸요. 누명을 쓰신 거예요."

"그러네요. 그리고 보니 민 팀장님처럼 누명을 쓰셨던 거네요. 다만 그 진실을 밝히지 못한 채 억울하게 돌아가신 거고요."

남 순경은 크게 한숨을 내쉬며 운전대를 내리쳤다.

"맞아요. 민우직 팀장님 사건 배당받았을 때 아빠 생각이 많이 났었죠."

"그러셨겠네요. 저기 혹시……."

남 순경은 힐끔 한 검사를 쳐다봤다.

"괜찮아요. 말해요."

"혹시 말이죠. 타살은 아니었을까요? 누명을 쓰고 진실을 밝히려다 살해당하신 게 아닌지……."

"저도 그 생각을 안 한 건 아니에요. 그래서 검사가 된 거니까요. 처음엔 경찰이 되려고 했어요. 그런데 경찰로는 아빠 누명을 벗기기 힘들 것 같더라고요."

"아……. 그래서 검사가 되셨구나. 대단하세요. 그 되기 힘들다는 검사를……."

"제 인생 목표가 그거 하나였거든요. 죽어라 한 우물만 파서 그래요."

"에이, 아니던데요. 중국어도 잘하시고 오토바이도 잘 타시잖아요. 그래서 검사 되시고 아버님 사건은 다시 수사해 보셨어요?"

"수사 기록을 살펴봤지만 수상한 점을 발견하진 못했어요. 그리고 아빠가 자살한 현장 검증 사진에서도 특별한 점을 찾지 못했고요. 그래도 계속 찾고 있어요. 뭔가 나오지 않을까 하고요."

"저도 도울 수 있으면 뭐든 도울게요, 검사님."

"말이라도 고맙네요."

"아니에요. 정말이에요."

"알아요, 진심인 거. 고마워요."

"실례가 안 된다면 아버님 이름이 어떻게 되시는지 알 수 있을까요?"

"아빠요? 아빠 이름은 한 동 자 탁 자 되세요."

"한동탁 형사님이요."

문밖에서 몰래 듣고 있던 차우석은 안에서 대화가 갑자기 끊기자, 바로 발소리가 나지 않게 뛰어 건너편 방문으로 들어갔다. 다행히 문이 닫혀 있지 않았다.

그가 들어선 곳은 연회장이었다. 넓은 홀 끝에는 연단이 있었고, 그 맞은편 끝으로는 풀장이 있었다. 홀 천장 곳곳에는 화려한 샹들리에가 걸려 있어 고급스러운 분위기를 자아냈다. 16층에서 봤던 연회장과 비슷한 공간이었지만, 그보다 더 화려하고 고급스러운 장식품들로 꾸며져 있었다.

차우석은 그곳을 잠시 둘러본 뒤 다시 밖으로 나가기 위해 조심스럽게 문을 열었다. 그때, 소리가 들렸던 맞은편 방에서 오칠성 실장이 나오고 있었다. 차우석은 열었던 문을 살며시 닫으며 좁은 문틈으로 그를 살폈다.

오 실장은 복도를 한 번 둘러본 후 엘리베이터가 있는 곳으로 갔다. 차우석은 엘리베이터 문이 닫히는 소리에 조심스레 밖으로 나와 곧장 엘리베이터로 달려갔다. 그때 뒤에서 주필상이 걸어오며 말했다.

"거기 누굽니까?"

"……."

"이곳에 어떻게 올라온 겁니까?"

엘리베이터를 보고 서 있던 차우석은 그제야 뒤돌아봤다.

"아……. 죄송합니다. 층수를 잘못 눌렀나 봅니다."

차우석은 머리를 긁적이며 멋쩍게 웃어 보였다.

"층수를 잘못 눌러요? 아, 어느 집 자제분이십니까?"

"그건 말씀드리기 좀 그렇고, 잘못 찾아온 듯합니다. 그럼."

차우석은 뒤돌아서 엘리베이터 버튼을 눌렀다.

"저기, 죄송하지만 카드 좀 보여 주시겠습니까?"

살짝 미간을 찌푸리던 차우석은 순간 온화한 미소를 띠우며 뒤돌아섰다.

"카드요?"

"그래요. 여기는 아무나 올라올 수 있는 곳이 아니라서 말이죠. 실례가 안 된다면 볼 수 있을까요?"

"그거야 뭐…… 어렵지 않은데……. 흐음……."

차우석은 잠시 머뭇거리다 지갑에서 카드 하나를 꺼내 보였다.

"잠깐 볼 수 있을까요?"

주필상은 차우석이 들어 보였던 카드를 낚아채 살펴보았다.

"맞네요, 골드클래식. 실례가 많았습니다. 이곳이 궁금하셨습니까?"

"미안합니다. 사실……."

주필상은 카드를 건네며 크게 웃음을 터뜨렸다.

"괜찮습니다. 그럴 만도 하죠. 가끔씩 도련님처럼 많이들 올라오신답니다. 너무 민망해 마십시오."

"도련님? 아……. 그래요."

차우석도 주필상을 따라 어색하게 웃음 지었다.

"그래도 이번 한 번만입니다. 또 이러시면 안 됩니다. 아셨습니까?"

"그러죠. 그럼 이만."

문이 열린 엘리베이터에 차우석은 서둘러 올라탔다.

"잠깐만."

주필상이 엘리베이터를 멈춰 세웠다.

"또 무슨 일로?"

"같이 좀 타죠. 괜찮으시죠?"

"물론이죠. 어서 타세요."

차우석과 주필상은 함께 엘리베이터를 타고 내려갔다.

국회 의사당에 서 의원을 내려주고 최우철 경위와 안민호 경위는 고스트 수사팀 본부로 돌아왔다. 본부에는 나상남 경사 혼자 남아 있었다.

"무슨 일 있었습니까? 표정이 왜 저러세요?"

"나 형사님, 그게 말이죠."

안 경위는 국회 의사당으로 가는 길에 발행한 사건을 나 경사에게 말했다.

"정말입니까? 대낮에 형사를 공격해요? 아니, 국회의원을 공격한 거잖아요."

"자식들이 총을 겨누니까 바로 도망치는 게 아니겠습니까? 정말 총이 없었으면 여기 있지 못했을 겁니다."

"다행이네요. 서 의원님이 많이 놀라셨겠습니다, 최 형사님."

나 경사의 말에 최 경위는 생각에 잠겼는지 대답 없이 잔뜩 인상 쓴 얼굴로 모니터만 응시하고 있었다.

"의원님이 충격을 많이 받으셨을 겁니다. 그래도 크게 내색하지 않으시더라고요."

"그래서 최 형사님이 저러신 건가?"

"그것뿐이겠습니까? 걱정이 많으셔서 그러죠. 팀원 모두가 위험해지는 건 아닌지 걱정하고 계시더라고요."

"에이, 설마요. 서 의원님을 타깃으로 벌인 짓이겠죠."

"그렇죠. 저도 그렇게 생각합니다만……."

그때 상황실 문이 열리고 남 순경이 들어왔다.

"다녀왔습니다."

나 경사는 손을 흔들며 자신에게 오라고 손짓했다.

"남 순경, 어디 갔다 오는 길이야?"

"검사님하고 서울 구치소에 다녀오는 길이에요."

"검사님은?"

"곧 오실 거예요."

남 순경은 앉아 있는 나 경사의 귀에 대고 조용히 물었다.

"최 형사님은 왜 저리 인상을 쓰고 계신 거예요? 인사도 못 드리겠어요."

"그냥 둬. 고민이 많으셔서 그래."

"무슨 일 있으셨어요?"

"그건 검사님 오시면 안 형사님이 말씀해 주실 거야."

한 검사가 들어오고, 안 경위는 대낮에 도로에서 일어났던 사건을 얘기해 주었다. 안 경위의 얘기가 끝나자 최 경위가 한 검사 앞으로 나서며 말했다.

"검사님, 여기서 수사를 중단하시죠."

"그게 무슨 말씀이세요?"

"이거 우리에게 경고한 겁니다. 곰곰이 생각해 봤는데, 이건 분명 더 이상 수사하지 말라는 경고를 날린 거라고요."

"그럼 일부러 겁만 준 거라는 말씀이십니까?"

　안 경위가 끼어들어 묻자 최 경위가 고개를 돌려 말했다.

"그래, 안 형사. 정말 우리를 죽이려 했으면 그런 식으로 하지 않았을 거야. 트럭으로 밀어 버렸거나 우리가 차에서 내렸을 때 공격했을 거라고. 그런데 버젓이 대낮에 우리를 공격했고, 아무 피해를 주지 않은 채 돌아갔어. 이건 분명 경고 메시지야."

　한 검사는 단호한 눈빛으로 최 경위를 바라보며 말했다.

"좋아요. 그렇다고 하죠. 그래서 그 이유로 수사를 접자는 건 아니시겠죠?"

"검사님, 이건 서 의원만의 일이 아닙니다. 우리에게 경고를 한 거라고요. 우리도 민 팀장님처럼 될 수 있습니다. 다음 타깃은 분명 검사님이실 겁니다."

"지금 그들 협박에 두 손 들고 항복하자는 말씀이세요? 그건 안 되죠. 그 정도 위험은 감수하고 이 자리에 계신 거 아니었나요? 팀장님은 그걸 알면서도 추진하신 거고요. 그런데 이제 와서 수사를 접자고요? 좋아요. 지금이라도 빠지고 싶으신 분은 말씀하세요."

최 경위는 조금은 흥분한 듯 목소리가 커졌다.

"검사님, 그게 아니잖습니까? 우리 정체가 그들에게 노출된 겁니다. 이 상태로 계속 수사를 진행하다간 아무것도 찾지 못하고 애꿎은 희생만 더할 겁니다. 그러니 우선은 뒤로 물러나 다음 기회를 노려보는 게 낫지 않겠습니까? 팀장님이 회복하시고 복귀한 이후에 다시 모여 수사를 진행하는 것도 생각해 봐야 하지 않을까 해서 말씀드리는 겁니다."

최 경위의 말에 고개를 끄덕거리던 나 경사가 이어 말했다.

"최 형사님 말씀을 들어 보니 그렇네요. 그들은 우리 정체를 알고 있는데 우리는 그들이 누구인지도 모르잖아요. 그리고 팀장님도 안 계신 상태에서 계속 끌고 간다는 건 무리가 있을 것 같습니다, 검사님."

안 경위는 답답함에 살짝 찌푸려진 얼굴로 말했다.

"나 형사님까지 왜 그러십니까? 최 형사님, 또다시 기회가 온다고 장담할 수 있습니까? 우리가 여기서 수사를 접는다고 우리 정체를 안 그들이 그냥 가만히 있겠느냔 말입니다. 분명 하나둘 제거해 갈 겁니다. 그럼 흩어지는 게 더 위험할 수 있습니다. 지금은 뭉쳐서 그들과 대적할 수 있지만, 본부를 해체하고 흩어진다면 그들 공격을 혼자서 막기는 더 어려울 겁니다."

남 순경이 고개를 끄덕이며 말을 덧붙였다.

"네, 저도 안 형사님과 같은 생각이에요. 분명 팀장님을 제거하려 했던 목적도 이거였을 거예요. 우리기 분열하는 거죠. 안민호 형사의 말대로 우리가 수사하지 않는다고 해서 그들이 우리를 공격하지 않는다고 보장할 수 없잖아요. 그 전에 빨리 다른 방법을 찾아 그들 정체를 밝혀내는 게 맞는 것 같아요."

남 순경을 바라보고 있던 한 검사는 최 경위에게 고개를 돌렸다.

"최 경위님, 들으셨죠? 그들이 원하는 모습이 지금 우리 모습일 거예요. 이럴 때일수록 더 뭉쳐서 힘을 내야 한다고요. 서 의원님 일로 충격이 크셨겠지만, 함께 힘 합쳐서 다크킹덤 정체를 밝혀 일망타진해야죠. 그게 팀장님도 바라시는 걸 거예요. 그리고 팀장님도 그 의지로 빨리 쾌유하실 거고요."

"검사님, 무슨 말씀인지 압니다. 안 형사, 남 순경. 그래, 맞아. 그럴 수 있어. 하지만 이번이 마지막이라고 생각하지 않았으면 좋겠어. 기회는 또 올 거야. 지금 우리는 총 없이 전쟁터에 나가는 군인과 같은 거라고. 이 상태로 계속 수사하다간 아무것도 해 보지 못하고 동료들만 희생될까 봐 그래. 지금 잠시 물러나서 재정비한 후에 수사를 이어 가도 되잖아. 무리하게 나아가다간 정말 다음엔 기회조차 잡을 수 없을지 모른다는 걸 알아야 한다고."

"무슨 말씀인지 알겠어요. 그래도 전 계속 수사를 진행할 겁니다. 같이 할 수 있는 분들만 남아 주세요."

"검사님, 감정적으로 판단해서는 안 됩니다."

"감정적으로 판단하는 게 아니에요. 희생을 강요할 수 없기에 말씀드리는 거예요. 최 경위님 말씀대로 희생이 따를 수 있어요. 그걸 강요할 수 없잖아요. 그래서 부탁하는 거예요. 같이 계속 갈 수 있는 분들만이라도 함께하자고요."

남 순경은 입술을 꾹 다문 뒤 말했다.

"검사님, 우리 정체가 그들에게 노출되었다면 이곳도 그들이 알고 있을 것 같은데요. 그러면 본부를 옮겨야 하지 않을까요?"

남 순경은 이곳에서 발생하는 살인사건이 떠올라, 이 기회에 상황실을 옮겨야 한다고 생각했다.

"남 순경 말이 맞는 것 같은데요. 어쩌죠?"

나 경사는 험상궂은 얼굴로 한 검사를 바라보며 남 순경 말에 동조했다.

"그러고 싶지만 당장 다른 곳에 시설을 마련하긴 어려울 것 같아요."

"검사님 말씀이 맞아. 어디서 뚝딱 나오는 것도 아니고."

투박한 듯 차분해진 최 경위의 목소리에 한 검사는 살짝 미소 지으며 남 순경을 바라봤다.

"남 순경님, 염려하는 마음은 알아요. 그래도 이곳은 아직 노출되지 않은 것 같아요. 만약 이곳이 그들에게 발각되었다면 벌써 이곳을 공격해 왔겠죠. 굳이 서 의원님 차량을 공격했겠어요? 앞으로 본부 출입 시에 좀 더 보안에 신경 써 주셔야겠어요. 개인 경호에도 만전을 기하셔야 할 거고요. 이런 말씀드려 죄송해요. 본부는 과장님과 협의해서 최대한 빠른 시일 내에 알아볼게요."

"네, 검사님."

한 검사는 최 경위에게 한 발 더 다가가 말했다.

"최 경위님, 부탁드려요."

"……알겠습니다, 검사님."

"고맙습니다."

2004년 초여름. 공사장 내

무릎을 꿇고 앉아 있는 오민석 주위로 여러 명의 장정이 둘러싸고 있었다. 오민석의 코와 입에는 아무렇게 번진 피가 묻어 있었다.

"칠성아, 이러지 말자, 우리."

"동구야……."

정장 차림의 한 남자가 오민석 얼굴에 주먹을 날렸다.

"으억!"

오민석은 힘을 이기지 못해 옆으로 꼬꾸라졌다.

"동구는 없다니까. 일으켜 앉혀."

"예, 형님."

땅바닥에 머리를 대고 쓰러져 있는 오민석의 얼굴에 쓴웃음이 번졌다.

"형님? 너희들 이제 조폭이 따로 없구나."

"칠성아, 돈 좀 만지다 보니까 권력이 얼마나 무서운 중독인지 알게 되더라. 이제 너도 그 맛을 봐야 하지 않겠어, 안 그래?

그런데 갑자기 못 하겠다니. 그게 무슨 개똥 같은 말이냐? 우리 팀 에이스 입에서."

"동…… 오성아, 너만이라도 그만해. 어!"

"얌전히 잘 있는 오성이는 왜 건드리는데? 오성아, 이리 와 봐."

오성은 머뭇거리며 형님이라는 사람 앞으로 왔다.

"잘 봐, 칠성아."

오민석 옆에 서 있던 정장 차림 남자가 주머니에서 칼을 꺼내 들더니 동구에게 다가갔다. 그 순간 동구 뒤에 서 있던 남자 둘이 뛰어나와 동구의 양팔을 잡았다.

"왜 이래? 나한테 왜 이러는 겁니까? 일성 형님."

겁에 질린 동구가 떨리는 목소리로 말하자 오민석은 크게 소리쳤다.

"뭐 하는 거야? 동구한테 무슨 짓이야! 그만하라고. 차라리 날 죽여. 야! 일성!"

"잠깐 멈춰!"

동구에게 다가가던 칼을 쥔 그가 멈춰 서서 일성을 쳐다봤다.

"칠성아, 지금 일성이라고 했어?"

일성은 비릿한 웃음을 지으며 말을 이어갔다.

"좋아. 형님이라고 불러 봐. 그럼 내가 오성이는 살려 주지."

"뭐라고? 왜? 왜 동구를 죽이려는 거야? 우린 동무잖아. 도대체 왜 이래?"

"그걸 아직도 몰라? 이제 우리는 새로운 조직에 몸담고 있다고. 그럼 그곳에 적응해야지. 난 너희 오야봉이라고. 그걸 정말 몰라?"

"오야봉? 우리가 무슨 야쿠자야? 조폭이냐고? 우리는 국가와 국민을 위해……."

일성이라는 자는 피식 웃으며 오민석의 말을 잘랐다.

"미친놈. 그래, 맞지. 국가와 국민을 위해 우리가 무한한 헌신을 하고 있지. 사상이 썩은 놈들, 더럽게 말 안 듣는 놈들 잡아서 처리하고 있으니. 근데 네가 아직 모르는 게 있나 보다. 국가 권력이 어디로 흐르고 있는지 정말 몰라서 그래? 이젠 우리가 모시는 분들이 국가야. 그분들이 만들어 가는 국가를 위해 우리가 헌신하는 거라고. 그럼 너도 그에 맞게 처신을 해야지. 안 그래?"

"그런 헌신이라면 난 하고 싶지 않아. 그러니 차라리 날 죽여. 동구는 건들지 말고."

"나도 죽이고 싶어, 당장이라도. 언제 내 뒤통수를 칠지 모르는 널 말이야. 그런데 상부에서 널 너무 아끼신다. 그리고 너 만한 인재가 없어서 말이야. 오성이 저 자식은 이 자리에서 처리해도 상부에서 뭐라고 하지도 않을 거야. 왜? 일 처리가 매번 깔끔하지 못해서 말이야. 하는 일마다 성가시게 하니, 원. 아, 이번에는 건들면 안 되는 형사까지 건드렸거든."

"그게 무슨 말이야?"

"뭐야? 오성이가 말 안 했어? 아하, 자식. 그런 건 동무끼리 알고 있어야지. 내가 말해 줘? 이 자식이 강력계 형사를 죽였네. 그것도 사람들 다 보는 앞에서 말이야."

"일성 형님, 그건 어쩔 수 없었잖아요. 그렇게 하지 않았으면……."

"시끄러워, 새끼야!"

일성은 오성의 뺨을 세차게 때렸다.

"으윽!"

"뭘 잘했다고……. 그 입 다물어라."

"일성 형님! 이러면 됐죠? 앞으로 형님이라 부를 테니 동구만은 건들지 말아 줘요."

"이제야 말귀가 통하네. 못 하겠다는 말 같지도 않은 말은 앞으로 꺼내지 마라. 알았냐?"

"그러죠."

"그래. 오늘은 이 정도로 넘어가 주지. 다음에 또 이런 일이 생기면 그때는 나도 어쩔 수 없다."

"예, 형님."

"그래도 잘못했으니 혼은 나야지. 안 그래? 그래야 윗분들도 아무 말 없이 넘어가시거든. 칠성아, 이해해라."

"그게 무슨 말입니까?"

"걱정 마, 죽이지 않을 테니. 얘들아, 죽기 전까지만. 알지?"

일성 뒤에 서 있던 자들이 일제히 대답했다.

"예! 형님!"

일성은 공사장 밖으로 나가 차를 타고 떠났다. 차가 출발하자, 장정들이 일제히 오민석과 동구를 둘러쌌다. 조용했던 공사장 안에서 비명이 울려 퍼졌다.

"야! 꼼짝 마! 손들어!"

그때, 한동탁 형사가 총을 겨누며 기둥 뒤에서 걸어 나왔다. 하지만 그들은 그의 목소리를 듣지 못했는지 계속 몽둥이를 휘둘렀다.

"이 새끼들아! 야! 멈춰! 멈추라고!"

탕!

한동탁은 공중에 대고 총을 발사했다. 공포탄 소리에 놀란 장정들이 일제히 뒤돌아봤다.

"이제 보냐? 다 손 들어!"

몽둥이를 들고 있던 그들은 잠시 머뭇거리다 뒷걸음치며 뒤로 물러났다.

"뭐 해? 무기 내려놓고 손 들라고!"

"야! 도망쳐!"

그들 중 한 명이 소리치며 도망치자, 모두들 뿔뿔이 흩어져 뛰기 시작했다. 한동탁은 그들을 쫓지 않고 쓰러져 있는 오민석과 동구에게 달려갔다.

"괜찮아? 젊은이."

오민석은 힘겹게 눈을 떠 한동탁을 쳐다봤다.

"뭡니까? 당신⋯⋯."

"정신 차려 봐. 이 친구는 기절한 것 같은데."

오민석은 간신히 몸을 일으켜 앉았다.

"여기는 어떻게 알고⋯⋯."

"내가 얘기했었지, 내 부사수 죽인 놈. 그놈 잡으려고 수사 중인데 유력한 용의자가 있어 뒤따라 왔지."

"그게 누굽니까?"

"누구라고 하면 알고?"

"아니……. 그게……."

"나도 아직 정확히 누군지 몰라. 조폭인지 뭔지 무리를 지어 돌아다니는 놈들 중 한 놈이라는 것밖에. 나도 수사 중이라서……."

오민석은 눈을 아래로 깔며 말했다.

"이제 그만 가 보시죠. 이 친구는 제가 챙기겠습니다."

"괜찮겠어? 너도…… 그러게. 이름이 뭐야? 통성명도 안 했네. 난 한동탁 형사야."

"오민석입니다."

"어, 민석이. 그렇게 불러도 되지?"

"벌써 부르셨네요."

"하하. 그런가? 내가 도와줄게. 그런데 무슨 일이야? 저놈들은 또 뭐 하는 놈들이고? 내가 알아봤는데 조폭은 아니더라고. 하는 꼴이 꼭 조폭 같긴 한데……."

"저도 모릅니다. 재수 없게 가는 길에 걸려서……."

"그런 거야? 그래, 일단 빨리 병원부터 가 보자고."

"고맙습니다."

오민석과 한동탁은 동구를 양쪽에서 부축해 공사장을 나왔다.

"무슨 방법이라도 찾은 거예요?"

"그날 현장을 복기해 봤는데요. 살인범이 채 의원을 살해하고 좌변기실 밖으로 나갔을 때 칸막이 문 옆 구석에 서 있으면 보이지 않을 것 같아서요."

남 순경과 한 검사는 채이돈 의원 사건이 벌어지는 카페로 가는 길이었다.

"그 좁은 곳에 그런 공간이 있었다고요?"

"네. 직접 가서 다시 확인해 봐야겠어요."

"그래요. 그러죠."

한 검사와 남 순경은 카페의 남자 화장실로 들어갔다. 남 순경은 좌변기실 안으로 들어가 숨어 있을 만한 곳을 살폈다. 복기했을 때 봤던 칸막이 문 옆 구석에 쓰레기통이 있었다.

"여기에 숨어 있으면 제가 보이지 않을 거예요."

"쓰레기통이 있잖아요. 서 있을 수 있겠어요?"

"괜찮을 거예요. 쓰레기통을 치워 놓고 확인하면 될 것 같아요. 앞에서 제가 보이는지 봐 주실래요?"

"그럴게요. 살인범이 어디에 서 있었나요?"

"문 앞에 서서 앞을 보고 있었어요."

한 검사는 칸막이 문 앞에 서서 좌변기실 안을 바라봤다.

"아니요. 거기가 아니라…… 잠시만요."

남 순경은 좌변기실에서 나와 한 검사의 양어깨를 잡아 자리를 잡아 줬다.

"이 자리예요."

한 검사의 얼굴이 발그레해지며 엉거주춤 자리에 섰다.

"여기요?"

"네. 거기서 제가 보이는지 봐 주세요."

"네……. 이제 어깨에서 손을……."

"아! 죄송해요, 검사님."

남 순경은 한 검사의 얼굴을 제대로 보지도 못한 채 황급히 어깨에서 손을 뗐다.

"아니에요. 여기서 볼 테니 어서 들어가 보세요."

"네, 그럼."

남 순경은 쭈뼛거리며 좌변기실로 들어가 칸막이 문 옆에 몸을 숨겼다.

"제가 보이시나요?"

"안 보이네요."

"그렇죠? 그럼 됐네요. 살인범이 살인을 저지른 후 나갈 때 이곳에서 시계를 보면 될 것 같아요."

"괜찮겠어요? 시체가 앞에 있는데……."

"그건…… 네, 괜찮아요. 더한 시체도 많이 봤는 걸요."

남 순경은 휴대폰을 꺼내 시간을 확인했다.

"검사님, 이제 준비해야겠어요."

"네. 저는 여기서 대기할게요."

남 순경은 한 검사를 바라보며 고개를 끄덕였다. 눈을 감은 남 순경은 한동안 미동도 없이 서 있었다.

"뭐예요? 시작한 거예요?"

"네, 검사님. 채이돈 의원이 들어왔어요."

"알았어요. 조심해요."

채이돈 의원은 화장실 좌변기실에 들어와, 물을 내리고 좌변기 수조 뚜껑을 열어 그곳에 무언가를 집어넣었다. 그리고 바로 문을 열고 나가려는 그때, 야구 모자와 마스크를 쓴 살인범이 채 의원의 목을 손으로 움켜쥐며 다시 안으로 밀고 들어섰다.

살인범이 주머니에서 주사기를 꺼내 채 의원의 목에 꽂자, 채 의원은 발작하며 그 자리에 넘어지듯 주저앉았다. 살인범은 그런 채 의원을 무심히 내려다보았다. 잠시 후 발작이 멈추자, 주먹을 쥔 채 굳어 버린 채 의원의 손을 억지로 펼치려 했다.

그때 화장실 문이 열리는 소리가 들렸고, 살인범은 하던 행동을 멈추고 급히 밖으로 나갔다.

"한 검사님, 지금이에요. 10분 뒤에 절 흔들어 깨워 주세요."

"네, 알았어요."

남 순경은 손에 쥐고 있던 휴대폰을 들어 시계를 확인했다. 역시나 시간이 빠르게 흘렀다. 그때 밖에서 목소리가 들렸다.

"무슨 짓을 한 거야?"

나 경사는 화장실 문틈으로 쓰러져 있는 채 의원을 확인했다. 살인범은 아무 말 없이 나 경사를 째려볼 뿐이었다.

"네가 누군지 알아."

"알면 비켜."

징계 통보 문자를 받은 다음 날

띵동! 띵동!

나상남 경사가 빌라 현관문 앞에서 초인종을 눌렀다.

"나다, 상남이."

잠시 후 현관문이 열리고, 새까만 피부에 여드름이 가득한 한 남자가 나왔다.

"뭐야? 이 밤에 무슨 일이야?"

"뭐긴? 너 보러 왔지."

"무슨 일 있어?"

"일은? 친구 보러 오는데 이유가 있어야 하냐?"

"아니······. 그래, 들어와. 저녁은 먹었지?"

"응. 자!"

나 경사는 뒤에 숨기고 있던 검은 봉투를 들어 보이며 안으로 들어갔다.

"술 사 온 거야? 안주는 또 떡볶이고?"

"그래. 자식, 바로 알아차리네. 아무튼 개코라니까."

"술이고 떡볶이고 네가 뭐 한두 번이냐."

"쓸데없는 소리 그만하고 잔이나 챙겨서 이리와 앉아."

"야! 여기 우리 집이거든."

"알아. 그러니까 가지고 오라는 거지."

나 경사는 가는 눈이 더 보이지 않도록 해맑게 웃어 보였다.

두 사람은 소주와 떡볶이를 앞에 두고 경찰 학교 시절 얘기를 나누었다. 그때 친구에게 전화가 걸려 왔다.

"잠깐만."

"왜? 여기서 받아."

"아이, 잠깐 화장실 좀 가려고. 마시고 있어."

친구는 화장실로 들어가 전화를 받았다. 나 경사는 조심스럽게 뒤따라가 통화 내용에 귀를 기울였다. 변기 물 내려가는 소리에 나 경사는 급히 술자리로 돌아와 앉았다.

"여자 친구 생겼냐?"

"무슨. 여자 친구 없어."

"자식. 여자 친구 없는 게 자랑이냐?"

"지는?"

"그치."

나 경사는 친구의 팔을 치며 큰 소리로 웃었다. 너무 격하게 웃다 뒤로 넘어지면서 친구의 팔을 잡았다. 그때 친구 어깨에 있던 왕관 문신이 선명하게 드러났다. 친구는 서둘러 옷을 치켜올리며 나 경사의 손을 잡아 일으켰다.

"뭐 하는 거야? 그게 뭐가 웃기다고 그렇게까지 웃냐?"

"웃어야지. 그럼 울어? 근데 그 어깨 문신 말이야."

"어, 왜?"

"저번에 어디서 했다고 했지?"

"그건 왜?"

"또 보니까 멋져 보여서. 나도 하고 싶네."

나 경사는 그렇게 말하며 헤벌쭉 웃어 보였다.

"경찰이 무슨 문신이야? 쓸데없는 소리 좀 하지 마. 나도 하고 후회했어."

"왜? 멋진데."

"뭐가 멋져? 문신 얘기는 그만하자."

"알았다. 근데 무슨 일 있는 거 아니지?"

"뭐가?"

"아니, 전화하고 나온 놈 얼굴이 화장실에서 제대로 안 닦고 나온 사람처럼 찝찝해 보여서 그러지."

"아니야. 아무 일 없어."

"그래? 그럼 술이나 마시자."

제5화

증거물을 찾다

"범수야, 이러지 말자."

"여기는 어떻게 알고 온 거야?"

"뒤따라왔지. 우연히 통화하는 걸 들었다."

"젠장! 상관 말고 비켜."

"어떻게 상관 말라는 거야? 이걸 보고."

"못 본 걸로 해. 저놈은 죽어 마땅한 놈이잖아."

"그게 무슨 소리야? 그걸 왜 네가 결정하는데. 도대체 누구야? 누가 너한테 이런 지시를 내린 거야?"

"모르는 게 좋아. 너한테도 나한테도."

"어깨 문신과 관련 있는 거냐?"

"더 깊게 알려 하지 마라. 내가 널 죽이는 일은 없었으면 좋겠다."

"뭐? 범수야……."

"비켜, 어서!"

"누구 지시인지 말해. 그럼 못 본 일로 해 줄게."

"그걸 알면? 네가 감당이나 할 수 있을 것 같아? 시간 없어. 비켜."

살인범은 그 말을 마지막으로 나상남 경사 옆을 지나쳐 화장실 밖으로 나갔다. 하지만 나 경사는 그를 쳐다보기만 할 뿐 따라 나가지 않았다. 그리고 휴대폰을 꺼내 누군가에게 전화를 걸었다.

"최 형사님, 보고드릴 일이 있습니다. ……네, 거기서 뵙겠습니다."

나 경사는 짧은 통화 후 화장실을 나섰다. 그사이 남시보 순경은 좌변기 수조 뚜껑을 열어 안을 살폈다. 비닐 백이 물 위에 둥둥 떠 있었고, 그 안에는 USB가 들어 있었다. 옆에 쓰러져 있는 채 의원의 손을 확인하려던 그때 누군가가 어깨를 흔들었다.

"남 순경님, 괜찮아요?"

"어! 벌써 10분이 지났나요?"

"네. 두 사람 대화는 들었어요?"

"잠시만요, 검사님. 좀 더 확인할 게 있어서요."

남 순경은 다시 눈을 감았다 떴다. 하지만 채 의원의 시체가 보이지 않았다. 남 순경은 좌변기에 다가가 손을 휘저으며 살폈다.

"남 순경님, 지금 뭐 하는 거예요?"

"그게…… 채이돈 의원이 안 보여서요."

"안 보인다고요? 그런데 왜 이번엔 눈을 뜬 채로 보시는 거예요?"

"눈을 떴다고요?"

남 순경은 목소리가 들리는 곳으로 고개를 돌렸다. 눈앞에 보이는 한 검사의 얼굴에, 순간 움찔하며 뒤로 물러났다.

"어! 검사님……."

"왜요? 왜 그래요?"

"아……. 아닙니다. 초자연 현상을 보고 있는 줄 알았는데 그게 아니었나 보네요."

"갑자기 왜 안 보이는 거죠?"

"아마 사건 발생 시간이 지나서 그런 것 같아요. 내일 다시 와 봐야겠어요."

"뭘 더 보려고 했던 것 같은데, 뭐였어요?"

"채 의원의 손이요. 손에 뭔가를 쥐고 있었어요. 살인범도 그걸 뺏으려 했던 것 같아요."

"민 팀장님에게 주려고 했던 물건일까요?"

"왠지 그런 것 같아서요. 아, 그리고 좌변기 수조 안에도 USB가 있었어요."

"USB요?"

"네. 비닐 백 안에 있었어요. 좌변기실에 들어오자마자 바로 수조에 숨기더라고요."

"뭘까요? 왜 그걸 그곳에 숨겼을까요?"

"그러게요. 손에 쥔 것과는 다른 것 같은데……."

"사건 당일에 채이돈 의원에게 직접 확인해 보면 알 수 있겠죠."

고개를 끄덕이는 남 순경을 보며 한 검사가 말을 덧붙였다.

"그것보다 대화 내용은 들었어요? 나 경사님과 살인범이 무슨 대화를 나눈 거예요?"

"검사님, 그게⋯⋯."

남 순경은 나 경사와 살인범 사이에 오간 대화를 한 검사에게 얘기했다.

"그럼 두 사람이 서로 아는 사이인 거죠? 이름이 범수라고요."

"네. 모자와 마스크를 쓰고 있어 누군지 몰라봐야 하는 게 정상인데, 바로 알아본 걸 봐서는 여기까지 미행해 따라온 것 같아요. 듣기엔 친구 사이 같기도 했어요."

"아무튼 다행이네요. 나 경사님이 다크킹덤의 조직원이 아닌 건 확실해졌으니까요."

"이제 어떻게 해야 할까요? 나 형사님과 얘기를 해 봐야 할 것 같긴 한데."

한 검사는 고개를 끄덕이면서도 뭔가 께름칙한 듯 고민하며 입을 열었다.

"그래야 할 것 같죠? 그런데 걱정되는 건, 그 사실을 알고도 우리에게 알리지 않고 혼자 이곳에 왔다는 거예요. 그리고 살인범을 붙잡지 않고 그냥 보낸 것도 그렇고요."

"두 사람이 친한 사이 같던데 미리 막아 보려고 그런 건 아닐까요? 물론 현행범을 놓아 준 거나 다름없긴 하지만⋯⋯."

"그게 문제예요. 아! 그럼 이건 어때요?"

지하철역 공중전화 박스로 차우석이 들어갔다. 그리고 수화기를 들어 어딘가로 전화를 걸었다.

"주명근이 주일 빌딩으로 거처를 옮기는 것 같습니다."

"언제?"

"오늘내일 정도에 옮길 것 같습니다."

"정확하게 몇 호실에 묵는지 파악하고 보고해."

"예, 알겠습니다."

"사교 모임은 언제 다시 열리는지 모르고?"

"아직 별 얘기가 없습니다."

"그래. 정민우 근황은 어때?"

"특이 사항 없습니다."

"정민우와 접촉하는 사람들 체크해. 함께 보고하고."

"알겠습니다. 근데 이곳에서 검사들이 자주 눈에 띕니다."

"검사들?"

"네. 한둘이 아닙니다."

"여러 명이 같이 모여 다니나?"

"아닙니다. 한두 명씩 빌딩으로 들어가는 걸 봤습니다."

"시간대는?"

"저녁 식사 직후니까, 20시에서 21시 사이였습니다."

"특정한 장소에서 모이는 건가?"

"그건 아닌 것 같습니다. 엘리베이터가 멈추는 층수가 매번 달랐습니다."

"그래. 무슨 일로 그곳에 가는지는 조사해 봤고?"

"아직 거기까지는……."

"그럼 검사들이 그곳에서 뭘 하는지도 조사해 보는 게 좋겠군."

"네, 그러죠. 새롭게 나온 거라도 있습니까?"

"아직은. 조금 더 기다려야겠어. 곧 나오지 않겠어?"

"알겠습니다."

"우리 정체가 발각되지 않게 항상 조심해야 해."

"알겠습니다. 연락드리겠습니다."

공중전화 박스에서 나온 차우석은 지하철역에서 나와 주일 빌딩으로 향했다. 가는 길에 누군가 뒤따라오는 것을 느낀 차우석은 방향을 틀어 인적이 뜸한 골목길로 들어섰다. 골목길로 들어와 뒤따르는 사람이 누구인지 확인하려 했지만, 웬일인지 미행하던 사람이 보이지 않았다. 미행이 발각된 것을 알고 피한 것인지, 아니면 미행을 한 것이 아니었는지는 알 수 없었다.

차우석은 골목길에서 나와 다시 주일 빌딩으로 발걸음을 옮겼다. 그때 뒤에서 한 남자가 불쑥 튀어나와 말을 걸었다.

"당신 뭐 하는 사람이야?"

낯선 남자의 목소리에 차우석이 뒤돌아봤지만, 가로등 불빛을 등지고 있는 그의 얼굴을 제대로 볼 수 없었다.

"누구? 날 아나?"

"경찰인가? 내가 미행하는 것도 금방 알아채고 말이야."

"왜 날 따라온 거지?"

"몸조심하는 게 좋아. 이번은 경고만 하고 가지만 다음엔 그냥 가지 않을 테니."

"뭐? 당신 누구야?"

차우석은 가로등 불빛에 숨어 있던 남자에게 달려갔다. 하지만 그는 빠르게 어둠 속으로 사라졌다. 서둘러 뒤따라갔지만 군중 속으로 숨어 버린 뒤라 그를 찾는 것은 불가능했다.

나영석 경위를 따라 들어온 도민 경감은 방 안을 둘러보더니 눈이 휘둥그레졌다.

"나 경위, 여기가 침실이에요?"

"네, 경감님. 좀 지저분하죠. 요즘 정신이 없어서 정리를 못 했습니다."

"그게 아니고 침실 같지 않아서 말이에요. 국과수 연구소라고 해도 되겠어요. 기기 장비들이 뭐 이렇게 많아요? 투명 보드 판에 현미경까지⋯⋯."

"조금씩 모으다 보니 그렇게 됐습니다."

도 경감은 보드 판을 가리키며 물었다.

"여기 사진들은 인천 창고 화재 현장 사진들인가요?"

"맞습니다. 저번에 가서 찍은 사진들을 출력해 붙여 놓은 겁니다."

"이건 연쇄 살인사건 피해자 사진들이잖아요. 방에 이런 사진들을 붙여 놓고 잠이 와요?"

"시체 부검도 하는데 사진 가지고 그러십니까?"

"그거야 부검실에서 보는 거고, 여긴 개인 침실이잖아요."

"익숙해서 괜찮습니다. 그것보다 여기 오셔서 사진들 좀 보시죠."

나 경위는 컴퓨터 앞에 앉으며 모니터를 손으로 가리켰다. 모니터에는 화재 사고 현장 사진들이 여러 장 띄워져 있었다.

"여기 보시면 화재 최초 발화점이 보이실 겁니다."

나 경위는 모니터에 띄워진 창고 안 화재 현장 사진 한 장을 확대했다.

"여기 목재가 있었던 곳에서 화재가 시작된 것으로 보입니다. 소방 당국 브리핑 내용을 보면 신고받고 도착했을 때 이미 창고가 전소된 상태라고 했습니다. 신고한 인근 주민 말로는 불이 삽시간에 타올랐다고 했고요."

"그래요. 목재 특성상 화재에 취약한 것도 있지만 순식간에 창고 전체를 전소시킬 정도는 아니에요. 방화라 보는 것도 그 점 때문이죠."

"맞습니다. 그리고 목재에서 시작된 발화점이 완전히 전소되고 점점 타들어 가야 하는데, 그게 아니라 전체적으로 한 번에 불길이 번져 산화된 점도 방화라는 증거가 될 수 있을 겁니다. 담배꽁초 하나로 목재 창고 전부가 한순간에 전소된다는 게 말이 안 되죠."

"그렇지. 감식결과도 봤죠?"

"네. 석연치 않아 보였습니다. 국과수에서도 뭔가를 숨기는 눈치였고요. 자세한 현장 사진들도 공개하지 않더라고요. 이 사진들은 제가 밤에 몰래 찾아가 찍은 사진들입니다."

"그래요. 감식결과 보고 나도 처음엔 믿지 못했어요. 분명 윗선에서 개입한 거라고 봐야 할 거예요. 다크킹덤이 움직였으니 수사를 방해하는 건 당연한 거겠죠."

"저도 그렇게 보고 있습니다."

"근데 이 사진들은 뭔가요? 차량 바퀴 사진 같은데."

"네, 경감님. 창고 정문과 후문 바닥에 남겨져 있던 바퀴 자국입니다."

"특별한 거라도 있었나요?"

"창고 정문에 한 대, 후문에 두 대가 있었다는 걸 확인했습니다. 각기 다른 차종의 타이어였습니다. 여기 사진 보시죠."

나 경위는 보드 판에 붙어 있던 사진 몇 장을 떼어 도 경감에게 건넸다.

"지금 보시는 사진은 정문에 있던 바퀴 자국 사진입니다. 그 뒷장 사진들은 후문에 있던 각각 다른 두 대의 차량 바퀴고요. 차량들은 모두 다른 방향에서 와서 또 다른 방향으로 이동했습니다. 단, 두 대는 한곳에서 이어지는데 나머지 한 대는 전혀 다른 곳을 향하고 있었습니다."

도 경감은 아무 말 없이 고개만 끄덕이며 듣고 있었다.

"정문 앞에 찍힌 팀장님의 족적을 봤을 때, 정문에 세워져 있던 차에서 팀장님이 내려 창고로 들어간 것으로 예측됩니다. 후문에는 김승철 경감님의 족적이 있었으니, 후문에 세워져 있던 차량에서부터 창고로 끌려왔을 것으로 보이고요. 각기 다른 차로 납치돼 이곳으로 옮겨진 거죠.”

“그렇게 보는 게 맞겠네요. 나머지 사진 속 차 바퀴는 다른 차들과 크기부터 다른데요.”

“맞습니다, 경감님. 그 차량 바퀴는 사륜구동 SUV 차량인 것으로 보입니다. 그것도 특수 차량인 것 같습니다.”

“특수 차량이요?”

“네. 그리고 이 사진들 좀 봐 주십시오.”

나 경위는 모니터에 새로운 사진 3장을 띄웠다.

“화재 때 발생한 재가 정문과 후문 앞에 먼지처럼 쌓인 사진들입니다.”

“한 곳이 다른 두 곳보다 깨끗하네요.”

“그렇습니다. 두 대는 화재가 크게 번지기 전에 그곳을 떠난 겁니다. 그런데 나머지 한 대는 화재가 발생하고 한참을 이곳에 남아 있다 떠난 거라 볼 수 있습니다.”

“그 차량이 특수 차량이라는 거죠.”

“네. 소방차나 구급차는 아닌 걸로 확인했습니다. 그곳에 왔던 차량 바퀴와 비교했을 때 동일하지 않았습니다.”

“왜 그곳에 오랫동안 남아 있었을까요?”

“글쎄요. 혹시 무언가를 찾고 있었던 건 아닐까요? 증거물이라거나……”

강남 거리는 연쇄 살인사건이 발생했던 곳이 맞나 싶을 정도로 많은 사람들이 웃고 떠들며 새벽 밤거리를 즐기고 있었다.

하지만 화려한 밤거리를 뒤로하고 누군가는 밤새 범죄와 싸우고 있다. 범죄자와 사투를 벌이다가 목숨을 잃는 경우도 있다. 저 사람들은 화려한 불빛들을 지키기 위해 우리가 얼마나 많은 희생을 감수하고 있는지 알고 있기나 할까?

몸도 지치고 밤이라 그런지 괜한 생각들로 우울해졌다. A지점 살인사건 현장에 가는 길이라 더 그런 것 같기도 했다. 무리해서 확인할 필요는 없다지만, 공범이 누구인지 진범이 주명근이 맞는지 확인하고 싶었다.

현장으로 가는 길에는 새벽임에도 불 켜진 주점들이 즐비해 있었다. 이 주점 중 한 곳에서 나와 귀가하던 여성이 피해자가 된 것이다.

현장에 도착해 휴대폰 시계를 확인했다. 다행히 늦지 않은 시간에 안도하며, 나는 잠시 주변을 살핀 뒤 눈을 감았다. 그리고 서서히 눈을 떴다.

'뭐지?'

이전과 다르게 비가 내리지 않았다. 초자연 현상으로 들어온 게 맞는 건가? 설마 또 다른 변수가 생긴 건 아니겠지? 나는 의문을 삼키며 잠시 기다렸다. 피해 여성이 곧 비틀거리며 이곳으로 걸어올 것이기 때문이다.

하지만 시간이 지나도 피해 여성은 나타나지 않았다. 지금 초자연 현상을 보고 있는 게 아닌 건가? 다시 휴대폰을 꺼내 시계를 봤다. 어라……. 시계는 조금 전처럼 멀쩡하게 움직이고 있었다. 초자연 현상이 아니었던 것이다.

그럼 살인사건이 발생하지 않는 걸까? 아니면 살인범이 미리 잡히는 걸까?

"여긴 왜 온 거예요, 남 순경?"

"어! 경감님, 여기는 어쩐 일로……."

"남 순경이 와 있을 것 같아서 집으로 가는 길에 한번 들러 봤어요."

"아, 마침 잘 오셨어요. 안 그래도 갑자기 초자연 현상이 보이지 않아서 고민하던 중이었거든요."

"보이지 않는다고요? 시체가 말인가요?"

"네. 아니, 시체뿐 아니라 아예 초자연 현상 자체가 보이지 않아요."

"살인사건이 발생하지 않는다는 말이에요?"

"아마도…… 범행 전에 살인범이 잡히는 것 같아요."

"미리 잡힌다는 거예요? 그걸 장담할 수 있겠어요?"

"그건 아니지만……. 초자연 현상이 보이지 않는 건 사건이 발생하지 않는다는 거예요. 그러니까, 피해자가 죽지 않는 거죠."

"혹시 여기가 아닌 다른 곳에서 살인사건이 발생할 확률은 없는 건가요? 이 시간대가 아니거나, 그날이 아닌 다음 날 발생할 확률은요?"

"그렇게까지는 생각 못 해 봤는데……. 아니, 지금까지 경험한 바로는 시체로 보였던 사람이 죽지 않고 살았을 때나 그 시체 당사자가 죽는다는 사실을 알았을 때, 그런 경우에만 보이지 않았거든요. 그런데 피해자가 자신이 죽는다는 사실을 알 리는 없고……. 그럼 피해자가 산다고 봐야 하는데, 살인범이 미리 잡히거나 살인을 하지 않는 경우밖에 없잖아요."

"음, 그런 거라면 다행이죠. 그래도 대비는 해야겠어요. 항상 플랜B는 만들어 놔야 하니까요."

"넵! 그럼 이만 들어가시죠."

"남 순경, 괜찮으면 술 한잔할래요?"

"술이요? 좋죠."

"그래요. 가요."

2005년 1월. 눈 내리는 어느 날

띵동. 띵동.

초인종 소리에 한동탁 형사가 현관으로 향하며 말했다.

"누구십니까?"

뒤이어 어린 여자아이도 한동탁을 따라 뛰어나왔다.

"아빠, 누가 왔어?"

"아니야, 추워. 나오지 마."

여자아이는 다시 들어가는 척하다, 얼굴을 삐죽 내밀고 몰래 지켜봤다.

"누구십니까?"

"오민석입니다."

"어! 어, 잠깐만."

한동탁은 서둘러 현관문을 열고 오민석을 안으로 들였다. 오민석의 머리와 어깨에는 눈이 쌓여 있었다.

"고맙습니다."

"우리 집은 어떻게 알고 온 거야?"

"급히 드릴 말씀이 있어서요. 밤늦게 죄송합니다."

"아니야. 추운데 어서 안으로 들어가지."

한동탁은 오민석을 거실로 안내했다.

"서율아, 이리 와. 인사해라. 내 딸이야."

"안녕하세요. 한서율이에요."

"어, 안녕. 난 한 형사님······."

"서율아, 아빠 후배야."

"경찰이세요?"

"아니······."

한동탁은 이번에도 오민석의 말을 끊고 말했다.

"그래, 경찰이야. 서율아, 아빠는 아저씨랑 방에 있을 테니까 거실에서 TV 보고 있을래?"

한동탁은 끄덕이는 딸에게 웃어 보이며 오민석을 데리고 안방으로 들어갔다.

"무슨 일인지 말해 보게."

"한 형사님, 무슨 사건을 수사하고 계신 겁니까?"

"갑자기 그게 무슨 소리야? 그리고 그걸 자네가 알아서 뭐 하려고?"

"무슨 사건인지 몰라도 그 사건에서 손 떼시죠."

"오민석, 밤늦은 시간에 와서 한다는 소리가 고작 그거야!"

"고작이 아닙니다. 사람 목숨이 달린 문제라 이렇게 온 겁니다."

"사람 목숨?"

오민석은 방문 쪽을 살피더니 나지막한 목소리로 말했다.

"한 형사님 목숨을 노리고 있습니다."

"누가……."

한동탁은 깜짝 놀라 큰 소리로 말하다, 얼른 목소리를 낮추고 조용히 다시 물었다.

"누가 말인가?"

"그건……."

"말하기 어려운가?"

"죄송합니다. 하지만 분명 한 형사님을 제거하라는 명령이 내려졌습니다."

"자네가 말했던 그 윗선 말인가?"

"네."

"아직도 윗선이 누군지는 말해 줄 수 없는 건가?"

"죄송합니다. 저만 걸린 것이 아니라서……."

"알았네. 자네에게 지시가 내려온 건가?"

"아닙니다, 그건."

"그렇다면 내가 먼저 모든 걸 말하지. 자네를 믿고 말하는 거네."

"아닙니다. 말 안 하셔도 됩니다. 그냥 지금 진행 중인 수사만 중단하시면 됩니다."

"그럴 수 없네."

한동탁의 말에 오민석은 고개를 떨구며 크게 한숨을 내쉬었다.

"난 비리경찰을 수사하는 감찰반 반장이네. 자네가 뭘 듣고 왔는진 모르겠지만 강남 경찰서 형사과에 잠입 수사 중이고, 홍두기 경감 무리가 이필석 의원에게 후원을 받으며 뒤를 봐주고 있다는 첩보가 있어 수사 중이네."

"왜 그러십니까? 저를 어찌 믿고 그런 말씀까지……."

한동탁은 오민석의 어깨에 손을 올리며 말했다.

"민석아, 넌 날 살리기 위해 여기까지 왔어. 이곳에 오기까지 많은 고민을 했겠지. 만약 이 사실을 너희 조직이 알게 된다면 너도 목숨을 내놓아야 한다는 것쯤은 알아. 안 그래?"

오민석은 고개를 숙인 채 고개만 끄덕였다.

"고맙다. 그런데 수사에도 알아낸 게 별로 없어. 검사와 접촉하는 걸 확인한 게 전부야. 그것 때문인 거야? 신임 검사가 이의원과 자주 연락하고 만나는 것 같았어. 물론 윗선 전달책이겠지만."

"맞습니다. 검찰을 건드리셔서 그렇습니다. 그러니 그만 손

떼시죠. 형사님이 생각하는 것보다 감당하기 어려운 상대입니다. 형사님만 다치시는 게 아니란 말입니다. 주변 사람 모두가 위험할 수 있습니다."

"그게 무슨 말이야? 자세히 좀 말해 줄 수 없겠나?"

"한 형사님, 전 보육원에서 사람을 죽였습니다. 그리고……."

현재. 채이돈 사망사건 D-2, 연쇄 살인사건 D-3, 본부 살인사건 D-4

남순할매 해장국집 앞에 멈춰 선 택시에서 도민 경감과 남시보 순경이 내렸다.

"여기 괜찮으시죠?"

도 경감은 남 순경의 어깨에 손을 올리며 웃음 지었다.

"해장국집이네요. 술 마시고 바로 해장하면 좋겠어요."

"맞아요. 뼈다귀 해장국에 술 마시면 다음 날 따로 해장할 필요도 없으실 거예요. 어서 들어가시죠."

남 순경은 그렇게 말하며 앞서 해장국집 안으로 들어갔다.

"할머니, 저 왔어요."

홀에 있던 춘천댁이 문 앞까지 걸어 나와 반갑게 맞았다.

"왔어요? 사장님은 주방에 계세요."

"이모님, 우리 뼈다귀 대(大) 자랑 소주 두 병 주세요. 도 경감님, 여기 잠깐 앉아 계세요. 사장님께 인사드리고 금방 나올게요."

"그래요. 그렇게 해요."

주방에 들어간 남 순경은 한참이 지난 후에야 밖으로 나왔다. 도 경감이 앉아 있는 자리에는 이미 뼈다귀해장국과 반찬들이 차려져 있었다.

"남 순경, 혹시 여기가 그때 형제 사건으로 힘들어했던 그분 식당이에요?"

"맞아요, 경감님. 지금은 할머니랑 며느님이 운영하고 계세요. 가끔 와서 먹고 그래요. 불편할 수도 있겠다 싶었는데 찾아와 인사드리니 다행히 좋아하시더라고요. 그래서 죄송한 마음을 조금이나마 덜어 낼 수 있었어요."

"그랬군요. 남 순경, 보통이 아닌 건 알았지만 또 한 번 다시 봐야겠네요. 나였다면 쉽지 않았을 것 같아서요. 좋은 뜻으로 말이에요."

"그렇게 말씀해 주셔서 감사합니다."

"뭐가 감사해요? 여기 한 잔 받아요. 그러고 보니 처음이네요. 단둘이 이렇게 술잔 기울이는 건 말이죠."

"그러네요."

남 순경은 술잔에 술을 받으며 웃어 보였다.

"팀장님 뵈러는 왜 안 가는 거예요? 이곳에 자주 인사드리러 온다면서요."

"그게…… 팀장님을 못 보겠어요. 자꾸 눈물이 나서……. 의식 돌아오시면 그때 가서 뵈려고요."

"그렇게 해요. 내가 괜한 얘기를 꺼냈네요."

"아니에요. 그런데 도 경감님은 모든 분께 존댓말을 하시잖아요. 무슨 이유라도 있으신 건가요?"

"아하, 이유까지는 아니에요. 한국에 처음 왔을 때 말 때문에 일이 많았어요. 미국에서 오래 생활하다 보니 존댓말을 할 줄 몰랐거든요. 그래서 윗사람들에게도 반말을 하고 그랬죠. 그것 때문에 싸움도 있었고 사람들에게 괜한 오해도 많이 받았어요. 그 후로 존댓말을 쓰려고 노력했는데 그게 습관이 돼서 지금처럼 된 거예요."

"그러셨군요."

"그러니 남 순경도 부담 갖지 말아요."

도 경감과 남 순경은 사담을 나누며 술잔을 들었다. 얼큰하게 술기운이 돌쯤 도 경감이 술잔을 내려놓으며 지그시 남 순경의 얼굴을 바라봤다.

"남 순경, 사실 이렇게 따로 보자고 한 이유가 있어요."

"네? 무슨 일로 그러세요?"

"내부에 스파이가 있는 것 같아요."

"스파이요?"

도 경감은 입술을 꾹 다문 채 고개를 끄덕였다.

도 경감과 꼬박 밤을 새운 탓에, 잠깐 눈을 붙인 뒤 점심시간이 지나서야 고수팀 상황실에 도착할 수 있었다.

"안녕……."

상황실에 들어서며 인사하다, 코 고는 소리에 멈칫 멈춰 섰다. 나상남 경사가 소파에 누워 드르렁드르렁 코를 골며 잠을 자고 있었다. 시계를 보니 아직 초자연 현상을 볼 시간은 아니었다. 본부 소파 앞에 쓰러져 있던 시체 환영을 보기 위해 매번 같은 시간에 왔지만, 항상 동료들이 있어서 제대로 확인할 수가 없었다.

나 경사를 깨워 본부에서 나가게 할 방법을 찾아야 했다. 시체를 보는 중에 깨기라도 하면 그건 더 골치 아픈 일이었다. 오늘은 꼭 확인해야만 한다. 그래야 사건을 막을 수 있다.

나는 소파에 누워 있는 나 경사를 흔들어 깨웠다.

"나 형사님, 일어나세요. 나 형사님."

"어! 어, 남 순경. 언제 왔어?"

"방금 전에요. 이제 일어나세요. 2시가 넘었어요."

"뭐야! 벌써? 아이고, 잠깐 눈 붙인다는 게. 근데 남 순경은 왜 이렇게 일찍 왔어? 회의 시간 아직 멀었는데."

"그러는 나 형사님은요? 또 여기서 주무신 건 아니죠?"

"그렇지 뭐. 혼자 사는데 꼬박꼬박 집에 들어갈 이유도 없고."

"그래도 집에서 편하게 주무시지. 저도 혼자 살거든요?"

나 경사는 소파를 내리치며 말했다.

"난 여기가 편해. 현장 체질이라 어쩔 수 없나 봐."

시원스럽게 웃던 나 경사는 고개를 갸웃하며 게슴츠레 쳐다보았다.

"근데 남 순경은 요새 한 검사님하고 어딜 그렇게 다니는 거야? 연쇄 살인사건 조사하는 건 아닌 것 같던데."

"그런 눈으로 보지 마세요. 팀장님 사건 때문에 함께 다니고 있는 거예요."

"어딜?"

"뭐⋯⋯. 팀장님이 사고당하기 전에 다녀가셨던 곳을 찾아보고 있었어요."

"도대체 그놈들은 팀장님과 김 경감님이 만난다는 걸 어떻게 알았을까? 경찰청 정보과에 그놈들이 있는 게 아닐까?"

"아니면 우리 쪽에 있을지도요."

"뭐?"

나는 새벽에 도 경감이 했던 말을 떠올렸다.

"경감님, 스파이라면 다크⋯⋯."

식당인 걸 깜빡하고 입 밖으로 다크킹덤을 말할 뻔했다.

"아니, 그놈들과 내통하는 사람이 있다는 말씀이시죠? 누군지 아시는 건가요?"

"아니요. 몰라요. 다만 남 순경은 아닐 거라는 확신으로 말하는 거예요."

"믿어 주셔서 고맙습니다만 왜 그런 생각을 하시는 건데요? 저희가 아니라 다른 곳에서 정보가 샌 것일 수도 있잖아요."

"그럴 수도 있겠죠. 하지만 여러 가지 석연찮은 일들이 벌어지고 있어요. 민 팀장님 사고도 그렇고요. 그날 박 순경이 의문의 남자에게 전화를 받았다고 했잖아요. 김승철 경감이라고 하면서 연락처를 남겼죠. 연락 온 번호를 확인해 봤지만 김승철 경감과는 아무런 관계가 없었어요. 통화 음성도 김승철 경감의 목소리와 비교해 봤지만 다른 사람이었고요. 무엇보다 본부 번호를 아는 건 우리 고수팀 팀원밖에 없어요. 그런데 본부로 연락을 했죠."

"김승철 경감님에게 본부 전화번호를 알아낸 것일 수도 있잖아요."

"김 경감님 휴대폰은 경찰청 앞 도로 배수구에서 발견됐어요. 납치될 때 일부러 그곳에 버리신 거예요."

"그들이 위치 추적을 당할까 봐 버린 게 아닐까요?"

"그건 아닌 것 같아요. 납치 당시 CCTV 영상을 봤지만 짧은 시간이었어요. 스마트폰 안에 수많은 정보가 들어 있으니, 김 경감님이 그걸 숨기려고 일부러 버린 것 같아요. 만약 그들이 폰을 빼앗았다면 폰 속 정보를 빼낸 뒤에 버려도 됐겠죠."

"말씀을 들어 보니 그렇네요."

"서민주 의원 차량 공격도 우리 내부 정보가 아니고서야 이동 경로를 알 수 없었을 거예요. 인천항 CCTV도 그렇고, 그들은 우리보다 앞서 모든 일들을 처리했어요. 과학수사대에서도 나와 나 경위를 따돌리는 눈치예요. 내부 정보를 공유하지도 않고 있어요. 상부에서 우리를 주시하고 있는 거죠."

"그럼 도대체 누굴까요?"

"의심 가는 사람이라도 있어요?"

"저한테 물으시는 거예요?"

"그래요. 요즘 검사님하고만 움직이는 게 뭔가 낌새를 느끼고 그런 게 아닌가 싶어서요."

"아니에요. 그것 때문은 아니고요. 사실은……."

"야, 남 순경! 그게 무슨 소리냐고?"

"아! 죄송해요. 아니, 김승철 경감님이 아니면 우리밖에 없잖아요."

"그렇긴 하지만…… 설마 동료들을 의심하는 거야?"

"아니요. 말이 그렇다는 거죠. 그냥 한 말이니 신경 쓰지 마세요."

"그래, 아닐 거야. 아니고말고."

나 경사는 혼잣말로 한 번 더 되뇌었다.

"나 경사님, 박민희 형사는 오늘도 못 나오는 건가요?"

"아니야. 오늘은 회의 시간에 맞춰 나온다고 했어. 갑자기 일이 쏟아졌다네."

"그래요? 박 형사가 많이 힘들겠네요. 시간도 남는데 마중이나 갈까?"

"마중? 어디로? 아직 올 시간 아닌데."

"경찰서로 가야죠. 박민희 형사 혼자 오다가 위험할 수 있으니……."

"그걸 왜 남 순경이 신경 써?"

"그야 동료니까……."

"그래? 그럼 나도 같이 갈까?"

"같이요? 에이, 뭐 한다고 두 사람씩이나……. 그럼 나 형사님 혼자 가시든지요. 이번에 점수 좀 따세요."

나 경사는 얼굴을 붉히며 언성을 높였다.

"그런 거 아니라니까! 자꾸 왜 그래?"

"비밀로 해 드릴 테니까, 그러지 마시고 가 보세요."

"정말?"

"네, 어서요."

"어어……. 그래, 그럼."

나 경사는 머리를 긁적이며 얼떨떨한 표정으로 본부를 나섰다. 그렇게 겨우 나 경사를 보냈다. 이제 드디어 시체를 확인할 시간이다.

나는 소파에 앉아 심호흡을 한 뒤 휴대폰 시계를 꺼내 시간을 확인했다. 지금이다. 차분히 눈을 감았다, 다시 떴다.

눈앞에서 최우철 경위와 한서율 검사가 대화를 나누고 있었다. 두 사람이 뭐라고 대화하는지는 들리지 않았다. 휴대폰을 꺼내 시계를 봐야 할까? 하지만 누가 깨워 주지 않으면 나는 어떻게 되는 거지? 자연스럽게 빠져나올까?

잠시 생각에 잠겨 있을 때, 최 경위가 책상을 내리치고 화를 내며 상황실을 나갔다. 안 되는데. 나가면 안 되는데……. 내가 본 시체가 한서율 검사인가? 한 검사는 속상했는지 크게 한숨을 내쉬며 소파에 앉았다. 그러고는 두 손 모아 머리를 감싼 채 생각에 잠겼다.

한참을 그러고 있을 때, 상황실 문이 열리고 검은 점퍼에 가면을 쓴 괴한이 뛰어 들어왔다. 최 경위가 다시 돌아온 줄 알고 소파에서 일어섰던 한 검사는, 휘둥그레진 눈으로 멍하니 괴한을 바라보았다. 도망치려 했지만 재빨리 달려온 괴한의 칼에 복부를 찔리고 말았다.

한 검사는 비명과 함께 옅은 신음을 내뱉으며 철퍼덕 주저앉았다. 하지만 괴한은 한 번으로 끝내지 않고 연거푸 칼을 휘둘렀다. 괴한은 한 검사가 숨을 거둔 것을 확인한 후에야 상황실 밖으로 도망쳤다. 곧장 그 뒤를 밟았지만, 괴한은 그새 어디론가 사라지고 보이지 않았다. 이 이상은 안 보이는 걸까? 아니면 어디로 숨어 버린 걸까?

어쩔 수 없이 걸음을 돌려 다시 상황실로 돌아갔다. 소파 옆에 쓰러져 있는 한 검사는 여전히 보이는 상태였다. 아직 살아 있는 걸까? 그래서 한 검사의 시체가 보이는 걸까?

우선 한 검사에게 달려가 살아 있는지를 살폈다. 그때 상황실 문이 열리고 최 경위가 들어왔다. 최 경위는 한 검사를 살피는가 싶더니 다시 몸을 돌려 달려나갔다. 그때 앉아 있는 나를 그대로 통과해 지나쳤고, 그 순간 놀란 나는 눈을 꾹 감았다 떴다. 내 앞에 한 검사와 최 경위의 모습이 보이지 않는 걸 보니 초자연 현상에서 빠져나온 듯했다.

한서율 검사가 위험하다. 상황실이 그들에게 노출됐다. 이 사실을 어떻게 알려야 하지? 나 혼자 막을 수 있을까? 도 경감님 말대로 내부에 스파이가 있다면…… 그게 누구지?

2005년 1월 눈 내리는 어느 날. 한동탁 방 안

"한 형사님, 전 보육원에서 사람을 죽였습니다. 그리고……."

오민석은 한 번도 누구에게 털어놓지 않은 과거를 한동탁에게 담담하게 꺼내 놓았다.

"제가 양복 차림의 아저씨를 따라 도착한 곳은 정진 보육원이라는 곳이었습니다. 이름만 보육원이었지 실상은 살인 병기를 만들어 내는 훈련소였죠. 하루를 쉬지 않고 사람 죽이는 기술을 배웠습니다. 그곳을 도망쳐 나오려고 몇 번 시도했었지만 모두 실패하고…… 그날은 온몸에 피멍이 들 정도로 맞고서야 잠들 수 있었습니다."

오민석은 그날의 아픔이 떠올랐는지, 양손을 부르르 떨며 잠시 멈칫하다 다시 말을 이어 갔다.

"성년이 지나고 군대 갈 나이가 되었을 때 정진 보육원을 나올 수 있었지만 다음으로 가게 된 곳은 안기부 산하 부대였습니다."

"부대? 안기부에?"

"비밀리에 부대를 양성하고 있었습니다. '다크포스'라고 들어 보셨습니까?"

"아니, 처음 듣는데."

"안기부에서 비밀리에 양성하던 부대 이름이었습니다. 국가와 국민을 위해 음지에서 헌신하는 특수 요원을 양성하는 곳이었죠. 하지만 그곳도 얼마 가지 않아 해체됐습니다. 정권이 바뀌고 안기부가 국정원으로 바뀌면서 조직이 개편된 듯했어요. 그러면서 우리 부대도 함께 해체된 거죠. 해체가 된 이후 자유로운 몸이 되긴 했습니다. 하지만 그때는 그런 삶에 익숙해져 보통 사람처럼 생활할 수가 없었죠. 그러다 보니 안 좋은 유혹에 빠져 나쁜 길로 들어서는 동무들도 있었습니다."

"그래서 지금 조폭들 밑에서 일하고 있는 건가?"

"조폭이라면 차라리 낫겠죠. 다크포스에서 무슨 일을 했는지 아십니까? 정권에 저항하거나 도전하는 세력을 제거하는 일을 했습니다. 정권이 바뀌면서 안기부가 가지고 있던 막강한 권력이 지금 어디로 흘러 들어가고 있는 줄 아십니까?"

"설마……."

"대검 중수부입니다."

2005년 1월

100년이 넘어 보이는 소나무가 높게 솟은 전통 한옥 대문 앞. 검정색 고급 승용차들이 마치 무언가를 지키듯 줄을 지어 서 있다. 이곳은 정재계 인사들이 자주 모인다는 서울에서 유명한 요정이었다.

현직 검사와 국회의원 그리고 대기업 총수들이 줄줄이 들어가는 것을 멀찍이 떨어진 차 안에서 지켜보고 있는 이가 있었다. 추운 겨울, 차에 시동도 켜지 못하고 요정 앞을 주시하고 있던 그는 못마땅한 목소리로 말했다.

"반장님, 의원들이 검사들 만나는 거 다 아는 공공연한 비밀인데 굳이 이렇게 지켜보고 있어야 하는 겁니까?"

"서 형사, 잘 봐. UK전자 심 회장, 탈세 혐의로 수사 중인 거 몰라? 그런데 수사 담당 검사랑 같은 요정 안에 들어갔잖아. 못 본 거야?"

"봤죠. 하지만 그건 우리 담당이 아니잖습니까? 저희는 비리 경찰 잡는 거지, 비리 검사 잡는 경찰이 아니라고요. 아니면 대검 감찰부에 제보하시든가요."

"왜 이렇게 말이 많아졌어? 시끄럽고, 조용히 잘 지켜봐. 곧 올 거니까."

"누가 말입니까?"

반장은 갑자기 고개를 숙이며 손가락으로 앞을 가리켰다.

"왔다! 호랑이도 제 말 하면 온다더니. 저기!"

"어디…… 저 사람은 채이돈 의원 아닙니까?"

"아니, 그 뒤에 있는 놈 말이야. 채비로 경위. 경찰 대학 차석으로 졸업했다는데……. 아버지 백이라는 소리도 있고."

"그럼 저 경찰 비위 건으로 여기 온 겁니까?"

"그것도 있는데, 좀 더 기다려 봐. 주요 인물이 참석한다는 첩보가 있었으니까."

"첩보요? 누구한테 들으셨습니까?"

"지금 그게 왜 중요한데?"

"아니……. 신빙성이 있는 얘기……."

반장은 눈을 흘기며 서 형사를 째려봤다.

"신빙성 있으니까 여기서 벌벌 떨며 기다리고 있는 거지. 저기 봐. 온 것 같네."

"어? 저 차……. 안기부 차량 아닙니까?"

"그걸 서 형사가 어떻게 알아?"

"경찰 대학 졸업식에 안기부 부장이 왔었습니다. 마지막 안기부 부장이지 않습니까? 김기창."

"그렇지. 경찰 출신으로 경찰청에서 엘리트 코스를 밟다가, 사법고시 합격하고 대검 중수부 부장까지 역임한 전무후무한 인물이지. 그리고 마지막으로 안기부 부장까지."

"그러니까요. 저런 이력을 가진 인물은 앞으로도 안 나올 겁니다. 하지만 그럼 뭐 합니까? 정권 바뀌고 지금은 찬밥 신세 아닙니까?"

"그래. 찬밥 신세인 줄 알았지."

반장의 혼잣말을 서 형사는 제대로 듣지 못했다.

"김기창이 여긴 왜 온 거죠? 끈 떨어진 지가 언젠데 왜 불렀을까요?"

"주인공은 맨 마지막에 나타나는 법이지."

"갑자기 웬 뚱딴지같은 말씀입니까? 주인공이라뇨? 김기창이요?"

"그래. 막후 실세라고 하는 게 맞겠지. 그러니 저들이 모여서 무슨 작당을 하는지 꼭 알아내야 한다고. 시궁창 냄새 나는 곳을 그냥 못 본 척할 수 없잖아."

"어쩌시려고요? 검사랑 국회의원입니다. 김기창이 정말 막후 실세라면 국정원까지 엮인 거라고요. 반장님이랑 제가 무슨 수로 그걸 파헤친다는 말씀이세요? 그만하시죠. 그러다 제 명에 못 살 수 있습니다."

"겁나? 그럼 빠져. 나 혼자라도 할 테니."

"반장님, 대체 왜 그러세요?"

"뭐가? 비리와 권력 남용으로 피해를 보는 건 국민이라고. 그 국민을 지키는 건 우리 경찰들이 할 일이고. 아니야?"

"아직 모르잖아요. 무슨 비리에 권력 남용입니까?"

"그래. 그러니까 조사해 보자고, 서필감 경위."

"왜 또 그렇게 이름까지 부르십니까? 부담스럽게."

"나 한동탁, 한다면 하는 놈인 거 알지?"

"알죠. 그래서 무서운 거 아닙니까? 동료 경찰들한테도 도움 못 받습니다. 뭐가 예쁘다고 도와주겠습니까? 그런다고 검찰에서 나서겠습니까? 언제 검사들이 지들하고 연관된 사건에 발 벗고 나선 적 있습니까? 보나 마나 수사 불가예요. 우리가 밝힌다고 해도 중간에 잘릴 게 뻔하다고요. 괜히 우리만 밉보여 좌천될 게 눈에 훤한데 이런 수사를 왜 하시려는 거예요?"

"아이, 자식. 왜 이렇게 겁이 많아졌어."

"겁이 아니라 팩트를 말씀드리는 겁니다. 반장님은 지금 검찰, 국회의원, 국정원 상대로 수사를 하자는 거잖아요. 이게 지금 대한민국에서 할 수 있는 일입니까? 고작 경찰 주제에 할 수 있는 수사냐고요. 절대 안 됩니다. 그러니까 늦기 전에 여기서 접으시죠."

한 반장은 서 경위의 어깨를 잡으며 말했다.

"맞아. 힘들 거야. 서 형사가 말한 대로 찍혀서 좌천될 수도 있어. 그러니 비리를 보고도 눈을 감자? 그럼 경찰 옷 벗어야지. 안 그래? 뭐 하러 경찰 옷 입고 있는데?"

"반장님!"

한 반장은 서 경위의 어깨를 잡은 손에 힘을 주며 그의 이름을 불렀다.

"필감아."

"그렇게 부르지 마십시오."

"내가 지금 누굴 믿을 수 있냐? 한 번만 도와줘라. 네 말대로 건드리면 안 되는 사람들일 수 있다. 하지만 저렇게 놔두면 썩어 들어갈 게 분명해. 그럼 결국 국가는 좀먹는 놈들로 득실득실하게 될 거고. 그때 후회 안 하겠어? 저런 놈들이 무고한 시민들 짓밟고 설 텐데 그건 괜찮은 거냐?"

"반장님……."

"우리 둘만 있는 게 아니야. 우리 주위엔 훌륭한 경찰도 있고 검사도 있다. 그리고 그들 내부에 우릴 도와줄 사람도 있고."

"내부요? 설마 내부 고발자가 있는 겁니까?"

"그래. 그러니 우선 채이돈 의원 아들부터 잡자. 채비로 경위, 뭔가 있을 거야."

서 경위는 크게 한숨을 내쉬며 고개를 떨궜다.

"아휴……. 알겠습니다. 그럼 어디 경찰서에 있는지 확인해 보겠습니다."

"아니야, 알고 있어. 동작이야."

"이미 수사 진행 중이신 겁니까?"

"그 정도는 미리 알아보고 온 거야. 이제 시작하는 거지. 잠깐 전화 좀 하자. 우릴 도와줄 우군이 있어."

한 반장은 서 경위에게 눈짓하며 휴대폰을 꺼내 전화 걸었다.

"나다, 한동탁."

"잘 지내시죠? 이 밤에 어쩐 일이세요?"

"내일 잠깐 볼 수 있을까? 편한 시간에 아무 때나."

"그럼 점심이나 같이 드시죠. 그때 시간 될 것 같습니다."

"그래, 알았다. 연우야, 채비로 경위라고 잘 알지?"

"그럼요. 같은 서에서 근무 중입니다. 바로 윗기수 선배이기도 하고요."

"알았다. 내일 만나서 얘기하자."

"왜 그러십니까? 무섭게. 내사과 형사가 만나자고 하니 괜히 긴장됩니다. "

"그러냐? 왜? 찔려?"

"아이고, 말을 말아야지. 내일 뵙죠, 경감님."

한 반장이 전화를 끊자 서 경위가 의아한 눈빛으로 물었다.

"연우가 누굽니까?"

"경찰대에 1년 정도 강의 나갔을 때 알게 된 친구야. 강의 때마다 맨 앞에 앉아서 현장은 어떠냐고 얼마나 질문을 많이 하던지……. 그때 진땀 좀 흘렸지. 아무튼 그때 친해졌어. 현장 복귀하고도 가끔씩 연락하고 만났으니까."

"그럼 제자네요. 이름이 뭐라고 하셨죠?"

"제자라 하긴 좀 그렇고. 이연우 경위라고, 동작 경찰서 형사과에 있어."

"그렇군요. 채비로 경위에 대해 알아보려고 그러십니까?"

"알아보는 것도 있지만, 연우를 수사에 합류시키려고."

현재. 채이돈 살인사건 D-1, 연쇄 살인사건 D-2, 본부 살인사건 D-3

고스트 수사팀이 모두 한자리에 모여 전체 회의를 진행했다. 멤버들은 돌아가면서 수사 진행 상황에 대해 보고했지만, 가라앉은 분위기는 좀처럼 나아지지 않았다.

"죄송합니다. 주명근 그 자식이 꼭꼭 숨었는지 아직 못 찾고 있습니다. 영장이라도 들고 집이든 사무실이든 뒤져봐야 알 텐데 그게 안 되니 여간 쉽지가 않네요."

나 경사는 투덜거리듯 말하며 한 검사를 힐끔 쳐다봤다.

"그렇겠네요. 하지만 지금 상황에서 영장 신청을 한다고 해도 기각될 게 뻔해서요. 그리고 우리가 비밀리에 수사하고 있다는 걸 밝혀야 하니 그건 앞으로도 어려울 거예요."

"네, 압니다. 하도 답답해서 말씀드린 겁니다."

"계속 이런 식으로 수사할 건가요? 법을 다 지켜 가면서 뭘 할 수 있겠습니까? 차라리 법 무시하고 치고 들어가시죠. 과장님의 정보에 따르면 주필상이 다크킹덤과 연관돼 있다는 거 아닙니까? 지금이라도 주일 빌딩을 치고 들어가서 압수수색을 하자고요. 뭐라도 나오지 않겠습니까?"

자료를 훑어보던 도 경감이 고개를 돌려 최 경위에게 말했다.

"답답하겠지만 앞뒤 안 가리고 나가자는 건 곧 수사를 끝내자는 거와 같아요. 힘들어도 조심스럽게 다크킹덤 정보들을 수집해야 합니다. 그래서 고스트 수사팀으로 부르자고 한 거 아닌가요?"

"경감님, 그렇다고 이런 식으로 수사하다간 하세월이 지나도 그대로일 겁니다. 아무리 해도 알아낸 게 없지 않습니까? 과장님 정보원이 갖다 주는 첩보만 가지고 그들과 어떻게 맞설 수 있겠습니까?"

"최 경위님 말씀이 맞아요. 다크킹덤에 대해 알아낸 게 거의 없죠. 겨우 찾아낸 증거물도 그들에게 빼앗겼고요. 오히려 우리 정체가 그들에게 노출됐으니 아주 불리한 상황이에요. 하지만, 반대로 생각해 보면 그들도 우리를 경계하며 주시하고 있는 거잖아요. 우리 수사를 막기 위해 저들도 위험을 감수하면서 정체를 드러내고 있는 거니까요. 그걸 놓치지 않는다면 역으로 우리에게 기회가 될 수 있지 않을까요?"

한 검사의 말에 최 경위는 헛웃음을 지으며 말했다.

"지금 그들의 미끼가 되자는 말씀입니까?"

"미끼가 아니라요."

최 경위는 인상을 찌푸리며 언성을 높였다.

"그게 그 말이지 않습니까? 우리 목숨을 담보로 그들을 잡자는 말씀이잖아요?"

상황이 험악해지자 안 경위가 나서서 최 경위를 말렸다.

"최 경위님, 진정하십시오. 검사님 말씀이 그런 뜻이 아니라는 건 아시지 않습니까?"

"뭐가 아니야? 안 형사. 경감님, 제 말이 틀립니까? 검사님 말씀이 우리를 미끼로 그들을 잡자는 거잖습니까? 검사님이 뭔가 착각하시는 것 같습니다. 다크킹덤을 잡아 정의를 세우자고 우리가 여기에 있는 거지만, 우리 목숨을 파리 목숨 취급해도 된다는 건 아닙니다. 검사님은 뒤에서 서류나 만지작거리면서 지휘하면 끝인지 몰라도, 현장에서 하루하루를 버티는 우리에게 이러시면 안 되는 겁니다."

상황을 지켜보던 박민희 순경이 나 경사의 팔을 흔들며 나지막이 말했다.

"최 형사님 좀 말려 보세요. 이러다 정말……."

나 경사는 마지못해 고개를 끄덕이며 끼어들었다.

"최 형사님, 진정하세요. 검사님, 최 형사님도 하도 답답하고 속이 타서 이러시는 겁니다. 이해하십시오."

남 순경도 나서서 한 검사를 바라보며 말했다.

"검사님, 최 형사님이……."

"알아요. 최 형사님 말씀 곡해해 듣지 않을게요. 죄송해요. 저도 뒤에 앉아서 말만 하고 지시만 하는 검사처럼 안 보이려 현장에도 직접 나가고 노력한다고 했는데…… 그래도 많이 부족할 거예요. 팀장님의 반만큼도 안 됐겠죠. 그래도 함께 의지하며 앞으로 나아가면 조금씩 해결해 갈 수 있을 거라 믿었어요. 제 옆엔 여러분들이 계시니까요. 부족한 부분은 여러분들에게 의지하며 나아가도 될 거라 생각했어요. 그런데 제가 착각을 한 것 같네요. 팀장님처럼 앞에서 든든하게 버팀목이 되어 줘야 하는 건데 말이죠. 그게 리더의 역할이라는 걸 뼈저리게 느끼고 있어요."

아무 말 없이 눈을 감은 채 입을 꾹 다물고 있던 도 경감이 말문을 열었다.

"최 경위, 속상한 마음 잘 알아요. 그래도 최 경위가 이럴 줄 몰랐네요. 팀장님의 자리를 검사님 혼자 감당하기는 어려워요. 그건 나도 마찬가지고요. 최 경위가 검사님 옆에서 그 역할을 함께해 줄 거라 믿었어요. 그런데 반대로 힘겹게 버티고 있는 검사님을 흔드는 게 최 경위 같네요. 우리가 이러고 있을 때가 아니잖아요. 이럴 때일수록 더 힘을 모아 그들과 맞서야 하지 않겠어요? 초심으로 돌아와요, 최 경위. 팀장님이 저렇게 되시고 서 의원이 위험에 처하게 된 건 누구의 잘못도 아니에요. 우리에게 언제고 닥쳐올 당연한 일이었죠. 그건 경찰의 숙명과도 같은 거 아닌가요? 최 경위, 부탁해요. 강력계 형사들을 이끌어 줘요. 검사님 옆에서 힘이 되어 달라고요."

"……."

최 경위는 고개를 숙인 채 아무 말이 없었다. 잠깐이었지만 공기에서조차 엄숙함이 감돌았다.

무거운 정적을 깬 것은 남 순경의 생각지도 못한 말이었다.

"채이돈 의원의 시체를 봤어요."

한 검사는 커다래진 눈으로 남 순경을 바라봤다.

내부 스파이의 정체

이연우 경위와 만나고 경찰청으로 복귀하던 한동탁은 오민석의 전화를 받았다. 종로 피맛골 한적한 술집으로 달려갔을 때, 그곳에선 오민석이 홀로 술잔을 기울이고 있었다.

"한 형사님, 정말 이러실 겁니까?"

"그래. 보니까 더 해야겠던데."

"어떻게 하시려고요? 한 형사님, 이러다 정말 큰일 치십니다. 형사님만 다치는 게 아니에요. 여기서 수사 멈추십시오. 형사님 생각해서 말씀드리는 겁니다."

"고맙다, 걱정해 줘서. 넌 이제 그 물에서 나오는 게 어때?"

"안 된다고 말씀드렸잖습니까? 나올 수 있었으면 벌써 나왔다고요."

"내가 도와줄게. 대신 너도 나 좀 도와라. 그럼 내가 넌 확실하게 그 물에서 빼 줄게, 반드시."

오민석은 술잔을 들었다 내려놓으며 말했다.

"형사님, 이 사건 말고도 출세할 길은 많지 않습니까? 아니, 내가 좋은 거 하나 물어다 드릴 테니 이 건에서 손 떼세요. 아셨죠?"

"자식, 내가 출세에 눈먼 형사로 보였어?"

"아닙니까? 큰 건 하나 제대로 물어서 초고속 승진 좀 해 보려고 이러는 거 아니에요? 형사들이 그 나물에 그 밥 아니냐고요?"

한동탁은 목소리를 키우며 말했다.

"너 자꾸 이럴 거야? 내가 승진에 눈이 멀었으면 이런 사건을 쳐다보기나 했을 것 같아? 아님, 그런 식으로 속물로 몰면 내가 더러워서라도 손 뗄 것 같아서 그래?"

오민석은 술을 단숨에 털어 넣고는 탁 하는 소리가 나도록 세게 내려놓았다.

"차라리 그런 형사로 살아요. 그게 편하게 사는 길 아닙니까? 뭐 하려고 이렇게 피곤하게 삽니까? 저번에 보니 예쁜 딸도 있으시던데 오래오래 잘 키우셔야죠."

한동탁은 순간 오민석을 노려봤다.

"뭐야? 지금 너, 내 딸 가지고 협박하는 거냐? 내 딸 건드리면 그 누구라도 가만 안 둘 거니까 명심해라."

"아이고, 그런 분이 이러십니까? 협박이 아니라 걱정이 돼서 말씀드리는 겁니다."

"두말 안 한다고 했잖아. 네가 도와줘라. 응?"

한동탁이 오민석의 어깨에 손을 올리자, 오민석은 바로 밀쳐 내며 단호히 말했다.

"형사님, 나도 여기까집니다. 계속 이러시면 저도 어떻게 도와 드릴 방법이 없어요."

"자식, 도와줄 방법이 왜 없어? 오민석, 내 말 잘 들어."

오민석은 호기심 어린 눈빛으로 한동탁을 바라봤다.

●

"아빠가 급한 일로 지금 가 봐야 할 것 같아. 밥 혼자 먹어야겠다. 미안해."

"아니야, 아빠. 대신 빨리 와요."

"그래, 그렇게. 할머니 금방 오실 거야. 그동안 밥 먹고 TV 보고 있어. 그럴 수 있지?"

"응, 아빠. 걱정 마."

"사랑한다, 서율아."

"나도!"

아빠는 나쁜 사람이 아니라며 딸을 안심시킨 한동탁 반장은, 뉴스에 나온 비리 형사 보도를 보고 급히 집에서 나와 경찰청으로 향했다.

그때 서필감 경위에게 전화가 걸려 왔다. 한 반장은 차를 잠시 갓길에 세워 전화를 받았다.

"서 형사, 무슨 일이야?"

"반장님, 뉴스 보셨습니까?"

"그래. 그 일로 지금 경찰청에 가는 길이야."

"아니요, 오지 마십시오. 여기 벌써 기자들이 쫙 깔렸습니다. 그리고 여기 검찰이 압수수색 들어와서 싹 다 쓸고 갔습니다."

"정말이야? 서 형사는 괜찮아?"

"저도 내일 참고인 신분으로 검찰에 나오라고 통보받았습니다. 반장님은 구속 영장 신청에 들어간 상태예요. 곧 영장 나올 겁니다. 그러니 잠깐 피해 계시죠. 이거 좀 돌아가는 게 이상합니다."

"내가 어디로 피해? 그게 더 의심받을 행동이지. 난 떳떳하다고."

"그걸 누가 모릅니까? 그런데 구속되면 빼도 박도 못할 것 같아서 말입니다. 심상치가 않아요. 압수수색하는 거 보니까 대충하는 시늉만 하더라고요. 이거 미리 판 깔아 놓고 결론 낸 사건 같습니다. 구속되면 못 나올 각입니다."

"그렇다고 도망칠 수 없잖아. 비리 형사로 언론에서 더 낙인찍을 거라고. 안 돼. 기자들 앞에서 소명을 제대로 해야지. 그래도 양심 있는 기자는 내 말을 믿어 주지 않겠어? 그렇게 알아."

"반장님……."

"끊어."

한 반장은 전화를 끊고 다시 기어를 주행 모드로 옮겼다. 그런데 이번에는 모르는 번호로 전화가 걸려 왔다. 기자 전화라고 생각한 한 반장은 곧바로 전화를 받았다.

"여보세요."

"한동탁 형사님 되십니까?"

"맞습니다. 어디 기자십니까?"

"기자요? 아니, 아닙니다. 유오성이라고 합니다. 칠성이 일로……."

"칠성이요?"

"아! 오민석 말입니다."

"오민석, 알아요. 왜요? 무슨 일 있어요?"

"민석이가 지금 위험에 처했습니다. 형사님 도움이 필요합니다."

"무슨 일로…… 아니, 어디에 있습니까? 지금."

"저번에 저희 도와주셨던 건설 공사장 아시죠?"

"알았어요. 그럼 그곳에서 봅시다."

"감사합니다."

한 반장은 전화를 끊고 건설 공사장으로 차를 몰았다.

현재. 채이돈 살인사건 D-1, 연쇄 살인사건 D-2, 본부 살인사건 D-3

안 경위가 놀란 눈으로 남 순경을 바라보며 물었다.

"남 순경님, 무슨 말입니까? 채이돈 의원 시체라니……. 시체 환영을 말하시는 겁니까?"

"네, 팀장님께 사고가 일어나기 전에 채이돈 의원을 만났어요. 그날 채이돈 의원 시체 환영을 봤고요."

"그래서 그게 어딘데?"

나 경사는 눈을 껌뻑거리며 남 순경을 쳐다봤다.

"그것보다 채이돈 의원이 팀장님께 다크킹덤과 관련된 뭔가를 주기로 했었거든요."

안 경위가 동그래진 눈으로 물었다.

"팀장님께 말입니까? 남 순경님은 그게 뭔지 아시는 겁니까?"

"저도 그게 뭔지는 몰라요. 하지만 다크킹덤의 정체를 밝히는 데 도움이 될 단서라는 건 분명해요. 그날 채이돈 의원이 주기로 한 물건을 확보만 한다면 다크킹덤의 정체에 조금 더 다가갈 수 있지 않을까요?"

최 경위는 여전히 고개를 숙인 채 탁자만 응시하고 있을 뿐 별다른 말이 없었다. 나 경사 또한 입술을 삐쭉 내밀고선 생각에 잠겨 있었다. 팀원들을 쭉 둘러보던 도 경감이 입을 열었다.

"좋네요. 꽉 막혀 있던 다크킹덤 수사에 물꼬를 틀 수 있겠어요. 이번은 제대로 해 보자고요. 그들이 먼저 움직이기 전에 말이죠. 그리고 연쇄 살인사건 수사 말인데요. 남 순경이 얘기했지만, 우려되는 점이 있어 미리 나 경위와 함께 조사를 좀 했어요."

"피해자의 시체가 보이지 않는 것 때문에 그러시죠?"

"맞아요, 안 경위. 살인범이 잡히거나 살인사건이 일어나지 않는 걸로 보고 현장에서 지켜보기로 했지만, 그래도 만약을 대비해서 다음 다섯 번째 피해자 발생 예상 지점도 조사했어요."

"벌써요?"

남 순경이 놀라자, 도 경감은 그를 보며 말을 이어 갔다.

"그래요. 이번 피해자 시체 환영을 목격한 날부터 조사는 계속해 왔어요. 예측보다 빨리 사건이 발생했다는 점과 공범이 있다는 사실도 추가해서요. 그런 점에서 다음 살인사건도 예측일보다 앞당겨 일어날 거예요. 그런데 갑자기 네 번째 피해자의 시체가 보이지 않는다고 하니 그게 좀 걸리네요. 피해자가 생기지 않는다면 다행이겠지만, 만에 하나 다른 장소에서 일어나거나 다른 시간대에 사건이 벌어진다면 그에 대해 대비도 해야 할 것 같아요. 그래서 예상 장소를 추려 봤어요. 장소가 바뀐다면 피해자의 시체 환영이 목격된 장소에서 그리 멀지 않은 곳일 가능성이 높아요. 그곳에 최대한 우리 인원이 흩어져서 동 시간대에 지켜보는 거죠."

한 검사가 무거운 표정으로 말했다.

"결국 살인사건이 일어난다고 보시는 거군요."

"그럴 수 있으니 대비하자는 겁니다."

그제야 최 경위가 고개를 들었다.

"그 전에 주명근 그놈부터 빨리 잡는 게 낫겠네요. 남 순경 말이 맞는다면 사건이 일어나기 전에 연쇄 살인범을 잡게 되는 걸지 모르니까요."

"그러면 좋겠네요, 저도."

남 순경은 혼잣말을 내뱉었다.

"그래요. 최 경위는 살인범을 잡는 데 치중해 줘요."

"그렇게 하겠습니다. 저…… 그리고 검사님, 아까는 제가 흥분해 실언을 했습니다. 사과드립니다."

최 경위는 그렇게 말하고 고개를 숙였다.

"아니에요, 최 경위님. 고맙습니다."

"그럼 저는 이만 살인범 잡으러 나가 보겠습니다."

최 경위가 자리에서 일어서자 나 경사도 따라 일어나며 말했다.

"저도 따로 좀 알아보겠습니다."

"그러시죠. 저랑 남시보 순경은 채이돈 의원 사건을 맡아 진행할 테니, 도 경감님과 나 경위님은 민 팀장님 사건을 맡아 진행해 주세요. 연쇄 살인사건은 경감님 말씀대로 진행하기로 하고요."

도 경감도 고개를 끄덕이며 자리에서 일어서자, 안 경위가 한 검사에게 물었다.

"검사님, 저는 뭘 하면 될까요?"

"안 경위님은 최 경위님과 함께 주명근 검거에 나서 주세요. 아직 최 경위님 혼자 움직이시는 건 아닌 것 같아서요."

"네. 그러겠습니다."

나 경사는 빌라 현관문 앞에서 주위를 살피며, 초조해 보이는 얼굴로 초인종을 눌렀다. 하지만 안에선 아무런 응답도 돌아오지 않았다. 나 경사는 휴대폰을 꺼내 전화를 걸었지만, 한참을 귀에 대고만 있다 그냥 끊어 버렸다.

"이 자식은 어딜 간 거야? 전화는 왜 안 받고."

나 경사는 혼자 중얼거리며 현관문 옆에 쪼그려 앉았다.

해가 지고 어둠이 내려앉은 뒤에야 누군가 현관문 앞으로 걸어왔다.

"야! 여기서 뭐 해?"

한참을 앉아 있었는지 나 경사는 힘겹게 일어서며 말했다.

"아이쿠! 박범수, 왜 이제 오는 거야?"

"뭐야? 보자마자 성질은."

"한참을 기다렸다고."

"왜? 무슨 일 있어? 바쁘다고 하지 않았어?"

"그래, 바빠. 바빠도 좀 봐야겠어서."

"무슨 일로? 들어가서 얘기하자."

박범수는 현관문을 열고 안으로 들어갔다. 나 경사는 뒤따라 들어가며 그에게 물었다.

"내일 뭐 하냐?"

"내일? 뭐 하긴? 일하지."

"무슨 일?"

"새삼스럽게 그걸 왜 묻는데? 몰라서 물어?"

"그럼 가로수 카페엔 정보 수집하러 가는 거냐? 저번에 화장실에서 통화하는 거 우연히 들었다."

박범수는 눈을 치켜뜨며 언성을 높였다.

"넌 왜 남의 통화를 엿들어?"

"일부러 그런 건 아니고 여자 친구…… 아니다. 아무튼 내일도 거기 가는 거야? 무슨 일로 가는 건데?"

"잘 알잖아, 정보 수집. 왜?"

"채이돈 의원 관련해서 정보 수집하고 있는 거야?"

"그래. 왜 그러냐니까?"

"누구 의뢰로 하는 건데?"

"그걸 내가 말해 줄 것 같아? 영업 비밀인데."

"정말 정보 수집만 하고 있는 거 맞지?"

"그렇다니까. 도대체 왜 그래? 무슨 일 때문에 그러는데?"

"아니야. 알았다. 난 이만 간다."

"뭐야? 그냥 이렇게 간다고?"

"어. 나 바빠."

"자식, 싱겁기는."

나 경사는 고개를 갸웃거리며 현관문을 나섰다.

2005년 2월

장례식장에 한 조문객이 들어섰다. 텅 빈 접객실엔 한 사람이 외로이 앉아 있었고, 빈소엔 어린 소녀가 홀로 상복을 입고 앉아 있었다.

조문객이 들어오자 여자아이는 일어나 예를 갖췄다. 조문객은 경찰 정복을 입고 있는 경찰이었다. 그는 빈소에 향을 올리고 거수경례를 했다.

"혼자 있는 거니?"

"밖에 할머니 계세요. 불러 드릴까요?"

"아니다. 씩씩하네. 네가 서율이니?"

"네."

고개를 떨구고 있던 서율은 살며시 고개를 들어 조문객 얼굴을 봤다.

"아버님은 좋은 곳에 가셨을 거야. 그리고 뉴스에 나오는 얘기는 믿지 마라. 알았지?"

"알아요. 아빠도 믿지 말라고 하셨어요. 아빠는 나쁜 경찰을 잡는 경찰이라고……. 전 아빠를 믿어요."

"똘똘하네. 그래, 맞다. 뭐 좀 먹고는 있는 거니?"

"네."

조문객은 고개를 끄덕이며 서율의 어깨를 다독이고는 빈소를 나왔다. 빈소를 나온 그는 홀로 술잔을 기울이는 남자에게 갔다.

"안녕하십니까? 동작 경찰서 이연우 경위라고 합니다."

"아, 안녕하세요. 여기 앉아요."

그는 맞은편 자리를 가리켰다. 이연우 경위는 모자를 벗어 내려놓으며 앉았다.

"나는 서필감 경위라고 합니다."

"혹시 한동탁 경감님과 같은 부서 동료 되십니까?"

"그래요. 반장님께 들어 알고 있었어요. 이런 곳에서 만나게 될지는 몰랐네요."

"한동탁 경감님이 저에 대해 얘기하셨다고요?"

서 경위는 아무도 없는 접객실을 둘러보고는 나지막이 말했다.

"채비로 경위 건으로 말입니다."

"아, 그렇군요. 그런데 왜 이렇게 조문객이 없는 겁니까?"

"계실 때나 동료죠. 조문만 하고 바로 돌아들 갔어요. 뉴스 때문에 그러는 거겠죠. 내사과 형사가 비리를 저질렀다고 하니 더 그럴 겁니다. 잠입수사 중이던 것도 밝혀져 회사 동료들이 더 배신감을 느꼈을 거예요."

"그렇군요. 그럼 서 경위님은……."

"나야 워낙 찍혀서 상관없어요. 그리고 떳떳한데 뭐가 문젭니까? 안 그래요?"

"네. 맞는 말씀입니다."

"그러는 이 경위는 괜찮겠어요? 괜히 소문나면 윗선 시선이 곱지 않을 텐데요."

"방금 말씀하지 않으셨습니까? 떳떳하다고."

"그렇죠. 내가 말해 놓고."

서 경위는 짧게 쓴웃음을 지었다.

"한 경감님, 사건 현장에는 가 보셨습니까?"

"가 봤죠, 당연히."

"타살 흔적은 없었습니까?"

타살이라는 말을 들은 서 경위는 눈을 반짝이며 물었다.

"그렇죠? 이 경위도 그렇게 생각하죠?"

"당연하죠. 그날 저한테 오셔서 하신 말씀도 있고, 그런 일로 스스로 목숨을 끊으실 분은 절대 아니라고 봅니다."

"반장님이 무슨 말씀을 하셨는데요?"

"그게……"

한동탁 반장과 이연우 경위는 함께 식사하며 대화를 나누고 있었다.

"경감님, 그게 사실입니까?"

"그래. 대검 중수부장이 그 자리에 직접 나오지 않았지만, 그의 오른팔이라 할 수 있는 중수 1과장이 참석했다고. 그런데 전직 안기부장이 왜 검찰 요직들을 만나는 걸까?"

"이 민감한 시기에 정치인도 참석하고 말입니다."

"코앞이 국회의원 선거인데 말이지."

"그럼 조덕삼 검사는 뭡니까? 신임 검사가 그런 자리에 있다는 건 좀……."

"신임 검사가 중간에서 전달책을 담당한 것 같아. 그 자리도 조덕삼 검사를 전달책으로 해서 모인 거야. 통화 내역을 남기지 않으려는 거겠지. 자리엔 끼지도 못했을 거야."

"신임 검사를 그렇게 이용한다고요?"

"그래. 그런데 이상하단 말이야. 조덕삼 검사가 이필석 의원 보좌관을 만나는 걸 확인했는데 그 모임에는 나오지 않았어. 이필석 의원과도 연관이 있는 것 같긴 한데……."

"경감님, 제가 뭘 하면 되는 거죠?"

"채비로 경위 그자의 동태를 파악해 주면 돼. 그자도 그 자리에 있었어. 채이돈 의원과 함께. 분명 무슨 역할이 있을 거야. 그게 뭔지 찾아내야해."

"그거면 됩니까?"

"채이돈 의원과 UK그룹 심 회장, 유명 기업 유 사장이 자주 만난다는 첩보가 있어. 이번에도 유명 기업 유 사장이 직접 모임에 참석하기도 했고."

"선거를 앞두고 정치 자금을 전달한 게 아닐까요?"

"그런 걸 요정에서 대놓고는 못 했을 거야. 돈은 이미 전달책을 통해 은밀히 건네졌겠지. 분명 다른 게 있을 거야. 그게 뭔지는 정확히 모르겠어. 선거를 앞두고 불법 선거 운동 모의를 하는 것 같기도 하고, 또는 단순 청탁과 뇌물이 오가는 정도인지도 모르지. 그리고……."

"제게 아직 말씀 안 하신 게 있으십니까?"

"이 경위, 그게……."

한 반장은 오민석에게 들은 이야기를 이 경위에게 모두 말해 주었다.

"안기부에서 비밀리에 양성했던 부대 때문에 그러십니까?"

"맞아. 부대원들이 그들 모임과 깊게 연관되어 있다고 했어. 그들을 이용해서 자신들의 정적들을 제거한다는 첩보야."

"제거라면 살인을 말씀하시는 겁니까?"

"꼭 살인만은 아니겠지. 아무튼 자기네 권력을 강화하려는 거겠지. 통제되지 않는 권력을 말이야. 검사와 전 안기부 부장 그리고 정치인과 재벌. 이들이 모여 무슨 작당을 하고 있는지 그걸 알아내야 한다고. 채이돈 의원 지역구가 동작이라 그 지역에서 자주 모임을 갖는다고 해. 가능할까?"

"무슨 말씀이신지 알겠습니다. 제가 조사해 보겠습니다."

"흔쾌히 해 준다고 하니 고맙다, 이 경위."

"경감님이 강단에서 하신 말씀 아직도 잊지 않고 있습니다."

"어? 무슨 말?"

한 반장이 고개를 갸우뚱하자, 이 경위는 살짝 미소를 지으며 말했다.

"사회가 점점 민주화되어 갈수록, 권력을 쥔 자들은 자신들이 움켜쥐고 있는 권력을 놓지 않으려 더 큰 죄악을 스스럼없이 저지르게 될 것이라 하셨죠. 그들이 코너에 몰리게 되면 그들은 그들만의 카르텔을 구축하려 들 것이라 하셨어요. 더 교묘하게 법이라는 울타리 안에서 공권력을 이용해, 부와 권력을 공고히 하려 할 것이 분명하다고요. 그들에게 빌붙어 살던 경찰 내 하수인들이 그들과 동조해 권력을 탐하려 할 것이라고도 하셨죠. 그들은 온갖 부정부패로 기득권을 유지하려는 세력에 기생하려 할 것이라고요. 그런 비리 경찰을 잡는 우리들이 앞으로 더 큰 역할을 하게 될 것이라고 말이죠."

"그래. 그런데 왜 강력계로 간 거야?"

"동료 경찰 잡는 일은 못 하겠더라고요, 제 성격상."

"채비로 경위는 괜찮겠어?"

"알고도 모른 척한다는 건 아닙니다. 비리가 있는 걸 숨겨 준다는 것도 아니고요. 다만, 그걸 목적으로 하는 형사가 되고 싶진 않았던 거죠."

"알았다, 무슨 뜻인지. 그럼 이번 일은 부탁해도 되겠지?"

"네. 걱정 마십시오."

"고맙다, 이 경위."

.•

"정말 직접 나서서 하신다고 한 거예요? 얘기 들어 알잖아요. 이건 우리가 감당할 수 있는 일이 아니에요."

"네. 경감님도 그걸 모르지 않으셨을 겁니다."

"그렇죠. 알고 계셨어요. 그렇게 말렸는데 끝내 말을 안 들으셨네……."

"모르면 몰랐지, 알고도 모른 척할 수 없는 일 아닙니까?"

"그래요. 맞는 말이죠. 하지만 결국 이렇게 됐잖아요."

이연우 경위는 잠시 주위를 살피더니 서필감 경위에게 나지막이 물었다.

"그럼 그들이 경감님을 해한 거라고 보시는 겁니까? 누군지 짐작 가는 용의자라도 있으십니까?"

"그렇게까지는……. 그래도 혹시나 해서 타살 흔적을 찾아보려고 현장에 가 봤죠."

"뭐라도 찾은 게 있으신 겁니까?"

"아니요. 찾은 거라고는 현장에서 좀 떨어진 곳에 이상한 글자가 쓰여 있는 게 다였어요."

"글이요?"

"그래요. 땅바닥 흙에 쓰여 있었어요."

"무슨 글이었나요?"

"영문과 숫자가 섞인 거였는데, a492 뭐였더라?"

"혹시 사진 찍어 놓으셨습니까?"

"그럼요. 찍어 놨죠."

"실례가 안 된다면 제가 좀 볼 수 있을까요?"

"왜요? 연관이 있다고 보는 겁니까?"

"확실하지는 않지만 뭔가 감이 와서요."

"그럼 바로 가서 보죠."

서 경위와 이 경위가 접객실에서 나오자, 출입구 앞에서 빈소를 바라보던 한 남자가 서둘러 몸을 돌렸다. 그는 그들이 장례식장을 나가는 것을 확인한 후에야 조심스럽게 빈소로 들어섰다.

현재. 채이돈 살인사건 D-1, 연쇄 살인사건 D-2, 본부 살인사건 D-3

재즈가 흐르는 칵테일 바에 들어선 한 검사는 두리번거리며 안을 살폈다. 바에 앉아 있던 남자는 손을 들어 한 검사를 불렀다.

"한 프로, 여기!"

한 검사는 그에게 걸어가 목례하고 옆에 앉았다.

"장 수석님, 어쩐 일로 저를 다 찾으셨어요?"

"왜 그래? 편하게 선배라고 불러."

"그래도 될까요?"

"그럼, 되고말고."

"엄기동 과장님은 잘 계시고요?"

"잘 계시지. 가끔씩 한 프로 잘 지내는지 안부도 물으신다고."

"정말요? 이거 영광인데요."

장 검사는 말없이 싱긋 웃으며 고개를 끄덕였다.

"그런데 무슨 일로 이 늦은 밤에 저를 다 찾으신 거예요?"

"내가 좀 늦었지?"

"시간이요? 아니에요, 선배. 괜찮아요."

"아니, 통영으로 좌천됐다면서. 미안해. 연락이 늦었다."

"아하, 그 얘기이요."

"사표 쓰는 건 아니지?"

"사표요? 누구 좋으라고. 걱정 마세요. 기필코 다시 서울로 올라올 겁니다."

"그래, 다행이네. 휴가 냈다고?"

"뭐예요? 저에 대해 많이 알아보셨네요. 대검에 가셔서 바쁘셨던 거 아니세요?"

"바쁘지. 바빠도 아끼는 후배는 챙겨야 하지 않겠어?"

"이제 와서 챙기시면 뭐 해요? 휴가 끝나면 내려가는데."

"미안해. 요즘 너무 바빠서 몰랐어."

"이제라도 이렇게 불러 주셔서 고마워요, 선배."

"그래, 미안하다. 뭐 마실래?"

"몰디브 한잔할까요?"

"몰디브? 아, 모히토!"

장 검사는 피식 웃음 지으며 바텐더에게 손짓했다.

"여기 모히토 한 잔 줘요."

"선배, 그나저나 정말 뭐예요? 무슨 일 있는 거 아니죠?"

"무슨 일은? 한 프로 보고 싶어서 부른 거지."

"그럼 고맙고요. 마침 물어볼 게 있었는데 잘됐네요."

장 검사는 말없이 한 검사를 빤히 쳐다봤다.

"채비로 의원 뇌물수수 사건 기억나시죠?"

"그 사건은 왜?"

장 검사의 인상이 순간 일그러졌다.

"그때 경찰에서 넘어온 증거 자료들 말이에요. 선배도 보셨죠?"

"그랬지."

"훼손된 거 보고 수상한 점 못 느끼셨어요?"

"그게 무슨 소리야? 경찰에서 자신들 실수로 증거물이 훼손됐다고 사과까지 한 사건이었잖아. 그리고 그 지난 사건을 왜 이제 와서 묻는데?"

"아니요. 선배 보니까 그냥 그 사건이 생각나서요."

"한 프로, 요즘 이상한 소문 돌던데…… 사실인가 봐?"

"무슨 소문이요?"

"한 프로가 동료 검사들 뒷조사하고 다닌다고. 정말이야?"

"어디서 무슨 소리를 들으신 거예요? 아니에요. 제가 왜 뒷조사를 해요?"

"경찰들 너무 믿지 마라. 제 식구 뒤통수치고 잘되는 놈 못 봤어. 명심해."

"선배, 무슨 말인지 알겠는데, 그래서 뭐예요? 그것 때문에 보자고 한 건 아니겠죠?"

"사실 과장님이 쓸 만한 녀석 좀 추천해 보라고 하셔서 널 말씀드렸다. 그랬더니 네 의향을 물어보라고 하시더라고. 그래서 보자고 한 거야."

"저를요? 갑자기 왜요?"

"뭐가 왜야? 일 잘하는 놈 데려가려는 거지. 서울지검에서 잘 지내고 있다 싶어 말 못 했는데, 통영으로 내려간다니 아까운 인재를 그런 곳에 보낼 수 있나? 그래서 널 추천한 거야."

"정말요? 고마워요, 선배. 휴가 끝나고 출근해도 되겠죠?"

"뭐야? 바로 오케이야?"

"저야 땡큐죠."

"그래. 그럼 내일부터 당장 출근해."

"내일 당장이요?"

"왜? 안 돼? 할 일이라도 있어?"

"죄송한데 휴가는 보내고 출근할게요, 선배."

"참 그거. 휴가는 나중에 또 쓰면 되잖아. 무슨 실없는…… 설마 진심이야?"

한 검사는 입술을 살짝 깨물며 고개를 끄덕였다.

"한 프로, 정신 똑바로 차려. 이 좋은 기회가 아무 때나 오는 거 아니다? 다른 곳도 아니고 대검이라고."

"알죠. 아는데……."

장 검사는 갑자기 신경질적으로 짜증을 내며 말했다.

"말귀를 못 알아듣는 거야? 아니면 알고도 그러는 거야?"

"그게 무슨 말씀이세요?"

"뭘 하는진 모르겠는데 좋은 말로 할 때 거기서 손 떼. 위에 한 번 찍히면 다시는 못 올라온다. 그날로 옷 벗어야 한다고."

"선배……."

"내가 너 아끼는 마음에 기회 주는 거야. 꽃길로 갈 수 있게 가마 태워 준다는데 왜 시궁창에서 놀려고 그러는 거야?"

"시궁창이요? 뭘 알고 그런 말씀하시는지 모르겠지만 꽃길 가는 가마가 상여가 될 수 있다는 걸 아셔야죠, 선배."

장 검사는 들고 있던 술잔을 '탁' 소리 나게 내려놓으며 한 검사를 흘겨봤다.

"뭐? 이 자식이."

"죄송해요. 전 이만 일어나 볼게요."

"야, 한 프로. 너 이러면 위험하다."

"알아요, 벌써 찍혔나 보네요. 그럼."

한 검사는 자리에서 일어나 작게 목례한 뒤 자리를 떴다.

채이돈 살인사건 당일, 연쇄 살인사건 D-1, 본부 살인사건 D-2

가로등 황색 불빛이 띄엄띄엄 비추고 있는 주택가 골목길을 남시보 순경과 한서율 검사가 걸어가고 있었다. 갓길에 주차된 차들을 살피던 남 순경은 한 차량을 손가락으로 가리키며 한 검사를 바라봤다.

"검사님, 저기예요."

"네. 어서 가요."

한 검사는 남 순경이 가리킨 차로 빠르게 걸어가 뒷좌석에 올라탔다. 운전석에 타고 있던 박 순경이 뒤돌아보며 인사를 건넸다.

"오셨어요, 검사님."

"박 순경, 수고 많았어요. 특이사항 없죠?"

"네. 박범수 용의자, 지금까지 집에만 있었고 찾아오는 사람도 없었습니다."

뒤따라 탄 남 순경에게 박 순경이 가볍게 목례하며 눈인사를 건넸다. 그에 남 순경도 눈인사하며 손을 살짝 흔들었다.

"박 형사님, 혼자 있었던 거예요? 아직 안 오셨어요?"

"아니에요. 잠깐……."

그때 조수석 문이 열리고 나상남 경사가 조수석에 올라탔다.

어제저녁

한 검사와 남 순경은 박범수의 집 앞에서 그와 함께 집으로 들어가는 나 경사를 지켜보고 있었다. 그리고 얼마 지나지 않아 박범수의 집에서 나오는 나 경사를 조용히 불러 세웠다.

"나상남 경사님."

"어! 검사님?"

"잠시 저희랑 얘기 좀 하시죠."

나 경사는 한 검사 뒤에 서 있는 남 순경을 쳐다봤다.

"남 순경, 여기는 어떻게……."

나 경사는 다시 한 검사를 보며 말했다.

"검사님, 저를 미행하신 겁니까?"

"어쩔 수 없었어요. 제 차로 가서 얘기하시죠."

"그러죠."

한 검사는 앞서 걸어가 차에 올라탔다. 남 순경은 나 경사의 눈치를 살피며 뒤따라 걸었고, 나 경사가 뒷좌석에 탄 후 운전석에 올라탔다.

"검사님, 무슨 일로 절 미행하신 겁니까?"

"그것보다 나 경사님은 왜 이곳에 오신 거죠?"

"사생활까지 보고하고 다녀야 하는 겁니까?"

"사생활이요? 좋아요. 지금 어디서 나오시는 거죠?"

"친구 집입니다. 무슨 일인데 이러시는 겁니까?"

나 경사가 발끈하며 화를 낼 듯하자 남 순경이 나서서 말했다.

"나 형사님, 채이돈 의원 살인사건 때문에 그런 거예요."

"채이돈 의원 살인사건? 그게 나랑 무슨 상관인데?"

"나 형사님이 아니라 조금 전에 만나셨던 친구분과 관계가 있어서요."

한 검사가 뒤이어 말을 이어 갔다.

"나 경사님도 그래서 친구를 찾아온 거 아닌가요?"

"이제 알겠네. 내 친구가 살인범이라고 생각하신 겁니까? 아닙니다. 저도 혹시나 해서 확인해 봤는데 아니었어요. 그냥 채의원의 뒷조사를 하고 있었던 겁니다. 그게 다예요. 지금 그래서 저를 미행했다는 겁니까?"

"네, 맞아요. 나 경사님을 미행했어요."

한 검사의 말에 나 경사는 얼굴을 붉히며 말했다.

"뭐요? 왜 내 친구가 살인범이라고 생각하시는 겁니까? 살인범 얼굴도 모르지 않습니까? 남 순경, 그새 새로운 단서라도 찾은 거야?"

"채이돈 의원 살인사건 현장에서 나 형사님과 친구분을 봤어요."

"그…… 초자연 현상인가 뭔가 하는 거 말이야?"

"네."

"내가 왜 보여? 설마 내가…… 아니지. 내가 왜? 그럼 내 친구가……."

"생각하신 게 맞을 거예요. 나 형사님이 살인범과 대화하는 걸 들었거든요. 두 분이 잘 알고 지내는 사이 같았어요. 그래서 오늘 채이돈 의원 살인사건을 공유하고 나 형사님 뒤를 미행한 거예요."

남 순경의 말이 끝나자 곧바로 한 검사가 말을 덧붙였다.

"역시나 살인범을 만나러 오신 것 같더라고요. 친구분 이름이 박범수 씨 맞죠?"

"어떻게…… 맞습니다. 그래도 얼굴을 못 봤다면서요? 마스크를 쓰고 있었다고 했잖습니까? 남 순경, 안 그래?"

나 경사는 당혹스런 표정으로 남 순경을 쳐다봤다.

"살인사건 현장에서 친구분 이름을 말씀하셨어요. 범수라고요. 나 형사님 지인분들을 통해 범수라는 분이 누구인지 확인했습니다. 나 형사님과 절친이라고 하시던데요."

"남 순경……. 검사님, 아닐 겁니다. 범수는 그럴 친구가 아닙니다."

박범수는 나상남 경사와 절친한 친구 사이다. 어릴 적부터 동무였고, 경찰 공무원 동기이기도 했다.

어느 날 박범수는 독직 폭행 혐의로 정직 처분을 받았다. 그 일로 한동안 술에 빠져 방황하다, 불미스러운 사건에 휘말려 결국 복직하지 못하고 퇴직하게 됐다. 당시 독직 폭행 사건은 국회의원 아들이 일으킨 폭행 사건을 수습하는 과정에서 벌어진 일이었다. 정당방위로 상해를 입혔지만, 국회의원 아들을 건드렸다는 이유로 독직 폭행 혐의를 받아 중징계 처분이 내려진 것이다.

"지금까지 형사들 일 도우면서 문제 한 번 일으킨 적 없는 친구입니다. 살인을 할 놈이 아니라고요. 뭔가 착오가 있는 것 같습니다, 검사님."

"나 경사님, 착오는 저희가 아니라 나 경사님이 하고 계신 것 같네요. 남시보 순경이 직접 보고 들은 사실이에요."

"남 순경, 확실한 거야? 잘못 들은 거 아니고? 내가 그곳에 있었다니? 아니…… 아닐 거야. 남 순경, 잘 생각해 봐. 응?"

"저도 아니었으면 좋겠어요."

나 경사는 황망한 마음에 급히 고개를 돌려 한 검사를 쳐다 봤다.

"그래서 저도 같이 의심하시는 겁니까?"

"아니에요, 그건."

"그럼 저보고 그 친구를 체포라도 하라는 말씀인가요?"

"그것도 아니에요."

"그럼 뭡니까?"

"나 형사님, 이제 오세요?"

나상남 경사가 말하기도 전에 박민희 순경이 나서서 말했다.

"아니에요, 남 순경님. 용의자가 집 안에 있는지 확인하고 오 시는 길이세요."

"그래, 남 순경. 검사님, 오셨습니까?"

나 경사는 그렇게 말하고 가볍게 한서율 검사에게 목례했다.

"나 경사님, 집 안에 있는 건 확실한가요?"

"창가에 그림자가 비치는 걸 봐서는 그런 것 같습니다."

남 순경은 휴대폰 시계를 보며 중얼거렸다.

"이 시간이면 나와야 할 시간인데……."

그때 박 순경이 차 밖을 가리키며 다급하게 한 검사를 불렀다.

"검사님! 저기 나옵니다!"

깜깜한 거실. 작은 문틈에서 새어 나오는 빛 사이로 흥얼거리는 노랫소리가 들렸다. 빛을 따라 들어간 곳은 욕실이었다. 하얀 거품을 턱에 가득 묻히고 세면대 앞에서 면도하는 주명근의 모습이 거울에 비쳤다.

주명근은 알 수 없는 노래를 흥얼거리며 귀밑 솜털까지 꼼꼼히 면도했다. 면도가 끝난 후에는 작은 손가위를 꺼내 코털을 정리했다. 그러면서도 흥얼거리는 노래는 멈추지 않았다.

입고 있던 샤워 가운을 벗고 욕조로 들어간 그는, 샤워기에서 떨어지는 물에 거칠게 세수를 한 뒤 제모 크림을 꺼내 온몸에 발랐다. 그러고는 콧노래와 함께 욕조에 앉아 눈을 감았다.

그때 밖에서 초인종이 울렸지만, 노랫소리와 물소리에 묻혀 욕실 안까진 들리지 않았다. 초인종이 한 번 더 울리는가 싶더니, 이내 번호 키 누르는 소리가 들렸다. 현관문이 열리고 등이 켜지자 안으로 들어서는 오칠성 실장의 모습이 보였다.

"이사님, 욕실에 계십니까?"

주명근은 듣지 못했는지 대답하지 않았다.

오 실장은 거실 전등을 켜고 욕실 앞으로 다가갔다.

"이사님, 저 왔습니다. 오 실장입니다."

"어! 왔어? 잠깐만 기다려. 금방 나가."

"아닙니다. 천천히 하고 나오십시오."

오 실장은 매고 있던 골프 캐디 백을 거실 탁자 옆에 내려놓고 소파에 앉았다. 욕실에서 흥얼거리는 소리가 멈추고, 뒤이어 헤어드라이기 소리가 들렸다. 잠시 후 모든 소리가 잠잠해지는가 싶더니 주명근이 모습을 드러냈다.

"형, 골프 치다 온 거야?"

"지시하신 물건들 가져오는데 위장이 필요해서 골프웨어로 맞춰 입은 겁니다."

"그런 거야? 난 또. 빠짐없이 다 가지고 온 거지?"

"네. 캐디 백 안에 있습니다. 그런데 피 묻은 옷들은 왜 폐기하지 않으셨습니까?"

"괜찮아. 한 번에 불태우려고 모아 둔 거야."

"그러시면 제가 처리하겠습니다."

"그러든지. 잘 가지고 왔는지 좀 볼까?"

주명근은 캐디 백에서 물건들을 하나씩 꺼내 탁자 위에 내려놓았다.

"그 묵직한 쇳덩어리는 뭡니까?"

"이거?"

주명근은 은색 쇳덩어리를 들어 보였다. 그곳엔 별 문양의 틀이 있었다.

"웬 별 모양입니까? 뭐에 쓰는 물건인지 물어봐도 되겠습니까?"

"악령에게 바칠 제물에 증표를 남기는 데 쓰는 거지. 그래야 악령이 제물인 줄 알거든."

"그게……."

오 실장은 터무니없는 말이라는 걸 알지만, 괜히 신경을 건드릴 것 같아 참았다.

"기절시키는 데 이만한 것도 없더라고."

주명근은 쇳덩어리로 내리치는 시늉을 하며 기괴하게 웃음 지었다.

"내일입니까?"

"응, 내일이야."

"괜찮으시겠습니까? 아버님이 아시면⋯⋯."

"시끄러워! 아빠를 위한 일이라고 했잖아. 꼭 해야 한다고."

"어디서 하실지 알려 주시면 제가 뒤처리하도록 하겠습니다."

"말 못 해. 악령과 나만 아는 장소야. 신성한 곳을 아무한테나 알려 줄 순 없지. 안 그래?"

"그럼 제가 어떻게⋯⋯."

"그건 형이 알아서 해. 안 해도 상관없고."

"알겠습니다. 제가 알아서 준비하겠습니다."

그때 오 실장 주머니에서 휴대폰 벨 소리가 울렸다.

"잠시만 전화 좀 받겠습니다. 박 집사 전화입니다."

"어, 그래. 받아."

오 실장은 소파에서 일어나 현관으로 걸어가며 전화를 받았다.

"네, 박 집사님. ⋯⋯그게 무슨 말씀입니까? ⋯⋯사장님이 직접 그렇게 말씀하셨단 말입니까? 아니, 그래도 그게 말이 되는 겁니까? 네. 네. 알겠습니다. 그리 전하겠습니다."

오 실장은 고개를 갸웃거리며 다시 소파로 와 앉았다.

"형, 왜 그래? 무슨 일인데?"

"내일 그곳에 가시면 안 될 것 같습니다."

"그게 무슨 소리야?"

"경찰이 모두 알고 있답니다."

"뭘 안다는 거야?"

"내일 범행 장소를 알고……."

주명근은 오 실장의 말을 끊고 욕설을 내뱉었다.

"씨발! 똑바로 말 못 해? 의식이라고! 범죄가 아니라 악령에게 제물을 받치는 신성한 의식!"

"네, 의식 말입니다. 의식을 치를 장소를 경찰들이 알고 있어 잠복할 예정이라고 합니다."

"그게 말이 돼? 경찰이 무슨 수로 그걸 알아? 왜? 아빠가 그렇게 얘기해서 못 하게 하라고 그래?"

"아닙니다. 저도 믿기지 않지만, 경찰 중에 시체를 보는 자가 있다고 합니다."

"그게 무슨 개 같은 소리야? 시체를 보는 게 이거랑 무슨 상관인데?"

"이사님이 살인…… 아니, 의식을 치를 제물을 미리 봤다고 합니다."

주명근은 못 믿겠다는 듯 콧방귀를 끼며 말했다.

"그건 또 무슨 개소리야? 좀 말이 되는 걸로 설득해야지. 몰라. 아무리 지껄여도 난 할 거야. 아니, 해야 해."

"사장님 지시십니다. 말씀을 어기시면……."

"어기면 뭐? 죽는다고? 이리 죽으나 저리 죽으나 똑같아. 난 상관없어."

"다음 날 의식을 치르셔도 되지 않습니까?"

"안 돼. 계시를 받았다고. 내일이야. 그날 악령도 제물을 가지러 날 찾아올 거란 말이야. 아무 때나 오시는 줄 알아?"

"그럼 장소를 다른 곳으로 하시죠?"

"씨발, 뭐라는 거야! 형, 그게 말이 돼? 형도 그 좋은 머리로 생각이라는 걸 해 봐. 어? 그게 말이 되냐고?"

"그럼 그 의식은……."

오 실장은 '의식은 말이 되는 거냐?' 하고 따지고 싶었지만 입술을 꾹 깨물며 참았다.

"의식은 뭐?"

"아닙니다. 저도 시체를 본다는 경찰 얘기는 말이 안 된다고 생각하지만, 그래도 사장님이 지시하신 거라 따르시는 게 좋겠습니다."

"됐고! 그냥 간다. 알았어?"

"그 장소가 강남 미르 타워 근방입니까?"

주명근은 말없이 파르르 떨리는 눈으로 오 실장을 쳐다봤다.

"맞군요."

"그걸…… 그걸 어떻게 알았어?"

"사장님이 말씀하신 장소입니다. 정말 그곳에서 살…… 의식을 하려고 하셨습니까?"

주명근은 고개를 살짝 끄덕였다.

"정말…… 미래를 보는 경찰이 있나 봅니다."

"별 미친놈이 다 있네. 미래를 본다고? 무당인가? 무당이 경찰인 거야?"

"그것까지는 모르겠습니다. 그러니 다음 날…… 아니, 장소라도 바꾸시죠."

"안 돼. 못 믿겠어. 그 새끼가 그걸 어떻게 알아. 말이 돼?"

"꼭 그곳이 아니면 안 되는 겁니까?"

"그래. 안 된다고."

"그럼 알겠습니다."

제7화

연쇄 살인범 검거 작전

길을 가고 있던 박범수 앞에 차 한 대가 멈춰 서는가 싶더니, 뒷좌석에서 나상남 경사가 불쑥 모습을 드러냈다.

"야! 뭐야, 너?"

"범수야, 차에 타."

"무슨 일이야? 나 일 있어서 안 돼. 다음에……."

"잔말 말고 타라고, 자식아!"

나 경사는 박범수의 팔을 잡고 억지로 차 뒷좌석에 태웠다.

"왜 그래? 무슨 일인데 그래?"

"너 지금 어디 가는지 안다."

"무슨 소리야?"

"박 형사, 출발해."

"예."

"야! 어디 가는데? 나 일하러 가야 돼. 차 세워!"

"범수야, 네가 뭐 하려는지 다 알고 있다고."

"뭐?"

나 경사는 뭔가를 찾으려는 듯 박범수의 옷 주머니를 뒤적거렸다.

"대체 왜 그래?"

그리고 주머니에서 약병과 주사기를 잡아 꺼냈다. 박범수는 그 순간 나 경사의 팔을 잡으며 소리쳤다.

"야! 나상남."

"이거 뭐야?"

"상남아, 우리 둘만 얘기하자. 이러다 저기 저 아가씨도 위험해진다."

"위험?"

운전석에 앉아 있던 박 순경이 뒤돌아보며 한마디 툭 던졌다.

"괜찮아요. 다 알고 있으니 상관 마세요."

"당신이 뭘 다 안다는 거야? 상남아, 이러지 마. 그냥 못 본 척 보내 줘. 너 이러다 다쳐."

"누구 지시로 이러는 거야? 채이돈 의원을 왜 죽이려는 거냐고?"

"뭐야? 그걸 네가 어떻게……."

"그래서 다 알고 있다고 말했잖아."

"그걸 어떻게 안 거야? 너 이 자식, 날 계속 미행했던 거야? 도청이라도 했어?"

"아니야, 범수야. 이제 그 일 그만해라. 그리고 우리한테 협조해."

"협조? 상남아, 무슨 협조를 말하는지 모르겠지만 지금 안 가면 나 죽는다. 그리고 채 의원도 어차피 죽어."

"그게 무슨 소리야?"

"다 지켜보고 있다고, 내가 채 의원을 죽이는지도. 그러니 만약 내가 나타나지 않으면 내가 아니라 다른 사람이 어떻게든 채 의원을 죽일 거야. 그리고 나도 죽이려 하겠지. 그러니까 못 본 척해. 채 의원 그 인간 죽어도 싼 놈이잖아. 안 그래?"

나 경사는 박범수의 어깨를 움켜쥐며 말했다.

"그게 말이 돼? 죽어도 되는 사람이 어디 있어? 범수야, 정신 차려. 네가 왜 이런 짓을 하는지 모르겠지만 이제 그곳에서 나와라. 내가……."

박범수는 나 경사의 손을 뿌리치며 말했다.

"그곳? 너 정말 다 알고 있는 거냐? 그들이 누군지?"

"그들? 다크킹덤 말하는 거냐?"

"다크킹덤?"

"아니야? 너 다크킹덤 조직원 아니었어?"

"무슨 소리야?"

"나 형사님, 도착했습니다."

"박 형사, 한 바퀴만 더 돌자."

"상남아, 시간 다 됐어. 안 가면 나 죽어. 그리고 너도 마찬가지야. 그러니까 보내 줘. 어?"

"박 형사, 어서!"

"네!"

나영석 경위가 모니터를 보며 도민 경감에게 설명했다.

"화재 현장에 남아 있던 차량 바퀴 중 사륜구동 특수 차량이 있었다고 말씀드리지 않았습니까. 뭔지 알아냈습니다."

"알아냈어요? 뭐예요?"

"경찰 특공대 차량이었습니다."

"경찰 특공대? 그날 경찰 특공대를 목격했던 사람은 없었어요."

"네. 처음 화재를 목격하고 신고한 사람도 못 봤다고 했습니다. 소방대원들이 도착했을 때도 경찰 특공대 차량은 없었고요."

"그럼 경찰이 개입된 사건일 수 있겠군요."

"그럴 가능성이 높다고 봐야 하지 않을까요."

"그들이 다른 차량보다 늦게까지 남아 있었던 건 놓치고 나온 증거물을 찾기 위함이었다고 보는 거죠?"

"그렇지 않고서는 그곳에서 늦게 빠져나온 이유가 설명되지 않아서요."

도 경감은 머리가 아픈 듯 이마에 손을 가져가며 말했다.

"그렇긴 하지만 뭔가 석연치 않네요. 어느 지역 경찰청 산하 특공대인지는 확인해 봤어요?"

"아직 거기까지는 확인 못 했습니다."

"우선 그것부터 알아보죠. 경찰이 개입한 사건이라면 굳이 경찰 특공대 차량으로 올 필요가 있었을까요? 눈에 쉽게 잘 띄는 차종이잖아요. 그리고 화염 속에서 증거물을 찾았다는 건……

납치범들과 공범이⋯⋯."

도 경감은 말을 머뭇거리다 잠시 생각에 잠겼다.

"경감님?"

그때 휴대폰 벨 소리가 울렸다.

"경감님, 전화가 온 것 같은데요."

"아, 잠깐만요."

도 경감은 주머니에서 휴대폰을 꺼내 전화를 받았다.

"네, 검사님. ⋯⋯알겠습니다. 나 경위랑 바로 가겠습니다. ⋯⋯네. 무슨 말씀인지 압니다."

도 경감은 전화를 끊고 나 경위에게 통화 내용을 설명하며 함께 밖으로 나갔다.

차 뒷좌석 문이 열리고 한 검사와 남 순경이 차에 올라탔다.

"나 경사님, 어떻게 잘되셨나요?"

"예, 검사님. 한번 믿어 보시죠."

박 순경은 미간을 찡그리며 뒤돌아봤다.

"검사님, 정말 믿어도 될까요?"

"이젠 믿어 볼 수밖에요. 우리도 시작할까요?"

나 경사와 남 순경이 차에서 내리고, 동시에 박 순경은 차에 시동을 걸었다.

잠시 후 채이돈 의원이 카페에 들어섰다. 그는 카페 안을 두리번거리다 곧장 화장실로 향했다. 그 뒤로 모자를 깊게 눌러쓴 박범수가 따라 들어와 걸음을 옮겼다.

화장실로 들어간 박범수는 얼마 지나지 않아 다급히 밖으로 뛰쳐나왔다. 뒤이어 카페 손님 중 한 사람이 화장실에 들어갔다, 놀란 얼굴로 허겁지겁 달려 나와 카페 직원에게 말했다.

"저기요! 저기 남자 화장실에 사람이 쓰러져 있어요!"

"뭐라고요?"

"빨리 응급차 불러 주세요. 어서요!"

얼마 지나지 않아 응급 구조대가 도착했고, 그 뒤로 경찰관과 감식팀이 줄줄이 카페로 들어섰다. 구조대원들은 들것을 들고 화장실에서 나와 카페 밖에 세워져 있던 구급차에 올라탔다. 들것을 덮은 하얀 천 옆으로 팔이 덩그러니 내려와 있는 것이 보였다.

구급차가 출발하고, 그 뒤로 감식팀 차량이 뒤따랐다.

차우석은 오칠성 실장을 미행하고 있었다. 주명근을 찾으러 옥스퍼드 클럽 룸에 왔던 오 실장을 주일 빌딩에서 다시 보게 된 이후, 지금까지 쭉 그를 주시하고 있었다. 그가 주명근과 만날 것이라고 예상했다.

오 실장은 골프웨어 차림으로 캐디 백을 들고 한 호텔로 들어갔다. 그리고 오래 머물지 않고 나와 다시 주일 빌딩으로 돌아왔다. 오 실장이 탄 엘리베이터가 9층에서 멈춘 것을 지켜보고 있던 차우석은 왠지 뒤통수가 따가웠는지 뒤돌아봤고, 정민우가 자신을 빤히 보고 있다는 사실에 깜짝 놀랐다.

"어! 브라더."

"뭘 그렇게 보고 있어?"

"여긴 어쩐 일이야?"

"어쩐 일은? 일 보러 왔지."

"뭐야! 나 보러 온 게 아니고?"

"아니야. 아빠 심부름으로 왔어."

"뭐? 브라더가 심부름을 직접 해?"

"어. 그런 게 있다."

"몇 층 가는데? 같이 갈까?"

"아니, 됐고. 심부름 끝나면 전화할 테니까 어디 가지 말고 대기해. 안 올라갈 거면 비켜 주지?"

"어어, 미안."

차우석은 엘리베이터 문 앞에서 서둘러 뒤로 물러났다.

"왜 그래? 당황을 다 하고. 올라가려던 거 아니었어?"

"어, 그렇지."

"장난 좀 친 거 가지고 뭘 그렇게 놀라? 올라가는 버튼이나 눌러. 자꾸 왜 그래? 어디다 정신을 팔고 다녀?"

"어, 그래. 아니야. 잠깐 딴생각을 하고 있었거든."

차우석은 그제야 버튼을 눌렀다.

"무슨 생각? 자식, 또 그날 떠올린 거야? 이 음흉한 새끼."

정민우는 가늘게 뜬 눈으로 차우석을 바라보며 키득키득 웃었다.

"에이, 아니야. 그게 아니고……."

"됐다. 오늘따라 촌스럽게 안 하던 짓을 다 하네. 엘리베이터 왔다. 타자."

"그래. 몇 층 가는데?"

"10층."

차우석은 10층을 누른 뒤 멀뚱멀뚱 앞을 바라봤다.

"야, 넌 안 눌러?"

"아! 그렇지. 내 정신 좀 봐."

차우석은 이마를 긁적이며 12층을 눌렀다.

"야! 정신 차려. 아직도 물색에 빠져서 허우적거리고 있으니 걱정이다, 걱정이야. 쯧쯧."

"아니라니까 왜 그래, 정말."

정민우는 고개를 갸우뚱하며 차우석을 쳐다봤다.

"오늘 좀 이상하네."

10층에서 엘리베이터 문이 열리자 정장 차림의 젊은 남자가 앞에서 기다리고 있었다. 그는 정민우에게 가볍게 목례했다.

"이따 보자, 동민아."

"어, 그래."

그 젊은 남자는 주일 빌딩에 자주 출입하는 신임 검사였다. 차우석은 곧바로 11층에서 내려 비상계단으로 뛰어갔다. 비상계단 출입문을 나와 주위를 살피던 차우석은 빠른 걸음으로

10층 객실 복도로 걸어갔다. 정민우와 검사가 어디로 들어갔는지 알 수 없었기에 객실마다 귀를 기울이며 그들을 찾았다.

하지만 도무지 찾을 수 없어 포기하고 돌아가려는데, 때마침 엘리베이터에서 내린 주필상과 맞닥뜨렸다.

"어이고, 또 여기서 뵙네요. 여기는 어쩐 일로 오셨습니까?"

"아……. 안녕하세요. 브라…… 아니, 제키를 여기서 만나서 말이죠."

"제키? 아하, 네. 제키 도련님을. 그런데?"

"네? 뭐가?"

"같이 들어가시지 않고 어디 가십니까?"

"아닙니다. 무슨 일인지 몰라도 혼자 가야 한다고 해서요. 아버님 심부름이라고."

"그래요? 그런 말씀까지……. 두 분이 막역한 사이신가 봅니다."

"그런 편이죠. 제키를 만나러 가시는 길이십니까?"

"아니요. 그건 아닌데 따로 만날 사람이 있어서……. 혹시 이곳에 묵고 계십니까?"

"아……. 네."

"몇 호에 계십니까? 제키 도련님과 막역한 사이시면 미리 귀띔을 주시지 그러셨습니까. 그럼 저희가 잘 모셨을 텐데요."

"에이, 아닙니다. 괜히 불편합니다. 그리고 가까운 사이일수록 더 그러면 안 되는 거죠."

"아이고, 생각도 바르셔라. 제키 도련님 친구분다우십니다. 그럼 저는 이만 가 보겠습니다."

"네, 그럼."

주필상은 서둘러 객실 복도로 걸어갔다. 차우석은 주필상이 몇 호 객실로 들어가는지 보기 위해 고개를 살짝 뒤로 돌려 살폈다. 주필상이 걸어가다 말고 뒤돌아보자, 차우석은 얼른 고개를 앞으로 돌려 엘리베이터 버튼을 눌렀다.

차우석은 버튼을 누르고 앞을 주시하다 다시 객실 복도를 봤다. 하지만 그새 어디로 들어갔는지 주필상은 보이지 않았다. 차우석은 그제야 숨을 내쉬며 엘리베이터에 올랐다.

주필상이 객실로 들어섰을 때, 엘리베이터 앞에서 정민우를 맞았던 신임 검사가 소파에 앉아 있었다.

"안녕하십니까?"

주필상이 가볍게 목례하며 인사하자, 신임 검사는 자리에서 일어나 방을 가리키며 말했다.

"안에 계십니다."

주필상은 노크를 하고 조심히 안으로 들어갔다.

"오셨습니까? 주 사장."

"영감, 오래간만입니다."

"그러네요. 요즘은 얼굴 보기가 쉽지 않네요."

"죄송합니다. 여러 가지 사업을 벌이다 보니 그렇게 됐습니다."

"그 이유뿐입니까?"

"그게 무슨 말씀인지……."

"에이, 아니에요. 여기 정 본부장은 알죠?"

"그럼요. 안녕하십니까, 정 본부장님."

"예, 안녕하세요."

주필상은 깍듯이 고개 숙여 인사했지만, 정민우는 대충 인사하며 고개만 까닥할 뿐이었다.

"자자. 이리 와 앉으세요, 주 사장."

"네, 영감."

주필상은 떨떠름한 표정을 지으며 소파에 앉았다.

"그래요. 갑자기 보자고 한 이유가 뭡니까?"

"갑자기라니요? 서운하게 왜 그러십니까? 저희 빌딩에 오셨다고 해서 얼굴 뵙고 인사드리러 이렇게 온 게 아닙니까. 요즘 왜 그리 뜸하십니까?"

"좀 바빴어요. 성가신 일이 좀 있어서."

"그러십니까? 성가신 일은 잘 처리하신 겁니까?"

"일단은……."

"그럼 주말에 한번 모이시죠? 제가 자리 마련하겠습니다. 영감이 원하시는 분들 명단만 알려 주시면 저희가 알아서 진행하겠습니다."

"음, 그 부분은 따로 연락하죠. 이제 말해 봐요. 뭘 알고 싶어서 온 겁니까?"

"아이고, 영감. 어찌 그리 사람 속을 꿰뚫어 보십니까? 겁이 다 납니다. 심 부장검사님께 잡히면 뼈도 못 추리겠습니다."

"무슨 부탁을 하려고 이리 띄우시나. 쉰 소리 그만하고 어서 말해 봐요.”

능글맞게 웃음 짓던 주필상은 정민우를 힐끔 쳐다봤다.

“조용히 말씀드려야 할 일이라…….”

정민우는 바로 눈치채고 자리에서 일어났다.

“그럼 전 잠깐 밖에 나가 있겠습니다. 편히 얘기 나누시고 불러 주십시오.”

“죄송합니다, 정 본부장님.”

“아닙니다. 그럼.”

정민우는 가볍게 목례하고 밖으로 나갔다.

“이제 말해 봐요.”

“아들 녀석 때문에 요즘 골치가 아픕니다.”

“해결된 걸로 들었는데…….”

“그런 줄 알았는데 계속 저와 아들을 귀찮게 하지 뭡니까? 암암리에 수사를 계속 진행한다고 하니…….”

“그래요? 그런 보고는 없었는데……. 내가 좀 알아봐 드릴까? 그거예요?”

“그렇게 해 주시면 저야 감사하죠. 사실 제가 들은 게 있는데, 그게 좀 믿기가 어려워서 말입니다.”

“뜸 들이지 말고 편하게 말해 봐요.”

“아이고, 역시 시원시원하십니다. 그게…… 경찰 중에 시체를 본다는 놈…… 아니, 경찰관이 있다던데 사실입니까?”

“시체를 본다는 게…… 아! 잠깐만. 나도 들은 적이 있는 것 같네요. 미래에 죽을 시체 환영을 미리 본다고. 채이돈 의원 아들 사건 알죠?"

"알고말고요. 동료 형사들을 살해한 비리 형사 아닙니까?"

"그래요. 그 사건에서 민 경감…… 아니, 이제 경정이지. 그 민 경정을 도와준 청년이라고 들었는데. 그 청년이 경찰이 된 건가?"

"동일 인물이겠죠?"

"그거야 나도 모르죠. 그런데 동일인 아니겠어요? 시체 환영을 본다는 게 흔한 일도 아니고, 안 그래요?"

"그렇긴 하죠. 정말 시체 환영을 보는 경찰이 있다는 말씀이군요."

"근데 그건 왜 묻는 겁니까?"

"아니요. 너무 신기해서……. 거짓말 같기도 하고요. 영감이면 아실 것 같아 여쭤봤습니다."

"사람은 죽이지 말아요. 그건 우리가 어떻게 할 수가 없어."

"아……. 아닙니다, 그런 거."

심 검사는 말을 흐리며 중얼거리듯 말했다.

"증거를 남기지 말든가."

"뭐라고…… 아! 아아, 네. 알겠습니다."

"궁금한 건 그게 다예요?"

"민우직 팀장…… 이제 경정이라고 하셨지요. 그자에 대해 잘 아십니까? 병원에 입원해 있다던데 사실입니까?"

"주 사장, 어디 정보통인지 몰라도 나보다 빠릅니다?"

"그럼 영감은 모르셨습니까?"

"처음 듣는데. 어디가 다쳐서 입원한 겁니까?"

"화재 사고로……."

"그래? 그건 내가 알아보죠. 근데 그게 왜 궁금한 겁니까?"

"저와 아들을 귀찮게 하는 경찰이 그 민우직이라는 작자라서 말입니다."

심 검사는 눈을 가늘게 뜨며 물었다.

"주 사장이 그런 거예요?"

"뭐가 말입니까?"

"병원에 입원해 있다면서요."

"아닙니다. 저도 들은 얘기라 확실한 정보인지 영감께 여쭤본 겁니다."

"흠……. 그럼 나도 알아볼 테니 이만 가 봐요. 정 본부장을 더 기다리게 할 수 없어서 말이에요."

"아이고, 알겠습니다. 제가 눈치 없이 시간을 많이 뺏었습니다. 그럼 연락 주십시오."

심 검사는 고개를 끄덕이며 나가라고 손짓했다.

"가 보겠습니다."

주필상은 허리 숙여 인사하고 밖으로 나갔다.

차우석은 침대에 누워 생각에 잠겨 있었다.

'정민우가 직접 검사를 만난 이유가 뭘까? 주필상은 정민우와 검사를 만난 걸까? 뭔가를 꾸미고 있는 것은 아닐까?'

그때 휴대폰 벨 소리가 울렸다. 정민우의 전화였다.

"브라더, 이제 끝난 거야?"

"그래. 문 열어. 문 앞이야."

"어? 어어, 그래. 알았어."

차우석은 침대에서 벌떡 일어나 현관으로 뛰어나갔다. 현관 문 앞엔 정민우가 서 있었다.

"들어와, 브라더."

"뭘 들어가? 나가자."

"그래? 그럼 옷 좀 입고."

"자식, 대기하고 있으라니까."

"미안. 잠깐만 들어와서 기다려."

차우석이 방으로 들어가 급히 옷을 갈아입고 나왔을 때, 정민 우는 거실 소파에 앉아 있었다. 정민우는 차우석을 치켜뜬 눈으로 노려보며 말했다.

"왜 따라왔냐?"

"어?"

"왜 내 뒤를 따라붙었냐고?"

"그게 무슨……. 아! 명근이 아버지 만났어?"

"왜 따라왔냐고 묻잖아."

"어……. 아니, 잠깐 어디 좀 다녀와야 하는데 얼마나 기다려 야 하는지 물어보려고."

"전화하면 되잖아."

"그치. 그러네. 난 금방이니까 보고 말하려고 했지."

차우석은 정민우의 눈치를 살피며 넌지시 물었다.

"왜? 명근이 아버지가 뭐라고 그래?"

"아니. 다음부턴 내 뒤 쫓지 마라. 일이 있으면 전화로 말해."

"어, 그럴게. 미안. 나 때문에 표정이 그런 거야? 얼굴 좀 펴. 다음부터 조심할게."

"아니야. 별 시답지 않은 새끼가 잘난 체를 해서 말이야."

"누구?"

"있어. 개버러지."

"무슨 일인데 그래?"

"재미없다. 그거 말고 내가 웃긴 얘기해 줄까? 이게 믿을 수 있는 얘긴지 한번 들어 봐."

"어, 말해 봐."

"미래에 죽을 사람의 시체를 미리 볼 수 있는 놈이 있대. 그것도 경찰 중에."

"시체를? 미래에 일어날 일을 말이야? 말도 안 돼. 그런 사람이 어디 있어."

"그치?"

"누가 그런 소리를 하는데?"

"명근이 아빠. 경찰들이 귀찮게 한다고 하더라고."

"경찰들이 왜?"

"그건 나도 잘 모르겠고."

"그렇구나. 그럼 명근이 아버지 때문에 기분이 안 좋은 거야?"

"아, 아니. 주 사장은 아무것도 아니야. 별 시답지도 않은 검사

나부랭이 새끼가 존나 짜증나게 해서 말이야."

"아까 그 젊은 남자 말인가? 엘리베이터 앞에서 봤던."

"걔는 좆밥이고. 있어. 아무튼 그놈들 먹여 살리려니 세금을 제대로 낼 수가 있나. 다 그놈들 때문에 탈세하고 회계 부정하고 그러는 거라고. 괜히 그러겠어? 그러니까 증여세라도 아껴야 한다고. 누구는 증여세 다 안 내고 싶나? 안 그래?"

"그거 때문에 직접 검사를 만난 거야?"

"그렇지. 용돈 좀 찔러주고 오는 길이다."

"용돈? 빈손이던데. 수표로 줘도 되는 거야?"

"아이, 자식. 요즘 누가 그래? 카드 주고 왔지. 법카 찔러주니까 입이 여기까지 찢어지더라. 개버러지 같은 새끼. 너도 사업하려면 알아 둬. 자세한 건 나도 모르지만 법무팀에 부탁해 줄 수는 있다. 우리 법무팀에 검찰 출신들이 많거든. 검찰 출신이라서 그런지 법망을 피하는 방법을 잘 알더라고."

"그래. 나중에 필요하면 부탁할게. 근데 주 사장은 왜 만난 거야?"

"주 사장? 아, 날 만나러 온 게 아니고 영감 나리 만나러 온 거더라고. 조만간 술판이 벌어질 거야. 하여튼 기생충 같은 새끼들. 이곳저곳에서 잘도 빼먹는다니까. 지들 모임을 돈 한 푼 안 들이고 잘도 해."

"그게 가능해?"

"동민아, 그 새끼들이 손에 법을 쥐고 있잖아. 그 법을 돈 주고 사는 놈들이 주 사장 같은 놈들이고. 여기서 얼마나 자주 모임을 갖는지 모르지?"

"자주 모여?"

"그래. 끼리끼리 자주 모인다고."

"끼리끼리면 검찰 출신들 말하는 거야?"

"그렇지. 그중에 정부 요인들도 있고. 그 새끼들은 지들끼리 똘똘 뭉쳐서 잘도 회 처먹는다니까."

"왜? 부러워?"

"그래, 부럽다. 권력을 쥐려면 그 정도는 돼야 하지 않겠냐? 재벌이면 뭐 하냐? 저런 새끼들한테 삥이나 뜯기고 굽실굽실거려야 하는 걸. 아주 깡패가 따로 없어. 날강도 새끼들. 학교나 사회나 뭐가 다르냐? 안 그래?"

"그러네. 다를 게 없네."

"브라더, 너도 정신 똑바로 차려. 에이, 술 땡긴다. 이제 나가자."

"어, 그래."

연쇄 살인사건 당일, 본부 살인사건 D-1

연쇄 살인사건이 발생하는 날이 다가왔지만 아직까지 연쇄 살인범은 잡히지 않았다. 살인범이 체포되지 않았다는 것은 피해자가 발생하지 않는 것이 아니라, 살인사건 발생일이 달라진 것이거나 범행 장소가 바뀐 것으로밖에 볼 수 없었다.

만약을 대비해 시체 환영이 보였던 현장 외에도 다른 예상 장소에 인력을 나눠 투입했다. 남 순경과 한 검사는 시체 환영이 보였던 사건 현장을 지켜보고 있었다. 안 경위와 나 경사, 최 경위와 박 순경, 도 경감과 나 경위로 각각 팀을 나눠, 가장 가능성이 높은 예상 장소에서 살인범을 기다리는 중이었다.

연쇄 살인사건 수사처럼 비도 변덕스럽게 내려 괜스레 마음을 뒤숭숭하게 만들었다. 어두운 골목 귀퉁이에 몸을 숨기고 있던 남 순경이 뒤를 돌아보며 말했다.

"검사님, 앞으로 나서지 마시고 지켜보시다가 지원팀과 함께 움직이세요. 아셨죠?"

"그건 걱정 말아요. 무전으로 연결되어 있으니 긴급 상황이 발생한 지점에서 바로 콜이 올 거예요. 저희도 마찬가지고요."

한 검사는 귀에 꽂힌 이어폰을 손으로 가리키더니, 손에 쥐고 있던 소형 무전기에 대고 말을 이어 갔다.

"그렇죠, 도 경감님?"

"맞습니다, 검사님. 남 순경, 내 말 잘 들려요?"

남 순경은 이어 마이크에 손을 가져가며 말했다.

"아, 네. 잘 들립니다."

한 검사는 다시 무전기에 대고 말했다.

"다들 제 목소리 잘 들리시죠?"

"네, 잘 들립니다."

팀원들이 순차적으로 응답했다.

"살인범 용모는 숙지하셨을 거예요. 살인범이 나타나면 바로 콜해 주시면 됩니다."

"예, 알겠습니다."

역시나 팀원들이 순차적으로 응답했다.

"듣기만 하세요. 다시 말씀드리지만, 피해자가 발생하지 않도록 범행이 일어나기 전에 살인범을 체포해야 합니다. 피해자 신변 보호가 최우선이라는 거 잊지 마시고요. 물론 팀원 모두 조심하셔야 합니다. 그 누구도 다치거나 죽…… 다쳐서는 안 됩니다. 그동안 일어났던 살인사건 범행 증거를 확보하기 위해서는 살인범의 자백을 끌어내야 해요. 그러니 반드시 살인범을 생포해야 합니다. 그리고 만약 사건 발생 시간이 지나도 살인범이 나타나지 않으면 미리 나눴던 구역으로 흩어져 혹시 모를 살인 사건을 대비해야 하고요. 그럼 잘 부탁드려요."

"알겠습니다, 검사님."

무전기에서 입을 뗀 한 검사는 남 순경을 바라보며 말했다.

"이제 시간이 됐네요."

남 순경은 결연한 눈빛으로 한 검사를 보며 고개를 끄덕였다.

주택가로 차 한 대가 들어와 정차했다. 잠시 후 운전석에서 비니를 쓴 주명근이 내렸다. 손에는 의사들이 수술할 때 쓰는 라텍스 장갑을 끼고 있었고, 그 손에는 마스크와 고글이 들려 있었다.

주명근은 주택가에서 나와 유흥 주점들이 있는 번화가로 향했다. CCTV가 없는 곳만 골라 걷는 그는, 이미 이곳을 여러 번와 본 것처럼 길을 훤히 꿰차고 있었다.

유흥가를 지나 외진 골목길에 들어서기 전, 그는 마스크와 고글을 얼굴에 썼다. 그리고 다시 발걸음을 떼려는 그때 어둠 속에서 오칠성 실장이 나와 앞을 가로막았다.

"형, 뭐야?"

"이사님, 이곳은 안 됩니다. 다른 곳으로 가시죠."

"그게 무슨 소리야? 이제 기다리기만 하면 된다고. 다 왔어. 조금만 더 가면……."

"이미 그곳에 경찰들이 매복하고 있습니다."

"뭐? 경찰이 여기에 있다고? 정말?"

"말씀드리지 않았습니까? 미래의 시체를 보는 경찰관이 있다고 말입니다. 장소가 경찰에게 발각됐으니 오늘은 그만 돌아가시죠."

"젠장! 안 된다고 했잖아. 오늘 반드시 제물을 받쳐야 한단 말이야. 기일을 지키지 않으면 내게 무슨 일이 일어날지 모른다고. 내 영혼까지 빼앗아 갈 수 있어!"

주명근은 신경질을 내며 쓰고 있던 고글과 마스크를 벗었다.

"그런 게 어디…… 아무튼 여긴 안 됩니다. 이대로 가시면 바로 잡히십니다."

"젠장, 좋아. 이럴 줄 알고 미리 봐 둔 곳이 또 있지. 알았어."

주명근은 들어서려던 길을 되돌아 나와 다른 곳으로 걸음을 옮겼다. 뒤에서 지켜보던 오 실장은 그가 사라진 후에야 다시 어둠 속으로 자취를 감추었다.

* •
•

남 순경과 한 검사는 범행 장소에서 좀 떨어진 어두운 골목길
에 숨어 있었다. 예상 시간이 되자 한 여성이 비틀거리며 걸어
오는 것이 보였다. 초자연 현상에 봤던 그녀가 분명했다.

"검사님, 피해자 여성이 범행 장소로 옵니다."

"조금만 더 지켜보죠."

남 순경은 살인범이 나타나는 순간이 임박해 왔음을 느꼈고,
무슨 일이 있어도 피해자를 구해야 한다고 강하게 되뇌었다. 절
대 살인범을 놓치지 않겠다는 눈빛으로 범행 현장을 뚫어져라
주시하고 있는 남 순경의 손에는 장전된 권총이 들려 있었다.

비틀거리며 걸어오던 그녀가 범행 지점에 가까워질 때 쯤, 갑
자기 비가 세차게 내리기 시작했다. 그녀는 당황한 듯 가방으로
머리를 감싸며 황급히 발을 뗐다. 그러나 술에 취한 탓에 휘청
거리며 껑충거리기를 반복할 뿐이었다.

그녀가 살인범이 나타났던 곳에 들어선 것을 확인한 남 순경
은 어두운 골목길에서 나와 뛸 자세를 취했다. 하지만 그녀에게
는 아무 일도 일어나지 않았다.

시간이 지났는데도 살인범은 모습을 드러내지 않았다. 조용
히 남 순경 뒤로 다가온 한 검사가 말했다.

"역시 이곳은 아닌 것 같네요."

"그러네요. 팀원들에게 연락할까요?"

"제가 할게요."

한 검사는 무전으로 팀원들에게 상황을 전했다.

"한 검사예요. 이곳엔 나타나지 않았어요."

"도 경감입니다. 이곳도 현재까지 특이사항 없습니다."

다른 곳에서도 살인범이 나타났다는 무전은 없었다.

"그럼 좀 더 지켜보고 10분 후에도 특이사항 없으면 다른 지점으로 이동합니다."

팀원들은 순차적으로 '예'라고 응답했다.

"남 순경님, 여기는 아닌 게 확실하겠죠?"

"그런 것 같은데요. 만약 다른 곳에도 나타나지 않는다면 범행 일을 바꾼 듯해요."

"난감하네요. 그 많은 곳을 다 지켜볼 수도 없고……."

"그래도 경감님이 예측한 곳은 지켜봐야죠. 그곳도 아니라면……."

"이곳에 살인범이 나타났습니다. 검거하겠습니다."

안 경위의 다급한 무전이었다.

"검사님, 안민호 형사예요. 여기서 한 블록 거리에 있는 지점이고요."

"남 순경님, 먼저 빨리 가 보세요. 저는 차로 움직일게요."

남 순경은 대답 없이 고개를 끄덕인 후 빠르게 내달렸다.

우산을 쓴 키 작은 여성은 골목길 앞에 서서 고민을 하고 있었다. 어두운 골목길을 지나면 바로 도로가 나와 빨리 갈 수 있었지만, 혼자 걸어가기엔 겁이 났기 때문이다. 그녀는 잠시 머뭇거리다 우산을 양손으로 꼭 붙잡고 뛰기 시작했다.

　어둠 속으로 들어선 그녀의 모습은 순간 사라지고, 바닥에 고인 물을 밟는 소리만 크게 울려 퍼졌다. 그때, 빠르게 달리던 그녀의 발소리 위로 또 다른 첨벙거리는 소리가 겹쳐 들려왔다. 그녀가 흠칫 놀라 멈춰 섰지만, 짙은 어둠 속에선 비가 바닥을 내리치는 소리만 들려올 뿐이었다.

　번개가 치자 빗줄기가 물웅덩이에 떨어지는 것이 환히 비쳤고, 그 순간 전봇대 옆으로 나상남 경사가 그녀의 입을 틀어막고 있는 모습도 함께 드러났다. 나 경사는 들고 있던 손전등으로 급히 바닥을 비추며 아주 작은 목소리로 그녀에게 말했다.

　"경찰입니다. 소리 지르지 마세요. 잠깐만 이대로 있으면 됩니다."

　그녀는 휘둥그레진 눈을 깜빡거리며 고개를 끄덕였다. 그때 '처벅처벅' 누군가의 발소리가 들려왔다. 그 소리는 어둠 속에 숨어서 여성을 기다리고 있던 주명근의 발소리였다. 나 경사는 그 소리에 들고 있던 손전등을 급히 껐다.

　주명근은 뛰어오던 여성의 발소리가 갑자기 들리지 않자 숨어 있던 곳에서 조심스레 걸어 나왔다. 발소리가 끊긴 곳으로 천천히 걸어오던 그의 발걸음이 순간 멈췄다. 그는 골목길에 널브러져 있는 우산을 보고 낌새가 이상했는지 주위를 두리번거렸다.

그때 뒤에서 안 경위가 주명근을 빠르게 덮쳤다.

"이놈 잡았다! 나 경사님, 잡았습니다!"

안 경위는 주명근을 뒤에서 끌어안고 같이 앞으로 넘어졌다. 안 경위의 신호에 나 경사도 뛰어나와, 쓰러져 있던 주명근을 잡아 일으켜 세우려 했다.

그런데 그때, '따다닥' 빠른 발소리와 함께 누군가가 달려와 이단 옆차기로 나 경사의 옆구리를 강하게 가격했다.

"우욱!"

그 충격에 나 경사는 배를 움켜쥐고 옆으로 꼬꾸라졌다. 안 경위는 정체불명의 남자에게 맞아 쓰러진 나 경사를 보고 서둘러 일어서려 했다. 하지만 정체불명의 남자는 일어서려던 안 경위의 얼굴까지 발로 걷어찼다. 안 경위는 그가 누구인지 확인할 새도 없이 그대로 뒤로 벌러덩 넘어지고 말았다.

"빨리 일어나!"

그는 일어선 주명근을 보고 소리쳤다.

"뛰어! 뒤돌아보지 말고 무조건 뛰어!"

그 말이 끝나기도 전에 주명근은 어둠 속으로 사라져 버렸다. 배를 움켜쥐고 일어선 나 경사는 자신을 공격한 그에게 달려들어 주먹을 날렸다. 하지만 그는 재빨리 허리를 숙여 주먹을 피했고, 일어나려던 안 경위의 옆구리를 다시 한번 걷어찼다. 안 경위는 또다시 쓰러지며 바닥에 뒹굴었다.

그 순간 나 경사가 뒤에서 달려들어, 그를 힘껏 들어올린 뒤

그대로 땅바닥에 내다 꽂았다. 땅바닥에 머리와 어깨를 부딪친 그는 나 경사로부터 거리를 두기 위해 겨우겨우 앞으로 기어갔다. 정체불명의 그는 주명근처럼 비니를 쓰고 있었고, 고글과 마스크를 쓰고 있어 누구인지 알 수 없었다.

그는 나 경사를 주시하며 일어서는가 싶더니 붙잡을 틈도 없이 뒤돌아 뛰었다. 나 경사는 도망가는 그를 곧바로 뒤쫓았다. 안 경위도 배를 움켜쥐며 일어나 주명근이 도망간 방향으로 뛰어갔다. 그때 반대편에서 최 경위와 박 순경이 달려오고 있었다. 안 경위는 손으로 방향을 가리키며 최 경위에게 소리쳤다.

"최 형사님, 저쪽 주택가로 도망갔습니다! 빨리 그쪽으로 따라가십시오!"

"오케이!"

최 경위는 안 경위가 가리킨 주택가 방향으로 달려갔다. 그사이 박 순경이 안 경위에게 다가와 물었다.

"괜찮으세요, 안 형사님?"

"박 형사, 나보다 저 뒤에 피해 여성분이 계실 거야. 안전하게 귀가시켜 드려."

"네, 그럴게요. 조심하세요."

안 경위는 고개를 한번 끄덕이며 배를 움켜쥔 채 주택가로 뛰어갔다.

남 순경이 현장에 도착했을 땐 피해 여성과 박 순경만 남아 있었다. 피해 여성은 다행히 안정된 모습으로 박 순경의 안내에 따르고 있었다.

"박 형사님, 여성분은 괜찮은 거죠?"

"네, 괜찮으세요. 그것보다……."

"어떻게 된 거예요? 어디로 갔어요?"

"저쪽 주택가로 갔어요. 안 형사님께 무전해 보세요. 쫓고 계실 거예요."

"알았어요. 검사님도 금방 오실 거예요. 일단 안전한 곳으로 이동해 있어요."

"그럴게요. 어서 가 보세요."

남 순경은 박 순경이 가리킨 쪽으로 달려가며 안 경위에게 무전했다.

"안 형사님, 지금 어디 계십니까?"

달리는 중인지 거친 숨소리가 들렸다.

"여기가…… 자세히 어딘지 모르겠습니다. 아! 옆에 큰 성당이 하나 보입니다."

"최우철 경위입니다. 용의자가 '224다 4862' 붉은색 BMW를 타고 도주 중입니다. 논현 사거리 방향으로 이동 중이니 지원 바랍니다."

최 경위의 무전이었다. 남 순경은 무전을 듣자마자 차도로 달려갔다. 그때 한 검사에게서 무전이 왔다.

"남 순경님, 지금 어디세요?"

"검사님, 논현 사거리 방향으로 가야 합니다. 최 형사님 무전 들으셨죠?"

"들었어요. 현장이시죠? 거기서 기다리세요. 차로 가는 중이니까 금방 가요."

"아, 네. 그럼 기다리겠습니다."

남 순경은 두리번거리며 한 검사를 기다렸다. 얼마 지나지 않아 빵빵 하고 뒤에서 경적이 들려왔다. 남 순경은 지체 없이 차 조수석에 올라탔다.

"검사님, 빨리 가시죠."

"CCTV 관제 센터에 차량 조회 요청해 뒀어요. 잠시만 기다려요. 금방 용의 차량 위치를 파악할 수 있을 거예요."

"정말요? 역시."

한 검사는 이곳으로 오는 길에 직접 CCTV 관제 센터에 용의 차량 수배를 요청한 상태였다.

잠시 후 휴대폰 벨 소리가 울렸다. 한 검사는 곧장 통화 버튼을 누르고 스피커 폰으로 전환했다.

"CCTV 관제 센터장입니다."

"수고가 많으십니다."

"요청하신 용의 차량 위치 파악됐습니다. 논현 사거리를 지나 강남대로 방향으로 가는 중입니다."

"끊지 마시고 계속 이동 경로를 추적해 말씀해 주시겠어요?"

"그러겠습니다, 검사님."

차가 출발하고 몇 분 되지 않았을 때 관제 센터장의 목소리가 들려왔다.

"검사님, 지금 용의 차량이 주일 빌딩 주차장으로 들어갔습니다.”

“주일 빌딩이요?”

“네, 검사님.”

“감사합니다. 용의 차량 움직임이 포착되면 다시 연락 부탁드
려요.”

“알겠습니다.”

전화를 끊은 한 검사는 남 순경을 쳐다봤다.

“주일 빌딩이면 주명근이 확실하네요.”

“네. 예상대로 주일 빌딩이 근거지였어요.”

“다른 팀원들도 모두 주일 빌딩으로 집결할 수 있도록 무전해
주세요.”

“알겠습니다, 검사님.”

남 순경은 팀원들에게 무전을 보냈다.

2005년 2월

서필감 경위와 이연우 경위는 내사과 사무실에 들어섰다.

“잠시만 저기 앉아 있어요.”

“네.”

이연우 경위는 두리번거리며 의자에 앉았다.

“칙칙하죠?”

“아닙니다. 다른 형사분들은 안 계십니까?”

"없어요. 원래도 나랑 반장님뿐이었어요. 아, 두 명 더 있었는데 한 명은 보직 신청해서 타 부서로 갔고 한 명은 작년 여름에…… 사고가 있었어요. 현장에서 살인범을 쫓다가……."

"아……. 그렇군요. 그럼 그 뒤로 계속 두 분만 계셨던 겁니까?"

"충원 신청을 했는데 감감무소식이더라고. 일하지 말라는 거죠."

서 경위는 한동탁 반장 자리를 바라보며 헛웃음을 지었다.

"아! 여기 있네."

그러고는 서류철 하나를 꺼내 들고 왔다.

"열어 봐요. 현장 사진들이에요."

서 경위는 서류철을 이연우 경위에게 건넸다. 이 경위는 서류철을 열어 사진들을 하나씩 자세히 살펴봤다.

"맨 마지막 장에 그 사진이 있을 거예요."

"이 사진이군요."

"맞아요. 처음 발견했을 때 철근이 그 위에 있었어요. 철근에 가려져 잘 보이지 않았죠."

"그럼 어떻게 찾으신 겁니까?"

"타살이라 보고 유서가 나온 7층 공사장 안을 샅샅이 살펴봤죠. 반장님이 뛰어내린 곳은 너무 깨끗해서 의심하지 않을 수 없었어요."

"그렇군요. 사진으로 봐도 현장 바닥이 정말 깨끗하게 정리되어 있네요."

"그렇죠? 분명 뭔가를 남기셨을 거라 생각하고 찾았는데 나오는 게 없더라고. 그래서 포기하려고 할 때 눈에 들어온 거예요. 그 다잉 메시지가 말이죠."

"서 경위님이 발견하셔서 다행이네요."

"그 메시지가 뭔지 알겠어요?"

"뒷부분이 흐릿해서 정확히는 모르겠지만 암호인 건 확실해요."

"암호요?"

"네. 저희끼리만 알 수 있는 암호예요. 쉬워요. 한글 자음 모음을 숫자와 영어로 대체한 것뿐이에요."

"그게 무슨 소리예요?"

이 경위는 사진 속 글자를 가리키며 손수 글씨를 허공에 써 보였다.

"여기 보시면 h4g…… 다음 문자가 7인지 9인지 모르겠네요. h는 ㅇ, 4는 ㅗ, g는 ㅅ이에요. '오' 또는 '옷'이라는 뜻이죠. 그 뒤가 7이면 ㅠ, 9면 ㅣ예요. 마지막으로 ㅏ, 이건 쓰다가 끝까지 못 쓴 것 같기도 하고……."

"영어 h 아닐까요?"

"만약 h면 ㅇ이에요. 그러면 '오슝'이거나 '오싱'이네요."

"오슝? 오싱이네, 오싱. 그게 뭐예요? 이 경위는 뭔지 알겠어요?"

"저도 처음 듣는 단어인데요. 오싱……. 사람 이름일까요? 아니면 기업명 같기도 하고……. 아, 잠깐만요. 만약 이게 영어 b이면 '오신'이네요."

"오신? 오싱보다 말이 좀 되네. 오신에 대해 아는 게 있어요?"

"아뇨, 저도 처음 들어요. 혹시 요정 모임에 대한 첩보를 넘긴 그 사람 아닐까요? 그가 누군지 아십니까?"

서 경위는 고개를 가로저으며 말했다.

"나도 누구인지 몰라요. 이 경위에게도 말하지 않았죠?"

"네. 말씀 없으셨어요. 첩보를 제공한 그 사람을 찾는 게 중요할 것 같아요."

서 경위는 고개를 끄덕이며 물었다.

"그런데 그 암호는 뭐예요? 반장님하고 둘만 아는 암호인 거예요?"

"아닙니다. 이건 제 사수가 알려 준 사건 기록 방법이에요."

"그래요? 그런데 반장님이 왜 그 암호로 메시지를 남겼을까요?"

"예전에 제 사건 기록 노트를 보시고 뭔지 물어보셔서 알려 드렸더니, 금방 익히셔서 가끔 그 암호로 문자를 보내고는 하셨어요. 아마 남들이 쉽게 알아볼 수 없게 암호로 다잉 메시지를 남기신 것 같아요."

"그럼 '오신'이라는 사람이 반장님을 살해한 범인일 가능성이 높겠네요. 잘됐어요. 단서를 찾았으니 이 사실을 빨리 윗선에 보고드리고 수사를……."

"그건 안 됩니다."

"뭐라고요? 왜요?"

"일단 이번 수사를 맡고 있는 강남서 수사 결과를 지켜보시죠. 괜히 서 경위님도 위험하실 수 있을 것 같습니다."

"뭐예요? 내부에 간자라도 있다는 말인가요?"

"확실한 건 결과 보고를 보면 알겠죠. 이 사건을 그냥 단순 자살 사건으로 종결하는지, 아니면 타살로 전환해 수사를 재개할지 일단 지켜보시죠. 그 후에 어떻게 할지 결정하셔도 될 듯합니다. 그전까지 '오신'이 뭔지 찾는 게 좋겠습니다."

"알겠어요. 그렇게 하죠."

"저도 돕겠습니다."

서 경위는 이 경위를 보며 고개를 끄덕였다.

현재. 본부 살인사건 D-1

한 검사는 주일 빌딩 근처에 차를 주차했다. 팀원들이 모두 집결할 때까지 기다리는 중이었다. 남 순경은 더는 기다리지 못하고 입을 열었다.

"검사님, 더 기다리다 놓치고 맙니다. 안으로 들어가서 살인범을 잡으시죠. 분명 그자가 주명근이 맞을 거예요."

"알아요. 하지만 저기 보세요. 경호원이 한둘이 아니에요. 저들을 뚫고 들어가는 건 불가능해요. 팀원들이 오면 함께 의논해 보죠."

"그사이 다른 곳으로 도망갈 수 있잖아요. 영장 없이 건물을 수색할 수 있는 것도 아니고, 지금 들어가서 증거를 확보하시죠."

"무리하게 들어가다 실패하면 우리만 그들에게 노출되는 꼴이라고요."

그때 휴대폰 진동 소리가 울렸다.

"잠시만요. 경감님 전화네요."

한 검사는 스피커 폰으로 전화를 받았다.

"도 경감님, 지금 어디쯤 오고 계세요?"

"검사님, 최 경위와 안 경위가 살인범에게 일격을 당했습니다. 생명에 지장은 없지만 모두 기절해 있는 상태로 발견돼 지금 병원으로 이송 중입니다."

한 검사와 남 순경은 충격에 빠진 듯 아무 말 없이 마주보기만 했다. 한 검사는 휘둥그레진 눈을 깜빡이며 머리를 흔들었다.

"기절했다고요? 괜찮은 건가요?"

"가볍게 외상을 입었지만 생명엔 지장 없으니 걱정 않으셔도 됩니다. 그런데 나 경사가 어디 있는지 연락이 안 돼 걱정입니다."

"나 경사님도요? 이런. 경감님, 일단 병원에 도착하시면 경과 보고 연락 주시겠어요."

"알겠습니다, 검사님."

"경감님, 남 순경입니다. 이곳으로 올 지원팀은 없는 건가요?"

"그래요, 현재로는……. 검사님, 이번은 여기서 멈추시죠. 피해자가 생기지 않는 걸로 만족하는 게 좋겠습니다. 다음에 잡을 기회가 있지 않겠습니까?"

"경감님……."

한 검사는 남 순경을 쳐다봤다.

"남 순경과 검사님만으로는 무리입니다."

"그건 알지만……."

"남 순경, 듣고 있나요? 검사님 모시고 본부로 복귀해요. 알았습니까?"

남 순경은 휴대폰 앞으로 얼굴을 내밀며 말했다.

"알겠습니다, 경감님."

"그럼 끊습니다."

전화가 끊기고 두 사람 사이에 잠시 정적이 흘렀다. 남 순경은 한 검사의 눈치를 살피다 조심스레 입을 열었다.

"검사님, 저희라도 들어가시죠."

"네? 방금 경감님 말씀 못 들었어요?"

"들었죠. 하지만 이번이 아니면 영영 못 잡을 수도 있다고요."

"다음에……."

"살인범은 이제 우리 정체를 모두 알게 됐어요. 형사님들이 그들에게 당했다고 하잖아요. 다음은 없을 수도 있다고요. 우리라도 그자를 체포해야 하지 않을까요? 네?"

"들어갈 수나 있을까요?"

"제가 생각한 게 하나 있는데 이 방법은 어떨까요?"

남 순경은 한 검사에게 주차장 안으로 진입할 방법을 설명했다.

"그게 가능할까요? 그것보다 괜찮겠어요?"

"저는 괜찮아요. 검사님, 한번 해 보시죠. 여기서 그냥 포기하는 것보다는 계획대로 되면 좋은 거 아닌가요?"

"음……. 그래도 혼자는 위험할 텐데요."

"다음에 잡을 수 있다는 보장도 없잖아요. 마지막 기회일 수도 있다고요."

"그래도……. 알겠어요, 그럼."

한 검사는 차를 몰아 주일 빌딩 주차장 입구로 이동했다. 차가 주차장 출입구 차단기 앞에 서자 검은 정장 차림의 경호원이 나왔다.

"무슨 일로 오셨습니까?"

한 검사는 차 문 유리를 내리고 검찰증을 내보이며 말했다.

"서울지검 한 검사라고 합니다."

경호원은 허리를 굽혀 인사했다.

"아! 안녕하십니까, 검사님."

"사장님을 뵈러 왔으니 차단기 좀 올려 주시죠."

"잠시만 기다려 주시겠습니까? 금방 확인하고 보내 드리겠습니다."

"약속 시간에 늦겠어요. 빨리 들여보내 주시겠어요."

경호원은 서둘러 주머니에서 무전기를 꺼내 누군가에게 무전을 보냈다.

"여기 한 검사…… 검사님, 성함이 정확히 어떻게 되십니까?"

"정말 시간 없다니까요. 한서율 검사예요."

"서울지검 한서율 검사님이라고 사장님을 뵈러 오셨다고 하니 확인해 봐."

"저기요. 그냥 차단기 올려요."

"죄송합니다. 잠시만 기다려 주십시오, 검사님."

"아니, 제가…… 어? 어어!"

그때, 갑자기 차가 급발진하며 주차장 안으로 돌진했다. 차단기를 들이받아 박살을 내고 더 안으로 들어간 후에야 겨우 멈춰 섰다. 한 검사는 어리둥절한 표정으로 창문 밖으로 얼굴을 내밀었다.

"미안해요. 내가 그런 게…… 어! 또 이러……."

한 검사가 말을 마치기도 전에 차는 또다시 굉음을 내며 앞으로 급발진해 들어갔다. 경호원은 당황한 눈빛으로 잠시 상황을 지켜보다 차를 뒤따라가면 무전을 보냈다.

"주차장 입구로 차량 한 대가 무단으로 진입한다. 차량 급발진 사고로 보인다. 검사님이 타고 계시니까 다른 요원들에게 주의하라고 전하고, 어떻게든 빨리 차 세워!"

한 검사의 차는 점점 속도를 높이며 지하 주차장 안으로 내달렸다. 지하 주차장을 지키고 있던 경호원들도 굉음 소리에 놀라 뛰쳐나왔다. 차는 멈췄다 달리기를 반복하며 지하 주차장을 한 바퀴 쭉 돌아서야 겨우 멈춰 섰다.

경호원들은 차에 다가가지 못하고 뒤를 졸졸 따라다니며 지켜볼 수밖에 없었다. 차가 완전히 멈춰 서자 한 경호원이 서둘러 차 문을 열고 안을 살폈다.

"괜찮으십니까?"

"어어, 죄송해요. 괜찮아요. 이제야 차가 멈췄네요."

"차 키를 빼시죠, 빨리."

"아! 알았어요."

한 검사는 기어를 파킹으로 옮기고 차 키를 뺐다.

"어디 다치지는 않으셨습니까?"

"저는 괜찮아요. 근데 어쩌죠? 차단기가 파손돼서……. 그건 제가 보상해 드릴게요. 걱정 마세요."

"아닙니다. 우선 차에서 내리십시오. 차는 저희가 안전하게 주차한 후에 서비스 센터에 맡기겠습니다."

"정말요? 그렇게 해 주시면 감사하죠."

한 검사는 차에서 내려 주위를 둘러보았다. 그때 또 다른 경호원이 한 검사에게 다가와 말했다.

"검사님, 제가 안내하겠습니다. 따라오시죠."

"어디로요?"

"사장님 뵈러 오셨다고 하지 않으셨습니까?"

"아! 그렇죠."

"사장님이 정중히 잘 모시고 오라고 당부하셨습니다."

"주필상…… 사장님이요?"

"네, 검사님. 저를 따라오시죠."

한 검사는 고개를 살짝 갸우뚱하며 경호원을 뒤따랐다.

제8화

그들의 재회

경호원을 뒤따라가는 한서율 검사를 남시보 순경은 주차된 차
들 사이에 숨어서 지켜보고 있었다.

조금 전 주일 빌딩 앞 차 안

남 순경의 계획을 들은 한 검사가 고개를 갸웃하며 물었다.

"그게 가능할까요?"

"검사들이 자주 출입한다고 하니 혹시 모르잖아요. 바로 들어
갈 수 있을지."

"괜히 우리가 이곳에 왔다는 것만 알리는 게 아닐까요?"

"이미 그들은 우리의 정체를 알고 있어요. 그러니 시도해 보
시죠. 그게 안 되면 그냥 밀고 들어가든지요."

"그냥 밀고 들어가자고요? 그럼 문제가 더 커질 텐데요."

"문제가 안 되는 방법을 써야죠."

"그게 뭔데요?"

남 순경은 운전 미숙이나 차량 급발진으로 보이도록 해 차단기를 부수고 들어가자고 했다. 그 후 경호원들이 보이지 않는 곳에서 몰래 내려 잠입하겠다는 것이었다.

"그래요, 좋아요. 그렇게 들어갔다고 해요. 하지만 혼자 괜찮겠어요? 안 경위님과 최 경위님도 그들에게 당했다잖아요. 그들은 혼자가 아니라고요. 남 순경님 혼자서는 너무 위험해요."

"아마 지금은 주명근 혼자일 거예요. 그러니 더 빨리 움직여야죠. 공범이 이곳으로 오기 전에 잡아야 한다고요. 제가 잡아서 그자 차로 빌딩을 빠져나올게요."

"다른 방법을 찾아보죠. 이 작전은 너무 위험해요."

"그럼 주명근이 있는지만 확인하고 연락드릴게요. 그때 경찰들이 진입해 잡는 거죠. 과장님께 부탁드리면 될 것 같은데, 어떠세요?"

남 순경은 간절한 눈빛으로 한 검사를 바라봤다.

"알았어요. 그렇게 해요. 대신, 정말 주명근이 있는지만 확인하는 거예요. 잡는 건 지원팀이 도착하면 그때 해도 되니까 무리하지 말고요. 알았죠? 약속해요."

"넵. 그럴게요."

"미리 요청드리고 움직이죠."

남 순경은 차가 잠시 멈췄을 때 뒷좌석에서 몰래 내려 주차된 차들 사이로 숨어들었다. 그리고 차량 통로를 통해 가건물이 있는 지하 3층으로 내려갔다.

지하 3층으로 들어서자 가건물 앞에 빨간색 BMW 차량이 보였다. 차량 번호를 보니 용의 차량이었다. 남 순경은 조심스럽게 차에 접근했다. 차 안에는 아무도 없었다. 남 순경은 차 문이 열리는지 확인하기 위해 조심히 문손잡이를 잡아당겼다.

철컥!

문이 열렸다. 살며시 문을 열어 안을 살피던 그때, 어디선가 둔탁한 소리가 들렸다. 남 순경은 급히 차 문을 닫고 몸을 숙였다. 그리고 천천히 고개를 들어 주위를 살폈다. 가건물 철문이 열리는 소리였다.

그곳에서 나온 사람은 다름 아닌 주명근이었다. 초자연 현상에서 봤던 그때 옷차림은 아니었다. 비니도 쓰고 있지 않았다. 남 순경은 바로 주명근에게 달려갔다.

"주명근 씨!"

"어! 뭐야?"

주명근은 깜짝 놀라며 뒤돌아봤다.

"당신 뭐야? 여기 어떻게 들어온 거야?"

남 순경은 가까이 다가가며 물었다.

"주명근 씨 되십니까?"

"너 뭐냐고? 날 어떻게 알아?"

남 순경은 주명근의 팔을 잡아채며 재빨리 손목에 수갑을 채웠다.

"지금 뭐 하는 거야?"

"가만히 계세요."

주명근이 손을 뿌리치려 하자, 남 순경은 주명근의 팔을 꺾어 수갑을 마저 채웠다.

"왜 이러는 거냐고?"

"주명근 씨, 연쇄 살인사건 용의자로 긴급체포합니다. 묵비권을 행사할 수 있고 변호사를 선임할 수 있으며, 지금부터 하는 모든 말은 법정에서 불리한 증거로 사용될 수 있습니다."

"아으! 젠장! 여기서 날 체포하겠다고?"

"다 끝났어요. 이제 저랑 가시죠."

"그래! 여기서 나갈 수 있는지 어디 마음대로 해 봐!"

남 순경은 증거물을 찾기 위해 주명근을 끌고 가건물로 향했다.

"어디 가는 거야? 경찰서에 가자며?"

"조용히 하고 따라오세요."

"너 같으면 이 상황에서 조용할 수 있겠어?"

"아……. 계속 반말이네. 흉기 어디에 숨겼어?"

주명근은 비웃듯 크게 웃으며 남 순경을 노려봤다.

"웃기네. 그걸 나한테 물어보는 거야?"

"그래. 알았으니까 입 다물고 따라와."

남 순경은 주명근의 팔을 잡아끌며 가건물 안으로 들어갔다. 안은 캄캄해 아무것도 보이지 않았다. 스위치를 찾아 불을 켜

자, 스산할 정도로 텅 빈 공간엔 금고 하나만이 덩그러니 놓여
있었다.

"뭐야. 저거 하나야?"

"뭐가? 빨리 경찰서에 가자니까! 여긴 왜 들어오고 난리야!"

주명근은 소리치며 밖으로 나가려 했다. 남 순경은 그런 주명
근의 뒷덜미를 잡아채 금고 앞까지 강제로 끌고 갔다.

"지금 뭐 하는 거야? 경찰이 이래도 되는 거야?"

"조용히 좀 하라고 했잖아."

금고는 잠겨 있었다.

"번호가 뭐야?"

"그걸 내가 어떻게 알아?"

"이런 식으로 나올 거야?"

"……."

"좋아."

남 순경은 주명근의 다리를 걸어 무릎을 꿇렸다.

"젠장! 너 자꾸 나한테 이러면 큰일 난다."

"큰일은 네가 날 것 같은데. 입 다물고 있어."

남 순경은 휴대폰을 꺼내 한 검사에게 전화를 걸었다. 하지만
통화 연결이 되지 않아, 카메라로 주명근을 찍어 문자로 보냈다.

"사진은 왜 찍어?"

"조용하라고!"

남 순경은 금고 문을 부술 만한 것을 찾기 위해 가건물 안을
살폈다. 그때, 들어왔던 문 옆으로 누군가 벽에 기댄 채 앉아 있

는 것이 보였다. 남 순경은 화들짝 놀라며 뒤로 살짝 물러섰다.

"어우! 뭐야……."

덩달아 주명근도 깜짝 놀라며 남 순경을 째려봤다.

"깜짝이야! 왜 소리 지르고 난리야? 놀랐잖아."

"뭐야. 언제부터 저기에 있었던 거야?"

"뭐라는 거야? 씨……."

남 순경은 투덜대는 주명근을 노려봤다.

"조용히 좀 해. 넌 몰라도 돼."

남 순경은 천천히 문 앞으로 다가갔다.

"야! 어디 가? 갈 거면 수갑이나 풀어 주고 가, 새끼야!"

갑자기 나타난 것을 봤을 때 시체 환영인 듯했다. 붉게 물든 와이셔츠가 제일 먼저 눈에 들어왔다. 시체 환영과 가까워졌을 때, 남 순경은 그가 누구인지 단번에 알아볼 수 있었다.

"뭐야? 여기서 죽는 거야?"

밀폐되고 텅 빈 공간이어서 작은 소리도 크게 울려 퍼졌다.

"뭐라고? 죽어? 누가? 날 죽이려는 거야? 너 뭐야? 경찰 아니었어? 너 혹시 아빠가 보낸 놈이냐? 아니면 악령이 보낸 거야? 그런 거야? 아니야. 아직 기회가 있다고. 악령에게 가서 말해. 나한테 기회를 한 번만 달라고. 응?"

남 순경은 헛소리를 내뱉는 주명근을 아무 말 없이 지켜만 봤다.

"아니……. 한 번 실수한 걸 가지고 그러면 안 되지. 안 그래? 아니, 안 그렇습니까? 내일이라도 당장 제물을 바치겠습니다.

그러니 제발 한 번만 더 기회를 주세요. 잘못했습니다. 제가 좀 더 신중했어야 했는데 놈들이 어떻게 알고……. 저기, 악령님께 잘 좀 얘기해 주세요. 네? 제발요.”

주명근은 무릎을 꿇은 채 벌벌 떨며 애원했다. 남 순경은 그런 주명근을 무시하고 시체의 눈을 살폈다. 순간 눈을 파르르 떨던 남 순경은 천장을 보며 고개를 좌우로 흔들더니, 다시 허리를 굽혀 시체의 눈을 살폈다.

“거기서 뭐 하시는 겁니까? 내 말 듣고 있는 거예요? 제발 악령님께 잘 좀 말씀해 주세요. 다시는 실수 안 한다고요. 네? 아니면 지금이라도 당장 가서 제물을 바칠 테니 살려만 주십시오. 네? 제발…… 제발 부탁드립니다.”

남 순경은 다시 주명근을 쳐다보며 말했다.

“주명근, 살고 싶으면 저 금고 문 열어.”

“그럼 살려 주실 겁니까?”

벌벌 떨며 말하던 주명근은 갑자기 눈을 매섭게 뜨고 남 순경을 째려봤다.

“당신 정체가 뭐야? 경찰이야? 아빠가 보낸 놈이야? 정말 악령이 보낸 거냐고?”

“뭐였으면 좋겠는데?”

“장난해?”

“장난 아닌데. 살고 싶으면 금고 열라고.”

주명근의 매서웠던 눈빛은 금세 애절한 눈빛으로 바뀌어 있었다.

"정말 살려 주실 겁니까?"

"그래, 살려 줄게."

"고맙습니다. 정말 고맙습니다. 1212입니다."

"뭐야? 그렇게 쉬운 번호를……."

남 순경은 바로 금고 문을 열었다. 안에는 옷가지와 비니, 고글이 들어 있었다. 그리고 별 문양 틀이 있는 쇳덩어리가 보였다. 남 순경은 옷소매로 쇳덩어리를 쥐어 상의 주머니에 넣었다. 무게가 꽤 되는 탓에 주머니가 아래로 축 늘어졌다.

"이제 나가자."

"살려 주신다면서요? 이제 이 수갑 좀 풀어 주시죠."

"살려 준다고 했지 누가 풀어 준다고 했어?"

"뭐야? 당신 경찰이야?"

"내가 너 살려 준다고. 내 말만 잘 들어."

남 순경은 주명근의 귀에 가까이 대고 무어라 속삭였다. 그 말을 들은 주명근은 눈이 휘둥그레지며 남 순경을 쳐다봤다.

"뭐라고? 미친 새끼. 뭐라는 거야?"

"미친 새끼가 아니야. 내가 살려 준다고 했잖아. 걱정 말라고 해 준 말이야."

"네가 뭔데? 너 도대체 뭐야? 네가 뭔데…… 아! 악령이십니까? 드디어 모습을 드러내신 겁니까? 죄송합니다. 제가 어떻게든 빠른 시일 내에 제물을 올리겠습니다. 시간을 좀 더 주시면……."

"시끄럽다. 이제 조용히 가자."

그때 가건물 밖에서 차가 들어오는 소리가 들렸다. 남 순경은 검지로 입을 가리며 말했다.

"조용해, 살고 싶으면. 알았어?"

주명근은 입술을 꾹 다물고 고개를 끄덕였다. 남 순경은 문으로 다가가 바깥 소리에 귀를 기울이며 전등 스위치를 내렸다. 순간 가건물 안은 암흑으로 바뀌었다. 그때, 정체를 알 수 없는 발걸음 소리가 점점 더 크게 들려왔다.

똑똑똑!

똑똑똑!

"들어와요."

문이 열리고 한서율 검사가 들어왔다.

"어서 오십시오, 검사님."

"안녕하세요."

"여기 앉으십시오."

주필상은 소파에 앉으며 인터폰으로 차를 들여보내라고 지시했다. 한 검사는 방을 둘러보며 쭈뼛쭈뼛 서 있었다.

"그렇게 서 있지 마시고 여기 앉으세요, 검사님."

한 검사는 그제야 소파에 앉았다.

"그런데 무슨 일로 이른 아침부터 저를 다 찾아오셨습니까?"

"살인 용의자가 이 건물에 숨어들어 협조 요청을 드리려고 왔습니다."

"살인 용의자요? 정말입니까? 그러면야 제가 도와 드려야죠. 그런데…… 빌딩에 살인 용의자가 있다는 소문이 돌면 그게 좀……."

"아무도 모르게 조용히 수색할 테니 그건 걱정 마시고요."

"그래요. 그럼 제가 어떻게 도와 드리면 될까요?"

"빌딩 안으로 경찰들이 들어올 수 있도록 협조해 주시면 됩니다."

"설마 빌딩 전 층을 수색한다고 하는 건 아니시겠죠?"

"그러면 좀 곤란할까요?"

"왜 이러십니까? 다 아는 처지에. 저희 영업에 지장 없이 해 주셔야 저희도 협조해 드릴 수 있지 않겠습니까?"

"그렇죠? 알겠습니다. 그렇게 하죠. 그럼 이만……."

한 검사는 서둘러 자리에서 일어났다.

"뭐가 그렇게 급하십니까? 차라도 드시고 가시죠. 어, 마침 들어오네요."

노크 소리와 함께 문이 열리고 비서가 차를 들고 들어왔다.

"아닙니다. 바로 좀……."

주필상의 얼굴이 갑자기 굳어지며 한 검사를 날카로운 눈초리로 올려다봤다.

"한서율 검사님, 앉으시죠."

"네?"

"잠깐 앉으시죠."

일그러져 있던 주필상의 얼굴이 한순간 미소 띤 표정으로 바뀌었다.

"무슨 하실 말씀이라도 있으신가요?"

"잠깐 시간 좀 내주시죠."

한 검사는 다시 몸을 앉혔고, 비서는 찻잔을 내려놓은 뒤 밖으로 나갔다.

"자, 드시죠."

"괜찮습니다. 어서 말씀하시죠."

"그럴까요? 어떻게, 대검으로 가시기로 하신 겁니까?"

"무슨 말씀……."

"아직 얘기 못 들으셨습니까?"

"뭐죠? 그걸 어떻게 아셨죠?"

"들으셨군요. 축하드립니다. 통영에서 대검으로 가시는 게 어디 보통 일입니까? 안 그렇습니까?"

"그걸 주필상 씨가 어떻게 알고 있는지 물었는데요."

"검사님, 명색이 사장입니다. 주 사장이라고 불러 주십시오. 그리고 아직 저에 대해 잘 모르시나 봅니다. 서울지검에 계시면서 저에 대해 못 들어 보셨습니까? 제가 검찰 쪽 정보는 꽉 쥐고 있다고 소문이 자자할 텐데요."

주필상은 양손으로 소파를 내려치며 크게 웃음을 터뜨렸다.

"혹시 직접 청탁을 하신 건가요?"

"아이고, 이제야 좀 알아들으시네요. 청탁은 아니고 작은 청을 드린 거죠."

"왜죠?"

"왜긴요? 일 잘하시는 검사님이 좌천되신다고 하니 제가 다 안타까워 그런 거 아니겠습니까?"

"그게 지금 말이……."

"그렇죠, 그렇죠. 말이 안 되죠?"

주필상은 그렇게 말하고는 능글맞은 웃음을 보이며 말을 이어 갔다.

"죄송합니다. 농 좀 했습니다. 사실은 저희 아들 문제로 그런 거 아니겠습니까. 잘 아시지 않습니까?"

"결국 그거였군요. 알고 계셨던 거군요."

"알고 있다니요? 뭘 말입니까? 단지, 연쇄 살인범이 잡혔다고 하는데 죄 없는 우리 아들놈을 계속 쫓고 계신다고 하니 말씀드린 겁니다. 그것뿐입니까? 쓸데없이 저를 계속 사찰하고 계시니 제가 일이 손에 잡혀야 말이지요."

"그래서 저를 대검에 꽂아 넣고 수사를 방해하려 하신 건가요?"

"말하자면 그렇죠. 누이 좋고 매부 좋은 거 아니겠습니까? 대검에서 경력 쌓고 쭉쭉 올라가셔야 하지 않겠습니까? 저도 숨 좀 쉬고 말입니다."

"이걸 어쩌죠? 저는 대검에 못…… 잠시만요."

한 검사의 외투에서 휴대폰 진동이 울렸다. 한 검사는 휴대폰을 꺼내 확인하고는 바로 어딘가로 문자를 보낸 뒤 다시 말을 이었다.

"하던 얘기 마저 끝내시죠. 전 대검에 가지 않기로 했어요."

"무슨 말씀입니까? 대검에 가지 않겠다니요? 왜 들어온 복을 발로 차십니까?"

"그게 복인지 독인지는 알 수 없죠."

"독이요? 에이, 뭐가 그리 겁나십니까? 다들 그렇게 자리 하나씩 차고 앉아 있는 거 아니겠습니까? 다 아시면서."

주필상은 능청스럽게 웃어 보였다.

"그러게 말이에요. 언젠가는 피를 토하고 후회하는 날이 오지 않겠어요. 무섭지 않으신가요?"

"뭐가 말입니까?"

"돈으로 검찰을 쥐락펴락하는 것 같은데…… 그게 결국 부메랑이 돼 당신 목을 치게 될 거라는 걸요."

"목이 날아간다? 그럼 제 목만 날아가겠습니까? 이쪽 룰을 제대로 모르시는 것 같은데 아직 늦지 않았습니다. 어서 눈을 크게 뜨고 보세요. 대검이라는 큰물에 가서 제대로 느껴 보시면 아시게 될 겁니다."

주필상은 또다시 고개를 뒤로 젖히며 크게 웃었다.

"그런 룰이라면 모르는 게 낫겠네요. 그럼 이만 일어나 봐도 될까요?"

"한서율 검사님, 후회하실 겁니다. 기회가 왔을 때 잡으셔야죠. 기회를 놓치면 다음이라는 건 없어요. 바로 나락입니다, 나락. 그걸 아셔야죠."

"주필상 씨도 제게 협박을 하시는 건가요?"

"누가 또 그런 얘기를 했나 보죠? 협박이 아니라 걱정이 돼 말씀드리는 겁니다."

"걱정은 제가 아니라 주필상 씨가 하셔야 할 듯한데요. 그럼."

한 검사는 일어나 가볍게 목례하고 밖으로 나갔다. 주필상은 쓴웃음을 지으며 그녀의 뒷모습을 끝까지 지켜봤다.

"이사님, 여기 계십니까?"

똑똑!

오 실장은 다시 한번 노크했다.

"이사님, 들어가겠습니다."

오 실장은 문을 열고 들어와 전등 스위치를 켰다. 그 순간, 앉아 있던 남 순경이 튀어 오르듯 일어서 주먹을 날렸다. 오 실장은 갑자기 날아온 주먹을 재빠르게 한 손으로 제압한 뒤 남 순경의 배를 무릎으로 가격했다. 남 순경은 허리를 숙이며 뒷걸음치다 넘어졌고, 오 실장은 다시 남 순경에게 달려들어 발로 얼굴을 내리쳤다. 얼굴을 정통으로 맞은 남 순경은 옆으로 구르며 정신을 잃었다. 멍하니 지켜보고 있던 주명근은 남시보가 나가 떨어진 것을 확인한 후에야 황급히 오 실장에게 뛰어왔다.

"형! 이제 오면 어떡해?"

"죄송합니다. 괜찮으십니까?"

"어. 괜찮아, 난."

오 실장은 남 순경의 주머니에서 열쇠를 꺼내 수갑을 풀어 주었다.

"빨리 이곳에서 피하셔야 할 것 같습니다. 올라가셔서 간단히 짐을 챙기고 계십시오. 금방 따라 올라가겠습니다."

"어, 알았어. 형, 저 새끼 죽여 버려. 알았지? 꼭 죽여야 해. 저 자식이 내 인장을 봤단 말이야. 아악! 젠장!"

주명근은 남 순경을 손가락으로 가리키며 말하다, 남 순경 옆에 떨어져 있는 별 문양 쇳덩어리를 보고 그곳으로 달려갔다. 그리고 그것을 집어 들어 남 순경의 머리를 내리치려 했다.

"이사님! 안 됩니다!"

쇳덩어리를 치켜든 주명근은 고개를 휙 돌려 오 실장을 째려봤다.

"왜?"

"이곳에서 살인사건이 발생하면 사장님과 이사님이 더 곤란해지십니다. 제가 조용히 처리할 테니 일단 여기를 빨리 피하십시오."

"왜? 죽이고 바로 치우면 되잖아!"

"그럴 시간이 없습니다. 저자가 여기까지 들어온 걸 보면 다른 경찰들도 곧 이곳으로 올 겁니다."

"뭐야? 형은 이놈이 경찰인 줄 어떻게 안 거야?"

"그건 자리를 옮긴 다음에 말씀드릴 테니 빨리 움직이시죠. 여긴 제가 처리하겠습니다. 어서 올라가세요."

주명근은 고개를 끄덕이고 뛰쳐나갔다. 오 실장은 쓰러져 있는 남 순경을 들쳐 업고 밖으로 나왔다. BMW 차 뒷좌석에 남 순경을 밀어 넣고 운전석으로 가려는 그때, 차 한 대가 빠르게 오 실장을 향해 내달려왔다. 오 실장은 이상한 낌새를 느끼고 급히 운전석으로 뛰어가 올라타려 했지만, 갑자기 희뿌연 연기가 피어올라 순식간에 주변을 감싸기 시작했다. 누군가가 연막탄을 던진 것이다. 그 순간, 방독면을 쓴 자가 오 실장 앞에 불쑥 나타났다.

오 실장은 방독면을 쓴 자와 대치하며 격투를 벌였다. 하지만 숨을 제대로 쉴 수 없었던 오 실장은 그자에게 가슴과 얼굴을 여러 대 얻어맞고 그대로 주저앉아 버렸다.

그자는 오 실장이 쓰러진 것을 확인하고 남 순경에게 달려가 상태를 확인했다. 그사이 오 실장은 비틀거리며 달려가 비상계단으로 도망쳤다. 방독면을 쓴 자는 오 실장을 쫓지 않고, 남 순경을 차에 태워 주차장을 빠져나갔다.

비상계단을 통해 1층 로비로 올라온 오 실장은 곧장 엘리베이터로 뛰어갔다. 그때 마침 엘리베이터의 문이 열리고 안에서 한서율 검사가 내렸다. 오 실장은 한 검사를 힐끔 쳐다보며 엘리베이터에 올라탔다. 그때 한 검사가 오 실장을 향해 뒤돌아섰다.

"아저씨!"

오 실장은 아저씨라는 말에 한 검사를 빤히 쳐다봤다. 한 검사는 엘리베이터 문 사이로 손을 뻗어 닫히는 문을 다시 열었다.

"아저씨, 저예요. 한서율이요."

"한서율…… 한 형사님…… 딸?"

"맞아요. 한동탁 형사 딸 한서율이요."

"미안합니다. 제가 지금 약속이 있어서……."

한 검사는 지갑에서 명함을 꺼내 오 실장에게 건넸다.

"시간 되실 때 전화 부탁드려요."

"아……. 그래요."

그리고 엘리베이터 문이 다시 닫혔다. 오 실장은 한 검사가 준 명함을 확인했다.

"검사……."

오피스텔 현관문이 열리고 주명근이 헐레벌떡 안으로 뛰어들어왔다. 숨을 크게 몰아쉰 그는 문을 힐끔힐끔 보며 소파에 앉았다. 그러고는 머리를 박박 긁으며 좌우로 흔들더니, 손톱을 물어뜯으며 밖에서 들리는 작은 소음에도 깜짝깜짝 놀라기를 반복했다.

주명근은 갑자기 손바닥으로 머리를 내리치며 소파에서 일어났다. 거실을 횡설수설 왔다갔다 하며 중얼거리던 그때, 방에서 단발머리 남자가 나왔다.

"야! 정신 사납게 뭐 해?"

주명근은 그의 말에 대꾸하지 않고 계속 거실을 왔다갔다 하며 이상 행동을 보였다.

"야, 새끼야! 정신없다고!"

그가 버럭 소리를 치자 그제야 주명근은 그를 쳐다보았다.

"어! 뭐야? 너 여기까지 날 따라온 거야?"

"누가 따라와? 네가 날 부른 거지."

"내가? 내가 언제? 필요 없어! 당장 꺼져!"

"보기 좋다. 내가 이럴 줄 알았어. 너도 참 불쌍하다. 이제 어쩔 거냐?"

"몰라, 모른다고. 너까지 내 성질 돋우지 말고 꺼져!"

"그러니까 내가 말했잖아. 아빠가 악마라고. 언제까지 이럴 거야? 가장 빠른 방법이 있는데 왜 일을 더 어렵게 만드는 거냐고."

"너 정말 미쳤어? 아빠는 악령에 영혼을 빼앗겼을 뿐이라고. 내가 아빠 영혼을 되찾아 줄 거라고 했잖아. 그래서 이런 개고생을 하고 있는데 그걸 몰라서 그래? 도와주지 않을 거면 당장 나가. 꺼지라고, 새끼야!"

"미친……. 네가 미쳤지 내가 미쳤냐? 아빠가 진짜 악령이라고. 내가 얼마나 더 말해야 믿겠어? 왜 그걸 아직도 몰라? 네가 당한 걸 생각해 봐. 그게 인간이 할 짓이야? 그리고 잊었어?"

"뭘?"

"진짜 몰라?"

"내가 뭘 잊었다는 거야? 빨리 말해."

"엄마 말이야. 우리 엄마!"

그는 버럭 소리를 내질렀다.

"엄…… 마?"

"그래, 새끼야! 다 잊은 거야? 그날 이후 네가 이렇게 변했다고. 그래, 그날이었어."

"무슨 개소리야? 그게 무슨 소리냐고?"

주명근은 그에게 달려들어 멱살을 잡아 흔들었다. 그때 오피스텔 문이 열리는 소리가 들렸다. 주명근은 흠칫 놀라며 문 쪽을 바라봤다.

"이사님, 뭐 하고 계십니까? 아직 짐은 안 싸신 겁니까?"

주명근은 인상을 잔뜩 찌푸리며 오 실장에게 말했다.

"형, 이 자식 때문에 그래. 내가 뭘 해야 하나 생각하고 있었는데 이 새끼가 시비를 걸잖아."

"이사님, 그게 무슨 말씀입니까?"

"이 새끼 때문에 그랬다고!"

주명근은 손가락으로 앞을 가리키며 소리쳤다.

"누가 있다는 겁니까?"

"아니, 이 새끼…… 어, 어디 갔지?"

주명근이 고개를 돌렸을 때, 단발머리 남자는 이미 사라지고 없었다.

2005년 6월

따가운 햇볕이 내리쬐는 오후. 요정 앞에 차들이 줄줄이 들어서기 시작했다. 그중에는 채비로 경위와 채이돈 의원 차도 있었다. 그들을 미행한 이연우 경위와 서필감 경위는 멀리서 동태를 지켜보았다.

잠시 후 뉴 체어맨 한 대가 들어섰다. 운전기사가 내려 뒷좌석 문을 열었고, UK그룹의 심재철 회장이 옷매무새를 가다듬으며 안으로 들어갔다. 또 다른 체어맨 차량에서는 유명 기업의 유지명 사장이 차에서 내렸다. 유 사장은 곧바로 들어가지 않고 잠시 밖에서 누군가를 기다렸다.

얼마 지나지 않아 뉴 그랜저 차량이 들어왔고, 유 사장은 뒷좌석으로 달려가 문을 열었다. 그러고는 차에서 내리는 남자에게 깊이 허리 숙여 인사했다.

"오셨습니까, 영감."

"에이, 이럴 필요까진 없는데……."

뒤늦게 조수석에서 내린 수행 비서가 유 사장 뒤에 섰다.

"칠성아, 식사하고 여기서 대기하고 있으면 된다."

"알겠습니다, 어르신."

칠성은 머리 숙여 인사했다. 어르신이라고 불린 사람은 중수부 1과장 남철호 검사였다. 칠성은 남 검사가 대문 안으로 들어갈 때까지 머리를 숙인 채 있었고, 유 사장은 그를 뒤따랐다. 그 후 칠성은 운전석으로 가서 뭐라고 말하더니 어딘가로 걸어갔다.

차에서 이 상황을 지켜보던 이 경위가 차에서 내리려 하자, 서 경위가 서둘러 말리며 말했다.

"어디 가려고요?"

"저 사람 누군지 모르시겠어요?"

"무슨……."

한동탁 반장의 장례 절차가 모두 끝나고, 며칠 후 이연우 경위는 한 반장의 딸을 찾았다.

"서율아, 아버님이 돌아가시기 전에 특별히 기억에 남는 일은 없었니?"

서율은 눈을 깜박거리며 곰곰이 기억을 더듬었다.

"아저씨, 아빠가 돌아가시기 며칠 전에 집에 손님이 왔었어요."

"손님?"

"네. 그날 눈이 많이 내렸던 날이라 기억해요. 아빠 친구라고…… 아니, 후배라고 했어요."

"후배? 형사라고 그러셨어?"

"네, 그럴 거예요. 맞다. 장례식장에도 오셨어요."

"그래? 그 형사분 이름 기억나니?"

"이름이요? 이름이……."

서율은 그날을 떠올리는 듯 또 눈을 깜박거렸다.

"천천히 생각해. 괜찮아."

"아! 생각났어요. 오민석……. 집에 들어올 때 오민석이라고 했어요."

"서율이가 기억력이 참 좋네. 아주 똑똑하구나. 더 생각나는 건 없어? 아버지가 그 오민석이라는 형사하고 무슨 얘기 나눴는지 혹시 들었니?"

"아니요. 방에 들어가셔서 못 들었어요. 가끔 큰 소리가 나는 정도였어요."

"그래……. 그럼 오민석이라는 그 사람 얼굴은 기억하겠니?"

"네, 기억나요."

"그래? 잘됐다."

●

"오민석이에요. CCTV 화면에서 서율이가 오민석이라고 했던 그 사람 얼굴과 똑같아요."

"형사라고 하지 않았어요?"

"그러니까요. 직접 확인해 봐야겠어요."

"그자가 살인범일 수 있잖아요. 지금 나서는 건 위험해요."

서 경위는 그렇게 말하고는 이 경위의 어깨를 움켜잡았다.

"집까지 찾아와서 후배라고 딸에게 소개할 정도면 살인범은 아닐 겁니다. 그리고 장례식장도 왔었잖아요. 한 경감님 죽음에 대해 뭔가 알고 있을 것 같아서 그래요."

"그래도 이건 아닌 것 같은데……."

서 경위는 고개를 갸웃거리며 잡고 있던 이 경위의 어깨에서 손을 뗐다.

"여기서 지켜보고 계십시오. 저 혼자 만나고 오겠습니다."

"알았어요. 조심해요."

이 경위는 고개를 끄덕이며 차에서 내렸다.

●

오 실장은 주명근의 말을 무시하고 방으로 들어갔다.

"형, 정말이야. 방금까지 거실에 있었다고. 나한테 뭐라고 했는지 알아?"

오 실장은 아무 말 없이 주명근의 옷가지를 가방에 담았다.

"내 말 들어 봐. 아빠가 악마라고 했다고. 아빠만 없어지면 모든 게 다 해결된다고 하는 거야. 그 새끼 미친 거 아니야? 아무리 내 쌍둥이 동생이라고 하지만 너무 막 나가는 거 아니냐고. 형이 어떻게 좀 해 봐. 그러다 정말 그 미친……."

오 실장은 짐을 싸다 말고 주명근에게 언성을 높였다.

"이사님! 무슨 소리 하시는 겁니까? 저번에도 그러시더니……."

"내가 무슨 소리를 하긴? 내 말 못 알아들었어? 쌍둥이 동생 새끼가 진짜 그렇게 얘기했다니까! 그 자식은 미쳤다고!"

주명근이 오 실장의 귀에 대고 큰 소리로 말하자, 오 실장은 한 발짝 뒤로 물러나며 버럭 소리를 질렀다.

"주명근! 정신 차려! 너한테 무슨 동생이 있다는 거야?"

"뭐? 형, 미쳤어? 내가 형이라고 불러 주니까 이제 막 나가는 거야? 아니면 나 좀 살려 줬다고 지금 나한테 위세 부려?"

오 실장은 주명근에게 다가가 양어깨를 움켜잡으며 힘주어 말했다.

"이사님, 제 말 잘 들으십시오. 이사님한테는 쌍둥이 동생 같은 거 없습니다. 이사님은 외동아들이세요. 아시겠습니까?"

주명근은 오 실장의 손을 뿌리치며 헛웃음을 지으며 뒷걸음쳤다.

"무슨 소리야? 아이, 정색하면서 얘기해서 깜빡 속을 뻔했네. 농담하지 마. 재미없어. 방금 저기 거실에 있었다고. 화장실에 갔을 거야. 내가 가서 그 자식 데리고 올게. 그럼 내 말……."

오 실장은 방을 나가려는 주명근의 팔을 잡았다.

"이사님, 제발…… 아니, 알겠어요. 알겠으니까, 지금은 이럴 시간이 없습니다. 빨리 여길 피해야 합니다."

"어디로 갈 건데?"

"여기 말고 어디든 다른 곳으로 가야 합니다. 빨리요."

"알았어. 근데 나 어쩌면 좋지? 제물을 못 받쳤잖아. 나도 이제 악령에게 영혼을 뺏길지 몰라. 형이 나 좀 살려 줘라. 응? 형은 할 수 있지? 아니다. 이러지 말고 가서 지금이라도 제물을 바치자. 그래, 그래야겠다. 어서!"

오 실장은 잡고 있던 손을 더 꽉 쥐며 말했다.

"이사님, 안 됩니다. 이제 악령이니 제물이니 제발 그만하세요. 이러다 정말 위험합니다. 경찰이 코앞까지 와 있습니다. 여기서 잡히면 끝입니다. 빨리 지금이라도……."

주명근은 순간 눈빛이 달라지며 오 실장의 얼굴에 대고 나지막이 말했다.

"형, 그러고 보면 동생 말대로 아빠가 악령일지 모르겠어. 맞아. 이게 다 아빠 때문에 일어난 일이잖아. 그렇지? 그러니까 나 좀 도와줘라. 어?"

오 실장은 주명근의 양손을 움켜쥐며 애원하듯 쳐다봤다.

"이사님, 제발……. 악령 같은 건 없습니다. 그리고 사장님은 악령이 아니세요. 이사님 아버님이십니다. 사모님 때문에 이러시는 거면 그때 말씀드리지 않았습니까? 이사님을 버리고 간 게 아니라 돌아가셨다고요. 그러니 이제 악령이니 제물이니 그런 거 다 필요 없단 말입니다. 잠깐만 미국에 나갔다 돌아오시면 됩니다. 그땐 모든 게 다 정리되어 있을 겁니다."

주명근은 오 실장의 손을 뿌리치며 소리쳤다.

"정리가 된다고? 뭐가? 아, 내가 찾아보라고 했던 엄마 무덤은 찾았어?"

"네. 사장님이 납골당에 잘……."

"어디 납골당? 아니다. 거기로 가자, 형."

웅성거리는 소리가 들린다. 힘겹게 눈을 떴지만 보이는 거라고는 온통 시커먼 어둠뿐이었다. 그때 어디선가 희뿌연 연기가 피어오르는 것이 보였다. 누군가 내 이름을 부르며 흔들어 깨우는 게 느껴지는데……. 그럼 난 아직 깨어나지 못한 건가? 아니면 꿈을 꾸고 있는 걸까?

'시보야, 정신 좀 차려 봐.'

이 목소리는…… 설마…….

'괜찮은 거야? 일어나 봐, 남시보.'

분명…… 팀장님 목소리다.

'팀장님!'

'자식이 왜 이렇게 정신을 못 차리는 거야? 야! 남시보!'

'팀장님, 팀장님 맞으신 거예요?'

민 팀장은 내 목소리가 들리지 않는 듯했다. 날 흔들어 깨우는 사람은 분명 민우직 팀장이었다. 드디어 깨어나셨구나. 그랬구나.

'남시보, 일어나!'

"어! 팀장님!"

드디어 눈이 떠졌다. 눈앞엔 한서율 검사가 앉아 있었다.

"남 순경님, 괜찮아요?"

혹시나 하는 마음에 옆으로 고개를 돌렸지만, 서도경 총경이 나를 물끄러미 바라보고 있을 뿐이었다.

"팀장님은요? 팀장님 어디에 계세요? 분명히 저를……."

"남 순경님, 꿈꾸셨어요?"

"꿈이요? 그럼……."

서 총경이 내 팔에 살며시 손을 올리며 나지막한 목소리로 말했다.

"남시보 순경, 괜찮아요? 뭐라고 중얼거리더니 꿈속에 민 계장이 나왔나 보네요."

"아, 그런 거예요? 팀장님은 지금 중환자실에 계시잖아요."

"뭐……. 아……. 그렇죠. 제가 꿈을 꿨나 보네요."

절망의 효과일까. 이제야 꿈에서 깬 듯 몽롱했던 것이 사라졌다.

"정말 괜찮은 거죠? 조금만 늦었으면 큰일 날 뻔했어요. 무리하지 말라고 했잖아요."

한 검사는 미간을 찌푸리며 날 바라봤다. 내가 깨어난 곳은 병원이었다. 나는 응급실 병상에 누워 있는 상태였다. 내가 몸을 일으켜 앉자 서 총경은 내 손을 잡으며 말했다.

"남 순경, 괜찮으면 어찌된 일인지 말해 줄 수 있겠어요?"

"죄송합니다, 과장님. 주명근을 체포하고 증거물을 찾아 확보까지 했는데, 갑자기 주명근을 이사님이라고 부르는 자가 나타나 놓쳤습니다. 그자에게 맞은 것 같은데……."

맞은 턱이 갑자기 얼얼해 말을 잇지 못하고 손으로 매만졌다.

"문자로 온 사진은 봤어요. 이만해서 다행이에요. 그자가 남 순경을 어딘가로 끌고 가려 하는 걸 겨우 막았어요. 한 검사의 연락이 조금만 늦었어도 남 순경을 구하지 못했을 겁니다."

"결국 못 잡은 건가요?"

"그래요. 놓쳤어요."

"과장님이 절 구해 주신 건가요? 고마……."

"아니에요. 내가 아니고…… 경찰 특공대 윤진 경위 알죠?"

"네, 알죠. 그분이……. 죄송합니다, 과장님. 제가 괜히 나서서 더 일을 그르친 것 같아요."

"남 순경, 아니에요. 그런 생각 말아요."

"맞아요, 남 순경님. 이렇게 무사해서 얼마나 다행인지 몰라요."

"남 순경, 혹시 주명근을 도운 그자의 얼굴도 봤나요?"

"예, 과장님. 잠깐이었지만 눈이 분명 그자였어요."

"누굴 말하는 거죠?"

한 검사에게 고개를 돌리다 하마터면 그녀와 얼굴이 맞닿을 뻔했다.

"어머! 미안해요, 남 순경님."

얼굴이 발그레진 한 검사는 뒤로 살짝 물러났다.

"아니에요, 검사님."

나도 볼에 열이 오르는 것이 느껴져 괜히 고개를 돌렸다.

"남 순경, 말해 봐요. 그자가 누구예요?"

"아, A지점 피해자의 시체 눈에서 봤던 그자였어요. 눈썹과 눈 모양이 똑같았어요. 분명 살인범과 공범일 거예요. 주명근이 그를 형이라고 불렀거든요."

"형? 친형은 아닐 거예요."

서 총경의 말에 한 검사가 덧붙여 말했다.

"네, 맞아요. 주명근에게 친형제는 없으니까요. 주필상 측근이 아닐까 싶은데……. 우선 몽타주를 그려서 파악해 보죠."

내가 침대에서 발을 내리자, 한 검사가 팔을 잡으며 말했다.

"남 순경님, 좀 더 쉬어요."

"아니에요, 검사님. 이 정도는 괜찮아요. 최 형사님과 안 형사님은 어떠세요?"

"남 순경님처럼 잠깐 기절한 정도였어요. 벌써 현장에 복귀했는 걸요."

"다행이네요. 그럼 나 형사님도……."

"나상남 경사님도 무사해요. 자세한 건 가면서 얘기해 줄게요."

나는 곧장 링거 주삿바늘을 빼고 병상에서 내려왔다.

"난 경찰청으로 가 봐야 할 것 같아요. 몽타주 나오면 바로 보내 줘요."

"예, 과장님."

2005년 6월

도심 속, 짙은 초록 잎으로 가득한 숲길을 오민석이 걸어 내려가고 있다. 도로와 떨어진 한적한 숲길은 마치 깊은 산속인 듯 고요하고 아늑하게 느껴졌다. 이연우 경위는 오민석의 뒤를 조심스럽게 뒤따르고 있었다.

숲길이 끝나고 도로가 이어지는 곳에서 오민석은 걸음을 멈추고 뒤돌아섰다. 이 경위는 나무 뒤로 급히 몸을 숨겼다.

"무슨 일로 날 미행하는 거지?"

이 경위는 나가야 할지 말아야 할지 잠시 고민했다.

"내가 모를 줄 알았어? 그만 나오지."

하지만 확신에 찬 오민석의 말에 쭈뼛쭈뼛 나무 뒤에서 나올 수밖에 없었다.

"뭐야? 처음 보는 놈이네."

"미안합니다. 미행이 아니라 말을 걸려고 타이밍을 찾던 중이었어요."

"당신 누구야?"

"한동탁 경감님 사건에 대해 물어보려고 왔습니다."

오민석은 잠시 미간을 찌푸리더니 빠른 걸음으로 이 경위에게 다가갔다. 이 경위는 순간 움찔하며 뒷걸음쳤지만 오민석의 걸음이 더 빨랐다. 오민석은 이 경위의 팔을 잡고 숲속으로 끌고 들어가, 나무에 내팽개치듯 밀어붙였다.

"왜 이러는 겁니까?"

"조용!"

오민석은 주위를 두리번거리며 지나가는 사람이 있는지 살폈다.

"왜 그래요? 이것 좀 놓고 말하죠."

"당신 누구야? 한 형사님 일은 왜?"

"물어볼 게 있어 찾아왔습니다. 형사입니까?"

"형사? 누가 날 형사라고 해?"

"아니에요? 한동탁 경감님의 딸 알죠? 장례식장에도 왔었다면서요?"

"서율이?"

"그래요. 당신이 경감님 집에 찾아왔었다고 해서요. 후배라고……. 혹시 잠입수사 중인 겁니까?"

"잠입수사? 아니야, 그런 거. 한 형사님이 그냥 그렇게 말씀하신 거지."

"그럼 경찰이 아니라는 겁니까?"

"그래, 아니야. 그런데 그거 물어보러 여기까지 날 미행한 거야?"

"미행이 아니라니까요. 그날 한 경감님을 만나 무슨 얘기를 나눈 겁니까? 경감님이 자살한 걸로 알고 있지만……."

오민석은 이 경위의 말을 끊고 말했다.

"알아, 타살인 거."

"뭡니까? 타살인 줄 알고 있었습니까?"

"그래. 나도 누가 그랬는지 알아보는 중이야. 당신 경찰이야?"

"아! 미안합니다. 저는 동작 경찰서 이연우 형사라고 합니다. 형사가 아니면 뭐 하는 사람입니까? 검찰 수사관이에요?"

"그런 거 아니라고. 여기서 길게 말할 일은 아닌 것 같으니 연락처를 주면 내가 따로 연락하지."

"당신이 살인범이 아니라는 증거는……."

오민석은 이 경위의 가슴을 팔꿈치로 밀치며 나무에 밀어붙였다.

"내가 살인범이었으면 넌 이미 여기서 죽었어. 그게 내가 살인범이 아니라는 증거야."

"아흐, 알겠으니 이제 좀……."

오민석은 그제야 이 경위의 가슴에서 팔꿈치를 거뒀다.

"내가 살인범이라고 생각했으면 나한테 이렇게 접근하지도 않았겠지. 안 그래?"

"그래요, 아니라고 생각했지만 혹시나 해서 확인해 본 겁니다."

"그럼 확실히 아니라는 건 믿나?"

이 경위는 고개를 끄덕였다. 오민석은 그제야 휴대폰을 내밀었다.

"좋아. 연락처 여기에 찍어."

이 경위는 전화번호를 누르고 휴대폰을 다시 건넸다.

"가능하면 빨리 연락 부탁합니다."

"그러지. 그리고 미행하려면 앞으로 좀 더 신경 써야겠어. 티가 너무 나. 그러다 쥐도 새도 모르게 당한다고. 명심해."

"충고 고맙네요. 그럼."

이 경위는 가볍게 목례하고 숲길로 돌아갔다. 오민석은 잠시 이 경위를 지켜보다, 도로변으로 나와 길을 건넜다.

현재. 본부 살인사건 D-1, 주일 빌딩 살인사건 D-7

남시보 순경은 한서율 검사의 차를 타고 함께 이동 중이었다. 한 검사는 잠시 망설이다 남 순경을 힐끔 쳐다보며 물었다.

"갑자기 병원엔 왜요?"

"팀장님이 보고 싶어서요."

"꿈 때문에 그래요? 꿈에 나타나서?"

"맞아요. 꿈에서 저를 깨워 주셨거든요. 아니, 저를 구해 주셨죠. 그래서 팀장님이 깨어나신 줄 알았어요."

"깨어나셔도 병상에서 나오시려면 오래 걸리실 거예요. 알잖아요."

"그렇죠. 그런데 꿈이 너무 생생해서⋯⋯."

남 순경은 말끝을 흐리며 고개를 떨구었다.

"팀장님은 꼭 이겨 내셔서 건강한 모습으로 우리 곁에 나타나 실 거예요. 안 그래요?"

"당연하죠. 민우직 팀장님이신데요. 급한 상황인데 병원에 가 자는 제 부탁 들어주셔서 감사해요."

"아니에요. 사실 저도 면회는 처음이거든요."

"검사님도 겁나세요? 저는 팀장님을 보는 게 너무 겁이 나요. 감정 주체가 안 될까 봐 걱정이에요."

"저도 그래요."

"그렇죠? 나만 그런 게 아니죠. 힘들겠지만 그래도 오늘은 꼭 뵙고 싶어요."

남 순경은 작게 한숨을 내쉰 뒤 물었다.

"그런데 나 형사님은 어떻게 된 거예요? 마저 얘기해 주세요."

"아, 맞다. 얘기하다 말았죠. 공범과 맞닥뜨려 격투를 벌였나 봐요. 그때 휴대폰을 잃어버리고 무전기는 고장이 난 거죠. 나 경사님은 끝까지 공범을 뒤쫓다 결국 놓치고, 뒤늦게 나영석 경 위님과 합류했다고 했어요."

"그랬군요. 그럼 지금 다들 본부에 계신 건가요?"

"아니에요. 최 경위님과 안 경위님은 병원에서 퇴원하자마자 주일 빌딩으로 가셨어요. 아마 지금쯤 빌딩 안을 수색 중일 거 예요."

"압수수색 영장이 나온 건가요?"

"아니요. 주필상 씨가 동의해 줬어요."

"동의를 했다고요? 그럼 벌써 어딘가로 빼돌렸겠는데요."

"그랬을지도 모르죠. 그래도 수색은 해 봐야죠."

"지하 3층 가건물은······."

"그곳은 바로 수색했어요. 옷가지와 고글이 남아 있어서 지금쯤 감식 중에 있을 거예요."

"그럼 저희도 가서 도와야 하는 거 아닌가요?"

"우린 다른 일정이 있잖아요. 잠깐 들렀다 가는 거니까 괜찮아요. 팀장님 뵙고 가도 늦지 않을 거예요."

남 순경은 말없이 고개를 끄덕였다.

잠시 후 두 사람은 병원에 도착했다. 하지만 중환자실에 누워 있는 민 경정을 보니 도무지 오래 지켜볼 수가 없어 금방 걸음을 돌리고 말았다. 한 검사는 힘들어 보이는 남 순경을 걱정스럽게 바라보았다.

"남 순경님, 괜찮아요?"

"아니요. 너무 화가 나요. 도대체 누가 팀장님을 저렇게······."

손바닥에 주먹을 내리치며 울분을 토하는 남 순경의 손을 한 검사가 살며시 잡으며 말했다.

"꼭 우리 손으로 잡아요."

남 순경은 입술을 깨물며 고개를 끄덕였다.

"그런데 뭘 그렇게 자세히 살펴본 거예요?"

"아, 아니······ 아니에요. 그냥 걱정이 돼서······."

남 순경은 말을 얼버무리며 살짝 미소 지어 보였다.

"그럼 이제 갈까요?"

"네. 어서 가시죠."

해가 산등선에 걸친 초저녁. 도로를 따라 한적한 마을로 차 한 대가 들어섰다. 마을을 지나 붉은 노을빛이 내리는 숲길로 들어선 차는 별장 앞에 조용히 멈춰 섰다. 차 뒷좌석에서 내린 주필상은 주변을 쭉 둘러본 뒤 별장 안으로 들어갔다.

별장 본채에는 대검찰청 형사부 과장 엄기동 검사와 장수철 부부장검사가 술을 마시고 있었다.

"이제 오는 거예요?"

"아이고, 영감. 갑자기 일이 생겨서 조금 늦었습니다."

"그래요, 그럴 수 있죠. 이리 와 앉아요."

주필상은 장수철 검사를 힐끔 쳐다봤다.

"장 프로도 계셨습니다?"

"그래요. 장 프로도 같이 왔어요. 그거 좀 앉으라니까."

장 검사는 주필상에게 가볍게 목례했다. 하지만 주필상는 쳐다보지도 않고 자리에 앉았다.

"영감, 오늘은 어르신을 뵐 수 있는 겁니까?"

"그거야 오셔야 아는 거니 장담은 못 합니다."

"참……. 어르신 뵙기가 이리도 어려워서야, 원."

장 검사는 미간을 좁히며 주필상을 쏘아봤다.

"이봐요, 주 사장. 말을 가려 하세요."

"아니야, 장 프로. 주 사장이 안달이 날 만도 하지. 안 그래요?"

주필상은 장 검사를 힐끔 쳐다보며 피식 웃음 짓다, 엄 검사에게는 환히 미소 지으며 말했다.

"영감은 역시 제 마음을 알아주시네요. 제가 얼마나 노력하고 있는지 알고 계시죠?"

"그럼 알죠. 알다마다요. 그러니 너무 상심 말아요."

"이번에 클럽 멤버가 된 걸 어르신은 알고 계십니까?"

"그럼요. 보고드렸어요."

"감사합니다, 영감. 그리고 이번에 클럽에서 직을 하나 맡게 됐습니다. 저보고 후원 멤버들을 모아 보라고 하지 뭡니까? 후원 회장직을 맡아 달라고."

"그거, 정치 자금을 모아 오라는 소리 같군요."

"그렇죠? 바로 알아들으시네요."

엄 검사와 주필상의 대화에 장 검사가 끼어들어 말했다.

"선거가 얼마 남지 않았으니 그들도 똥줄이 탈 겁니다."

엄 검사는 그런 장 검사를 힐끔 쳐다보고 말을 이어 갔다.

"여론이 한쪽으로 많이 기울어졌으니 더 그렇겠죠."

"맞는 말씀입니다. 그런데 영감, 뭔가 낌새가 안 좋습니다. 클럽 멤버라고 하지만 왠지 저를 따돌린다는 느낌이 들어서 말이죠."

"뭐예요? 눈치를 챈 겁니까?"

"그건 아닌 것 같습니다. 그랬다면 저를 멤버로 받지도 않았 겠죠. 그것보다, 자금 확보하는 데만 이용하려는 것 같아서 말 입니다. 내부 중요 안건을 협의하거나 결정하는 자리엔 절 부르 지 않는다는 겁니다."

이번에도 가만히 듣고 있던 장 검사가 불쑥 끼어들었다.

"완전 궂은일만 부려 먹겠다는 작태가 아닙니까?"

자꾸 끼어드는 장 검사가 못마땅한 주필상은 미간을 찌푸리며 그를 힐끗 째려봤다.

"테스트일지도 모르지 않겠어요?"

엄 검사의 말에 장 검사가 무릎을 탁 치며 이어 말했다.

"그럴 수 있겠네. 테스트에 통과해야 확실한 멤버로 인정해 주는 것일지도요."

"그래요, 주 사장. 차라리 잘됐어요. 이왕 맡은 거 잘 이끌어 봐요. 어차피 그들이 나중에 우리에게 큰 힘이 되어 줄 사람들 아닙니까?"

"말씀을 들어 보니 그러네요. 알겠습니다. 잘 만들어 보겠습니다. 대신 저의 이런 노고를 잊지 마셔야 합니다."

"알다마다요. 주 사장, 줄 제대로 선 겁니다. 알죠?"

"그럼요. 당연히 알지요."

주필상은 능글맞게 눈웃음을 지어 보였다. 그때 밖에서 반가운 소리가 들려왔다.

"영감, 어르신 오셨습니다."

드러나는 음모

슬레이트 지붕 위로 내리는 '탁탁' 빗소리와 우산으로 떨어지는 '통통' 빗소리, 그리고 골목길을 지나는 사람들이 물웅덩이를 밟는 '철벅 철벅' 소리가 합주를 이루어 고요함을 깨고 있었다.

빗소리가 만들어 낸 연주를 즐기듯 이연우 경위는 길 한복판에 서 있었다. 사람들이 피맛골 길목을 따라 분주히 오가는 것을 유심히 지켜보며, 가까이 다가오는 사람들의 우산 안을 살피기도 했다.

그때 뒤에서 누군가가 말을 걸어왔다.

"뒤돌아보지 말고 날 따라와요."

이 경위는 뒤를 돌아보려다 멈칫하고는 그를 따라갔다.

"이게 뭡니까? 무작정 만나자고만 하고 전화를 끊으면 나보고 어쩌라는 겁니까?"

"나왔네요, 뭐? 어쩔 수 없었어요. 이런 날 만나는 게 좋을 것 같아서."

"이런 날이요?"

이 경위는 멈춰 서서 그를 쳐다봤다.

"멈추지 말고 계속 걸어요."

그는 앞으로 계속 걸어갔다. 이 경위는 빠른 걸음으로 따라붙어 그와 나란히 걸었다.

"오늘이 무슨 날인데요?"

"비 오잖아요."

"비요? 그럼 비가 오는 날만 기다린 겁니까?"

"이런 날이 미행 따돌리기 좋아요. 당신이 그때 그렇게 나타나지만 않았어도 이러지 않았을 겁니다."

"뭐라고요? 나 때문이라는 겁니까?"

이 경위가 또 멈춰 서려 하자 그가 우산을 살짝 들어 쳐다봤다.

"멈추지 말라니까."

우산 아래로 오민석의 얼굴이 드러났다. 그는 다시 우산을 깊숙이 내리며 걸었다.

"그날 만난 당신에 대해 계속 캐묻는 걸 겨우 기자라고 무마했어요."

"그게 무슨 말이에요? 그날 누가 우릴 본 겁니까?"

"내 주위엔 눈이 많아요. 그래서 이렇게 비오는 날 만나자고 한 겁니다."

오민석은 피맛골 사이사이 골목길로 들어가, 막다른 골목에 있는 작은 문으로 이 경위를 안내했다.

"술집이네요?"

"맞아요. 한적해서 좋죠?"

주인아주머니는 오민석을 반겼다. 두 사람은 말 대신 수화로 대화를 주고받았다.

"뭐예요? 수화도 할 줄 알아요?"

"네. 저쪽에 앉죠."

아주머니는 자연스럽게 문을 걸어 잠갔다.

"어? 뭐 하는 거예요, 지금?"

"겁먹지 말아요. 다른 손님 받지 말라고 부탁한 거니까. 여긴 내가 자주 오는 단골집이에요. 가끔 혼자 있고 싶거나 중요한 일이 있을 때 이곳으로 와요."

창가 자리에 앉은 오민석은 창밖에 내리는 비를 바라봤다. 창문 밖은 담벼락으로 막혀 있었지만, 건물 사이로 내리는 비와 슬레이트 위로 떨어지는 빗소리를 들을 수 있었다.

"빗소리 좋죠?"

"운치는 있네요. 이제 말해 봐요. 그날 한동탁 경감님을 왜 만난 겁니까?"

"한 형사님이 건들지 말아야 할 사람들까지 수사하려는 걸 말리러 갔던 겁니다."

"건들지 말아야 할 사람? 누굴 말하는 겁니까? 채이돈 의원 말입니까? 아니면 중수부 과장 남철호 검사를 말하는 겁니까?"

"그들은 아니에요."

"그럼 누굽니까?"

"그건 말 못 합니다. 한 형사님이 죽게 된 것도 그들을 알리려고 해서였어요. 이연우 형사, 당신도 더 알려 하지 말아요. 더는 위험합니다."

"경감님이 타살이라는 걸 알면서 그만두라는 겁니까? 도대체 누가 현직 형사를 죽인 겁니까? 당신은 누군지 알고 있는 거죠?"

"누가 한 건진 모르겠지만 그 배후가 누구인지는 짐작이 갑니다. 그래서 말리는 겁니다."

"그러니까 그게 누구냐 말입니다."

"그걸 안다고 어찌할 수 있는 게 아니에요."

이 경위는 탁자 위의 두 손을 힘껏 움켜쥐며 버럭 소리쳤다.

"당신 정체가 뭐야? 뭘 어찌할 수 없다는 거야? 알면 아는 것만 말해요. 쓸데없이 참견 말고. 내가 위험한 건 내가 알아서 할테니."

"참 그거, 한 형사님이랑 똑같네. 저기요. 당신 목숨이 10개라도 되는 거요? 아무것도 모르면서 누구처럼 정의 나부랭이 지킨다고 아까운 목숨 담보 걸지 말란 말입니다. 내 충고 그냥 흘려듣지 말아요."

"정의 나부랭이? 지금 말 다…… 아휴! 좋아요. 그럼 오신이라고 들어 봤어요?"

"오신?"

"모릅니까? 사람 이름이거나 기업명 같은데, 몰라요?"

"모르겠는데. 그건 왜 묻는 겁니까?"

"경감님이 살해당하기 전에 남긴 메시지예요."

"그걸 당신한테 문자로 남긴 겁니까?"

"아니요. 사건 현장 바닥에 암호 문자로 남겨 놨어요. 그래서 그게 오신인지 오성인지 오성인지 정확하진 않아요."

"오성이라고 했어요?"

"왜요? 오성은 들어 봤습니까?"

"그건…… 아니요. 처음 들어 보네요, 모두."

"잘 생각해 봐요. 분명 경감님이 남긴 다잉 메시지예요. 배후가 누구인지 안다고 했잖아요. 그런데 모른다는 겁니까?"

"짐작이 간다고 했지 안다고 하지는 않았는데."

"그 배후에 당신도 포함되는 겁니까? 그래서 그래요? 아니면 당신도 그들 지시에 따르는 킬러 중 한 명입니까?"

"알려 하지 마요. 당신이 위험하다고 말하지 않았습니까? 앞으로 한 형사님 일로 찾아오지 말아요. 한 번 더 충고하는데, 여기서 멈춰요. 더 이상 나아가지 말란 말입니다. 죄 없는 안타까운 생명을 잃는 걸 또 보고 싶진 않으니까."

현재. 본부 살인사건 D-1, 주일 빌딩 살인사건 D-7

별장을 찾은 어르신에게 인사를 올리기 위해 엄기동 검사가 주필상을 데리고 별채를 찾았다.

"내가 먼저 들어가서 인사드리고 말씀드릴 테니 여기서 기다리고 있어요."

엄기동 검사는 주필상을 잠시 밖에서 기다리게 했다.

"어르신, 엄기동입니다. 인사드리러 왔습니다."

"들어오시랍니다."

안에서 어르신 목소리가 아닌 마담의 목소리가 들렸다. 그제야 엄 검사는 문을 열고 안으로 들어갔다. 주필상은 밖에서 쭈뼛쭈뼛 서 있다, 무슨 얘기를 하는지 궁금해 문 가까이 귀를 가져가 댔다.

"죄송합니다. 그렇게 하겠습니다."

엄 검사의 목소리가 들리자마자 문이 열리고, 서둘러 그가 방을 빠져나왔다. 문 앞에 있는 주필상을 본 그는 인상을 찌푸리며 작은 소리로 꾸짖었다.

"여기서 뭐 하는 겁니까? 어서 이리 나와요."

엄 검사는 별채에서 떨어진 곳으로 주필상을 데리고 나와 입을 열었다.

"주 사장, 오늘은 우리끼리 한잔해야 할 것 같아요. 어르신이 혼자 계시고 싶다 하시네."

"뭡니까? 오늘 만나 뵙고 인사드릴 수 있다고 하지 않으셨습니까?"

"그랬지. 그래서 이렇게 오시지 않았나. 그런데 갑자기 만나고 싶지 않다고 하셔서 말이야. 다음에 자리를 다시 마련해 볼 테니 오늘은 우리랑 즐기고 갑시다. 주 사장, 미안해요."

"아니……. 뭐, 어쩔 수 없죠. 근데 어르신에게 안 좋은 일이라도……."

"그건 알 거 없고, 먼저 가서 장 프로랑 마시고 있어요. 나도 어르신께 안부만 전하고 금방 갈 테니."

"알겠습니다. 빨리 오십시오."

엄 검사는 고개를 끄덕이며 다시 어르신이 있는 별채로 들어 갔다. 주필상은 장 검사가 있는 본채로 돌아가려다, 엄 검사와 어르신이 무슨 얘기를 하는지 궁금해 다시금 방 가까이 다가가 대화를 엿들었다.

"엄 과장, 아직 우리가 할 일이 많아요."

"어르신 말씀이 옳습니다. 제가 생각이 짧았습니다."

"우리는 음지에서 국가를 위해 일하는 겁니다. 항상 그걸 잊지 마세요."

"알겠습니다, 어르신."

"준비는 잘되고 있는 겁니까?"

"현재 물색 중에 있습니다. 조건에 맞는 인물이 아직⋯⋯."

"잘 찾아봐요. 우리 조직의 명운이 걸린 일입니다."

"그럼요. 잘 알고 있습니다."

"지금이 최적기입니다. 이런 봄날이 또 언제 올지 모르는 일 이에요."

"명심하겠습니다. 최대한 빨리 명단 올리겠습니다."

"그래요. 부탁해요. 그런데 그 일은 마무리가 잘 안 된 듯한 데⋯⋯ 어떻게 되고 있는 겁니까?"

"그건 걱정 마십시오. 혼수상태라 문제없을⋯⋯."

"어허, 왜 또 그럽니까? 확실하게 하세요, 확실하게."

"죄송합니다. 중환자실에 있다 보니 경호가 삼엄해 접근하기가……."

"그런 일하라고 그 자리에 있는 거 아닙니까? 화근이 될 싹은 뿌리까지 뽑아 없애야 하는 겁니다. 그렇게 물러터진 자세로 임하니 일이 매번 이 모양이지 않습니까?"

"시정하겠습니다. 곧바로 처리할 수 있도록 하겠습니다."

"뒤탈 없게 잘 처리하세요. 저번처럼 실패하는 일은 없어야 합니다. 아까운 인재를 잃었어요. 그런 인재를 키우는 데 그동안 얼마나 많은 공을 들였는지 잘 알지 않습니까? 또다시 그런 일이 있어서는 안 될 겁니다. 아셨습니까?"

"그 점 명심하겠습니다, 어르신."

"이번 정권 내에 반드시 그 자리에 앉혀야 합니다. 그래야 후일을 도모할 수 있어요."

"어르신, 클럽 멤버들이 가만히 있겠습니까?"

"그래서 내가 주 사장을……."

그때, 창가에 붙어 있는 주필상을 발견한 장수철 검사가 몰래 다가가 나지막이 말했다.

"여기서 뭐 하시는 겁니까?"

"아우! 깜짝이야. 젠장, 하필 지금……."

주필상은 자신의 입을 손으로 가리며 장 검사를 힐끗 째려봤다.

"뭐요? 지금 뭐라고 한 겁니까?"

"아닙니다."

주필상은 장 검사에게 조용히 하라고 손짓하며 창가에서 멀리 나왔다. 장 검사는 손으로 입을 가리며 주필상 뒤를 따랐다.

"저기서 뭐 한 겁니까? 어르신 방을 엿듣기라도 한 겁니까?"

"장 프로, 아무것도 아니에요. 술이나 마시러 갑시다."

"아니긴 뭐가 아닙니까? 그리고 아까부터 장 프로, 장 프로 하는데 내가 과장님이 계셔서 말을 못 했지만 말입니다. 이제 단물 짠물 다 빨아 먹었다 그겁니까?"

"에이, 또 왜 그러십니까? 장 프로…… 아니, 영감. 우리 사이에 그 호칭이 뭐라고. 그리고 영감님보다는 프로가 친근감 있고 좋지 않습니까? 장 프로, 얼마나 듣기 좋습니까? 안 그래요?"

"말 같지 않은 소리 그만하고, 안에서 무슨 얘기하더이까?"

"잘 안 들려서 뭐라 하는지 아무것도 못 들었습니다."

"정말이에요?"

"그럼요. 어서 가서 술이나 드십시다."

주필상은 그렇게 말하고는 장 검사의 팔을 끌어당겼다.

"주 사장, 내가 이 판에 넣어 준 거 잊으면 안 됩니다. 그 대가로 클럽 멤버에 꽂아 준다고 한 약속도 말입니다."

"당연하죠. 기억하고 있다마다요. 누구와 한 약속인데요. 검찰총장이 되실 분 아니십니까?"

"아이고, 누가 듣겠습니다."

주필상과 장 검사는 시시덕거리며 본채로 발길을 옮겼다.

생선회가 푸짐하게 차려져 있는 술상 앞에 대검 중수부 1과장 남철호 검사가 앉아 있었다. 잠시 후, 다다미방 문이 열리고 오민석이 들어왔다.

"과장님, 어르신 오셨습니다."

"어, 그래."

남 검사는 자리에서 일어나 문 앞까지 마중을 나갔다. 그때 선글라스를 쓴 중년 남성과 정장 차림의 젊은 남자가 방으로 들어왔다.

"오셨습니까, 부장님."

"그동안 잘 지냈어요?"

"그럼요. 부장님 덕분에 편히 잘 지내고 있습니다. 저쪽으로 가서 앉으시죠."

부장이라는 중년 남성이 같이 들어온 젊은 남자를 오성이라 부르며 나가서 기다리라고 하자, 남 검사도 오민석에게 손짓하며 말했다.

"칠성아, 너도 나가 있어."

오성과 오민석은 허리 숙여 인사하고 밖으로 나갔다.

"활어회로 준비했는데 괜찮으십니까?"

"회 좋죠. 어서 앉읍시다."

부장은 상석에 앉으며 선글라스를 상 위에 내려놓았다. 왼쪽 눈 바로 아래에 길고 움푹 파인 상처가 나 있었다.

"그런데 어쩐 일로 저를 다 찾으셨습니까?"

"뭐가 그리 급해요. 한잔하면서 얘기합시다. 맛있는 음식을 앞에 두고 이러는 건 실례예요."

"죄송합니다, 제가 눈치 없이. 한 잔 받으시지요. 제가 따라 드리겠습니다."

남 검사는 무릎을 꿇고 앉아 그에게 술을 따랐다.

"자, 내 술 받아요."

그도 남 검사에게 술을 따라 주었다. 남 검사는 고개를 돌려 술을 단숨에 마시고 술잔을 내려놓았다.

"이런, 뭐가 그리 급한 거예요. 한 잔 더 받아요."

"아, 예."

남 검사는 다시 술잔을 들어 술을 받았다. 그는 술을 따르며 남 검사를 빤히 쳐다봤다.

"왜 그렇게 보십니까?"

"요즘 중수부 폐지 문제로 시끄럽죠?"

"그거야 매번 검찰 개혁이니 뭐니 하면서 한다는 얘기가 중수부 폐지 아닙니까? 조금 지나면 조용해질 겁니다. 걱정 마십시오."

"내가 걱정할 게 뭐가 있겠어요. 남 과장이 고생이지."

"그것보다 공수처 얘기가 나오는 것 같던데. 국회에서 검경 수사권 조정을 만지작거린다는 소문도 돌고 말입니다."

"벌써 검찰에 소문이 돌았어요?"

"벌써라니요? 검찰 개혁 하면 수순 아닙니까? 뻔한 스토리인데. 그런데 이번은 좀……"

"좀…… 걱정된다는 거군요. 그렇죠?"

"그렇지 않습니까? 검찰의 독립성과 중립성을 보장해 줬으니 검찰을 통제할 수 있는 민주적 제도를 마련해야 한다나 뭐라나. 연일 신문, 방송 할 것 없이 보도를 때리고 있으니 말입니다."

"진경일보가 좀 시끄럽죠?"

"그러니까 말입니다. 이번 정부 들어와서 더 난리예요. 그 전까지 찍소리도 못 한 것들이……."

"진경일보뿐이겠어요. 요즘 방송사도 문제가 많아요. 하나씩 정리해 가야 하지 않겠어요?"

"언론의 자유다 뭐다 하면서 너무 풀어 줘서 문제 아닙니까? 이제 말을 들어 처먹어야 말이죠."

"조금만 기다려 봐요. 언론도 곧 정리될 겁니다. 이번이 기회인 건 알죠? 기회가 왔을 때 제대로 잡아야 하지 않겠어요. 그래서 이렇게 보자고 한 겁니다."

"기회를 잡으라……. 어떻게 말씀입니까?"

남 검사는 귀를 쫑긋하며 얼굴을 그에게 내밀었다.

"그동안 검찰을 뭐라고 불렀습니까?"

"정권의 개? 하수인?"

"그래요. 정권 눈치 보면서 그들의 권력을 지켜 주고 키우는데 우리가 개 노릇을 한 거 아닙니까."

"그러니까 말입니다. 다 지들이 잘해서 그런 줄 알고 지랄을…… 아! 죄송합니다."

그는 남 검사에게 손을 내저으며 미소 지어 보였다.

"괜찮아요. 그동안 얼마나 울분이 쌓였으면 그럴까."

"맞습니다. 지금껏 얼마나 더러운 꼴을 보고 견뎌 왔는지 잘 아시지 않습니까?"

"그럼요. 잘 알죠. 그러니 기회라는 겁니다. 이 무능한 정부가 우리에게 날개를 달아 주지 않았습니까?"

"날개요?"

"중립과 독립. 선출직도 아닌 검찰에 막강한 권력을 준 게 아니고 뭐겠습니까? 안 그래요?"

"맞습니다. 그렇죠. 날개를 달아 줬죠. 그것도 모르고……."

남 검사는 손바닥으로 허벅지를 치며 크게 웃었다. 하지만 부장이라는 그는 웃음기 없는 얼굴로 남 검사를 바라보며 의연하게 말했다.

"이번 기회를 놓쳐서는 안 됩니다. 더 확고히 해야 한다는 겁니다."

"그런데 그걸 어떻게?"

"어렵지 않아요. 곳곳에 우리 사람을 심어 놔야죠. 그런데 심어 놓을 수 없는 한 곳이 있죠. 법원 말입니다. 이제 판사들도 우리 아래에 놓아야 하지 않겠습니까? 지금 우리를 견제할 수 있는 건 사법부뿐이니까요. 당장은 어렵겠지만 그들도 우리 밑을 슬슬 기게 만들어야 하지 않겠어요?"

그의 말에 남 검사는 고개를 연신 끄덕이며 말했다.

"맞습니다. 맞는 말씀입니다. 아주 재수 없는 것들이죠. 깨끗한 척은 지들이 다 한단 말입니다. 뒤에서 호박씨를…… 아니⋯⋯."

"괜찮다니까요. 편하게 말해요. 우리끼리 있는데 뭐가 문제입
니까?"

그가 살짝 웃어 보이자 남 검사는 크게 웃음을 터뜨리며 말
했다.

"그렇죠. 역시 검찰 출신이시라 저희 마음을 너무 잘 알아주
십니다. 그런데 의원들은 어떻게 하면 될까요?"

"그건 내게 생각이 있어요. 일단 식구들을 정계로 내보내기나
하세요. 그럼 다 됩니다, 다 돼."

"그러면 되는 겁니까? 알겠습니다. 부장님만 믿고 팍팍 밀어
넣겠습니다."

"남 과장, 잘 알 겁니다. 정권이 바뀔 때마다 우리 목숨이 파리
목숨인 거 말입니다."

신난 얼굴로 웃던 남 검사는 짧게 한숨을 내쉬고는 고개를 떨
구며 말했다.

"그거야 어쩔 수 없지 않습니까? 우리 수장의 임명권자가 윗
방 어르신인 걸 어쩝니까?"

"그러니까요."

"무슨 말씀을⋯⋯."

남 검사는 고개를 꺄우뚱하며 그를 빤히 쳐다봤다.

"임명권자도 어쩌지 못하는 권력을 가져야 하지 않겠습니까?"

"무슨 말씀이신지⋯⋯."

"카르텔."

"담합을 하자는 말씀입니까?"

"모든 권력은 국민으로부터 나온다. 헌법 1조 2항이죠."

"도통 모를 소리만 하십니다. 부장님, 풀어서 말씀해 주시죠."

"모든 권력은 우리로부터 나온다. 모든 권력을 좌지우지할 수 있는 절대 권력을 우리가 가져오자는 겁니다."

"그러니까 그걸 어떻게 말입니까?"

"우리 왕국을 건설해야지요."

"왕국이요?"

"막강한 힘을 쥔 절대 권력……. 다크킹덤 말입니다."

"다크…… 킹덤?"

<hr />

현재. 본부 살인사건 D-1, 주일 빌딩 살인사건 D-7

붉은 하늘빛을 등지고 오칠성 실장과 주명근이 납골당 안으로 들어갔다. 오 실장은 한 납골함 앞에 꽃을 내려놓았다. 주명근은 유골함에 적혀 있는 이름과 액자 속 사진을 뚫어져라 쳐다만 보고 있었다.

"어머님께 인사 올리시죠, 이사님."

"정말이었어? 날 버리고 간 게 아니라 여기 있었던 거야?"

납골함을 가리키는 주명근의 손이 파르르 떨렸다.

"직접 눈으로 보셨으니 이제 믿으시겠습니까?"

"엄마……. 엄마……. 아아, 아흐흐……."

주명근은 유골함이 보관되어 있는 납골함 유리창을 손으로 쓸어내리다, 다리에 힘이 풀렸는지 그대로 주저앉아 버렸다. 울지 않을 것 같던 오 실장도 고개를 돌려 눈물을 훔쳤다. 주명근은 실신할 듯 몸을 가누지 못하고 옆으로 기우뚱했다. 오 실장은 황급히 무릎을 꿇고 앉아 그의 어깨를 감싸 안았다.

"이사님, 괜찮으십니까?"

"엄마······. 엄마······."

학교에서 돌아온 소년은 현관문을 열다 순간 멈칫했다. 집 안에서 여자의 비명 소리와 함께 남자의 욕하는 소리가 크게 들려왔다. 몸을 부르르 떨며 현관문 손잡이에서 손을 뗐다. 소년은 뒤돌아 대문 밖으로 도망가려 했지만 몸이 말을 듣지 않았다. 여자의 비명 소리는 점점 잦아지고, 남자가 욕하는 소리는 점점 더 커져 갔다. 결국 소년은 귀를 막고 자리에 주저앉아 큰 소리로 울음을 터뜨리고 말았다.

소년의 울음소리가 들렸는지 순간 집 안이 조용해졌다. 잠시 후 현관문이 열리고 한 남자가 골프채를 들고나와 소년에게 소리를 내질렀다.

"시끄러워! 왜 안 들어오고 집 앞에서 울고 난리야? 조용히 안 해?"

소년은 남자의 고함에 움찔거리며 올려다보더니 더 크게 울음을 터뜨렸다.

"이 자식, 시끄럽다고! 조용해! 제 엄마를 닮아 말도 드럽게 안 듣네. 맞아야 정신 차릴 거야?"

남자는 제 성질을 못 이기고 골프채를 들어 올렸다. 그 순간 여자가 뛰어나와 소년을 끌어안았다.

"명근아, 울지 마. 응? 괜찮아. 엄마 있으니까 울지 마. 울지 마, 제발."

"아주 쌍으로 꼴값을 떠네. 젠장! 시끄러워! 조용히 시키고 안으로 들어와!"

남자는 쌍욕을 내뱉으며 안으로 들어갔다. 엄마는 소년을 다독이며 품에 꼭 안아 주었다. 엄마 품에 안긴 소년은 금세 울음이 잦아들었고, 엄마의 가슴에 얼굴을 묻었다.

주명근은 번쩍 눈을 뜨더니 오 실장을 보고 말했다.

"맞아! 기억났다. 그래, 그랬어. 아빠야! 아빠가 엄마를 그런 거야."

"그게 무슨 말씀이십니까?"

"형은 몰라. 그래, 그때 형은 없었지. 맞아. 그러니 당연히 모르겠지. 아빠가 엄마를 그런 거라고. 그래. 그래서 내가…… 아니, 동생이 아빠가 악마라고 한 거야. 그랬구나. 그래, 그 자식은 그날을 기억하고 있었어. 그래서 아빠를……"

"동생이라니요? 자꾸 왜 그러십니까? 이사님, 정신 좀 차리십시오."

"형은 몰라서 그래. 그날…… 그날이었다고. 으윽!"

주명근은 손으로 머리를 감싸며 괴로워했다.

폭우가 내리는 새벽이었다. 엄마 품에서 잠들었던 소년은 천둥 치는 소리에 잠에서 깼다. 소년이 눈을 떴을 때 곁에 있던 엄마가 보이지 않았다. 엄마를 찾으러 거실로 나온 소년은 거실 소파 앞에 누군가가 쓰러져 있는 것을 발견했다. 그리고 그 앞에 커다란 검은 형체가 우뚝 솟아 있었다.

세찬 빗소리와 함께 번개가 번쩍하고 쳤고, 그 불빛에 비친 거실의 모습을 본 소년은 그대로 기절하고 말았다. 또 한 번 번개가 번쩍였을 때 소파 앞으로 머리에 피를 흘리며 쓰러져 있는 여자와 골프채를 들고 서 있는 남자가 보였다.

소년이 다시 눈을 떴을 땐 옆에 한 아이가 서 있었다.

"이제 일어나?"

"여기가 어디야?"

"병원이야. 얼마나 놀랐는지 알아? 괜찮은 거야?"

"그런데 넌 누구야?"

"나? 뭐야? 내가 누군지 몰라?"

"누군데?"

"이런, 여길 봐."

그 아이는 소년에게 거울을 보여 주었다.

"뭐야? 넌…… 나야? 왜 내가…….."

"무슨 소리야? 우린 쌍둥이잖아."

"쌍둥이?"

"그래. 네가 형이고 내가 동생이잖아. 모르겠어?"

"네가 내 쌍둥이 동생……. 전혀 기억이 안 나. 근데 엄마는? 엄마는 어디 있어?"

"곧 오실 거야. 걱정 마."

"……그래?"

그날부터 소년에겐 쌍둥이 동생이 생겼다. 그리고 동생은 소년이 힘들거나 외로울 때마다 항상 옆에서 소년을 지켜 주고 위로해 주었다.

"이제 생각났어. 그래! 아으……. 아악!"

주명근은 두 손으로 머리를 쥐어뜯으며 고통스러운 듯 비명을 내질렀다.

"이사님, 괜찮으십니까? 도대체 그날 무슨 일이 있었던 겁니까?"

오 실장이 걱정스러운 얼굴로 주명근의 어깨를 붙잡자, 주명근은 부릅뜬 눈으로 오 실장을 보며 말했다.

"맞아……. 아빠였어. 아빠였다고!"

"진정하시고 자세히 말해 보세요. 사장님을 말씀하시는 겁니까?"

"그래. 내 눈으로 봤어. 그날……."

'말하지 마!'

주명근은 납골함 유리에 비친 자신을 바라보며 중얼거리듯 말했다.

"너 뭐야? 어디 있다 이제야 온 거야?"

"이사님, 왜 그러십니까?"

'아니라고! 정신 차려. 칠성의 말은 듣지 마. 엄마는 아빠 때문에 우릴 버리고 간 거라고. 그걸 몰라?'

"시끄러워! 이제 알았어. 넌…… 넌……."

'나에 대해 말해선 안 돼. 난 너의 쌍둥이 동생이야. 너의 친구라고. 내가 너에게 어떤 존재인지 알잖아.'

"이사님, 저 좀 보십시오."

"넌 알고 있었지? 넌 모든 걸 다 알고 있었던 거야? 그런 거냐고!"

"이사님!"

오 실장은 주명근의 양 어깨를 잡아 흔들며 자신 쪽으로 잡아 끌었다.

"이사님, 왜 이러십니까? 도대체 왜 이러시는 거예요?"

"형, 저기 내 쌍둥이 녀석이…… 아니, 아니다. 이제 아니지."

"쌍둥이라니요? 정신 차리세요, 이사님."

"어. 아니, 알았어. 그래."

주명근이 납골함 유리에 비친 자신을 바라봤을 때 쌍둥이 동생은 사라지고 없었다.

"확실히 보신 겁니까? 사장님을 보신 게 맞아요?"

주명근은 오 실장을 똑바로 응시하며 말했다.

"그래, 봤어. 천둥 번개가 치는 날, 쓰러져 있는 엄마와 그 앞에 서 있는 아빠를 보고 기절했던 거야. 엄마의 머리에선 피가 흐르고 있었고 아빠는 피가 묻은 골프채를 들고 있었다고. 이 두 눈으로 똑똑히 봤단 말이야."

"그건 제가 다시 알아보겠습니다."

"뭘 알아본다는 거야? 거기엔 엄마와 아빠밖에 없었다고. 내가 가만두지 않겠어."

주명근의 독기 어린 눈빛에 오 실장은 조심스레 물었다.

"이사님, 어쩌려고 그러십니까?"

"그것보다 경찰 놈은 어떻게 처리하고 온 거야?"

"죄송합니다. 누군가 갑자기 나타나 저를 공격하고 데리고 갔습니다."

"뭐라고? 그놈이 살아 있으면 안 돼. 내 인장을 봤단 말이야! 당장 그놈부터 잡아!"

"그건 제가 알아서 처리하겠습니다. 걱정 마십시오."

주명근은 분을 이기지 못해 씩씩거리며 물었다.

"형은 그놈이 경찰인 걸 어떻게 안 거야?"

"사장님 지시로 이사님을 뒤쫓는 경찰들을 조사했습니다. 그 중 한 명이었습니다."

"그래? 악령이 아니었어?"

"악령이요?"

"아니, 아니야. 그 경찰 놈이 괜히 겁을 준 거였네. 젠장! 난 그 것도 모르고 괜히 쫄았잖아. 아악! 빌어먹을!"

주명근은 신경질을 내며 바닥에 발을 내리쳤다.

"무슨 일이 있었던 겁니까?"

"아니야. 이제 가자, 형."

"네. 가시죠."

납골당을 나서던 주명근은 유리에 비친 자신을 보며 중얼거렸다.

"역시 아빠였어."

누군가 담벼락을 뛰어넘어 별장 안으로 들어왔다. 안착한 곳은 정확히 CCTV 사각지대였다. 그는 주변의 경비 카메라를 확인하며 별채로 향했다.

어둠 속을 빠르게 지나 별채로 들어선 그는 웃음소리가 들리는 창가로 다가갔다. 커튼이 쳐져 있는 창문 안을 조심스레 살피다, 찾고 있는 이가 보이지 않는지 돌아서서 다시 다른 곳으로 향했다.

그때, 창문에 잠깐 그의 얼굴이 비쳤다. 차우석이었다. 그는 주일 빌딩에서부터 주필상을 미행해 오다, 근처에 오가는 사람이 보이지 않자 별장 안으로 숨어든 것이었다.

차우석은 주위를 살피며 맞은편 본채로 달려갔다. 본채에 가까워지자 남자들의 목소리가 작게 들려왔다. 그는 소리가 들리는 방 창가로 조심스럽게 다가갔다. 이번엔 커튼이 쳐져 있지 않아 안이 훤하게 잘 보였다. 그만큼 안에서도 밖이 잘 보일 수 있어 더 조심스럽게 살펴야 했다.

본채 안에서는 주필상과 남자 두 명이 술상 앞에 앉아 대화를 나누고 있었다. 차우석은 청진기 같은 것을 꺼내 귀에 꽂고 둥그런 것을 벽에 가져다 댔다.

"과장님, 어떻게 된 겁니까? 한서율 검사를 대검으로 데리고 간다고 하시지 않았습니까? 그럼 게임 끝이라고 하셔서 그것만 믿고 있었는데 오늘 무슨 일이 있었는지 아십니까?"

"주 사장, 그건 내가 말했잖아요. 벌써 취한 거예요?"

"취하다니요? 아직 멀쩡합니다. 답이 없으셔서 그렇죠. 어떻게 하신다는 말씀을 해 주셔야 제가 안심을 할 거 아닙니까?"

장수철 검사가 주필상의 팔에 손을 얹으며 말렸다.

"주 사장, 과장님 불편하게 자꾸 왜 그래요. 그건 나하고 얘기하자고 했잖아요. 과장님, 제가 알아서 처리하겠습니다. 신경 안 쓰셔도 됩니다."

"장 프로, 잘 좀 처리하라고. 이게 뭔가?"

"죄송합니다, 과장님. 제가 한 검사 만나서 따끔하게 말해 놓겠습니다."

"들었죠? 주 사장, 그러니까 걱정 말고 아들부터 빨리 외국으로 출국시켜요. 그게 안전할 것 같은데……."

"저도 그러려고 준비 중인데 아직……. 아무튼, 만나서 따끔하게 혼내시는 것도 좋겠지만 그것보다 본보기를 보이시는 게 낫지 않겠습니까?"

"본보기라면 어떻게?"

"민우직 그놈한테 한 것처럼 말입니다."

주필상의 말에 엄기동 검사의 얼굴이 순식간에 굳어졌다.

"주 사장, 그게 무슨 말이에요?"

"저도 듣는 귀가……."

엄 검사는 버럭 화를 내며 소리쳤다.

"주 사장! 그게 무슨 말이냐고 묻잖아!"

"아……. 과장님, 그게……."

주필상은 그제야 분위기를 파악하고 바짝 몸을 움츠리며 말을 잇지 못했다.

"뭐야? 장 프로, 자네가 말했나?"

"저요? 아닙니다. 저는 무슨 일인지도 모릅니다."

주필상은 엄 검사의 눈치를 살피며 조심스럽게 입을 열었다.

"과장님, 아닙니다. 제가 경찰 쪽 정보를 듣고 과장님이 손을 쓰신 줄 알았습니다. 아닙니까?"

"입조심해요, 주 사장! 함부로 추측해서 입 놀렸다간 큰일 칩니다. 아셨습니까?"

"알겠습니다, 과장님. 그만 화 푸십시오. 제가 착각을 했나 봅니다. 저를 위해 과장님이 손을 쓰신 줄 알고……."

장 검사는 잔뜩 겁을 먹고 있다, 주필상의 말에 화색이 도는 얼굴로 말했다.

"주 사장, 그런 겁니까? 아이, 좀 생각이라는 걸 하고 말을 하세요. 그렇게 온화하신 과장님이 이렇게 화를 다 내시지 않습니까?"

"미안합니다, 장 프로."

웃음 짓던 장 검사는 주필상이 자신을 장 프로라고 부른 것이 못마땅한 듯 얼굴이 굳어졌다. 반면, 엄 검사는 기분이 살짝 나아진 듯 나긋한 목소리로 말했다.

"주 사장, 그런 거 아닙니다. 우리와 전혀 상관없는 일이에요. 괜한 착각 말아요."

"알겠습니다, 과장님. 제가 착각을 했습니다."

"그리고 한 검사도 우리 식구예요. 우리 식구 건들면 그 누구라도 가만두지 않습니다. 괜히 나서서 일 치지 말아요."

"아……. 명심하겠습니다."

주필상은 고개를 꾸벅 숙였다.

"한 검사는 우리가 어떻게 해 볼 테니 주 사장은 주어진 일이나 잘하세요."

엄 검사의 말에 주필상은 고개를 연신 숙이고는 조심스럽게 물었다.

"과장님, 클럽 멤버엔 누구를 추천하면 되겠습니까?"

"그 명단은 곧 보낼 테니 기다려요. 그리고 장부는 잘 보관하고 있죠?"

"물론이죠. 제 목숨값인데요."

"잘 정리해 둬요. 멤버들 연회장 영상들도 잘 보관하고 있겠죠? 나중에 다 돈이 될 겁니다."

"물론이죠. 잘 모셔 두고 있다마다요. 저기…… 과장님께 부탁드릴 것이 하나 있습니다."

"그래요? 뭔데요?"

"이번 재건축 아파트 시행 업체로 저희 주홀딩스가 선정될 예정입니다. 과장님께서 힘을 좀 써 주셔야겠습니다."

"이제 건설업에도 손을 뻗은 겁니까? 대단합니다, 대단해."

엄 검사는 혀를 내두르며 주필상을 쳐다봤고, 장 검사는 그를 살피며 끼어들어 말했다.

"주 사장, 그걸 왜 과장님한테 부탁하는 겁니까?"

"그럼 누구한테 부탁합니까?"

"그거야 클럽 회장에게 부탁하면 될 일 아닙니까?"

"장 프로, 하나는 알고 둘은 모르십니다. 거긴 얘기가 이미 다 끝났죠. 법적으로 문제가 없도록 잘 부탁드린다는 말이 아닙니까. 법 테두리 안에서 무슨 일이 되겠습니까? 불법 편법이 난무하는 곳 아닙니까? 제가 꼭 이렇게까지 다 까발려 말을……."

"주 사장, 됐어요. 장 프로도 그만했으면 알아들었을 겁니다. 알았으니 그건 염려 말아요. 장 프로를 통해 건의해요. 그럼 알아서 착착 진행될 겁니다."

"감사합니다, 과장님."

주필상이 넙죽 고개를 숙이자, 엄 검사는 관자놀이를 누르며 말했다.

"이제 일 얘기는 이 정도로 하죠. 머리가 다 지끈거립니다."

"아이고, 죄송합니다. 장사꾼이 이렇습니다. 꼭 일 처리를 완벽하게 마무리 지으려 하는 습성이 있습니다."

"주 사장, 이런 곳까지 와서 일 얘기만 하면 재미없지 않습니까. 안 그렇습니까? 과장님."

"맞습니다. 걱정 마세요, 장 프로. 밖에 아무도 없나?"

주필상의 말에 문이 열리고, 밖에서 대기하던 남자가 방으로 들어왔다.

"사장님, 부르셨습니까?"

"그래. 여기 새로 준비해 주고, 별채에 계신 어르신 술상도 스페셜하게 제대로 대접해 드리라고. 돈 걱정 말고."

"알겠습니다, 사장님."

남자는 고개를 숙이고 뒷걸음치며 밖으로 나갔다.

"아이고, 역시 통 하나는 큽니다?"

"에이, 이 정도 가지고 뭘 그러십니까? 이렇게라도 어르신을 잘 모셔야 언제 한번 얼굴이라도 뵐 수 있지 않겠습니까?"

엄 검사는 웃어 보이며 주필상에게 손을 내저었다.

"에에, 이 사람. 그럼 내가 미안하잖소. 내가 곧 자리 마련할 테니 그만 좀 해요."

"알겠습니다. 그 약속 꼭 지키셔야 합니다."

"그래요, 그래."

주일 빌딩에서 안 경위와 최 경위가 손을 털며 나왔다.

"역시 생각대로 나온 게 하나도 없습니다."

"그러게 말이야. 그새 싹 다 치웠나 보네, 참!"

최 경위는 주일 빌딩을 힐끔 올려다보고는 짧게 한숨을 내쉬었다.

"제대로 찾아보지도 못하지 않았습니까? 영장 없이 수색한다는 게 처음부터 말이 안 되는 거였습니다. 그리고 최 형사님하고 저, 달랑 둘이 어떻게 이 빌딩 전체를 다 수색합니까? 시간만 낭비한 거 아닌지 모르겠습니다."

"어쩌겠어, 검사님 지시인데. 팀장님이 안 계시니 뭐라 말씀드리기도 뭐 하고……. 이런 식으로 검사님 지시에 따르는 게 맞는지 모르겠어."

"팀장님이 안 계시니 어쩌겠습니까?"

"그래도 수사 지위까지는 아닌 것 같은데. 이번처럼 아무것도 나오지 않을 걸 뻔히 알면서 무작정 수색하라고 지시하는 거 보면…… 걱정되기는 해."

"그럼 미리 말씀 좀 하시지 그러셨습니까? 그러면 검사님도……."

"내가 말 안 한 게 아니잖아. 저번에도 말했지만 받아들이질 않으시니……. 나도 계속 태클 거는 것 같아서 조심스럽고."

"최 형사님, 태클이 뭡니까? 같은 팀원끼리 의견 조율하는 거죠. 검사님도 그렇게 생각 안 하실 겁니다."

"모르겠어. 팀장님 빈자리가 이렇게 크게 느껴지니 말이야."

"그러니 최 형사님이 더 힘을 내 주셔야죠. 옆에서 검사님 좀 많이 도와 드리십시오."

최 경위는 안 경위의 등을 툭 치며 말했다.

"나도 그러고 싶어. 하지만 내 의견에 매번 반대만 하시잖아. 아이, 몰라. 근데 왜 본부가 아니라 안전 가옥으로 오라고 하는지 모르겠네."

"가 보면 알지 않겠습니까? 어서 가시죠."

"그래."

2005년 7월

"다크킹덤?"

오성은 중수부 과장 남철호 검사와 부장의 대화를 엿듣고 있었다. 그 모습을 뒤에서 지켜보던 오민석은 그에게 다가가 팔을 당겨 끌고 나왔다.

오성은 인상을 쓰며 작게 중얼거렸다.

"아이, 중요한 순간에……."

"지금 이게 뭐 하는 짓이야? 어르신들이 알면 어쩌려고?"

"그러니까 조용히 듣고 있었던 거 아니야."

"그게 무슨…… 알았어. 알았으니까 이리 와서 나랑 좀 얘기해."

"왜? 무슨 얘기?"

"너 한동탁 형사님 알지? 예전에 공사장에서 우리 구해 주셨던 형사 말이야."

"아! 알지. 그 형사 이름이 한동탁이야?"

"그 이후로 본 적 없어?"

"없는데. 근데 그건 왜?"

오성이 살짝 고개를 숙이며 말하자 오민석이 그의 팔을 툭 치며 다시 물었다.

"정말 없어?"

오성은 그제야 오민석에게 고개를 돌려 말했다.

"없다니까. 무슨 일인데 그래?"

"아니야. 없으면 됐다."

오성은 피식 웃으며 말했다.

"싱거운 자식. 그것보다 저번에 요정으로 올라가는 길에 만났다던 그 기자 말이야."

"어…… 어."

"왜 거짓말했냐?"

"뭐?"

"자식아, 금방 들통 날 일을 왜 거짓말한 거냐고?"

"뭐야? 내 뒤 캔 거야?"

"캐기는 뭘 캐? 근래 계속 눈에 띄어서 확인해 본 것뿐이야. 짭새던데, 뭐야? 짭새가 왜 널 찾아온 건데?"

"한 형사님 때문이야."

"한동탁? 왜?"

"한 형사님이 돌아가셨다."

"뭐? 언제?"

"너 정말 모르고 있었어?"

"내가 그걸 어떻게 알아?"

"그래?"

칠성은 살짝 매서워진 눈으로 오성을 쳐다보았다.

"뭐냐, 그 눈빛은? 설마 날 의심하는 거냐?"

"뭘 의심해? 그리고 돌아가셨다고밖에 얘기 안 했는데 타살이란 걸 어떻게 안 거야?"

"어? 아니……. 야! 너 눈빛만 봐도 알겠다. 날 의심하는 눈이잖아. 그러니 당연히 타살이라고 생각한 거지."

"정말 그런 거야?"

"이 자식이 정말……. 왜 널 찾아온 거냐고?"

"한 형사님을 몇 번 만난 적이 있었어. 그래서 날 찾아와 무슨 일이 있었는지 물은 거야."

"넌 아니지?"

"내가 그랬으면 너한테 묻겠냐?"

오성은 실없게 웃어 보이며 오민석의 어깨를 감싸 안았다.

"조심해라. 너 주변에 짭새들 꼬이게 하지 말라고. 위에서 의심하신다. 넌 전력이 있잖아."

"알아. 조심할게."

오민석은 착잡한 듯 인상을 찌푸렸다.

"칠성아, 근데 다크킹덤이라고 들어봤냐?"

"그게 뭔데?"

"너도 모르냐? 나도 몰라서 묻는 거야."

"저 방에서 나온 얘기야?"

"두 분 대화는 도통 무슨 말인지 모르겠는데, 다크킹덤이라는 말이 들려서 말이야."

"쓸데없이 입 나불거리지 마라. 두 분이 나눈 대화는 절대 외부로 나가선 안 돼. 알지?"

"당근 알지. 그래서 너한테 물어본 거 아니냐. 자식은."

오민석은 오성의 등을 손바닥으로 찰싹 때리며 말했다.

"그래. 입조심하라고."

현재. 본부 살인사건 D-1, 주일 빌딩 살인사건 D-7

최 경위와 안 경위는 한 검사를 만나러 가는 차 안에서 라디오를 듣고 있었다.

표준 FM 57.4 교통 방송입니다.

첫 뉴스로 좋지 못한 소식을 전해 드려야겠네요.

방금 전 들어온 소식인데요.

대민당 4선 의원이죠. 채이돈 의원이 사망했다는 소식입니다.

"최 경위님."

"잠깐만 조용해 봐."

심장 마비로 쓰러져 응급조치 후 급히 병원으로 옮겨졌지만, 끝내

깨어나지 못하고 오늘 오후 영면에 드셨다는 안타까운 소식입니다.

삼가 고인의 명복을 빕니다.

"이게 무슨 소리야? 채이돈 의원이 죽은 거야?"

"그러니까 말입니다."

"상황이 어떻게 돌아가는 거야? 이거."

"검사님께 전화해 보시죠."

"어? 어, 그래."

최 경위는 한 검사에게 전화를 걸었지만 연결이 되지 않았다.

"전화를 안 받으시네."

"거의 다 왔으니 직접 만나서 물어보시죠."

"그래."

주필상이 있는 방으로 새 술상이 들어왔다. 방 안 분위기는

금세 달아올랐지만, 대검 형사부 과장 엄기동 검사는 가만히 앉아 그들을 지켜만 보고 있었다.

차우석은 창문 너머로 그들의 모습을 촬영했다. 어느 정도 촬영이 됐다 싶을 때쯤, 별채로 이동해 안에서 벌어지고 있는 요지경을 영상에 담았다.

영상을 다 찍은 차우석은 별장 담을 넘어 밖으로 나왔다. 주차되어 있던 자신의 차에서 그들이 나오기를 기다리며, 방금 별채에서 촬영한 영상 속 장면을 캡쳐해 주필상이 어르신이라고 부른 그에 대한 정보를 찾았다. 차우석은 오래지 않아 어르신이라고 불리는 이가 '김기창'이라는 것을 알아냈다. 전 안기부 부장이었으며, 지금은 초야에 묻혀 은둔하며 살고 있다는 정보였다.

김기창 전 안기부 부장은 경찰 출신으로 사법고시를 차석으로 합격한 수재였다. 군사 정권 때 대검 중수부 부장에 이어 안기부 부장까지 역임한 막후 실세였지만, 군사정권이 무너지고 민주 정권이 들어선 이후 일선에서 물러나 조용히 지내고 있었다. 그런 그가 이곳에 나타난 것이다.

차우석은 그가 다크킹덤과 관련된 인물이라는 걸 직감했다. 김기창에 대한 정보를 찾아봤지만, 1997년 이후로 어디에도 그에 대한 뉴스나 정보를 찾을 수 없었다.

그 시각, 엄기동 검사와 장수철 검사는 만취해 인사불성이 되어 있었다. 주필상도 취한 듯 술판을 벌였던 방에서 뒤뚱거리며 나와 차가 있는 곳으로 향했다. 비틀거리던 주필상은 어느 순간 똑바로 걸으며 본채를 힐끔 한 번 쳐다보았다. 그러고는 주차되어 있던 차로 가던 길을 멈추고 별채로 발걸음을 옮겼다. 별채에 다다른 주필상은 불이 환하게 밝혀진 문 앞에 섰다.

"어르신, 주필상 인사드립니다."

안에선 아무런 인기척이 없었다.

"어르신, 주필상이라고 합니다. 안에 계십니까?"

한 번 더 인사를 올리자 별채 문이 열리고 한 아가씨가 나왔다.

"무슨 일인지 모르겠지만 조용히 돌아가 주시죠. 혼자 계시고 싶어 하십니다."

"아……. 어르신, 다음에라도 이 주필상을 한번 찾아 주십시오. 그때는 제가 제대로 모시겠습니다."

"그만하시고 가시죠."

"어르신, 편히 즐기다 가십시오. 주필상 이놈은 먼저 가 보겠습니다."

주필상은 허리를 깊게 굽혀 인사했다. 그리고 아가씨가 안으로 들어간 후에야 허리를 곧게 폈다. 뒤돌아선 주필상의 얼굴은 일그러질 대로 일그러져 있었다.

안전 가옥 거실에서 한 검사와 도 경감이 앉아 대화를 나누고 있었다.

"경감님, 괜찮을까요?"

"무작정 의심만 할 수는 없잖습니까?"

"나중에 이 사실을 알면……."

"확실하게 확인하고 넘어가야 합니다. 어쩔 수 없는 선택이에요. 수사를 중단하자고 하는 것도 그렇고, 부상을 입어 그런 것도 있겠지만 우리 레이더에서 벗어나 있었던 유일한 팀원입니다."

"그거야 어쩔 수 없었던 거잖아요. 실제로 큰 상처를 입었고요."

"일단 비밀로 하시죠. 그 후에……."

현관으로 누군가 걸어오는 소리가 들렸다.

똑똑!

"검사님, 저희 왔습니다."

안 경위 목소리였다.

"네, 잠시만요."

한 검사는 현관으로 가 문을 열었다.

"들어오세요."

"검사님, 뉴스 보셨습니까?"

"뉴스요? 우선 들어오세요. 최 경위님, 고생하셨어요."

"아닙니다, 검사님."

뒤늦게 들어온 최 경위가 가볍게 목례하며 인사했다. 도 경감과도 인사를 간단히 나눴다.

"채이돈 의원이 죽은 게 사실입니까?"

안 경위에 이어 최 경위도 덧붙여 물었다.

"어떻게 된 겁니까? 문제없이 처리됐다고 하지 않으셨습니까?"

"생각지 못한 일이 발생했어요."

"그게 무슨 말씀이세요?"

"그러니까……."

채이돈 의원 살인사건 당일. 현장

카페에 들어선 채이돈 의원은 남자 화장실로 들어갔다. 좌변기 칸막이 문을 열고 들어서려 할 때, 안에서 나상남 경사와 남시보 순경이 나왔다.

"뭐야, 당신들!"

채 의원은 깜짝 놀라며 뒷걸음질 쳐 밖으로 나가려 했다. 그때 화장실로 박범수가 들어왔다.

"당신들 뭐야? 나한테 왜 이래?"

나 경사는 손으로 급히 채 의원의 입을 틀어막았다.

"읍읍……."

"채 의원님, 걱정 마시고 조용히 계십시오. 그러면 아무 문제 없습니다."

"으읍……."

채 의원은 눈을 치켜뜨며 고개를 끄덕였다.

박범수는 주머니에서 주사기를 꺼내 좌변기에 약물을 버리고 물을 내렸다. 그리고 바로 화장실을 나갔다. 그런데 그때, 상황을 지켜보던 채 의원이 갑자기 실신했다. 처음엔 기절한 것이라

생각해 흔들어 깨워 봤지만 정신이 돌아오지 않았다. 나 경사는
당황스런 얼굴로 계속 채 의원의 어깨를 흔들었다.

"나 형사님, 잠시만요."

남 순경은 혹시나 하는 마음에 채 의원의 코에 손을 가져다
댔다.

"숨을 안 쉬어요. 어쩌죠?"

"뭐? 그럼 빨리 CPR을……."

나 경사는 급히 채 의원을 눕혀, 가슴에 힘을 가하며 심폐 소
생술을 실시했다. 남 순경은 식은땀이 고인 손으로 한 검사에게
전화를 걸었다.

"정말 죽었단 말입니까?"

최 경위는 허탈한 표정으로 물었고, 한 검사는 고개를 끄덕이
며 대답했다.

"네. 갑자기……."

"살인범은 어디 있습니까? 왜 체포하지 않고 그냥 보낸 겁니
까?"

"최 경위님, 박범수 씨는 우리에게 협조하기로 했어요."

"그놈을 믿을 수 있는 겁니까? 지금 어디에 있습니까?"

도 경감은 박범수를 찾는 듯 두리번거리는 최 경위를 말리며
말했다.

"최 경위, 나 경사가 함께 있어요. 당분간은 평상시처럼 행동하라고 지시해 뒀으니 박범수를 만나서는 안 됩니다."

"경감님, 그놈은 채 의원을 죽이려 했던 놈입니다. 어떻게 그런 놈을 믿으십니까?"

"지금으로서는 믿을 수밖에 없어요. 그리고 박범수를 떠나 나 경사를 믿어 보는 게 어떻겠어요? 나 경사의 친구라고 하니."

"이 상황에선 협조하는 척하는 거겠죠. 언제 배신할지 모릅니다. 당장이라도 잡아 와서 조사해야 합니다, 검사님."

"이번 일에 협조했으니 우선은 믿어야 할 것 같아요. 본인의 목숨을 걸 만큼 쉽지 않은 결정이었어요. 그들이 지켜보고 있다고 했고요. 그래서 그 방법을 선택한 거잖아요. 결국 채이돈 의원을 지키진 못했지만요. 죄송해요, 그 점은……."

안 경위는 한 검사를 향해 손을 내저으며 말했다.

"아닙니다, 검사님. 검사님이 죄송할 일은 아니지 않습니까? 재수가 없었을 뿐이죠. 최 형사님, 경감님도 믿어 보자고 하시니 지켜보시죠. 나 형사님이 지키고 있는데 바로 배신하거나 도망치지는 못할 겁니다. 안 그렇습니까? 경감님."

"그래요. 나 경사가 곁에서 계속 설득해 보겠다고 했어요. 나 경사를 믿어 보죠, 최 경위."

"다들 그렇게 말씀하시니, 알겠습니다. 그럼 채 의원이 가지고 있었다는 증거물은 확보한 겁니까?"

"확보한 상태예요. 나영석 경위가 현재 분석 중에 있으니 조금 있으면 관련해서 알 수 있을 겁니다."

최 경위는 도 경감의 말에 끄덕이며 한 검사를 바라봤다.

"검사님, 채 의원이 팀장님께 다크킹덤의 정보를 제공한다고 한 게 사실일까요?"

"남시보 순경의 말로는 그랬어요. 곧 분석 결과가 나오면 알 수 있겠죠."

"그럼 지금 나 경위는 과학수사대에 있는 겁니까?"

도 경감이 나서서 대신 말했다.

"아니에요. 국과수에 있어요."

안 경위는 거실을 둘러보더니 한 검사에게 물었다.

"남시보 순경은 어떻게 된 겁니까? 주명근을 잡았다가 놓쳤다고 들었습니다. 저희처럼 그놈한테 당했다고…… 괜찮은 겁니까?"

"다행히 윤 경위님이 제 시간에 도착해 안전하게 구할 수 있었어요."

"다행입니다. 그놈 얼굴이라도 봤어야 했는데…… 죄송합니다."

안 경위가 고개 숙여 사과하자, 최 경위도 함께 고개를 숙이며 말했다.

"저도 명목 없습니다. 강력계 형사 경력이 몇 년인데, 그렇게 한 방에 나가떨어진 적은 처음이었습니다. 뭐라 드릴 말씀이 없네요."

도 경감은 손을 내저으며 말했다.

"아니에요, 최 경위. 그 정도라 다행이에요. 남 순경이 차로 납치당할 뻔한 걸 겨우 막았다고 들었어요."

"정말입니까?"

"네, 안 경위님. 그 전에 구출돼 다행이죠. 그리고 남 순경님이 공범 얼굴을 봤다고 하네요."

한 검사의 말에 도 경감이 덧붙여 말했다.

"박 순경이랑 함께 몽타주를 만들고 있어요."

"지금 남 순경은 본부에 있는 겁니까?"

"그럴 거예요."

잠시 후, 최 경위가 화장실에 가기 위해 자리를 떴을 때 그 뒷모습을 지켜보던 도 경감이 나지막이 입을 열었다.

"안 경위, 조용히 내 말 잘 들어요."

"네."

"남 순경은 지금 위층에 있어요."

"네? 위층에요?"

"쉿!"

최 경위, 안 경위 도착 30분 전

안전 가옥 현관문으로 한서율 검사와 남시보 순경이 들어왔다. 거실에서는 도민 경감이 기다리고 있었다.

"이제 오십니까, 검사님."

"먼저 와 계셨네요?"

"안녕하십니까, 경감님."

"그래요, 남 순경. 몸은 괜찮아요?"

"네, 이제는 아무렇지도 않아요."

"다들 그 정도라 다행이에요. 어떤 자인지 몰라도 무술 실력이 대단한 것 같네요. 그런 자가 주명근과 공범이라니 만만치 않겠어요."

"그래도 그자의 얼굴을 봤으니 그게 어디에요."

한 검사는 말하다 뭔가를 찾는 듯 두리번거리더니 도 경감에게 물었다.

"경감님, 어디에 계신가요?"

"2층에 박 순경과 있습니다."

2층을 올려다 본 한 검사는 남 순경에게 말했다.

"남 순경님, 2층에 올라가서 박민희 순경과 함께 공범 몽타주를 만들어 주세요."

"네. 그럼 저는 올라가 보겠습니다."

일어서려는 남 순경에게 도 경감이 말했다.

"저기, 남 순경. 부르기 전까지는 내려오지 말아요. 아래에서 무슨 소리가 나더라도 절대 내려오지 말고요. 알겠죠?"

"경감님, 무슨 일로 그러세요?"

"남 순경, 모른 척 해줘요. 부르기 전에는 내려오면 안 됩니다. 박 순경에게도 말해 뒀으니 자세한 건 박 순경에게 들어요."

"알겠습니다."

남 순경은 목례한 후 2층으로 뛰어 올라갔다.

"괜찮을까요? 경감님."

도 경감은 안 경위 옆으로 바짝 붙어 앉아 귀에다 대고 말했다.

"듣기만 해요. 내부에 스파이가 있는 것 같은데 그게 최 경위인 것 같아요."

"아니……."

깜짝 놀란 안 경위가 말하려하자, 도 경감이 어깨에 손을 올리며 재빨리 끊었다.

"듣기만 해요. 물론 놀랐겠죠. 그래서 거짓말을 했어요. 나 경위는 현재 과학수사대에서 증거물을 분석 중에 있어요. 남 순경은 여기서 공범 몽타주를 작성하고 있고요. 그러니 그렇게 알고 있어요."

안 경위는 아무 말 없이 고개만 끄덕였다. 도 경감은 자리로 돌아가 앉았다.

"안 경위님, 주일 빌딩에 갔던 건 어떻게 됐나요?"

"아, 검사님. 그게…… 영장이 없다 보니 재대로 수색할 방법이 없었습니다."

"찾은 게 없었나 보군요."

"네."

"주필상이 수색 허가를 내준 건 이미 완벽히 정리가 되어 있었기 때문일 겁니다."

"네. 그건 알고 있었지만, 주명근과 공범의 흔적이라도 찾을 수 있지 않을까 했어요. 괜히 고생만 하셨네요."

그때 최 경위가 화장실에서 나오며 말했다.

"검사님, 방금 전에 정보원이 주일 빌딩에서 나가는 주명근을 봤다고 연락이 왔습니다."

도 경감은 눈을 치켜뜨며 물었다.

"최 경위, 확실한 거예요? 지금 어디에 있는지 파악된 겁니까?"

"네, 경감님. 서울 외곽으로 빠져 나갔다고 합니다. 계속 쫓으라고 지시해 뒀습니다만 바로 가 봐야 할 것 같습니다."

최 경위가 밖으로 급히 나가려하자, 안 경위도 일어서며 말했다.

"저도 같이 가겠습니다, 최 형사님."

"그렇게 해, 안 형사."

"그럼 조심하시고, 위치 확인되시면 연락 주세요."

최 경위와 안 경위가 안전 가옥에서 나가자, 2층에서 남 순경이 천천히 내려왔다.

제10화

여명이 밝아 오다

어둠이 내려도 더위가 식을 줄 모르는 무더운 밤이었다. 한 남자가 별장 주위를 어슬렁거리다, 담벼락 위로 얼굴을 빼꼼히 내밀어 별장 전경을 살피고 있었다. 낌새가 느껴졌는지 손전등으로 담벼락 주변을 비추며 순찰하던 경비 요원들은 남자를 발견하고 빠르게 달려왔다.

"거기 누구야? 뭐 하는 놈이야?"

남자는 잠시 엉거주춤하다 두리번거리며 뛰기 시작했다. 경비 요원들은 소리를 지르며 그를 뒤쫓았다.

사력을 다해 도망치던 그의 앞에 허름한 폐허가 나타났다. 그는 들어가기가 망설여졌지만, 가까워지는 발소리에 쫓기듯 안으로 들어갔다. 경비 요원들도 폐허를 발견하고는 먼저 들어가 보라며 서로의 등을 떠밀 만큼 오싹한 분위기였다.

결국 경비 요원 세 명은 같이 들어가기로 하고, 손전등을 이리저리 비추며 그를 찾았다. 그는 안방 낡은 장롱 안에 숨어 문틈으로 밖을 내다보고 있었다. 경비 요원 중 한 명이 안방으로 들어와 방 안을 살피는가 싶더니, 장롱 안에 그가 있다는 것을 바로 눈치채고 나머지 두 명에게 조용히 손짓했다.

"저기, 저 장롱에 쥐새끼가 숨어 있네."

"그래? 잘됐네. 어서 들어가자고."

안방에 들어선 경비 요원 중 한 명이 큰 소리로 호통을 쳤다.

"쥐새끼야, 이제 나와! 거기 있는 거 다 알아!"

그는 나가야 할지 여기서 버텨야 할지 고민하고 있었다. 기다려도 나올 기미가 보이지 않자, 경비 요원이 장롱으로 다가가 벌컥 문을 열었다. 그 순간, 뒤에서 지켜보던 경비 요원이 갑자기 앞으로 꼬꾸라져 넘어졌다. 장롱 문을 연 경비 요원은 깜짝 놀라 뒤돌아보았다.

"뭐야?"

눈 깜짝할 사이에 어디선가 검은 그림자가 나타나더니 주먹이 날아들었다. 그 주먹에 맞은 경비 요원은 그대로 쓰러져 기절했고, 안에서 그 광경을 지켜보던 남자는 장롱에서 뛰쳐나와 도망쳤다. 하지만 검은 그림자는 그를 쫓지 않고 나머지 경비 요원 두 명을 마저 기절시켰다.

남자는 차를 주차해 놓았던 곳으로 달려갔다. 다행히 쫓아오는 사람은 보이지 않았다. 겨우 한숨 돌리며 차 문을 여는데, 갑자기 차 문이 닫히며 검은 그림자가 그의 앞에 나타났다.

깜짝 놀란 그는 곧바로 검은 그림자에게 주먹을 날렸다. 하지만 그림자는 재빠르게 그의 손을 움켜잡았다.

"나예요. 괜찮아요."

"누구……."

그는 그제야 검은 그림자의 얼굴을 유심히 살폈다.

"어! 오민석 씨?"

"그래요. 여기까지 미행한 겁니까?"

오민석을 미행해 이곳까지 온 그는 이연우 경위였다.

"어쩔 수 없잖아요. 뭐라도 찾으려면……."

"이러지 말라고 했잖아요. 당신도 위험해질 수 있다고 경고했을 텐데요. 정말 죽고 싶은 겁니까?"

"이러지 말고 우선 차에 타요."

이 경위가 운전석에 타자 뒤따라 오민석도 조수석에 앉았다.

"오래 못 있어요. 너무 깊게 들어왔어요. 내가 다시 말하지만, 당신이 사건을 파헤쳐서 한 형사님 살인범을 찾는다 해도, 당신은 어쩌지 못한단 말입니다. 그 뒷배가 당신을 가만 두지 않을 거예요. 그들은 거대한 함선이에요. 당신은 조그마한 종이배에 불가하고요. 둘이 부딪히면 어떻게 되겠어요? 뻔한 싸움입니다. 당신만 다쳐…… 아니, 죽는다고."

"쉬운 일이 아니라는 건 이미 알고 있습니다. 하지만 경감님을 죽인 살인범을 잡아야 함선이고 뭐고 그 정체를 밝힐 수 있지 않겠어요. 우선 그 살인범을 잡아 증거라도 확보해야죠."

"잡아서 살인 교사로 잡아넣으려고요? 그게 될 것 같아요? 해봤자 꼬리 정도 잡아 볼 겁니다. 저 대가리에 뭐가 있는지 절대 알 수 없단 말입니다. 이건 절대 혼자 할 수 있는 일이 아니에요. 당신 같이 초보 형사가 할 수 있는 일은 더더욱 아니란 말입니다. 힘을 키워서 와요. 서장 정도될 때까지는 괜히 그들을 자극하지 말라고요. 힘이 생겼을 때 그나마 그들을 잡을 수 있는 확률이 높을 겁니다. 그 전까지는 계란으로 바위 치기예요."

"그동안 그들이 저지를 범죄는 어쩌고요?"

"그러니까 힘을 빨리 키워야죠. 한 형사님께도 똑같은 말을 했었죠. 지금은 아무리 해도 안 된다고. 당신 혼자로는 아무것도 못 한단 말입니다."

"혼자가 아니에요. 함께하는 서……."

"말하지 말아요. 내가 알면 그 사람도 위험할 수 있으니. 정말 그들이 누구인지 알고 싶고 잡고 싶다면 힘을 키워요. 이렇게 젊은 패기로 무작정 달려들지 말고. 이런 식이면 도와줄 수가 없어요. 힘을 키워 오면 그때는……."

오민석은 말하다 잠시 머뭇거렸다. 그 순간 이 경위가 그의 팔을 잡으며 물었다.

"그때는 뭐요?"

"아니에요. 이제 그만 가 봐요. 나도 가 봐야 하니 다신 미행하지 말아요. 이번처럼 도와줄 수 있을지 그땐 정말 모르니까."

오민석은 이 경위의 손을 밀어내며 차에서 내렸다. 그리고 곧장 어둠 속으로 달려갔다.

박범수와 나상남 경사는 나란히 길을 걸으며 대화를 나누고 있었다.

"당분간 오지 말라고 했잖아."

"괜찮아. 내가 너 보러 한두 번 온 것도 아니잖아. 이상하게 생각지 않을 거야. 차라리 같이 있다가 그냥 돌아가는 게 더 나을 거다."

"아무튼 자식은, 다 자기 마음대로라니까. 앞으로 어떻게 할 거냐?"

"그건 내가 물어볼 말인데."

"뭐?"

"그렇잖아. 네가 알고 있는 걸 다 말해 줘야 우리도 앞으로 어떻게 할지 계획을 짤 거 아니야."

"내가 말했잖아. 나도 모른다고."

"나 형사님, 도착했어요."

"박 형사, 한 바퀴만 돌자."

"상남아, 시간 다 됐어. 안 가면 나 죽어. 너도 마찬가지고. 그냥 보내 줘. 어?"

"박 형사, 어서!"

"네."

차가 출발하자 나 경사는 박범수의 팔을 잡아채며 말했다.

"범수야, 솔직히 말해. 정말 다크킹덤이 뭔지 몰라?"

"모른다고. 그게 뭔데?"

박범수가 손을 뿌리치며 말하자, 나 경사는 그의 어깨를 가리키며 물었다.

"그럼 네 어깨에 있는 그 문신은 뭐야?"

"타투?"

"그래."

"타투는 왜? 처음 이 일을 제안했던 사람이 어깨에 타투를 해야 한다고 했어. 그래야 자기 사람인 걸 확인할 수 있다고. 피아 구분을 위해 필요하다고 말이야."

"그런데 다크킹덤을 몰라?"

"뭐야? 이 타투가 다크킹덤과 관련된 거야?"

"이 자식, 정말 모르나 보네. 너한테 이런 일을 시킨 놈이 대체 누구야?"

"일성이라는 사람이야."

"일성? 그게 이름이야?"

"본명은 아닐 거야. 그보다 상남아, 지금 이럴 시간이 없다니까? 지금……."

박범수가 나 경사의 무릎을 잡으며 말하려는데 나 경사가 그의 손을 잡으며 말을 가로챘다.

"범수야, 여기서 멈춰. 그들이 뭐라고 했는지 몰라도 여기서 멈춰야 한다. 그래야 내가 널 도울 수 있어."

"상남아, 내가 들어가지 않으면 도움이고 뭐고 나도 당장 죽는다고."

"그렇게 안 되게 해 줄게. 그러니까 내 말 들어."

"좋아. 그 일성이라는 사람은 언제 만날 수 있어?"

나 경사의 질문에 박범수는 고개를 가로저으며 말했다.

"내가 연락할 방법은 없고 그가 직접 찾아와. 귀신같이 내가 어디 있는지 알고 찾아온다고. 분명 나한테 사람을 붙인 거겠지."

"그래? 범수야, 집에 도청 장치나 카메라가 있는 거 아닐까? 혹시 있을 수 있으니까 티 내지 말고 자연스럽게 행동해. 알겠지?"

"그런 건가? 왜 난 그 생각을 못 했지."

"그리고 다크킹덤은 비밀이다. 아무에게도 말하면 안 돼. 궁금하다고 어디에 묻지도 말고. 내가 준 거 잘 가지고 있지? 일성이 오면 호출해. 바로 달려올 테니까."

"그래."

2005년 9월

이연우 경위와 서필감 경위는 한 카페에서 만났다.

"그런 일이 있었어요?"

"다행히 오민석 씨 도움으로 들키지 않고 나올 수 있었습니다."

"그자가 정말 아닐까요?"

"저번에도 말씀드렸잖아요. 이번 일도 그렇고, 아닐 겁니다."

"그래요. 살인범이라면 그러지 않았겠죠. 그럼 그자가 경고한 대로 여기서 멈춰야 하지 않겠어요? 사실 오민석 씨 말이 맞잖아요. 우리 힘으로는 역부족이에요. 말 안 했지만, 나도 곧 좌천될 것 같아요. 징계 위원회에서 지방 전출을 검토하고 있다고 들었어요."

"네? 이제 와서요? 갑자기 왜죠?"

서 경위는 고개를 가로저으며 말했다.

"갑자기가 아니에요. 여론 눈치를 보고 있다가 이제야 처리한 거죠. 예상은 했어요. 그러니 이 경위 혼자 힘으로는 절대 안 돼요. 오민석이라는 그 사람 말 들어요. 나도 지방으로 내려가면 돕기 어려울 거예요."

"사실 저도 생각을 해 봤습니다. 과연 가능한 일일까? 오민석 씨 말대로 계란으로 바위 치기라는 것도 알고요. 하지만 알면서도 보고만 있어야 한다는 게……."

"무슨 말인지 알아요. 하지만 혼자서는 불가능해요. 믿을 만한 사람들을 모아 보는 건 어때요?"

"그건 아직 아닌 것 같습니다. 알아낸 것도 없는데 위험한 일에 무작정 동료들을 끌어들이는 건 마음에 걸려서요. 구체적인 증거를 찾아 실체에 좀 더 다가간 후 도움을 청해도 늦지 않을 것 같아요."

"그럼 그때까지 혼자 하겠다는 거예요? 그건 자살 행위예요. 절대 안 됩니다. 그게 아니라면 기다려요. 오민석 그 사람 말대로 힘을 키운 다음에 다시 만납시다. 시간이 많이 걸리겠지만, 그래도 그게 좋겠어요."

"그 방법밖에 없는 걸까요?"

"어쩔 수 없잖아요. 죄책감 같은 거 갖지 말아요. 반장님도 그걸 원친 않으실 거예요. 그자도 나중에 찾아오라고 했다면서요? 우리가 다시 찾아와 주길 바라는 것일지도 몰라요."

"말을 흐리긴 했지만 분명 그렇게 말했어요. 나중에 힘을 키워서 찾아오라고……."

"그렇게 합시다. 반장님 사건은 잠시 묻어 두고, 배후가 누구인지 그들의 실체를 밝힐 수 있는 증거들을 모으는 작업부터 하죠. 반장님도 채이돈 의원과 채비로 경위를 지켜보라고 하셨잖아요. 먼저 그 사람들을 지켜봐요. 난 요정에서 봤던 김기창에 대해 좀 더 조사해 볼 테니."

이 경위는 스스로 다짐하듯 결의에 찬 눈으로 고개를 끄덕이며 말했다.

"그렇게 하시죠. 서 경위님, 조심하셔야 합니다."

"나야 지방으로 내려가면 그들 눈에서 멀어지니 크게 문제없을 거예요. 하지만 이 경위를 지켜보고 있을지 모르니 항상 조심해야 해요."

"네. 명심하겠습니다."

남 순경은 2층에서 박 순경과 주일 빌딩 가건물에서 봤던 공범 몽타주를 작성하고 있었다. 1층에서 목소리가 들려오자, 남 순경은 조심스럽게 문을 열어 아래층 대화를 엿들었다. 그리고 최 경위와 안 경위가 나가는 것을 확인한 후 1층으로 내려갔다.

"경감님, 죄송해요. 대화를 엿들었어요. 왜 최우철 형사한테 제가 본부에 있다고 말씀하신 거죠?"

"남 순경, 해장국집에서 얘기한 거 기억나죠?"

"설마…… 최우철 형사를 의심하시는 건가요?"

"맞아요. 팀원들 중에 최 경위가 가장 의심스러워요. 수사를 중단하자고 계속 주장하는 것도 그렇고, 팀원들과 떨어져 있으면서 수사 내용을 다 알고 있기도 했고요. 쉽게 외부에 내부 정보를 전할 수 있었을 거예요."

"그건 사고로 어쩔 수 없었던 거잖아요. 수사를 중단하자고 한 것도 일리가 있는 말이었고요."

"남 순경, 알아요. 쉽게 의심한다고 생각할 수 있어요. 하지만 반드시 확인은 하고 넘어가야 해요. 그렇지 않으면 계속 그들 뒤만 쫓을 뿐이에요. 다음은 누가 위험에 노출될지 모를 일이고요."

그 순간, 남 순경은 본부에서 봤던 한 검사의 시체가 떠올랐다.

"……"

"남 순경, 왜 그래요?"

"아······. 아니에요. 무슨 말씀인지 알겠어요. 경감님, 혹시 의심 가는 팀원이 또 있으신가요?"

"사실 안민호 경위도 의심하고 있어요."

"안민호 형사요? 에이, 아니에요. 안민호 형사가 팀장님을 얼마나 따르고 존경했는데요. 힘들어하는 것도 직접 보셨잖아요."

"알아요. 그래도 확실히 해 두고 싶었어요."

"의심하고 계신다면 왜 제가 여기 있다고 모두 말씀하신 거예요? 나영석 경위가 있는 곳도 사실대로 말씀해 주셨잖아요."

"아니요. 나 경위는 과학수사대에 있지 않아요. 곧 여기로 올 겁니다. 그리고 이곳에서 다른 곳으로 장소를 옮길 거예요."

"정말요? 검사님은 다 알고 계셨어요?"

"미안해요, 남 순경님. 경감님이 당분간 비밀로 하자고 하셔서요. 아마 남 순경님한테 말씀하셨을 때 저한테도 얘기하셨을 거예요. 그래서 채이돈 의원 건도 경감님의 도움을 받은 거고요."

"그래서 그랬군요. 그럼 박민희 형사는 믿으시는 거죠? 나상남 형사도······."

"네. 채이돈 의원 사건으로 나 경사는 믿을 수 있게 됐어요. 박 순경은······."

도 경감의 말을 가로채듯 한 검사가 덧붙여 말했다.

"그건 제가 확인했다고 말씀드렸어요. 그래서 채이돈 의원 사건에도 합류시킨 거고요."

"그래서 최우철 형사와 안민호 형사를 일부러 주일 빌딩에······."

"그런 것도 있죠. 어, 박 순경 내려오네요."

한 검사가 가리키는 곳에 종이 한 장을 들고 계단을 내려오는 박 순경이 보였다.

　"경감님, 검사님. 몽타주 나왔습니다."

　"그래요? 어서 보죠."

　도 경감이 일어나 박 순경이 건넨 몽타주를 확인했다.

　"이자군요. 눈을 보니 그렇네요."

　도 경감은 몽타주를 한 검사에게 건넸다.

　"어! 이 사람……."

　한 검사는 깜짝 놀라 입을 열었지만, 더 말하지 못하고 말끝을 흐렸다.

　"왜 그러세요, 검사님?"

　"아니……. 이 사람…… 오민석이라는 사람이에요."

　"오민석이요?"

　되묻는 남 순경을 뒤이어 도 경감이 물었다.

　"검사님, 아는 사람입니까?"

　"네, 예전에 저 어릴 때…… 맞아요. 엘리베이터…… 맞네요. 그래서 땀을 흘리고 있었던 거야."

　한 검사가 혼잣말하듯 말하자 남 순경이 답답했는지 되물었다.

　"그게 또 무슨 말씀이세요?"

　"아니요. 그러니까 그날……."

　한 검사는 주필상을 만나고 나오는 길에 엘리베이터 앞에서 오민석을 만난 일에 대해 얘기해 주었다. 어릴 적 아버지와 오민석이 만났다는 것과 아버지가 그날 이후 세상을 떠났다는 사실까지도.

"그런 일이 있었군요."

도 경감이 안타까워하며 말을 끝맺자마자 남 순경이 물었다.

"혹시 그자가 검사님 아버님을 살해한 것은 아닐까요?"

"그건 나중에요. 그것보다 이자가 연쇄 살인범이라는 증거를 찾아야 해요. 주명근과 어떤 관계인지도요."

"그자가 주명근을 이사님이라고 부르더라고요."

"그래요? 그럼 주필상의 사람이 아닐까요?"

곰곰이 생각하던 도 경감은 무언가 생각이 난 듯 입을 열었다.

"그리고 보니, 팀장님 정보원이 주명근을 이사님이라고 부른 자를 봤다고 하지 않았나요?"

"맞아요. 그 정보원에게 몽타주를 보여 주면 확실하게 알 수 있을 거예요. 만약 동일인이라면 주필상과도 연관이 있다고 봐야겠죠?"

"그럴 것 같은데요. 오민석이라는 자를 잡으면 확실해지겠죠."

한 검사는 잠시 숨을 고른 뒤 말했다.

"근데 최우철 경위의 말은 믿어야 할까요? 쉽게 찾지 못했던 주명근을 바로 찾아냈다고 하니 좀 수상해서요."

"안 경위도 같이 갔으니 거짓말은 아닐 겁니다."

그때 현관문 초인종 소리가 울렸다.

"제가 나가 볼게요."

남 순경이 현관으로 나가 물었다.

"누구세요?"

"나영석 경위입니다."

"네, 잠시만요."

나 경위는 마음이 급한 듯, 현관문이 열리자마자 곧장 도 경감을 찾았다.

"경감님, 경감님 말씀이 맞았습니다."

"나 경위님, 그게 무슨 말씀이세요?"

"어, 남 순경. 경감님이 CCTV 영상 시간을 화재 처리가 모두 끝난 시간에 맞춰 찾아보라고 하셨거든."

"왜요?"

나 경위는 도 경감을 한 번 힐끗 쳐다보고 말을 이었다.

"조사하던 CCTV 영상 시간대에서는 우리가 찾던 차량들 모습이 나타나지 않았어. 그런데 경감님이 화재 처리가 모두 끝난 이후에 인천을 나갔을 거라고 하셔서. 화재 처리가 끝난 시간대부터 CCTV 영상을 훑어봤지."

"거기서 나온 거군요."

"나 경위, 어디로 이동했는지 확인된 건가요?"

"네, 경감님. 서울 경찰 특공대였습니다."

남 순경은 동그래진 눈으로 나 경위를 쳐다봤다.

"경찰 특공대요? 그럼 경찰이 개입되었단 말씀이세요?"

"나 경위, 나머지 두 대는 어떻게 됐어요?"

도 경감의 물음에 나 경위는 머리를 긁적이며 대답했다.

"그게, 송내역 환승 센터로 들어간 이후로 나오지 않고 있습니다. 아마 그곳에서 차를 바꿔 타고 나온 것이 아닌가 싶습니다."

"그럴 수 있겠네요. 그 이후로는 확인이 안 된 건가요?"

"그것까지 확인하기에는 시간이 없었습니다."

"그렇겠네요. 고생했어요, 나 경위. 채 의원 USB는……."

나 경위는 가방에서 서류철과 작은 봉투를 꺼냈다.

"경감님, 그 전에 봉투 속에 있는 사진을 먼저 보시죠."

"사진이요?"

도 경감은 봉투에서 사진을 꺼내 한 장씩 살펴보며 말했다.

"이들이 누구…… 어? 이건 주필상이잖아요. 그 옆에 이필석 의원도……."

"네. 아는 사람들이 꽤 보이실 겁니다."

"조덕삼 검사, 이대우 대법관도 있네요. 여기가 어디예요? 전원주택처럼 보이는데."

"별장 같습니다. 위치는 파악 중에 있습니다."

도 경감이 사진을 한 검사에게 건네고 서류철을 펼쳐 보자, 나 경위가 말을 이어 갔다.

"그 서류는 사진 속 인물들 명단과 USB에 있던 명단입니다. 그리고 장부가 하나 있었습니다."

사진을 보던 한 검사는 깜짝 놀라며 나 경위에게 되물었다.

"장부라고 하셨어요?"

"네, 검사님. 별장에 들락거렸던 사람들에게 뇌물을 준 내역 같습니다. 사진에 없는 사람들도 있습니다."

"경감님, 이 사람들이 다크킹덤 조직원들일까요?"

"그럴 가능성이 높겠죠."

"경감님, 맨 마지막 장 문서를 보시죠."

도 경감은 서류철 맨 마지막 장을 펼쳤다.

"어! 이건……."

"네. 예전에 민우직 팀장님께서 말씀하신 그 문서 같습니다."

"팀장님이 말씀하셨던 거요?"

민우직 팀장 얘기에 남 순경도 도 경감이 들고 있던 서류를 빼꼼히 들여다봤다.

"그러네요. 그때 팀장님 말씀대로 상단에 다크킹덤이라는 글자가 크게 쓰여 있어요."

"채이돈 의원도 다크킹덤 멤버가 누구인지는 모르고 있었던 것 같네요."

"알지 못한다고 말하지 않았습니까?"

뒤에서 들려오는 목소리에 한 검사가 고개를 돌렸다.

"안에만 있으려니 답답하군요. 도 경감, 내가 거짓말이라도 한 줄 알았습니까?"

"채 의원님, 그건 아닙니다. 정확히 해 둬야 수사에 혼선이 없지 않겠습니까?"

한 검사 살인사건 당일, 주일 빌딩 살인사건 D-6

날이 밝아 오기 전 푸르스름한 새벽에 차 한 대가 별장을 나왔다. 차우석은 대문이 '끼이익!' 하고 굉음을 내며 열리는 소리에 잠에서 깼다. 대문에서 멀리 떨어져 있었지만 주변이 조용해 유난히 소리가 크게 들렸다.

별장에서 나온 차는 김기창의 차였다. 차우석은 곧바로 그의 차를 쫓았다. 차는 서울 근교에 있는 어느 한정식집 앞에서 멈췄다. 김기창이 차에서 내리자, 기다렸다는 듯 맞은편 차에서도 한 남자가 내렸다.

김기창에게 다가가 고개 숙여 인사하는 자는 대검찰청 차장 검사 윤필두였다. 차우석은 서둘러 조수석에 있던 카메라를 들어 그들이 만나는 장면을 촬영했다. 김기창은 윤 검사의 어깨를 토닥이며 한정식집 안으로 함께 들어섰다.

운전사들도 차에서 내려 한정식집 옆 또 다른 음식점으로 들어갔다. 아무도 없다는 걸 확인한 차우석은 차에서 내려 한정식집으로 향했다.

"어서 오십시오. 예약하셨습니까?"

"예약이요? 아니요."

"저희는 예약제로만 받고 있어서요. 죄송합니다."

"한 자리도 없을까요?"

"죄송합니다, 손님. 예약하고 오셔야 합니다."

차우석은 어쩔 수 없이 밖으로 나와 한정식집 둘레를 한 바퀴 돌았다. 혹여나 그들이 자리 잡은 자리를 들여다볼 수 있을지 확인하기 위해서였다. 하지만 그런 곳은 없었다.

차우석은 다시 차로 돌아와, 차에서 그들이 나오기만을 기다렸다. 한정식집에 자리를 잡은 김기창과 윤 검사는 오찬을 즐기며 담소를 나눴다.

"이곳에 올 때마다 느끼는 거지만, 옛날에 어머니가 내오셨던 밥상을 보는 것 같아 간혹 눈물이 날 때가 있어요."

"그러십니까? 자당께서 요리를 아주 잘하셨나 봅니다."

"그러셨죠. 이런 곳을 차려도 좋을 만큼."

"이곳에 자주 오시나 봅니다."

"자주가 뭡니까? 40년 단골이에요."

"그러십니까? 아하, 이곳이 그렇게 오래된 곳입니까?"

"100년이 다 된 곳이에요."

"100년이요? 아……."

윤 검사는 놀란 나머지 헛웃음이 나왔고, 김기창은 천장의 서까래를 가리키며 말했다.

"한 세기 동안 모진 풍파를 버티고 이곳을 지킨 음식점입니다. 그것만으로 대단한 거 아니겠어요?"

"네. 정말 대단한 곳이네요."

"우리도 이제 100년을 이어 갈 왕국을 건설해야 하지 않겠어요?"

"옳으신 말씀입니다, 어르신."

"우리가 지금 몇 번째입니까? 그쪽은 더 이상 안 될 것 같아요."

"저도 같은 생각입니다만, 그렇다고 마땅한 곳이 없지 않습니까?"

"없으면 만들면 되죠. 안 그래요?"

"⋯⋯직접 만들자는 말씀입니까?"

"개나 소나 만드는 걸 왜 우리만 못 만듭니까?"

"구심점이 없지 않습니까? 우리 힘만으로는⋯⋯."

"그것도 만들면 되죠. 곧 구심점이 나타날 겁니다."

"그게⋯⋯ 무슨 말씀입니까? 생각해 두신 분이 계십니까?"

"기다려 봐요. 곧 우리 앞에 나타날 테니."

"저기, 어르신⋯⋯."

윤 검사는 김기창의 눈치를 살피고는 말을 잇지 못했다.

"괜찮으니 편히 말해 봐요."

"어르신, 저는 안 되겠습니까?"

"오호! 윤 차장, 그런 포부를 갖고 있었어요?"

"⋯⋯지금까지 어르신을 보필해 오면서 어르신이 꿈꾸시는 나라를 누구보다 잘 만들어 갈 수 있을 거라 생각했습니다. 저에게 그 자리를 내어주시죠, 어르신."

"윤 차장, 그건 누구보다 내가 잘 알죠. 하지만⋯⋯ 지금은 때가 아니에요. 윤 차장에게는 미래가 있잖아요. 좀 더 기다려요."

"⋯⋯"

"기회가 올 겁니다. 그때를 놓치지 말아요."

윤 검사는 자리에서 일어나 허리 숙여 인사했다.

"감사합니다, 어르신."

"그러니 어서⋯⋯ 아! 아니지. 굳이 새로 만들 필요가 있나요. 남는 거 하나 가져오면 되지 않겠어요?"

"알겠습니다. 그 방법도 생각해 보겠습니다."

"그래요. 이제 앉아요, 앉아."

"예."

윤 검사는 다시 한번 고개 숙여 인사하고는 자리에 앉았다.

"이제 얼마 남지 않았어요. 우리가 그토록 숙원해 왔던 그날이 말이에요. 이제 이 캄캄한 어둠에서 나올 때가 된 겁니다. 아셨어요?"

"네. 알겠습니다, 어르신."

어슴푸레 붉은 빛이 돋는 아침에 차 조수석에서 졸고 있는 안민호 경위가 보였다. 그때 운전석 문이 열리고 최우철 경위가 올라탔다. 문 닫히는 소리에 안 경위가 번쩍 눈을 뜨며 운전석을 쳐다봤다.

"어! 어디 다녀오십니까?"

"일어났네? 정보원과 통화 좀 하고 왔어. 자는 것 같아서 깰까 봐."

"깨우시죠. 깜빡 졸았습니다."

"아니야, 괜찮아. 좀 더 자. 내가 지켜보고 있어도 돼."

"그런데 이곳이 맞기는 맞는 겁니까? 정보원이 확실히 저기로 들어갔다고 한 거죠?"

안 경위는 한 고급 빌라를 손으로 가리켰다.

"그래. 나도 혹시 몰라서 다시 확인했어. 어떻게 할까? 여기서 계속 지켜볼까? 아니면 복귀할까?"

"여긴 어쩌고 말입니까?"

"정보원이 계속 지켜보고 있을 거야. 그건 걱정 마."

"아닙니다. 저희가 계속 지켜보고 있어야죠. 혹시 모르니."

"그래? 그럼 난 서 의원한테 들렀다 본부에 가 있을 테니까, 주명근의 움직임이 보이면 바로 콜해."

"알겠습니다."

"자, 여기 차 키. 수고해, 그럼."

"넵! 충성."

최 경위는 차에서 내려 고급 빌라 쪽을 한번 쳐다보고 뒤돌아섰다. 안 경위는 최 경위가 멀어져 간 뒤에 휴대폰을 꺼내 어딘가로 전화를 걸었다.

낡고 허름한 작은 식당에서 서도경 총경은 혼자 설렁탕을 먹고 있었다. 잠시 후 식당 문이 열리고, 모자를 앞으로 눌러쓴 남자 둘이 들어왔다.

"이른 아침부터 무슨 일로 부르신 겁니까?"

"지금밖에 시간이 안 나서 그래. 잔소리 말고 앉아서 설렁탕이나 먹어."

"뭐야? 벌써 시켜 놓으셨어요?"

"어서 앉으시죠. 설렁탕 좋기만 한데 왜 그러십니까?"

"이거 봐라. 이런 것 좀 배워라."

"아이, 참. 알겠습니다."

"아직 나온 거 없어?"

"밥 먹으라면서요? 먹고 말씀드릴게요."

"자식은 왜 이렇게 까칠해?"

"피곤해서 그래요, 피곤해서⋯⋯."

"알았다. 먹어. 먹고 얘기하자."

그때 식탁 위에 있던 휴대폰에서 진동이 울렸다.

"전화 받으시죠, 과장님."

"어, 그래. 어서 먹어."

서 총경은 손을 내저으며 전화를 받았다.

"여보세요."

"과장님, 지금 통화 가능하십니까?"

"어, 차 경위. 얘기해."

"어젯밤에 주필상을 미행하다 양촌에 있는 별장까지 가게 됐습니다."

"별장? 누구 별장?"

"누구 별장인지는 모르겠습니다. 그곳에서 주필상이 엄기동 검사와 장수철 검사를 만나는 걸 확인했습니다. 그들이 나눈 대화는 음성 파일로 보내겠습니다. 근데 그보다, 그곳에서 김기창 전 안기부 부장을 봤습니다."

"뭐? 김기창?"

"잘 아십니까? 검색해 보니 프로필이 장난 아니던데요."

"그렇지. 수재 중에 수재라는 소리를 들었으니. 군부 정권 때 김기창 하면 벌벌 떠는 사람들 많았지. VIP 총애를 한몸에 받았거든."

"그렇군요. 지금 김기창이 윤필두 차장검사를 만나고 있습니다."

"대검찰청 윤필두?"

"맞습니다, 과장님. 뭘까요? 김기창에 대해 알아봤는데 97년 이후로는 대외적으로 활동이 전무하던데요."

"그래, 그럴 거야. 갑자기 행방이 묘연해졌거든. 군부 정권이 끝나고도 국회의원이나 시장 선거 때마다 하마평에 오르곤 했던 인물인데 갑자기 조용히 사라졌지. 근데 갑자기 윤필두를 왜 만나는 걸까?"

"혹시 다크킹덤과 연관이 있는 건 아닐까요?"

"그래. 당분간 김기창을 잘 지켜보면서 조사해 봐."

"알겠습니다."

전화를 끊자마자 모자를 앞으로 깊게 눌러쓴 남자가 물었다.

"우석입니까?"

"그래."

"그럼 좀 바꿔 주시지. 근데 뭡니까? 윤필두? 대검찰청 차장검사 윤두필를 말하는 겁니까?"

"맞아. 김기창이 윤필두를 만나고 있다네."

모자를 쓴 또 다른 남자도 궁금한 듯 모자를 살짝 들어 올리며 물었다.

"처음 듣는 이름인데 김기창이 누굽니까?"

"윤 경위는 김기창을 모르나? 5공 때 대검 중수부 부장이었고 마지막 안기부 부장이었는데."

"그래요? 근데 일선에서 물러난 사람이 왜 윤두필을 만나는 걸까요? 설마 다크……."

그는 주위를 살피다 조용히 말했다.

"킹덤과 연관된 인물일까요?"

"그럴지 모르지. 일단 김기창을 계속 지켜보라고 했어. 이제 좀 말해 봐. 어디까지 알아낸 거야?"

"이필석 의원 살인범을 찾았습니다. 권두식이라는 놈입니다."

"권두식?"

윤 경위가 고개를 끄덕이며 말을 이어 갔다.

"네, 과장님. 조사해 봤는데 공수 특전단에서 1년간 있다 전역한 것으로 나옵니다. 그 이후로는 좀처럼 관련 이력을 찾을 수가 없었습니다. 현재 소재지를 파악 중에 있습니다."

조용히 듣고만 있던 모자를 눌러쓴 남자가 덧붙여 말했다.

"한 가지가 더 있습니다. 조덕삼 검사가 죽기 전에 언급했던 검사가 바로 윤필두 차장검사였습니다."

"뭐? 정말이야?"

"그래서 좀 놀랐습니다. 윤필두가 김기창을 만났다는 게……."

"조덕삼이 뭐라고 했는데?"

"그게……."

중국 교포는 커다란 드럼통 앞으로 조덕삼 검사를 끌고 갔다. 드럼통 안에는 물이 가득 차 있었다.

"니들이 대한민국 검사를 건드려? 이 자식들아! 이러고도 너희들이 무사할 줄 알아?"

중국 교포가 조 검사를 드럼통 안에 넣으려 하자 그는 발버둥치며 애원했다.

"아악! 미안해. 아니, 죄송합니다. 제발 살려 주세요. 네? 내 말 못 알아듣는 거야? 씨발, 정말 내가 그런 게 아니라고. 난 전달만 했을 뿐이야. 정말이라고! 최 형사가 죽였다고. 최우철 그 자식이 죽였단 말이야. 난 죽이지 않았어. 어! 정말이야. 내 말 좀 믿어 줘. 나도 위에서 시키니까 했을 뿐이라고. 제발 어르신 좀 불러 줘. 이덕복 그 새끼 좀 불러 달라고! 이렇게…… 아, 제발……. 알았어. 윤필두 차장검사야. 대검찰청 윤필두 차장검사가 시켰다고! 으읍……."

"그들 말을 믿을 수 있는 거야?"

"민우직 계장이 약속한 게 있어 거짓말은 아닐 겁니다."

윤 경위의 말에 모자쓴 남자가 말을 이었다.

"이필석 의원 살인범도 그들이 알려 줘 몽타주를 만든 거 아닙니까?"

"그래, 그렇지. 그럼 윤필두가 우두머리일까?"

서 총경은 들고 있던 숟가락 손잡이로 앞머리를 긁적이며 말하다 그를 바라봤다.

"보스는 아닐 겁니다. 중간 관리자 정도겠죠. 김기창이 솔깃한데요. 좀 더 알아봐야겠지만 그게 더 가능성이 있어 보입니다. 제 감으로는 말이죠."

"감만 믿지 말고 좀 더 알아봐! 윤 경위, 자네는 나 대신 서필 감 과장 좀 만나고 와."

"제가요?"

윤 경위가 옆에 앉은 그를 쳐다보자 그는 아무 말 없이 고개를 끄덕였다.

"알겠습니다, 과장님."

"너무 이른 시간에 오시라고 한 건 아닌지 모르겠습니다."

"아니에요. 어서 봅시다."

나영석 경위는 새벽에 도민 경감에게 전화를 걸어 자신의 집으로 와 달라고 부탁했다.

"뭘 보여 드리려고 오시라 한 건 아닙니다."

"그래요? 그럼……."

"경찰 특공대 차량 운행 기록을 확인해 보니, 그날 새벽 시간대에 차량을 운행한 대원이 윤진 경위였습니다."

"윤진 경위라면 어디서 들어 본 것 같은데……."

"서민주 의원 사건 때 민우직 팀장님과 함께 작전을 수행했던 대원입니다."

"맞아요. 그러네요. 그런데 왜 윤 경위가……. 확실한 겁니까?"

"차량 일지에 기록이 남아 있었습니다. 그리고 그날 새벽에 윤 경위가 차를 몰고 나간 것을 직접 목격한 동료 경찰도 만났습니다."

"윤 경위 모르게 한 겁니까?"

"그건 걱정 안 하셔도 됩니다. 윤 경위도 다크킹덤의 일원이었던 걸까요?"

"그렇게 생각해요?"

"네? 그게 아니라고 보십니까?"

"뭔지 모르겠지만 우리가 생각하고 있던 것과 한참은……."

그 순간, 도 경감의 휴대폰에서 벨 소리가 울렸다.

"잠깐만요."

도 경감은 휴대폰을 꺼내 귀에 가져갔다.

"여보세요. ……아니, 뭐라고요? 무슨 이유로 압수수색을 한단 말인가요? ……알았어요. 금방 갈 테니 너무 걱정 말아요."

도 경감이 휴대폰을 귀에서 떼자 나 경위가 놀란 눈으로 물었다.

"경감님, 압수수색이라니요?"

"나 경위, 지금 검찰이 과학수사대를 압수수색하고 있다네요.

국과수에서 이필석 의원 부검 결과서와 이대우 대법관 시체 검안서를 빼내 온 게 문제가 된 것 같아요."

"그걸 어떻게 알고……."

"그것보다 예상했던 것이 또 틀렸을지도 모르겠네요."

"그건 또 무슨 말씀이세요?"

"가면서 얘기하죠. 서둘러요."

도 경감과 나 경위는 서둘러 과학수사대로 이동했다.

모자를 눌러쓴 오민석이 검은 봉지를 들고 들어왔다. 그는 들어오자마자 모자를 벗어 던지고 부엌으로 갔다.

"형, 언제 나갔다 온 거야?"

"편히 주무시는 것 같아 깨우지 않았습니다."

"그렇지? 나도 오래간만에 꿀잠 잤어. 중간에 한 번도 안 깨고 말이지."

"그러셨군요. 다행입니다. 어서 앉으세요. 가까운 곳에 설렁탕 집이 있어 포장해 왔습니다. 어서 드시죠."

"어, 좋네. 고마워, 형."

"별말씀을요. 어서 드시기나 하십시오."

오 실장은 싱긋 웃음 지었다.

"웃네? 형도 웃을 줄 알아?"

"그럼요, 사람인데."

"사람이었어?"

"네?"

주명근은 해맑게 웃으며 오 실장의 팔을 쳤다.

"농담이야, 농담. 사실 인상 찌푸리는 것만 봤지 웃는 건 못 봤던 것 같은데…… 아닌가?"

"그렇죠. 제가 잘 웃는 편은 아니니까요. 금방 식습니다. 어서 드십시오."

주명근은 수저를 들어 국물을 한 숟가락 떠서 맛보았다.

"와우, 맛있네."

주명근은 공깃밥을 설렁탕에 넣어 싹싹 말더니 크게 한술 떠서 입에 넣었다. 그 모습을 오 실장은 흐뭇하게 바라보았다.

"왜 그렇게 봐?"

"그렇게 식사하시는 걸 처음 봐서요. 아닙니다. 어서 드십시오."

"그런가? 맛있어서 그런지 입맛이 확 도네."

주명근은 피식 웃더니 설렁탕 그릇에 얼굴을 묻고 쉼 없이 먹기 시작했다. 그리고 금세 설렁탕 한 그릇을 뚝딱 비웠다.

"좀 더 드시겠습니까?"

오 실장은 자기 설렁탕 그릇을 내밀었다.

"아니야, 형 먹어야지. 난 배불러."

"네, 그럼."

"형."

"네, 이사님."

"아니다. 먹어. 먹고 얘기하지 뭐."

"아닙니다. 말씀하세요. 괜찮습니다. 저도 다 먹었습니다."

"아니, 별거 아닌데…… 형은 나한테 왜 이렇게 잘해 주는 거야?"

"그게 무슨 말씀이십니까? 이사님이시니까 당연히……."

"아니잖아. 형은 내가 어떤 진상을 부려도 항상 다 받아 줬어. 내가 일부로 화를 돋워도 형은 나한테 짜증 한 번 낸 적 없다고. 아빠한테도 말 안 하고. 내 편인가 싶다가도 아빠 편인 것 같아서 헷갈리기도 했지만, 항상 형은 나한테 잘해 줬어. 뭐든."

"아닙니다. 저야 사장님 지시에 따라……."

"거짓말하지 마. 나도 알 건 알아. 형 눈을 보면 안다고. 아무튼, 그래서 고맙다고."

"네, 이사님."

"먹어. 이제 얘기 안 할게."

"아니…… 네. 그럼 마저 먹겠습니다."

주명근은 오 실장을 보며 싱글벙글 웃음 지었다.

식사를 마친 오 실장은 빈 그릇을 치우며 주명근에게 말했다.

"이곳에 오래 못 있을 것 같습니다. 밖에 경찰이 있습니다."

"뭐야? 어떻게 알고?"

"주일 빌딩에서부터 붙은 것 같습니다."

"그런데 왜 지켜보고만 있는 거지?"

"자세히는 모르겠지만 영장 없이는 이곳에 들어올 수 없으니 그럴 겁니다. 이곳은 경비가 잘되어 있는 곳이라 쉽게 들어오지 못할 겁니다. 그래도 우리 위치가 노출됐으니, 계속 여기에 머무른다고 판단되면 그냥 밀고 들어올 수도 있습니다. 그땐 여기서 빠져나가기가 쉽지 않을 겁니다. 감시가 덜할 때 움직이는 게 좋을 것 같습니다."

"그래? 알았어. 형 말이 맞겠지. 언제 출발한 건데?"

"이것만 마저 정리하고 나가시죠. 빌라 뒤쪽에 개구멍이 하나 있습니다. 그곳으로 나가면 눈치채지 못할 겁니다."

한 검사는 최 경위의 전화를 받고 본부로 향했다. 본부 안으로 들어섰을 때 상황실 안에서 바스락거리는 소리가 시끄럽게 들렸다. 상황실에서 누군가가 뭔가를 급하게 찾는 것 같았다.

한 검사는 조심스럽게 상황실 앞으로 걸어가 살며시 문을 열고 안을 살폈다. 본부는 한바탕 뒤집혀 있었고, 박 순경 자리에서 한 남자가 부산스럽게 뭔가를 찾고 있었다. 한 검사는 하얀 앵글 선반에서 망치를 챙겨 상황실로 뛰어 들어갔다.

"당신 누구야?"

다급히 뭔가를 찾고 있던 그가 놀란 눈으로 뒤돌아보았다.

"어! 검사님."

"최 경위님? 지금 뭐 하시는 거죠?"

"보시면 아시지 않습니까? 누군가 본부를 난장판으로 만들어 놓고 갔습니다."

"최 경위님이 그러신 게 아니고요? 박민희 순경 책상을 뒤지고 계셨잖아요."

"아……. 그게 아니고, 우선 들고 계신 망치는 내려놓으시죠."

"먼저 말씀하시죠. 뭘 찾고 계셨던 거죠?"

"뭐가 없어졌는지 확인하고 있었습니다. 혹시나 연쇄 살인범의 공범 몽타주가 사라진 건 아니지 해서요. 이곳에서 몽타주를 작성했다고 하셨잖습니까? 그게 안 보입니다. 남 순경한테 전화해 볼까요? 혹시 다른 곳에 잘 보관을 한 건지……. 그것보다 남 순경이 괜찮은지 걱정입니다."

한 검사는 그제야 망치를 손에서 내려놓았다.

"남시보 순경은 괜찮을 거예요. 그리고 몽타주는 이곳에 보관하지 않을 거라고 들었어요."

"그래요? 그럼 다행이네요. 어떻게 본부까지……. 이번에도 경고 메시지를 남긴 걸까요?"

"경위님이 오시기 전에 이미 이렇게 되어 있었다는 거죠?"

"지금도 절 의심하시는 겁니까?"

한 검사는 손사래를 치며 말했다.

"아니, 아니에요."

"저도 본부에 들어와 보고 깜짝 놀랐습니다. 몽타주 생각이 나서 급히 찾다 보니 들어오시는 걸 몰랐습니다."

한 검사는 의심을 완전히 거두지 못한 얼굴로 물었다.

"무슨 일로 보자고 하신 거죠?"

"아, 주명근의 소재를 알아냈습니다. 신사에 있는 고급 빌라촌입니다. 현재 안 형사가 잠복 중에 있습니다."

"그럼 바로 진입해서 체포하시죠."

"안 됩니다. 영장 없이는 출입이 불가능한 곳입니다. 출입 통제가 철저한 곳이라 경찰이라도 영장 없이는 들어갈 수 없는 곳입니다."

"그래도 살인범이 그곳에 있는데……."

"빌라라 하지만 세대수도 꽤 많습니다. 그뿐 아니라 거주하는 사람들도 보통 사람들이 아니라서 말입니다. 잘못 건드렸다가는 본부 해체가 아니라 직을 내려놓아야 할지도 모릅니다."

"그 정도인가요?"

"네, 검사님. 주명근이 밖으로 나올 때 체포해야 할 것 같습니다."

"그럼 인원을 더 배치해야 하지 않을까요?"

"안 그래도 그것 때문에 뵙자고 했습니다. 안 형사와 제 정보원이 지켜보고 있기는 해도 추가로 인원을 곳곳에 배치해야 할 것 같아서 말입니다."

"그런 거라면 빨리 과장님께 보고드리고 움직이시죠."

"검사님, 다크킹덤 수사 말입니다."

"네, 말씀하세요."

"저번에도 말씀드렸지만 이 정도에서 멈추는 게 어떻겠습니까? 오늘 이곳도 이렇게 털린 것을 보면 그들에게 우리가 완전히 노출된 것 같아 그렇습니다. 수사를 계속 이어 가다간 우리모두 위험해질 겁니다."

"또 그 말씀인가요? 그때도 말씀드렸잖아요. 이해해 주신 줄 알았는데요."

"이해…… 그래요. 이해합니다. 하지만 오늘 보십시오. 사람이 없어 다행이었지, 만약 누구라도 있었다면 팀장님처럼 위험에 처할 수도 있었습니다. 포기하자는 게 아닙니다. 잠시 한 발짝 뒤로 물러나 있자는 겁니다. 팀장님이 일어나시면 그때 다시 시작해도 되지 않습니까? 무리하게 밀고 나가다 다음이 없을 수 있습니다."

"무슨 말씀인지 알겠어요. 그때도 말씀드렸지만 제가 강요할 수는 없어요. 수사에서 빠진다고 해서 제가 뭐라 할 자격도 없고요. 하지만 막지는 말아 주세요. 이제부터 최 경위님은 다크킹덤 수사에서 빠지셔도 좋습니다. 그렇게 하세요, 최 경위님."

쾅!

최 경위는 주먹으로 책상을 내리쳤다.

"젠장! 그 말이 아니지 않습니까? 검사님, 제 말을 이해 못 하시는 겁니까? 아니면 무시하시는 겁니까? 팀장님이 부재중이시니 검사님 지시를 따른 것뿐입니다. 사건 수사는 경찰 몫입니다. 검사님이 이래라 저래라 하실 게 아니란 말입니다. 빠지라고요? 빠져야 한다면 제가 아니라 검사님이 빠지셔야 할 겁니다."

최 경위는 용광로의 쇳물을 쏟아 내듯 말을 마구 퍼붓고는 상황실 문으로 향했다. 한 검사가 여러 번 불러 보지만 뒤도 돌아보지 않고 문을 열었다.

"어! 남 순경."

제11화

주필상의 죽음

나는 한 검사와 최 경위의 대화를 몰래 듣고 있었다. 최 경위가 곧 나올 것이라는 걸 알고 있었지만, 문이 벌컥 열리자 나도 모르게 순간 움찔했다.

"어! 남 순경."

나는 아무것도 듣지 못한 척 최 경위에게 어색하게 웃음 지으며 인사했다.

"안녕하세요, 최 형사님."

"뭐야? 언제 왔어?"

"방금이요."

"그래, 그럼. 난 일이 있어서."

문을 막고 서 있던 내가 옆으로 비켜서자, 최 경위는 빠른 걸음으로 지나쳐 갔다.

한 검사는 축 처진 어깨로 소파에 털썩 주저앉았다.

"괜찮으세요, 검사님?"

한 검사는 아무 말 없이 고개 숙인 채 생각에 잠겼다. 이제 곧 괴한이 들이 닥칠 시간이다. 나는 가슴에 품고 있던 권총을 손에 쥐고 상황실 문을 향해 뒤돌아섰다. 괴한이 들어오는 순간 권총을 빼어 들어 막으면 된다. 긴장하지 말자. 한서율 검사를 지켜야 한다.

조심히 권총을 가슴에서 빼내 안전 장치를 풀었다. 그리고 상황실 문을 향해 겨눴다.

"남 순경님, 지금 뭐 하는 거예요?"

"별일 아닙니다. 잠깐 거기 계세요. 조금만 기다려 주시면 모두 설명해 드릴게요."

"총은 왜요? 그리고 지금 어딜 겨누고 있는 거죠?"

"검사님, 지금은 아무 말도 못 하니 기다려 주세요."

뭐지? 하지만 시간이 지나도 괴한이 나타나지 않았다. 또 뭐가 틀어진 건가? 왜? 이 시간이면 괴한이 들어와서 한 검사를…….

그때, 예상한 그대로 상황실 문이 벌컥 소리를 내며 열렸다.

"꼼짝 마!"

"어머! 뭐예요?"

박민희 순경은 권총을 보고 화들짝 놀라 양손을 번쩍 들어 올렸다.

"박 형사님?"

"남 순경님, 왜 그러세요?"

"박 형사님이 왜?"

"왜라니요? 본부에 오는데……. 근데 총은……."

나는 혹시나 하는 마음에 총을 계속 겨누고 있었다.

"남 순경님? 저 계속 손들고 있어야 하나요?"

"아! 아니에요. 미안해요, 박 형사님."

"무슨 일 있었나요? 상황실은 왜 이런 거예요? 누가 이런 거죠? 설마 그들이 이렇게 한 건가요? 그래서 남 순경님이 총을……."

뭐가 뭔지 알 수가 없었다. 그래. 시간이 되기 전에 초자연 현상을 미리 확인해 봐야 했다. 최 경위와 한 검사의 대화를 듣다 그만 깜빡하고 말았다. 설마 무슨 변수가 있었던 걸까?

"남 순경님! 이제 말해 봐요. 더 기다려야 하는 건가요?"

한 검사는 어느새 내 앞에 서 있었다.

"검사님, 죄송해요. 잠시만 더 기다려 주시겠어요?"

"또요? 무슨……."

나는 눈을 감고 한 검사의 시체를 떠올렸다. 그런데 시체가 보이지 않는다. 그럼 죽지 않고 사는 걸까?

"어?"

나는 상황 파악이 되지 않아 이리저리 눈을 굴렸다. 지금 내가 보고 있는 건 초자연 현상이 아니었다. 어째서? 이유가 뭐지?

"검사님, 남시보 순경이 왜 이러는 거예요?"

"나도 모르겠어요."

"아! 남 순경님, 설마 시체를 본 건가요?"

"시체요? 그럼 본부에서 누가……."

그때 한 검사의 휴대폰에서 벨 소리가 울렸다.

"잠깐만요."

한 검사는 곧장 전화를 받았다.

"네, 경감님. ……정말인가요? 네. 네. 지금 본부에 있는데 이곳도 한바탕 헤집고 갔더라고요. ……그것도 그렇지만 주명근이 지금 신사에 있는 고급 빌라촌에 있다고 하네요. 우선 그곳에 가 봐야 할 것 같아요. 자세한 건 직접 만나서 얘기하시죠. ……네, 그럴게요."

"검사님, 도민 경감님이세요?"

"네, 남 순경님. 이곳만 이런 게 아닌 것 같네요."

"그게 무슨 말씀이세요?"

"과학수사대를 압수수색했대요. 저번에 국과수에서 이필석 의원과 이대우 대법관 관련 서류를 몰래 가지고 나온 적 있잖아요."

"부검 결과서와 검안서 말씀하시는 거죠?"

"맞아요. 그 일로 압수수색을 했나 봐요."

"하지만 그걸 어떻게 알고요?"

"그러니까요."

"그럼 정말 내부에 스파이가 있는 건가요?"

한 검사는 박 순경을 바라보며 말없이 고개만 끄덕였다.

"그런데 주명근은 무슨 말씀이세요? 어디에 있는지 찾은 건가요?"

"네. 어디에 있는지 알아냈어요. 그곳에서 경감님과 만나기로 했으니 같이 가요."

"검사님, 저도 그럼……."

"그럼요. 박 순경도 같이 가야죠. 가요."

해가 지고 어스름해졌을 때, 한강 공원 주차장에 차 한 대가 들어섰다. 주차되어 있는 차들 사이 빈 공간에 정차하는가 싶더니, 이내 운전석에서 윤진 경위가 내렸다. 그리고 바로 옆에 주차되어 있는 차 조수석 문을 열었다.

"충성! 윤진 경위라고 합니다."

"반가워요. 서필감이라고 해요. 어서 타요."

"네. 서도경 총경님이 직접 나오지 못해 죄송하다고 전해 달라고 하셨습니다."

윤진 경위는 그렇게 말하며 조수석에 올라탔다.

"그래요. 괜찮다고 전해 줘요. 민우직 계장은 지금 어때요?"

"그게……."

주일 빌딩 지하 주차장으로 중형 세단 차량들이 줄지어 들어왔다. 차에서 내리는 사람들마다 경호 요원이 붙어 출입구로 안내했다. 그들은 경호 요원 안내에 따라 엘리베이터를 타고 16층으로 올라갔다. 주필상 사장은 엘리베이터에서 내리는 그들을 깍듯이 맞이했다.

"어서들 오십시오. 이렇게 모실 수 있게 되어 영광입니다."

그들 중 한 명이 주필상 앞으로 나왔다.

"별말을 다 합니다. 우리가 영광이지. 안 그래요?"

그는 고개를 돌려 함께 온 사람들에게 물었고 그들은 웃으며 호응했다.

"그럼요, 그럼요."

"영감, 오셨습니까?"

주필상은 영감이라는 남자에게 고개 숙여 인사했다.

"이렇게 자리를 마련해 줘서 고맙습니다, 주 사장."

"에이, 별말씀을요? 이렇게 귀하신 분들을 모실 수 있어 제가 더 영광이지요. 어서 안으로 드시죠."

"그렇다니 다행입니다. 어서들 들어갑시다."

일행들은 영감을 따라 주필상이 안내하는 연회장으로 들어 갔다. 뒤늦게 연회장으로 들어온 주필상은 영감에게 다가가 물 었다.

"영감, 장인어른께서는 오신답니까?"

"주 사장, 듣는 귀가 많아요. 위원장님이라고 부르세요."

"아! 네. 남철호 위원장님은 오신다고 하십니까?"

"요즘 당 재건에 정신이 없으세요. 그래도 잠시 들러 주신다 니 걱정 말아요."

"제가 무슨 걱정을 한다고 그러십니까? 귀하신 분을 뵐 수 있 기를 기대할 뿐이죠."

"그래요. 자주 얼굴 도장 찍어 놓으면 좋을 겁니다."

영감은 주필상의 귀에 얼굴을 가까이 가져가 조용히 속삭였다.

"유력 대권 후보라는 건 잘 알죠?"

"그럼요. 잘 알죠. 그래서 제대로 인사드리고 얼굴도장 찍으려는 거 아닙니까? 마음껏 즐기시고 필요하신 거 있으시면 언제든 말씀하십시오. 그럼 전 나가 보겠습니다."

"그래요. 위원장님 오시면 부를게요."

"예, 영감."

주필상은 허리 숙여 인사하고 밖으로 나갔다. 그때 영감 앞으로 한 남자가 걸어왔다.

"심 부장검사님, 이곳이 그 유명하다고 소문난 스카이 클럽입니까?"

"아니야. 그건 저 위층이고. 여긴 로얄 클럽."

"그래요? 아이, 아쉽네요. 어떤 곳이지 궁금했는데……."

"그곳도 곧 가게 될 거야."

"부장검사님 장인어른께서 푸른 기와집에 들어가시면 말입니까?"

"뭐? 하하하. 그래, 이 사람아. 그날이 곧 올 테니 기다려 보라고."

"그날을 위해 저희도 힘을 다하겠습니다, 부장검사님."

그는 심 검사라는 자에게 허리 굽혀 머리를 조아렸다.

"그래그래. 양 프로, 오늘은 그동안 쌓였던 스트레스를 제대로 풀어 보자고."

"그럼요. 그 전에 이 자리를 마련해 주신 심노양 부장검사님의 건배사를 안 들어 볼 수 없죠. 심노양! 심노양!"

양 검사가 선창하며 심노양 부장검사의 이름을 외치자, 주위에 있던 사람들이 잇따라 연호했다.

"심노양! 심노양!"

"이 사람들아, 그만들 해. 알았으니까 그만들 하라고."

심 검사는 손을 내저으면서도 싫지 않은 듯한 표정이었다.

"그만들 하고 술잔이나 들어."

양 검사가 뒤돌아 연회장에 있는 사람들을 바라보며 술잔을 들었다.

"다들 주목! 자자, 여기 집중하고 모두 술잔들 들어요."

모두 술잔을 위로 치켜들자 양 검사는 다시 심 검사에게 뒤돌아서 말했다.

"부장검사님, 준비됐습니다. 말씀하시죠."

심 검사는 헛기침을 두어 번 하고는 입을 열었다.

"흐흠. 후배, 동료 여러분. 이렇게 한자리에 모여 함께 술잔을 기울일 수 있어 얼마나 기쁘고 든든한지 모릅니다. 이런 자리를 마련한 것도 그동안 여러모로 힘써 왔던 노고에 보답하고자 하는 것이니, 오늘은 일 생각 말고 즐기다 가는 겁니다. 아셨습니까?"

"예!"

일제히 큰 소리로 대답하며 환호했다. 심 검사는 술잔을 위로 치켜들며 외쳤다.

"국가와 검찰을 위하여!"

"위하여!"

술잔을 비운 양 검사는 심 검사를 소파로 안내했다.

"부장검사님, 저리로 가시죠."

"그래."

심 검사가 소파에 앉자 조명이 바뀌고 흥겨운 음악이 흘러나왔다. 무대에 가수와 무용수들이 나와 춤을 추기 시작했고, 유니폼을 입은 직원들은 분주하게 술과 음식을 날랐다.

주필상은 17층 자신의 집무실로 들어와 수행 비서를 불렀다.

"부르셨습니까, 사장님."

"오 실장은 지금 어디에 있는 거야?"

"이사님과 함께 있다고 합니다. 사장님이 찾으신다고 빨리 들어오라고 전달했습니다."

"뭐? 들어오라고 했다고?"

"예. 사장님께서……."

"됐고, 지금 바로 오 실장 연결해."

"예."

수행 비서는 휴대폰을 꺼내 오 실장에게 전화를 걸었다.

"나 송 비서예요."

"지금 가는 중입니다."

"잠시만요."

송 비서는 휴대폰 액정을 소매로 닦은 뒤 주필상에게 건넸다.

"사장님, 연결했습니다."

"오 실장, 여기 올 필요 없어."

"사장님? 무슨 일이 생긴 겁니까?"

"네 얼굴이 팔린 것 같다."

"그게 무슨 말씀이십니까?"

주필상은 송 비서를 보며 나가라고 손짓했다. 송 비서가 방에서 나가자 다시 말을 이었다.

"나도 뭐가 어떻게 돌아가는지 모르겠는데 경찰 쪽에서 연쇄 살인범을 오 실장으로 보고 있어. 몽타주까지 만들었다고 그러던데."

"제가 연쇄 살인범이란 말씀입니까?"

"그래. 그러니 당분간 이곳엔 오지 마. 상황 봐서 연락할 테니. 급한 일 있으면 앞으로 송 비서에게 연락하고."

"알겠습니다."

"주 이사 비자는 아직인가?"

"지금 준비 중입니다. 곧 마련될 테니 걱정 마십시오."

"그래 주 이사 미국 보내고 오 실장은 지방에서 잠시 쉬고 있어."

"그러겠습니다."

"일성이라는 자랑 아는 사이라고 했지?"

"……."

"그때 어르신 심부름으로 왔던 사람 말이야. 기억 안 나?"

"기억납니다."

"자리 좀 마련해 봐."

"일성과 말입니까?"

"그래. 어르신이 도통 만나 주시지 않으니 그자라도 만나서 연을 이어 봐야 하지 않겠어?"

"알겠습니다. 연락해 보겠습니다."

"그래. 그럼 연락해 보고 보고해."

"예, 사장님."

헤드라이트 불빛이 도로를 가득 채운 밤. 정체된 차들 사이로 한 검사의 차가 보인다. 한 검사와 남 순경, 박 순경 세 사람은 신사 빌라촌으로 이동 중이었다.

"남 순경님, 이제 말해 봐요. 본부에서 왜 그랬던 거예요?"

"이제 시간이 지났으니…… 네, 괜찮을 것 같네요. 말씀드릴 게요."

뒷좌석에 앉아 있던 박 순경이 두 사람의 대화에 고개를 삐죽 내밀었다.

"사실 본부에서 검사님 시체를 봤거든요."

"뭐라고요?"

한 검사는 고개를 돌려 남 순경을 쳐다봤다. 동시에 박 순경의 눈도 휘둥그레졌다.

"그럼 말하면 안 되잖아요!"

"시체를 본 날로부터 7일이 지났어요. 그래서 말해도 될 것 같아 말씀드리는 거예요."

"그럼 검사님은 안전한 건가요? 무사하다는 말씀이죠?"

한 검사는 다시 남 순경을 힐끔 쳐다봤다.

"네. 검사님은 무사하세요. 아니, 무사하실 거예요. 본부에서 총을 겨누고 있었던 건……."

남 순경은 본부에서 봤던 한 검사의 시체와 초자연 현상에서 봤던 상황을 모두 털어놓았다.

"그래서 저한테 총을 겨누신 거군요."

"맞아요. 괴한이 들어와야 할 타이밍이었거든요. 무슨 변수가 있었는진 모르겠지만 살인사건은 벌어지지 않았어요."

조용히 듣고만 있던 한 검사가 입을 열었다.

"괴한이 알아챈 게 아닐까요?"

"어떻게요? 설마 제가 본부에 들어가는 걸 봤을까요?"

"그럴 수도 있겠죠."

박 순경이 조심스럽게 말했다.

"그럼 혹시 말이에요. 본부 내에 도청 장치나 카메라가 설치되어 있는 건 아닐까요? 남 순경님이 총을 겨누고 있는 걸 알고 있었던 거죠. 그럼 도청 장치보다는 카메라가 설치되어 있을 확률이 더 높겠네요."

한 검사는 룸미러로 박 순경을 쳐다보며 되물었다.

"카메라요?"

남 순경은 놀란 눈으로 뒤돌아봤다.

"소름! 그럼 그들이 우리를 계속 지켜보고 있었다는 거잖아요."

"그렇다면 본부를 빨리 옮겨야겠어요. 그나저나 남 순경님이 저를 살렸네요. 고마워요."

"아닙니다, 검사님. 무사히 넘어가서 다행이에요."

"정말 남 순경님은 대단하세요. 그런 특별한 능력으로 사건도 해결하고 사람도 살리고. 채이돈 의원도 살려, 다크킹덤 관련 증거도…… 잠깐. 혹시 채이돈 의원이 살아 있다는 사실도 그들이 알고 있는 게 아닐까요?"

박 순경의 말에 놀란 남 순경은 한 검사를 보며 말했다.

"그럼 큰일이잖아요. 나 형사님하고 박범수 씨가 위험할 수 있는데……."

"검사님! 나상남 형사 전화예요."

"어서 받아 봐요. 스피커 폰으로 해 줘요."

박 순경은 통화 버튼을 누르고 바로 스피커 폰으로 바꿨다.

"네, 나 형사님."

"어, 박 형사. 지금 검사님하고 같이 있어?"

"네. 옆에 계세요."

"바꿔 봐, 그럼."

"운전 중이세요. 지금 스피커 폰이니 말씀하시면 돼요."

"어, 그래? 검사님, 나상남입니다. 채이돈 의원이 있던 안전 가옥이 털렸습니다."

"털렸다니요?"

"어떤 놈들인지 모르겠지만 뭔가를 찾으러 왔었나 봅니다. 아주 난장판을 만들어 놓고 갔습니다."

"거기도요? 본부도 뒤집어 놓고 갔어요."

"남 순경, 정말이야? 검사님, 이거 그놈들 짓 아닙니까? 다크 킹덤이 이제 본부까지……. 그런데 안전 가옥은 어떻게 알았을까요?"

"내부에 스파이가 있는 거겠죠. 이제는 부정할 수 없게 됐네요."

다들 격양된 목소리인 데 반해, 한 검사의 목소리는 매우 담담했다.

"그게 누구란 말입니까?"

"예상했던 사람은 아닌 것 같아요. 나 경사님, 채이돈 의원 옆에 꼭 붙어 계세요. 그 누구한테도 현재 위치 알리지 마시고요. 전화도 받지 마세요. 앞으로 제 전화만 받으셔야 합니다. 아셨죠?"

"검사님은 누군지 아시는 겁니까?"

"아직…… 아니, 우선은 저희가 갈 동안 채이돈 의원 옆을 지키고 계세요."

"그건 걱정 마십시오. 바로 오실 겁니까?"

"아니요. 주명근 소재가 파악돼 그곳으로 가는 중이에요."

"그럼 제가 필요한 거 아닙니까? 남 순경을 이곳으로 보내 주시면 제가 가겠습니다."

"아니에요. 바로 체포하긴 힘들 것 같아요. 다시 연락드릴게요. 채이돈 의원 잘 부탁드려요."

"알겠습니다."

전화가 끊기자 남 순경이 바로 말했다.

"검사님, 주명근한테 가지 말고 채이돈 의원한테 가시죠."

"그게 무슨 소리예요?"

심노양 부장검사는 얼음이 담긴 술잔에 위스키를 따르며, 무대에서 춤추고 노래하는 후배들을 흐뭇한 표정으로 바라봤다. 그중 한 후배 검사가 심 검사 앞으로 걸어와 섰다.

"부장검사님, 안녕하십니까? 올해 임관한 장대춘이라고 합니다. 이런 자리에 초대해 주셔서 영광입니다. 감사합니다, 부장검사님."

"장대춘이라고?"

"예, 그렇습니다."

"그래. 잘 부탁한다, 장 프로."

"성심성의껏 보필하겠습니다, 부장검사님."

"어어, 그래. 가서 마저 노래 불러."

"예!"

장대춘 검사는 꾸벅 인사한 뒤 다시 무대로 뛰어 올라갔다. 그때 심 검사 곁으로 양 검사가 다가왔다.

"부장검사님, 저 친구가 연수원 차석한 친굽니다."

"정말?"

"네. 기억 안 나십니까? 민도 그룹 손자 만나실 때……."

"아! 그때 정 본부장 만났을 때 말하는 거구먼. 저 친구가 그날 보좌했던 거였어?"

"앞으로 여러모로 쓸모가 많을 겁니다."

"그래. 이제 좀 명석한 친구들에게 자리를 내줘야지. 안 그래?"

"그럼요, 그래야죠. 부장검사님, 세간에 말입니다."

양 검사는 머뭇거리며 심 검사의 눈치를 살폈다.

"왜? 세간에 뭐?"

"야권 대선 후보로 새로운 인물을 영입한다는 말이 돕니다."

"뭐? 여기 앉아서 자세히 말해 봐."

양 검사는 심 검사 옆자리에 앉으며 말을 이어갔다.

"새로운 당을 만든다는 얘기까지 있습니다. 지금 정당으로는 정권을 못 바꾼다고 말이죠."

"누가 그런 소리를 지껄이는데?"

"대검에 있는 윤필두 차장검사 라인에서 흘러나온 얘깁니다."

"윤필두?"

"네. 윤필두 차장검사가 대권 욕심에 종로에 출마한다는 소문입니다."

"윤필두야 특검으로 이름 좀 날리고부터 언론에서 떠받들고 있잖아. 그게 언론이 알아서 하는 거겠어? 다 뒤에서 윤필두가 손을 쓴 거지. 자식이 욕심이 좀 과해. 지가 뭘 한 게 있다고 감히 어디다 발을 담그려 하는지, 참."

"그러게 말입니다. 그런데 윤필두 뒤에 든든한 후원자가 있다던데, 그게 누군지 아십니까?"

심 검사는 솔깃했는지 소파에서 등을 떼고 양 검사 쪽으로 몸을 기울였다.

"후원자? 설마……. 에이, 아니겠지. 어르신하고 몇 번 만났다고 보고는 받았는데 그게 다 아니었어? 어르신이 뒤에 있는 거야?"

"제가 이러실 줄 알고, 윤 차장검사에게 사람을 붙이지 않았습니까?"

"정말이야? 야아! 양 프로, 이 사람."

심 검사는 양 검사의 어깨를 토닥였다.

"오늘 아침에도 어르신을 만난 것 같습니다."

"오늘? 무슨 얘기를 나눴는지는 모르고?"

"그것까지는 모릅니다만 돌아가는 게 심상치 않아 보입니다. 윤 차장검사가 어르신을 등에 업고 대권 주자로 나서는 건 아닌지 모르겠습니다."

"에이, 설마. 이번 총선 건으로 만난 거겠지. 종로로 나가고 싶어 안달이잖아."

"그럼 그것도 문제 아닙니까? 아니, 부장검사님이 종로에 나가셔야 하는 게 아닙니까. 안 그렇습니까?"

"에이, 이 사람아. 아니야. 그런 소리하고 다니지 말어. 난 내 고향에서 출마할 거라니까."

"부장검사님, 고향에서 출마하신다니요? 종로가 아니어도 서울에서……."

"아이, 이 사람. 뭘 모르네. 고향에 출마하면 쉽게 금배지를 달 수 있는데 뭐 하러 힘들게 서울에서 용을 쓰나? 그리고 서울에서 금배지 달기가 그리 쉬운지 알아? 지금 정세를 보라고. 우리 당이 어디서 쉽게 배지를 달 수 있겠어? 이 시국에. 내 고향은 깃발만 꽂으면 바로 금배지라고. 어찌 그걸 몰라? 쯧쯧."

"아……. 그렇습니까?"

"그래. 윤필두 그 자식은 얼굴 좀 팔렸다고 기세등등인지 모르겠지만, 종로에 나와서 똑! 하고 떨어져 봐야 정신을 차리지. 그러니 그냥 놔둬. 황천길 가는 길인지도 모르고 날뛰는 놈 구경 좀 하게. 하하하."

심 검사는 술잔을 들며 크게 웃더니, 술을 한 모금 마시다 말고 말을 이었다.

"그래도 잘 살펴봐. 어르신이 윤필두를 자주 만나는 건 좋은 시그널은 아니니까."

"예. 그러겠습니다, 부장검사님."

윤진 경위는 차에서 내려 어느 낡은 건물로 들어섰다. 그리고 계단으로 올라가 한 사무실 문 앞에 섰다.

똑똑똑! 똑똑!

노크를 하고 기다렸지만 아무 반응이 없자 다시 노크를 했다.

똑똑똑! 똑똑!

이내 발걸음 소리가 들리고 문이 열렸다.

"들어와, 윤 경위."

윤 경위는 가볍게 목례하고 안으로 들어갔다. 안에는 서도경 총경이 기다리고 있었다.

"만나고 온 건 어떻게 됐어?"

"과장님, 오늘 남철호 의원이 검사들과 회합이 있을 거라고 합니다."

"어디서?"

"주일 빌딩이라고 했습니다."

"주일 빌딩이면 주필상 건물 아닌가?"

"맞습니다."

"무슨 일로 모이는 건지는 모르고?"

"단합 모임이라고만 했습니다."

"그래? 김기창에 대해서는 뭐라고 그래?"

"그게……."

한강 공원 차 안에서 서필삼 과장과 윤진 경위가 대화를 나누고 있었다.

"과장님, 대검에 윤필두 차장검사라고 아시죠? 그자가 김기창이라는 자를 만났습니다."

"김기창? 안기부 부장으로 있었던……."

"그자를 아십니까?"

"잘 알죠. 계속 주시하고 있던 인물이니."

윤 경위는 놀란 눈빛으로 되물었다.

"주시하고 계셨다고요?"

"그래요. 김기창은 우리가 쫓고 있는 자 중 주요 인물이에요."

"어떤 이유로 말씀입니까?"

"남철호 의원 알죠?"

"네. 얘기 들었습니다."

"민 계장과 만난 것도 남철호 의원 일로 만나게 된 거예요. 민 계장은 일성…… 본명은 권두식이라는 자인데, 그자를 쫓고 있었죠. 난 남철호 의원을 주시하고 있었고요."

"얘기 들어 알고 있습니다."

"민 계장에게도 잠깐 얘기는 한 것 같은데, 남철호 의원은 과거 대검 중수부 과장이었을 시절에 김기창 사람이었어요."

"사람이었다면 지금은 아닌 겁니까?"

"눈치 빠르네요. 맞아요. 지금은 남철호가 많이 컸죠. 대외적으로는 절친한 관계인 것처럼 보이지만 조금만 들여다보면 앙숙이에요. 지금은 더 그럴 겁니다. 그건 그렇고, 윤필두를 만났다는 거죠?"

"네. 처음 듣는 얘기십니까?"

"아니에요. 가끔 두 사람이 만난다는 건 알고 있었어요. 윤필두가 김기창과 남철호 사이에서 줄을 타고 있는 것 같네요."

"아직 어디에 서야 할지 정하지 못한 거군요."

"그렇다고 봐야겠죠. 아마 이번 총선 결과를 보면 알 수 있을 겁니다."

"아까 말씀하시다 마셨는데, 김기창은 왜 주요 인물이라고 보시는 겁니까?"

"지금까지 정치적 주요 사건마다 김기창이 뒤에 있었다고 보고 있어요."

"김기창이 뒤에서 조종한다고 보시는 겁니까?"

"그래요. 조종보다 설계를 한다고 봐야겠죠."

"주요 사건이라면 어떤……."

"정적 제거 말이에요."

"정적? 설마 풍문으로 돌고 있는 음모론을 말씀하시는 겁니까?"

"음모론? 그렇게 볼 수도 있겠네요. 하지만 진실은 언젠간 밝혀질 겁니다."

"어떤 사건인지 말씀해 주실 수는 없습니까?"

"그건 아직……. 머리 꼭대기 위에 앉아 있는 자를 잡아야 밝혀질 겁니다."

"머리 꼭대기라면…… 혹시 개인이 아니라 조직이라고 보시는 겁니까?"

"그동안 조사한 바로는 김기창 혼자 설계하고 실행했다고 볼 수 없어요. 조직적으로 움직일 수 있는 네트워크가 분명 존재한다고 봐야죠. 권력으로 서로 이익을 보는 이익 집단이 있을 겁니다."

"그 정도의 조직력이라면 국정원이 개입했다고 보시는 겁니까?"

"국정원……. 글쎄요, 과거 안기부라면 모르겠지만. 아마 과거를 그리워하는 자들이 아닐까 싶어요."

"과거 안기부에 있던 사람들을 말씀하시는 겁니까?"

"이 정도만 하죠. 내 패만 너무 많이 보인 것 같네요. 민우직 계장에게 직접 묻고 싶었는데, 그래도 물어야겠네요. 이필석 의원과 이대우 대법관 사건 때문에 일성이라는 자, 권두식을 쫓고 있는 겁니까? 그게 다예요?"

"저희도 일성 뒤에 숨은 배후를 쫓고 있습니다. 그 배후가 남철호 의원이 아닌가 싶어 지켜보고 있고요."

"권두식은 김기창 사람입니다."

"남철호 의원 사람이 아니고 말입니까?"

"김기창의 오래된 수족이에요. 아마도 남철호 의원을 만난 건…… 또 내 정보만 넘기는 것 같네요. 그리고 뭔가 석연치 않아서요."

"무슨 말씀이신지……."

"뭔가 숨기고 있다는 느낌이 들어서 말이에요. 뭐예요? 내게 패를 다 까지 않은 것 같은데."

"그렇게 보이십니까?"

"난 충분히 정보를 공유했다고 보는데……. 더 숨기지 말고 들고 있는 패를 까는 게 어때요?"

"남 순경님, 갑자기 그게 무슨 말이에요? 주명근한테 가지 말
자고요?"

한 검사는 놀란 듯 남 순경을 힐끔 쳐다봤다.

"어차피 가도 주명근을 체포하지 못하는데 차라리 채이돈 의
원을 보호하는 게 낫지 않을까 해서요."

"그래요. 바로 체포는 못 해요. 하지만 현장을 가 봐야 상황을
알 수 있는 거잖아요. 그러다 체포할 기회가 생길지도 모르고
요. 그러려면 인원을 좀 더 투입해야 한다고요. 안 경위님 혼자
로는 힘들어요."

한 검사는 정지 신호에 차를 멈추고, 뭔가 망설이는 듯한 남
순경을 쳐다봤다.

"무슨 다른 이유라도 있는 건가요?"

"사실은…… 곧 주필상이 죽어요."

"그게 무슨 말이에요? 뜬금 없이 주필상이 죽는다니……. 혹
시……."

"네. 주필상 시체를 봤어요. 검사님과 함께 주명근을 체포하
러 주일 빌딩에 들어갔을 때 지하 주차장 가건물 안에서요."

"남 순경님, 그게 지금 주명근에게 가는 거랑 무슨 상관이 있
는 거죠?"

"주필상 시체의 눈에서 주명근을 봤거든요."

"뭐라고요? 남 순경님, 주필상은 주명근의 아버지잖아요. 왜 자신의 아버지를……."

신호가 바뀌자 한 검사는 다시 정면을 주시하며 액셀러레이터를 밟았다. 남 순경은 잠시 숨을 가다듬은 뒤 말을 이어 갔다.

"이유는 저도 모르겠어요. 하지만 주필상 시체 눈에 주명근이 보였으니 관련이 있는 건 분명해요. 정말 자신의 아버지에게 그렇게 한 건지는 다시 확인해 봐야 하지만 그렇게까지 할 필요가 있을지…… 모르겠어요."

"그래서 주명근을 체포하지 못한다고 말한 거군요."

"네, 검사님. 이번에 주명근이 체포된다면 주필상 시체 눈에서 주명근이 보였을 리가 없잖아요."

"그렇다고…… 철수할 수는 없을 것 같아요. 주명근은 연쇄살인범이에요. 그 전에 죄 없는 여성이 또 희생될지도 모르잖아요."

한 검사의 말에 박 순경은 고개를 끄덕이며 말했다.

"맞아요. 저도 검사님과 같은 생각이에요."

"검사님 말씀이 맞지만, 안전 가옥까지 그들에게 노출된 상황에서 채이돈 의원마저 살해당한다면 그땐 정말 다크킹덤의 정체를 밝힐 방법이 없게 돼요. 채이돈 의원이라도 지켜야 하지 않을까요?"

박 순경은 운전석으로 고개를 불쑥 내밀어 한 검사에게 말했다.

"그럼 대신 최우철 형사님을 나 형사님이 계신 곳으로 보내시는 건 어떠세요?"

"최 형사님이요……."

최 경위와 다퉜던 일로 한 검사가 말하기 불편할 것 같아 남 순경이 먼저 말을 가로챘다.

"최 형사님도 안 형사님한테 가셨을 거예요. 제가 본부에 도착했을 때 나가셨거든요."

"그래요? 그럼 저희는 나 형사님한테 가는 게 나을 수도 있겠네요."

"그렇게 하시죠, 검사님."

한 검사는 말없이 두 사람의 대화를 듣다 차분한 목소리로 입을 열었다.

"사실 제가 최 경위님과 좀 다퉜어요."

"검사님, 말씀 안 하셔도……."

최 경위와 있었던 일을 숨겨 주려 했던 남 순경은 한 검사를 말리려 했지만, 한 검사는 멈추지 않고 말을 이어 갔다.

"남 순경님은 다 들으셨죠? 아닌 척하고 있는 것도 마음이 불편하네요. 최 경위님은 다크킹덤 수사를 이쯤에서 멈췄으면 하세요. 알아요, 왜 그러는지. 우리가 위험에 처해 팀장님처럼 되는 걸 보고 싶지 않은 거겠죠. 그래서 제가 최 경위님은 다크킹덤 수사에서 빠지라고 했어요."

한 검사는 짧게 한숨을 내쉬고는 운전대를 움켜쥐며 힘주어 말을 이어갔다.

"너무 화가 났어요. 다음에 기회가 있을 거라는 말. 매번 듣던 얘기예요. 검찰 개혁도 다음에 기회가 있을 거다, 이번이 아니어도 차츰 바꿔 갈 수 있다, 다음을 기약하자. 그렇게 미루다 보니 지금 이 사태까지 온 게 아닐까? 다크킹덤이라는 조직이 이렇게 된 것도 다음이라는 달콤한 말에서 탄생된 건 아닐까? 조금만 더 일찍 수사하고 세상에 알려졌다면 다크킹덤은 존재하지도 못하지 않았을까? 그런 생각들로 힘들었어요. 더 이상은 다음으로 미루고 싶지 않아요."

박 순경은 굳은 표정으로 듣고 있다 조심스레 입을 열었다.

"저도 검사님 말씀에 동감해요. 그렇다고 검사님 잘못은 아니잖아요. 그러니 너무 자책하지는 마세요. 최 형사님도 걱정되셔서 하신 말씀일 거예요."

"혹시 검사님도 최 형사님을 의심하고 계신 건가요?"

"남 순경님, 그게 무슨 말씀이세요?"

박 순경은 눈을 번뜩거리며 남 순경을 쳐다봤다.

"박 형사님, 사실…… 우리 내부에 스파이가 있는 것 같아요. 도 경감님이 최 형사님을 의심하고 계세요."

"네, 맞아요. 하지만 그 이유로 다크킹덤 수사에서 빠지라고 말씀드린 건 아니에요. 같이 하고 싶지만, 강요하고 싶지 않았을 뿐이에요. 그리고 돌아가는 상황을 봐서는 최 경위님은 스파이가 아닌 것 같아요."

"아니라고요? 그럼 본부가 그렇게 된 건…… 검사님, 설마……."

"저도 아니었으면 좋겠어요."

"검사님, 그게 무슨 말씀이세요? 최 경위님이 아니면 누굴 말씀하시는 건데요? 남 순경님은 아시는 거예요?"

박 순경은 어리둥절한 표정으로 한 검사와 남 순경을 번갈아 봤다.

"아닐 거예요. 아니에요. 안 형사님이……."

박 순경은 깜짝 놀라 한 검사를 보며 말했다.

"안 형사님이요? 에이, 안 형사님이 왜요? 그럴 리가 없어요."

"하지만…… 남 순경님도 같이 있었잖아요. 안 경위님한테 과학수사대에서 나영석 경위님이 증거물을 분석하고 있다고 말했던 거요. 그리고 안전 가옥에서 몽타주를 작성하고 있었다는 것도요."

"몽타주는 연쇄 살인사건과 관련된 거지, 다크킹덤과 상관없는 거잖아요. 본부도……."

"주필상이 다크킹덤과 관련된 자라면 연쇄 살인사건과도 연관이 있을 수 있어요."

"그럼 주필상에게 정보가 넘어가고 있다고 보시는 건가요?"

"합리적으로 그렇게 보는 게 맞지 않을까요? 경감님도 그렇게 의심하고 계시고요."

"……그럼 신사로 가실 건가요?"

"네. 일단 그곳으로 가서 상황을 살피는 게 좋을 것 같아요."

윤진 경위가 서필감 과장과 만나 나눈 대화를 설명하던 중 서도경 총경이 끼어들어 말했다.

"잠깐, 정적이라고 했다고?"

"네."

"설마 세간에 떠도는 음모론을 말하는 건 아니겠지?"

"저도 그건가 싶어 물어봤지만 자세히 말해 주지 않았습니다."

"그래, 계속 얘기해 봐."

"서필감 과장은 다크킹덤에 대해 알지 못하는 눈치였습니다."

"그럴까? 우리처럼 조심하는 건 아니고?"

"만약 그렇다면 이제 터놓고 얘기를 하는 게 낫지 않을까요? 궁극적인 목표는 같은 것 같은데……."

윤 경위는 서 총경을 보며 말하다, 옆에 앉은 한 남자에게 고개를 돌려 물었다.

"아닙니까, 계장님?"

"어? 어."

"어떻게 생각하냐고?"

생각에 잠겨있던 그에게 서 총경이 되묻자, 그제야 그는 고개를 들어 대답했다.

"제가 다시 만나 볼게요."

"그럴래? 근데 오늘따라 왜 이렇게 말이 없어?"

"아, 죄송해요. 오기 전에 들은 얘기가 있어서 그것 때문에……."

"무슨 얘기?"

"아니에요. 아직 확인 중이라 결과 나오면 그때 보고드릴게요."

서 총경은 수심 가득한 그의 얼굴을 보고는 더는 캐묻지 못했다.

"그래, 그럼. 서필감 과장 만나서 나머지 아귀도 맞춰 봐. 윤 경위 말 들어 보니까 우리처럼 다크킹덤을 쫓는 것도 같으니까. 그 실체를 모르고 있는 건지, 아니면 우리처럼 그 실체를 쫓고 있는 건지 최대한 알아내라고."

"그럴게요, 이제 나가봐도 되겠죠? 형님."

"민우직 계장, 과장님이라고 불러. 공과 사 구분 못 해?"

윤 경위 옆에 앉아 있던 남자는 다름 아닌 민우직 경정이었다.

"넵, 과장님. 그럼 전 먼저 일어나겠습니다. 과장님!"

깍듯이 경례하며 일어서는 민 경정의 얼굴에 생기가 돌자, 서 총경의 입가에도 미소가 번졌다.

"그럼 저도……."

민 경정은 따라나서려는 윤 경위의 팔을 잡으며 말했다.

"윤 경위, 잠깐만."

"네, 계장님. 따로 지시하실 거라도……."

민 경정은 힐끔 서 총경의 눈치를 살피며 말했다.

"아니. 일단 가면서 얘기하지."

남철호 의원이 지하 주차장으로 들어왔다는 보고를 받은 주필상은 16층으로 마중 나갈 채비를 하고 있었다. 그때 수행 비서가 다급하게 뛰어 들어왔다.

"사장님! 사장님! 올라오십니다."

"송 비서, 무슨 일이야? 누가 올라온다고 그래?"

"남철호 의원님이 올라오고 계십니다."

"뭐? 왜 이곳으로 와? 16층으로 모셔야지!"

"그게, 16층으로 모셨는데…… 불같이 화를 내시면서 사장님을 만나러 오신다고……."

수행 비서의 말이 끝나기가 무섭게, 밖에서 주필상을 찾는 남의원 목소리가 크게 울렸다.

"주 사장! 주필상 사장, 어디 있는 겁니까?"

주필상은 헐레벌떡 집무실에서 나와 남 의원에게 뛰어갔다.

"위원장님! 위원장님께서 힘들게 여기까지 손수 다 올라오십니까? 부르시면 될 일을……."

"주 사장! 이거 사람 차별하는 거요?"

"그게 무슨 말씀이신지? 차별이라니요?"

"심재철 회장을 이곳에 들였다죠? 내가 그 사람보다 못 하다는 겁니까? 스카이 클럽이 어떤 곳인지 내가 모를 줄 알아요?"

"그런 게 아니라…… 그곳은 어르신이……."

"어르신?"

"예. 어떤 곳인지 아신다고 하시지 않으셨습니까? 모르십니까?"

"저기 그럼……."

주필상은 엘리베이터가 있는 곳을 손으로 가리키며 말했다.

"그러니 노여워 마십시오. 심 회장님은 어르신과 함께 오셔서 어쩔 수 없었습니다. 내려가셔서 제 술 한잔 받으시지요."

"으흠! 그래요? 그렇다면 어쩔 수 없지."

"그 자리에 오르시면 어르신도 뭐라고 못 하실 겁니다. 그땐 언제든 열어 드릴 테니 자주만 찾아 주십시오, 위원장님."

"내가 그곳에 자리 잡고 앉은 후에 반드시 다시 찾을 거예요. 그땐 단단히 준비해 둬야 할 겁니다."

남 의원은 주필상의 어깨를 툭툭 치며 호탕하게 웃어젖혔다.

"그럼요. 단단히 준비해 두겠습니다."

제12화

권력의 흐름

남철호와 김기창은 소파에 앉아 대화를 나누고 있었다. 그들의 맞은편엔 고급 양주들이 유리장 가득 진열되어 있었고, 그 앞에는 바 테이블이 있었다.

"남 총장, 이곳도 얼마 안 남았네요."

"그러게 말입니다. 자리에서 내려가는 건 아쉽지 않은데 이곳을 떠나야 한다니 참⋯⋯. 많이 그리울 것 같습니다."

"이곳은 어떻게 할 겁니까? 후임에게 넘길 거예요?"

"후임이 누구냐에 따라 다르죠."

남 총장은 진열된 술들을 훑어보며 크게 웃었다.

"대검에 이런 곳이 있다고는 상상도 못 할 거예요. 후임이 누구라도 말이죠."

"그럼요. 아주 철통 보안이라, 와 본 사람도 별로 없습니다."

"이거 영광인데요. 그런 곳을 한 번도 아니고 여러 번 불러 줘서 말입니다. 이제 얼마나 남았죠?"

"6개월 좀 남았습니다. 그때까지 별 탈 없이 임기를 채워 퇴임해야 할 텐데 말입니다."

"그래야죠. 총선에 나오셔야 할 분이니 떨어지는 낙엽도 조심해야 할 때예요."

김기창은 왼쪽 눈 밑의 길고 움푹 팬 상처가 떨릴 정도로 웃다 말을 이었다.

"어디로 나갈지는 결정한 겁니까?"

"고민 중입니다. 같은 당 의원끼리 무슨 꼴인지 모르겠습니다. 어떻게 보십니까?"

"대세를 따르세요."

"대세라면……."

"미래 권력을 따르란 말입니다."

"어르신, 언제까지 정부의 개 노릇을 해야 한단 말입니까? 제가 떠나면 방패가 돼 줄 사람도 없습니다. 아시지 않습니까?"

"알죠. 하지만 지금은 납작 엎드려 짖으라면 짖고 기라면 기어야 할 땝니다. 우리가 권력 중심에 섰을 때 바로 세우면 되는 거예요. 우리가 권력 중심에 설 수 있게 남 총장 같은 분들이 정치 일선에 나서는 거 아니겠어요. 안 그렇습니까?"

"차라리 정권 교체를 돕는 게 좋지 않겠습니까? 국정원장 그 새끼한테 당한 수모만 생각하면…… 아휴! 열받아."

남 총장은 들고 있던 술잔을 탁 소리 나게 내려놓았다.

"그게 다 의회에 우리 사람이 없어서 그런 거예요. 그래서 예전부터 강조하지 않았습니까? 의회를 장악해야 한다고. 아직은 돈을 더 쫓는 세상이니 어쩌겠어요? 지난 일은 지난 일이고, 이제 앞으로 얼마 남지 않은 총선과 대선에서 우리 세를 키워야 하지 않겠어요."

"그럼 이번 참에 확 엎어 버리시죠?"

"아직은 안 됩니다. 우리 쪽 준비가 덜 됐어요. 그리고 그쪽 세가 워낙 강하지 않습니까? 섣불리 움직였다간 모든 게 수포로 돌아갈 수 있어요. 다음 대선쯤이면 우리가 권력 중심에 설 수 있을 겁니다."

"정말이십니까?"

"왜요? 그동안 내가 틀린 말한 적 있었나요? 그 자리에 앉은 것도 누구 덕인지 벌써 잊으신 겁니까?"

"잊다니요? 그게 아니라 흉흉한 소문이 돌아서 그러죠. 허수아비라는……."

남 총장은 그렇게 말하고는 김기창의 눈치를 살폈다.

"허수아비요? 누가요?"

"누구긴 누굽니까? 지금 당 대표죠. 어르신이 허수아비를 앉힌 뒤에 실세 노름을 하시려는 건 아닌지 의심하는 친구들이 많더란 말입니다."

김기창은 한쪽 눈을 치켜뜨며 남 총장을 매섭게 바라봤다.

"누가 그딴 소리를 합니까? 그거 다 거짓말인 거 알지 않습니까? 지금 정부는 정권 재창출에 열을 올리고 있어요. 지들이 한 짓이 있으니 정권이 바뀔까 얼마나 똥줄이 타겠어요? 무슨 수를 쓰더라도 무조건 정권을 재창출하려 할 겁니다."

"그게 가능하겠습니까? 당이 둘로 쪼개질 판이지 않습니까?"

"절대 쪼개질 수 없으니 그건 걱정 말아요. 쪼개지면 그날로 끝인데 그 꼴을 그냥 보고 넘어갈 분들이 아니시지 않습니까? 그분들이."

"그렇죠. 그렇긴 하죠."

남 총장은 자신의 무릎을 내리치며 크게 웃었다.

"어쩔 수 없이 밀어줄 수밖에 없어요. 두고 봐요. 그렇게 돌아갈 테니."

"그러니 그런 말이 더 나오는 게 아니겠습니까? 어르신이 실세라고 말입니다."

"나도 납작 엎드려 있는 신세란 말입니다. 보면 몰라요? 지금은 국정원장이 모든 걸 진두지휘하고 있어요. 남 총장, 우리 한 식구 아닙니까?"

"국정원도 한 식구이지 않으십니까?"

"왜 그래요? 국정원이 어찌 내 식구입니까? 안기부가 국정원이 된 후로 내가 어찌 된지 몰라서 그런 말을 해요?"

김기창은 언짢은 듯 헛기침을 두어 번하고는 고개를 옆으로 돌렸다.

"알지요, 잘 아는데……. 알겠습니다. 그럼 어르신만 믿겠습니다."

"우리가 다시 권력 중심에 서야 하지 않겠어요?"

"그러게 말입니다. 그때 제대로만 했어도 참……."

대민당 비상 대책 위원회 위원장 남철호 의원은 로얄 클럽에 모인 검사들에게 몇 마디 덕담을 남긴 후, 별도 룸으로 이동해 심노양 부장검사와 양호식 부부장검사를 따로 불렀다.

"심 서방, 큰아버님은 잘 계신가?"

"그럼요. 잘 계시죠. 그건 왜 물으십니까?"

"어르신이 심 회장을 스카이 클럽으로 불렀다고 하는데, 몰랐나?"

"어르신이라고 하면 누구를…"

"내가 어르신이라고 하면 한남동 어르신이지 누구겠어?"

"아, 예. 알겠습니다. 그게… 저는 스카이 클럽에 가셨다는 말씀만 듣고……."

말도 제대로 잇지 못하고 멋쩍게 웃음만 짓는 심 검사가 못마땅한 남 의원은 한심한 듯 그를 보며 말했다.

"내가 몇 번을 얘기했나? 제대로 알아보고 보고하라고. 이 사람이 정말! 이그, 쯧쯧."

"장인어른, 송구합니다. 앞으로는 그런 일 없도록 하겠습니다."

"심 회장한테 들은 얘긴 없는 거야?"

"없었습니다. 아버님이 별말씀 없으셔서……."

"좀 알아봐. 무슨 일로 만났는지."

"예, 장인어른."

남 의원은 심 검사 옆에 앉아있는 양 검사를 보며 말했다.

"양 프로, 자네는 총장 자리에 앉아 봐야 하지 않겠어."

"아이고, 그렇게만 된다면 가문의 영광이지요, 위원장님."

"위원장이 뭐야? 선배라고 불러."

"네, 선배님."

"영광이라……. 우리 심 서방처럼 정치할 생각은 없고?"

"에이, 제가 무슨 정치를……. 저는 검찰 총장 되는 게 마지막 꿈입니다."

"그래? 그러려면 어떻게 해야겠어?"

양 검사는 벌떡 일어서서 허리 굽혀 머리를 조아렸다.

"충성을 다하겠습니다, 선배님!"

"이 친구야, 앉아 앉아. 우리 심 서방 좀 잘 도와줘. 다 좋은데, 디테일이 부족해. 양 프로가 그런 점에서 심 서방을 옆에서 잘 보좌해 줄 수 있을 것 같아 내가 특별히 옆에 둔 거라고. 알지?"

"그럼요. 알고말고요. 심 부장검사님 가시는 길에 제대로 꽃 가루 뿌려 드리겠습니다."

"그래그래."

"장인어른, 윤필두 그놈이 김기창 어르신을 또 만났다고 합니다."

"알고 있어. 김 부장이 윤필두를 종로에 출마시키자고 하더군. 그것 때문에 만났다고 했어."

"어르신한테 직접 들으신 겁니까?"

"그래. 전략 공천으로 종로에 꽂아 달라고 부탁을 하더라고."

"어르신이 장인어른께 부탁을요?"

"어? 그래, 부탁."

남 의원이 헛기침을 하며 심 검사를 노려보자, 얼른 고개 숙여 대답했다.

"아! 네."

"심 서방은 정말 종로로 나갈 생각 없는 거야?"

"저번에도 말씀드렸지만 저는 제 고향에서 출마하고 싶습니다."

"그래. 길게 봐도 되겠지."

"그것보다 장인어른, 김 부장 어른께서 새로운 대선 주자를 물색하고 있다는 소문이 돌던데 그것도 알고 계신 겁니까?"

"사실 대선 주자 인물이 나 말고 특별히 없잖아. 독주 체제로 가는 건 레이스 과정에 흥미가 떨어진단 말이지. 쟁쟁한 경쟁자가 붙어 줘야 가십거리도 만들 수 있고, 술자리에 안줏거리라도 될 수 있지 않겠냐고. 나도 같은 생각이긴 해. 그래야 흥행이 될 것 아닌가? 그리고 외연 확장을 위해서도 새 인물이 필요하긴 하지."

남 의원이 신이 난 듯 양손을 휘저어 가며 침까지 튀기는 모습에도 양 검사는 여전히 굳은 표정으로 바라보고 있었다. 그리고 눈치를 살피며 조심스레 말을 꺼냈다.

"위원장님, 정말 괜찮겠습니까?"

"양 프로, 그게 무슨 소리야? 뭐 들은 얘기라도 있어?"

"그게 아니라, 김기창 어르신이 보통 분이 아니시지 않습니까? 혹시 다른 생각을……."

"역시 사람 하나는 잘 봤네, 내가."

심 검사는 양 검사가 쓸데없는 소리를 한다 생각하고 피식 웃음을 짓다가, 남 의원의 말에 깜짝 놀라며 물었다.

"네? 그게 무슨 말씀이십니까?"

"이 사람아! 아이고, 정말……. 그렇게 김기창을 몰라? 양 프로, 내가 말을 그렇게 해도 대비는 하고 있어. 사실 내가 한 얘기도 김 부장이 한 말이야. 선거 흥행을 위해서 새로운 인물이 필요하다나 뭐라나. 틀린 말은 아니니까. 심 서방, 그래도 김 부장은 항상 조심해야 해. 또 허수아비를 세우고 지가 뒷방에 앉아 실세 노릇을 하려고 할지 모르니까. 그 자리가 그렇게 탐나면 직접 앞에 나서면 될 일을 그 인간은 참……."

"그래도 장인어른이 이번에 대선 후보이신데 김 부장 어르신이 그렇게까지……."

"이 사람이 이렇게 순해 빠져 가지고 어디 정치하겠어? 이 바닥에서는 아군인지 적군인지 구분을 잘해야 한다고. 매번 쉴 새 없이 적과 아군이 바뀌는 곳이 이 정치판이야. 응? 이래가지고는…… 쯧쯧. 우리 심 서방 고생 좀 하겠어. 양 프로, 심 서방 옆에서 잘 좀 부탁하네."

"걱정 마십시오, 위원장님."

"잘 들어, 심 서방. 예전에도 얘기한 것 같은데, 김 부장이라는 인간이 말이야. 모든 권력을 다 휘어잡고 싶은 욕망이 하늘을 찌르는 놈이라고. 근데 지가 해 놓은 짓이 너무 많은 거야. 그리고 매번 뒤에서만 조종할 줄 알았지, 앞으로 나서는 법을 몰라. 얼굴 때문일 수도 있겠지. 대통에 나설 얼굴은 아니잖아. 아무튼 아주 약삭빠른 놈이라고. 그래서 어르신이 탄핵을 당해도 지는 쏙 빠져 살아남은 거 아니겠어. 그게 그 양반 삶의 노하우라고. 아마 나도 지 마음대로 쥐락펴락하고 싶었을 거야. 근데 그게 안 되니 또 다른 허수아비를 세우려는 거겠지. 말로는 선거흥행이다, 외연 확장이다 하면서 말이야. 알겠어?”

“그럼 무슨 대책이라도 있으신 겁니까?”

“대책? 당연히 있지. 내가 누군가? 공천 탈락됐다가 무소속으로 살아 돌아와 이 자리까지 온 사람이야. 예전처럼 호락호락 당하지만은 않을 거란 말일세.”

“장인어른, 저도 큰아버님께 잘 말씀드려 놓겠습니다.”

“그래. 심 회장이 어르신과 무슨 일로 만났는지도 알아보고. 심 회장과 어르신이 날 확실히 밀어 주면 김 부장도 어쩌지 못할 거야. 그러니 우리 심 서방 역할이 커. 알지?”

“그럼요. 저만 믿으십시오.”

심 검사가 양손을 들어 움켜쥐며 웃어보이자, 남 의원은 흐뭇하게 웃으며 그의 어깨를 토닥였다.

“그래그래. 그리고 검찰 식구들 잘 챙기라고. 앞으로 검찰에서 할 일이 많아. 이제 곧 법이 권력이 될 거야. 예전처럼 사람 때려잡고 고문할 수 있는 시대도 아니고, 탈탈 떨어서 먼지 한 올 안 나오는 놈 없다고. 법에 엮어서 매장하면 되는 세상이야. 이치가 그래. 그러니 검찰 식구들 단도리 잘 시키라고. 양 프로,

알았나? 검찰 총장 자리에 앉아야 하지 않겠어?"

"예, 위원장님. 명심하겠습니다."

"장인어른, 언론사 놈들이 요즘 도통 말을 들어 먹지 않아 골 칫거립니다. 돈으로 구워삶는 것도 한두 번이고."

"검찰 출입 기자들 중에 몇몇 골라 둬. 쓸 만한 놈으로. 알았 어?"

"그건 왜……."

"모르면 시키는 대로 해. 양 프로, 알겠지?"

"분부대로 진행하겠습니다."

"그래. 심 서방은 어르신이 심 회장하고 무슨 얘기를 나눴는지 나 제대로 알아봐. 할 수 있겠어? 영 못 미더워서…… 이것 참."

"이번엔 실수 없이 제대로 알아보고 보고 올리겠습니다. 믿어 주십시오."

"그래. 이번 한 번만 더 믿어 보지. 잘해."

"예, 장인어른."

김기창은 남가좌동 자택으로 돌아왔다. 얼마 지나지 않아 집 앞에 차 한 대가 멈춰 섰고, 차에서 내린 남자는 안으로 들어간 지 십여 분 만에 다시 밖으로 나왔다. 그의 차가 출발하자, 조금 떨어진 곳에 주차되어 있던 다른 차 한 대도 서서히 움직이며 뒤 따랐다. 이후, 차가 다시 멈춘 곳은 박범수가 사는 빌라 근처였다. 처음 와 본 곳이 아닌 듯 그는 곧장 빌라로 들어가 자연스럽게 박범수의 집 현관문 앞에 섰다.

초인종 소리가 울리고, 인터폰에 뜬 그를 보자마자 박범수가 달려 나왔다.

"형님이 여기는 어쩐 일로 오셨습니까?"

"들어가서 얘기하자."

"예. 들어오십시오."

그는 안으로 들어서 집 안을 살폈다.

"뭐 찾으시는 거라도 있으십니까?"

"범수야, 일은 잘 처리한 거지?"

"보고가 올라가지 않은 겁니까? 잘 처리했습니다, 형님."

"그래. 나상남 형사하고는 친구라고 들었는데, 맞아?"

"네, 형님. 동네 친구였습니다. 그런데 그건 갑자기 왜 물으십니까?"

"그날 나 형사랑 있었다는 얘기가 있어서 말이다."

"집 앞에 찾아와서 잠깐 만난 게 다입니다."

그는 천천히 박범수에게 다가갔다. 박범수도 뭔가 낌새를 느꼈는지 뒷걸음치며 그와 거리를 뒀다.

"왜 거짓말을 하지? 어디부터 어디까지가 거짓말인 거야?"

"그게 무슨 말씀인지?"

"범수야, 너도 느꼈지?"

"……네, 형님."

박범수의 눈이 날카롭게 변했다.

"조용히 가라."

"형님, 어쩔 수 없었습니다."

"그래, 알았다. 그러니까 조용히 가라고."

그는 주머니에서 하얀 헝겊을 꺼내 박범수에게 다가갔다. 박범수는 그를 피해 뒷걸음치며 손에 잡히는 것들을 그에게 내던졌다. 그는 날아오는 물건들을 피해 점점 더 가까이 다가섰다.

"이러지 말자, 범수야. 조용히 가 줬으면 좋겠는데……."

그는 재빠르게 박범수에게 달려들어 팔을 잡았다. 박범수는 잡힌 팔을 뿌리치며 주먹을 날렸지만, 그는 오히려 박범수의 주먹을 잡아 뒤로 꺾었다. 그리고 박범수의 얼굴을 하얀 헝겊으로 감쌌다.

"흐음……."

잠시 몸부림치던 박범수는 몸에 힘이 쭉 빠져 기절한 듯 주저앉았다. 그때 초인종이 울렸다. 초인종 소리에 그는 인터폰을 확인했다.

"음식 왔습니다."

현관문 앞엔 차우석이 검은 봉투를 들어 보이며 서 있었다.

"……."

그는 아무도 없는 척 조용히 있었다. 그러자 또 한 번 초인종이 울렸다.

"저기요. 배달 왔습니다."

그는 배달 음식을 받고 빨리 보내는 게 낫겠다 싶었는지 문을 살짝 열었고, 그 순간 문틈 아래로 발이 쑥 들어왔다.

"뭐야?"

"뭐긴 뭐야? 문 열어."

그가 서둘러 문을 닫으려 할 때 차우석은 문을 힘껏 밀며 안으로 들어섰다.

"당신 뭐야?"

안을 살펴본 차우석은 쓰러져 있는 박범수가 눈에 들어왔다.

"너 지금 뭐 하고 있었냐?"

"뭐? 배달 기사가 아니구나."

"이제 알았어? 사람을 죽인 거야?"

"그럼 어쩔 건데? 형사라도 되시나?"

"형사보다 더 무서운 사람이지."

"뭐?"

차우석은 그의 얼굴을 향해 주먹을 날렸다. 그는 주먹을 피해 뒤로 물러섰다. 그리고는 피식 웃으며 말했다.

"뭐야? 그 정도밖에 안 돼? 근데 너 뭐 하는 놈이냐?"

"그거야 알 것 없고."

"그러냐? 그래, 알 필요 없지. 대신 오늘이 네 제삿날인 줄만 알아라."

그는 말이 끝남과 동시에 양 주먹을 연속으로 휘둘렀다. 차우석은 연달아 날아오는 주먹을 양팔로 막으며 뒤로 물러났다. 또 다시 주먹과 발이 차우석의 머리와 허리를 향해 날아왔다. 차우석은 자세를 낮춰 주먹을 피했고, 허리춤으로 오던 다리를 양팔로 막았다. 하지만 그 충격으로 몸이 벽에 부딪쳤다.

차우석은 피식 웃으며 그를 바라봤다.

"싸움 좀 하네."

"웃음이 나와? 그래, 넌 좀 막을 줄 안다."

"막을 줄만 아나? 이제 내 차례다. 준비 단단히 해라."

차우석은 그에게 달려들며 앞발 차기와 뒤돌려 차기를 연이어 날렸다. 그는 뒤로 물러나며 두 팔로 겨우 막아 버티고 섰다.

차우석과 그는 일진일퇴를 거듭하며 격렬하게 격투를 벌였다. 그러는 동안 집 안은 아수라장이 되어 갔다.

"나한테 볼일이 있어 미행한 거냐? 아니면 박범수한테 볼일이 있었던 거냐?"

"박범수가 누군데? 아, 저기 저 사람이 박범수야?"

"왜 날 미행한 거지? 우리 초면 같은데."

"그렇지. 초면이지. 근데 넌 왜 박범수를 죽인 거지?"

"아직은 아닌데. 그리고 그건 네가 알 바 아니고."

"죽이려 한 건 맞네."

"너 뭐 하는 놈이냐? 정말 형사 아니야?"

"형사보다 더 무서운 사람이라니까. 우선 결판부터 내자."

차우석은 재빠르게 그에게 다가가 앞차기를 하는 척하다, 주저앉으며 뒤돌려 차기로 그의 다리를 쳐서 넘어뜨렸다. 그리고 그에게 뛰어올라 무릎으로 그의 가슴을 내리찍었다. 동시에 그의 얼굴에 주먹을 한 방 날렸다.

차우석은 무릎으로 그의 가슴을 짓누르며, 주먹으로 그의 얼굴을 잇달아 내려쳐 기절시켰다. 그가 기절한 것을 확인한 차우석은 박범수에게 다가갔다. 다행히 숨을 쉬고 있었다.

주변을 두리번거리며 뭔가를 찾던 차우석은 찾는 것이 없었는지 방으로 들어갔다.

택시에서 내린 남시보 순경은 곧장 박범수의 집으로 뛰어 올라갔다. 집 앞까지 달려온 남 순경은 잠시 숨을 고르며 현관문 손잡이를 천천히 돌려 보았다. 잠김 걸쇠가 밖으로 나와 문이 제대로 닫히지 않은 상태였다. 남 순경은 조심스럽게 문을 열어 안으로 들어갔다.

30분 전

남 순경과 한 검사 그리고 박 순경은 주명근이 숨어 있는 신사 빌라촌으로 가고 있었다. 그때 나 경사로부터 또 전화가 걸려 왔다. 박 순경이 이번에도 휴대폰 연결을 스피커 폰으로 바꾸고 운전석 앞으로 내밀자 나 경사의 다급한 목소리가 들려왔다.

"검사님, 범수가 전화를 받지 않습니다."

"얼마나요?"

"20분 넘게 연락이 안 되고 있습니다."

"박범수 씨 위치는 확인하셨어요?"

"위치 추적기에는 집에 머물러 있는 것으로 나옵니다. 아무래도 느낌이 안 좋습니다. 어디서든 전화를 받으라고 했는데……. 제가 가서 확인해 봐야겠습니다."

"채이돈 의원은 어쩌고요?"

"금방 다녀올 텐데 그사이 무슨 문제 있겠습니까?"

"그건 안 돼요, 나 경사님."

잠시 정적이 흐르자 남 순경이 나서서 말했다.

"검사님, 제가 가 볼게요. 나 형사님, 제가 박범수 씨한테 갈게요. 그럼 되겠죠?"

"남 순경이?"

"네. 제가 가서 연락드릴게요."

그래도 안심이 안 되는 듯 나 경사에게서 대답이 없자, 한 검사가 재차 말했다.

"나 경사님, 그렇게 하시죠."

거친 숨소리와 함께 나 경사의 목소리가 들려왔다.

"알겠습니다, 검사님. 그럼 남 순경, 부탁할게. 도착하면 바로 연락 주고."

"네, 나 형사님."

남 순경이 집 안으로 들어섰을 때, 거실엔 박범수가 쓰러져 있었다. 그리고 그 앞에 처음 보는 또 다른 남자가 누워 있었다.

남 순경은 박범수가 죽은 건 아닌지 걱정되는 마음에 그에게 달려갔다.

그때 방에서 차우석이 뛰쳐나와 남 순경의 어깨를 잡아챘다. 차우석의 손에는 허리띠가 들려 있었다.

"뭐야?"

어깨를 잡힌 남 순경은 자신을 공격하려는 것이라 착각하고, 차우석에게 먼저 주먹을 날렸다. 얼굴을 맞은 차우석도 곧바로 남 순경의 복부를 발로 걷어찼다. 남 순경은 뒤로 넘어졌지만 바로 일어섰다.

"너 이 자식이!"

남 순경은 차우석에게 달려들어 그의 복부를 어깨로 들이박았다. 하지만 차우석은 꿈적도 하지 않고 남 순경의 복부를 무릎으로 가격하며, 두 주먹으로는 등을 내리쳤다. 그리고 곧바로 발을 치켜 올려 남 순경의 머리를 정통으로 내리찍었다. 차우석의 연이은 일격에 남 순경은 바닥에 머리를 박고 쓰러졌다.

차우석은 남 순경을 발로 툭 건드렸다. 아무런 반응이 없자 무릎을 꿇고 앉아 남 순경의 몸을 뒤지기 시작했다. 그는 남 순경의 지갑을 꺼내 신분증을 확인했다.

"뭐야? 경찰이야? 아이씨!"

차우석은 머리를 긁적이며 인상을 찌푸렸다.

그때였다. 박범수와 그 옆에 누워 있던 남자가 눈을 떴다. 정체불명의 남자가 차우석에게 달려들며 발로 얼굴을 차려 했지만, 차우석은 고개를 숙여 그의 공격을 간신히 피했다. 그리고 곧바로 일어서 그에게 주먹을 날렸다. 그는 뒤로 물러서며 피한 뒤 열려 있는 현관문으로 도망쳤다. 차우석은 곧바로 그를 뒤쫓았다.

그제야 겨우 몸을 일으켜 앉은 박범수는 누워 있는 남 순경에게 기어갔다.

"어? 그때 그 경찰이잖아."

남 순경의 주머니에서 휴대폰 진동 소리가 울렸다. 박범수는 휴대폰을 꺼내 발신자가 나상남 경사인 것을 확인하고 전화를 받았다.

"남 순경, 지금 어디야?"

"상남아, 나다. 범수."

"뭐야? 왜 네가 전화를 받아? 괜찮은 거야?"

"난 괜찮고, 남 순경이 이 사람인가?"

"뭐? 남 순경이 바꿔 준 거 아니야?"

"그게 말이야……."

신사 빌라촌에 도착한 한 검사와 박 순경은 안민호 경위가 잠복하고 있는 차를 찾아갔다. 그때 차 앞에서 누군가와 통화하고 있는 안 경위의 모습이 보였다.

"아직 결과가 나오지 않은 것 같습니다. ……그렇습니까? 네. 네, 몰랐습니다. 확인해 보겠습니다. ……네, 사실입니다. 그것보다 언제까지 이래야 하는 겁니까? ……그러니까…… 알겠습니다. 빨리…….”

그때 안 경위와 한 검사의 눈이 마주쳤다.

“빨리 연락 주십시오. 그럼 끊습니다.”

안 경위는 서둘러 전화를 끊고 한 검사에게 인사했다.

“오셨습니까, 검사님.”

“네, 안 경위님. 주명근은 아직 집 안에 있는 건가요?”

“그런 것 같습니다.”

“방금 누구랑 통화한 거죠?”

“들으셨습니까?”

“아니요. 급히 전화를 끊는 것 같아서요.”

“아닙니다. 조사 중인 것이 있어 확인 좀 한 겁니다.”

“아, 그래요…….”

모자를 앞으로 깊게 눌러쓴 민 경정은 어두운 골목길 사이의 3층짜리 건물 뒷문으로 들어갔다. 2층에 올라간 그는 굳게 닫혀 있는 녹슨 철제문을 두드렸다.

똑똑! 똑똑똑!

그는 잠시 기다렸다가 다시 문을 두드렸다.

똑똑똑! 똑똑!

얼마 지나지 않아 철제문이 둔탁한 소리를 내며 열렸다.

"들어와."

민 경정이 열린 문 안으로 들어가자 철제문은 다시 굳게 닫혔다. 그는 안으로 들어서자마자 말했다.

"전화로 한 얘기가 무슨 말인지 다시 말해 봐."

"뭐가 그리 급해. 일단 여기 와서 앉아."

민 경정은 탁자 앞 의자에 앉아 문을 열어 준 사람을 뚫어져라 쳐다봤다. 그 사람은 바로 김승철 경감이었다. 김 경감은 민 경정 옆에 앉으며 말했다.

"이덕복 씨에게 받은 블랙박스 영상 확인했다."

"그래, 알아. 근데 그게 무슨 말이냐고? 스파이라니?"

김 경감은 노트북을 가리키며 말했다.

"나도 못 믿겠다. 직접 들어 봐."

민 경정은 모자를 벗어 탁자 위에 내려놓으며 노트북에 띄워져 있는 영상을 재생시켰다. 조덕삼 검사가 택시 뒷좌석에 앉아 누군가와 통화하는 장면이었다.

"내가 이상한 소리를 들었는데 말이야……. 이필석 의원, 이대우 대법관 죽음이 모두 타살이라고 하던데 알고 있었어? ……그건 알 것 없고. 알고 있었던 거야? ……그걸 왜 네가 조사를 해? ……그래? 민 계장이 타살이라면 타살이겠네, 정말……. 아니야. 조사 결과 나오면 바로 보고해. ……있긴? 그걸 내가 어떻게 알아? 이민지 사건하고 연관된 사람들이 죽어 나가니 무슨 일인지 궁금해서 그렇지. 알았어. 끊어."

영상을 본 민 경정의 얼굴엔 수심이 가득했다. 그는 바짝 마른입을 만지며 말했다.

"이때면 최 형사일 텐데."

"다른 형사들은 모르고 있었을까?"

"모르게 조사하고 있었거든."

"그럼 최우철 형사가 스파이인 거잖아."

김 경감은 민 경정의 안색을 살피며 조심스레 말했다. 그의 말에 민 경정은 고개를 좌우로 흔들며 가라앉은 목소리로 말했다.

"아니, 그럴 리 없어. 혹시 경기 남부 경찰청 형사는 아닐까? 그래. 이대우 대법관 사건 조사에 비협조적이었어."

"통화 내용 보니까 사건 담당 형사는 아니야. 왜 조사하냐고 조 검사가 반문을 했잖아."

"그렇지. 그럼 정말 우철이가…… 아니…… 아, 맞다. 안민호 형사도 알고 있었는데……. 아니, 아니다. 그럴 리 없어. 우철이, 민호가 왜? 아니야. 아닐 거야."

"그래. 아직 확실한 건 아니니 너무 괴로워 마라. 경찰이 아닐 수도 있잖아."

"승철아, 조 검사와 통화한 사람의 목소리를 들을 순 없을까?"

"그건 힘들 것 같은데. 워낙 음질도 좋지 않고 뒷좌석에서 전화한 거라 더 그래. 그래도 최대한 뽑아 볼게."

"알았다. 그렇게 해 줘. 그리고 여기 핸드폰 가지고 왔어."

"잘됐다."

민 경정은 주머니에서 휴대폰을 꺼내 김 경감에게 건넸다.

"폰에 저장해 놓은 거 확실하지?"

"다는 못 했어. 일부 영상과 사진 정도는 저장해 놨다. 그거라도 다크킹덤 수사엔 도움이 될 거야."

"채 의원이 남긴 증거물도 곧 받을 수 있을 거야. 그것들하고 함께 조사해 보면 다크킹덤의 실체가 조금은 윤곽이 드러나지 않을까?"

"그래야지. 일단 핸드폰 내용부터 다시 살펴보자."

"그래."

신사 빌라에서 몰래 빠져나온 오 실장과 주명근은 다시 주일 빌딩 오피스텔로 거처를 옮겼다. 오 실장은 소파에 앉아 한 검사의 명함을 꺼내 보며 생각에 잠겼다. 과거 한동탁 형사의 집에서 봤던 어린 소녀의 천진난만한 표정과 장례식장 빈소에 쪼그려 앉아 울고 있던 소녀의 얼굴이 스쳐 지나갔다.

"뭘 뚫어져라 보고 있는 거야?"

욕실에서 나온 주명근이 명함을 뺏어 가며 말했다.

"아니⋯⋯."

"검사 명함이네?"

"이리 주십시오."

"뭐야? 누군데 그렇게 멍 때려 가며 보고 있었던 거야? 한서율⋯⋯. 여자 이름 같은데. 검사랑 그렇고 그런 사이는 아니겠지?"

"그런 거 아닙니다. 과거에 알던 지인의 딸입니다. 며칠 전에 우연히 만났습니다."

"그래? 말을 하지. 여기 받아."

주명근은 명함을 건네는 척하다가 다시 거두어들이며 웃었다.

"정말이지? 사귀는 사이는 아니라는 거지?"

"아니라니까요. 어린 친구입니다."

"어려도 검사면 성인이잖아. 알았어. 자, 받아."

주명근은 명함을 오 실장에게 휙 날렸다. 오 실장은 멀리 날아가는 명함을 재빠르게 움직여 낚아챘다.

"오우! 역시 순발력 최고! 그런데 우리 여기 있어도 되는 거야? 위험한 거 아니야?"

"이곳이 오히려 안전할 겁니다. 등잔 밑이 어둡다고 하지 않습니까? 여기서 지내다 미국으로 출국하시면 됩니다."

"미국?"

"더 이상 미루는 건 위험합니다. 하루라도 빨리 출국하십시오."

"싫어. 이제 미국 안 가."

"그게 무슨 말씀이십니까? 이제 의식 같은 건 안 한다고 하시지 않았습니까?"

"응. 이제 의식 같은 거 필요 없어. 그리고 미국 갈 필요도 없고."

"무슨 말씀이세요? 경찰이 쫓고 있지 않습니까? 잡히면 최소 무기 징역입니다. 그걸 모르시는 건 아니시죠?"

주명근은 어깨를 으쓱하며 두 손을 들어 보였다.

"무슨 증거로? 그 인장만 녹여 없애면 증거는 없어. 내가 잡아떼면 그만이야. 그리고 연쇄 살인범은 잡혔잖아."

"그래도……. 아, 남시보 순경이라고, 그자가 알고 있지 않습니까? 그 쇳덩어리도 봤고……."

주명근은 오 실장을 노려보며 말을 잘라 말했다.

"그러니까 내가 그때 바로 처리한다고 했잖아. 아이씨, 어쩔 수 없다. 형이 조용히 처리하는 수밖에. 안 그래?"

"제가 말입니까?"

"왜? 알아서 처리한다며. 못 해?"

"그러지 말고 미국에 잠깐 나갔다 오시죠. 그럼……."

주명근은 버럭 소리치며 오 실장의 말을 잘라 말했다.

"싫다니까! 형이 못 하면 내가 하지, 뭐! 까짓것 내가 못 할 것 같아?"

"현직 경찰입니다. 경찰을 건드는 건……."

"경찰은 왜 안 되는데? 내가 모르는 줄 아는구나?"

"그게 무슨 말씀입니까?"

"내가 모른 척하고 있는 것뿐이지 다 보고 듣고 있다고. 의원도 대법관도 보내는데 왜 경찰 순경 나부랭이 하나 못 보낸다는 거야?"

"이사님, 무슨 말씀을 들으셨는지 모르겠지만 그건 사장님이 지시하신 게 아닙니다."

"그럼 누구 지시로 그런 건데? 형, 청부업자 아니었어? 킬러 말이야."

오 실장은 당황한 듯 목소리가 커졌다.

"아닙니다. 뭔가 오해를 하고 계신 것 같습니다."

"오해?"

주명근은 찢어진 눈을 더 가늘게 뜨며 오 실장을 쳐다보다, 헛웃음을 지으며 말했다.

"그래, 알았어. 오해라고 하지. 그래서 못 하겠다는 거야?"

"그게 아니라 굳이 그럴 필요가 없지 않습니까?"

"됐어. 나는 미국 안 갈 거니깐 그렇게 알아. 그리고 할 일이 있어."

"무슨 할 일 말입니까? 의식은 더 이상 안 한다고 하셨잖습니까?"

"그래, 그건 안 한다고 했잖아. 대신……."

주명근은 음흉한 눈빛으로 허공을 바라보며 배시시 웃었다.

도심 공원 벤치에 두 남자가 나란히 앉아 커피를 마시고 있었다.

"정말입니까? 민우직 팀장이 병원에 있다고요?"

"그래. 혹시나 해서 직접 가서 확인도 하고 왔어."

"누구 짓인지는 모르는 겁니까?"

"모르는 눈치였어."

"민 팀장도 우리가 쫓고 있는 김기창을 쫓았던 거 아닙니까?"

"아니, 모르고 있었어. 윤필두 차장검사를 눈여겨보고 있었던 건 맞는데 김기창까지는 모르고 있었던 것 같아. 이번에 윤필두와 만나는 걸 보고 알게 된 거지."

"서 과장님, 남철호 의원을 미행하다 민 팀장을 만나신 게 아닙니까?"

"맞아. 민 계장은 일성이라는 자를 쫓고 있었다고 했어."

"일성이면 권일성 말입니까?"

"그래, 권두식이. 그자가 이필석 의원을 죽인 것 같다고 하더라고."

"그럼 김기창의 지시로……."

"아직 그건 모르지. 남철호 의원일 수도 있고. 언제부터인가 남철호와 긴밀히 만나는 일이 잦아졌어. 남철호에게 넘어간 거 아닌가 싶기도 하고. 아니면 김기창과 남철호가 다시 뭔가를 꾸미고 있는 것일지도."

"둘 사이가 끊어진 건 모두가 다 아는 사실 아닙니까?"

"그렇지. 그래도 모르는 일이지. 그래서 박 기자를 보자고 한 거야."

"무슨 일로요?"

"남철호와 권두식 관계를 좀 알아봐 줘. 그리고 정말 권두식이 이필석 의원을 죽인 게 맞는지도."

"그러죠. 그런데 서 과장님, 서도경 총경과 직접 만나 보시는 건 어떠세요? 그쪽도 우리랑 같은 목적으로 수사를 진행하고 있는 것 같은데요."

서필감 과장은 살짝 고개를 끄떡이며 말했다.

"나도 그런 것 같은데 아직 미덥지 않아서 말이야. 그들 내부에도 스파이가 있을 수 있으니 조심해야 해. 우선 믿을 수 있는지 확인할 필요가 있어. 그들이 준 정보가 확실히 맞는지부터 확인하고. 이번에 서도경 총경이 나오지 않은 것도 그쪽에서도 우리를 못 믿기 때문일 거야. 피차일반인 거지."

"알겠습니다. 아, 민우직 팀장 밑에 안민호 경위가 있지 않습니까? 안민호 경위를 만나 보시면……."

박 기자가 조심스레 묻자, 서 과장은 잠시 생각에 잠긴 듯 앞을 바라보다 말했다.

"그것도 생각해 봤는데 갑자기 연락하기가 그래서……. 친분쌓을 기회가 없었거든. 감찰계에 1년도 안 있었다고. 그것도 동작에서 잠입 수사 기간을 빼면 같이 일한 기간은 더 짧아. 그러다 갑자기 수사과로 보직 이동을 해서 터놓고 묻기도 그래."

"그렇군요. 민 팀장이 그래도 신뢰가 갔는데 그런 일을 당하다니……"

"그러게 말이야. 민 계장과는 모든 걸 털어놓고 말할 수 있을 것 같았는데 말이지."

"채비로 사건으로 친분이 있으셨죠?"

"그렇지. 그때 일로 안면을 텄지. 그 사건 이후로 안 경위가 수사과로 간 거고."

"그 사건만 봐도 민우직 팀장 정도면 과장님과 같이 갈 수 있었을 것 같은데……. 그때 좀 포섭을 해 보시지 그러셨어요?"

"그걸 어떻게 말해? 아무리 정의로운 형사라도 이 위험천만한 일을 함께 하자고 할 수 있겠어?"

"저는요? 전 형사도 아니고 기잔데요?"

"그거야 박 기자가 좋다고 따라붙은 거지 내가 하자고 한 건 아니잖아. 말은 똑바로 해야지."

"제가 이런 어마무시한 일인지 미리 알고 취재한 줄 아십니까? 비리 사건 정도로만 생각했지. 괜히 특종 하나 잡으려다 제대로 코가 꿰였지 뭡니까?"

"그래, 제대로 특종 잡았다 싶었겠지. 그래서 그렇게 날 쫓아다니면서 귀찮게 했잖아. 이제 어떡해? 한 배에 올라탔는데. 이제라도 뛰어내리든지."

"그렇게 해 주시기는 할 겁니까?"

"입만 꾸우욱! 다물어 준다면?"

"기자라 그건 좀 힘들 것 같은데. 그냥 함께 타고 가죠, 뭐."

박 기자가 웃어 보이자 서 과장도 그의 어깨에 손을 얹으며 따라 웃었다.

"그러니까 쉰 소리 말고 알아보라는 것 좀 빨리 알아봐."

"알겠습니다. 그럼 이만 일어날게요."

2015년 7월

서필감 경정은 한강 공원 벤치에 앉아 강을 물끄러미 바라보고 있었다. 그 옆으로는 캐리어에 커피 두 잔이 담겨 있었다. 잠시 후, 한 남자가 그의 옆자리에 앉으며 말을 걸었다.

"오래간만에 봅니다, 서필감 경위…… 아니, 경정님이시죠?"

"이연우 경위, 그동안 잘 지냈어요?"

"언제 올라오신 겁니까?"

"2년 됐어요."

"2년이요? 근데 왜 이제야 연락하신 겁니까?"

"그렇게 됐네요. 그런데 아직도 경위예요? 왜 그렇게 진급이 늦어요?"

"현장에서 뛰는 게 좋아서요. 그것도 있지만 워낙 제가 손바닥 비비는 재주가 없어서 말이죠."

"그럴 줄 알았어요. 너무 소신만 내세우면 조직 생활하기 힘들어요. 나 봐요. 벌써 경정이잖아요. 곧 총경도 달 겁니다. 워낙 손바닥 비비는 재주가 있어서 말이죠."

서 경정은 그렇게 말하고는 너털웃음을 지었다. 웃는 얼굴에서 세월의 흔적을 느낄 수 있었다.

"에이, 농담도. ……정말이십니까?"

"뭐가 또 정말이에요? 여전하네요, 이연우 경위."

서 경정은 이 경위의 어깨를 토닥이며 웃었고, 이 경위도 멋쩍은 듯 따라 웃었다.

"그렇죠? 대단하십니다. 그동안 고생 많으셨겠습니다."

"나야 운이 좋은 케이스였어요. 선배 기수들이 잘 풀려서 나도 덩달아 올라간 거니까 너무 띄우지 말아요. 아! 여기 커피 받아요.”

“네. 잘 마시겠습니다.”

“그동안 어떻게 지냈어요? 뭐 좀 진전은 있었어요?”

“잊지 않고 계셨군요? 그동안 연락이 없으셔서 잊고 계신 줄 알았습니다.”

“잊다니요? 칼을 갈고 있었죠. 나는 힘을 키워 맞설 수 있는 날만 기다렸어요. 근데 이 경위는 뭐예요?”

“아, 죄송합니다. 제가 좀…….”

“아니에요. 농담이에요, 농담. 내가 이럴 줄 알았어요. 너무 에프엠이라니까. 이 경위, 이제 시작해 볼까요?”

“정말이십니까?”

“그래요. 그래도 조심해야 해요. 내가 그동안 연락하지 않은 것도 그들 눈에 띄지 않기 위해서였어요. 여전히 우리를 지켜보고 있으니 항상 조심하자고요.”

“알겠습니다. 그럼 그동안 조사를 계속해 오셨던 겁니까?”

“그렇죠. 김기창에 대해 조사해 왔어요. 요즘은 심재철 회장과 자주 접촉하는 것 같아요. 채이돈 의원 근황은 어때요? 계속 주시하고 있었죠?”

이 경위는 조금은 놀란 듯한 눈빛으로 서 경정을 바라보며 말했다.

“그걸 어떻게 알고 계셨습니까?”

“연락만 안 했지 계속 지켜보고 있었어요.”

“그러셨어요? 그것도 모르고……. 저는 얼마 전에 채이돈 의원이 심재철 회장과 강남에 있는 주일 빌딩에서 자주 회동한다는 걸 알아냈습니다. 그런데 두 사람만 모이는 게 아닌 것 같았습니다."

"그래요? 김기창이 심재철을 주일 빌딩에서 만난 적은 없었는데. 주일 빌딩에서 또 누굴 봤어요?"

"주일 빌딩으로 출입하는 모든 차량이 렌터카거나 소유주가 다른 대포 차량이어서 누구인지 알 수 없었습니다."

"그럼 채비로 경감도 함께 참석한 겁니까?"

"그건 아닙니다."

"혹시 채비로 경감과 관련해서 찾아낸 거라도 있을까요?"

"채이돈 의원과 심재철 회장 간의 거래가 자주 있어 왔던 건 확인했습니다. 채비로 경감이 그 뒤를 봐주고 있는 것도요."

서 경정은 마시고 있던 커피 잔을 내려놓으며 이 경위를 바라봤다.

"잘됐네요. 명분이 있어야 했는데."

"명분이요? 그런데 아직 확실한 물증은 확보 못 했습니다."

"그거야 앞으로 찾으면 되죠. 동작으로 요원 한 명 보낼게요."

이 경위는 고개를 갸웃하며 되물었다.

"요원이요?"

"내가 감찰계에 있다는 건 알죠? 서울 경찰청에 채비로 경감 관련해서 공익 신고를 해 줘요. 그걸 명분으로 동작서에 요원을 잠입시킬 생각이에요."

"그렇게까지 할 필요가……."

이 경위가 내키지 않아 하자 서 경정은 차분하게 설명하기 시작했다.

"복잡하게 생각할 것 없어요. 오늘처럼 만나는 일은 앞으로 최대한 없어야 할 거예요. 그러는 게 수사하는 데도 안전하고요. 그러려면 우리 둘 사이에 정보 공유를 위해 전달책이 필요하잖아요. 잠입 요원을 전달책으로 이용하자고요."

"그 요원은 믿을 만한 겁니까? 그리고 위험한 일에 괜찮을까요?"

"그 친구는 아무것도 모를 겁니다. 그냥 비리 형사 수사를 위해 잠입하는 걸로 할 테니까요. 중요한 정보는 밀봉된 채로 전달하면 될 거예요."

이 경위는 그제야 안심이 되는 듯 고개를 끄덕이며 말했다.

"알겠습니다. 그럼 최대한 증거를 찾아서 빠른 시일 안에 신고하겠습니다."

"그래요. 이제 시작이에요. 마음 단단히 먹어요. 그리고 항상 조심해야 합니다. 그 누구라도 믿어선 안 돼요."

"알겠습니다."

현재. 주일 빌딩 살인사건 D-5

박범수의 집에서 도망친 정체불명의 그를 잡기 위해 뒤쫓아 나온 차우석은 길 한복판에서 그를 놓치고 말았다. 차우석은 가까운 곳에 공중전화 박스가 보여 그곳으로 갔다.

"차우석입니다."

"그래 보고해."

"권두식을 미행하다 놓쳤습니다. 그가 누군가를 죽이려 했습니다."

"누구?"

"박범수라는 자인데 다행히 미수에 그쳤습니다. 그런데 박범수 씨를 구하려다 권두식에게 얼굴이 노출됐습니다. 다 잡았는데 갑자기 경찰이 들어와서 망쳐 버렸습니다."

"경찰? 경찰이 들어왔는데 왜?"

"경찰인지 모르고……. 먼저 공격해 와서 어쩔 수 없이 반격했습니다."

"다치게 한 건 아니지?"

"아닙니다. 몇 대 때리지도 않았는데……. 그것보다 권두식이 박범수를 죽이려 한 걸 보면 박범수가 뭔가를 알고 있는 것 같습니다. 혹시 박범수가 누군지 아십니까?"

"박범수……. 모르겠는데. 그럼 빨리 박범수의 신병을 확보해야 할 것 같은데. 무슨 이유로 죽이려 한 건지 알아봐지. 그리고 권두식이 얼굴을 알게 됐으니 앞으로 각별히 주의해야 할 거야. 마지막으로 주필상의 집무실을 수색해 보고 이번 임무에서 빠지는 게 좋겠어."

"그렇게 하겠습니다. 바로 박범수 씨 신병 확보하겠습니다."

"그래. 그리고 가능한 빠른 시일 안에 주필상의 집무실을 수색해."

"알겠습니다. 다시 연락드리겠습니다."

공중전화 박스에서 나온 차우석은 다시 박범수의 집으로 달려갔다.

"저기, 일어나 봐요."

박범수는 쓰러져 있는 남 순경을 흔들어 깨웠다.

"자는 거야? 저기, 순경! 일어나 봐. 일어나라고!"

"어! 어, 어디 있어?"

남 순경은 벌떡 일어서서 불끈 쥔 두 주먹으로 복싱 자세를 취했다.

"갔어요. 그만해요."

"어! 괜찮으세요?"

"예. 난 괜찮아요. 그쪽은 어때요?"

"저야 뭐……. 근데 어떻게 된 거죠?"

"나도 뭐가 뭔지 모르겠어요. 처음 본 남자가 뛰쳐나가는 것밖에 못 봤어요."

"처음 본 남자요? 그럼 그자가 박범수 씨를 죽이려 한 겁니까? 근데 쓰러진 사람이 또 있었는데…… 없네요."

"날 죽이려 했던 사람은 아니었어요. 날 죽이려 했던 사람은 일성이라고, 깨어났을 땐 이미 없었어요. 아마 뒤늦게 나간 사람이 날 구해 준 거 아닌가 싶은데……. 근데 그쪽은 왜 기절해 있었던 거예요? 기절한 게 아니라 잠을 자고 있었던 것 같은데."

"그게, 들어와 보니 박범수 씨랑 한 남자가 저쪽에 쓰러져 있는 거예요. 살아 있는지 확인하려는데 방에서 누군가가 나와 갑자기 공격을 하잖아요. 당연히 그자가 범인이라는 생각에 체포하려 했는데…… 되레 공격을 당하고 말았네요."

남 순경은 민망했는지 머리를 긁적이며 박범수의 눈을 쳐다보지 못했다.

"뭐가 어떻게 된 일이진 모르겠지만 일단 여기를 나가는 게 좋겠어요. 그들이 채 의원이 살아 있다는 걸 안 이상 날 가만두지 않을 겁니다."

"채 의원이 살아 있는 걸 안다고요? 그럼 나 형사님한테 전화해서 알려 드려야겠어요. 채 의원이 위험할 수 있을 것……."

"여기요."

박범수가 휴대폰을 내밀었다.

"그쪽 거예요. 내가 전화했어요. 아마 지금쯤 다른 곳으로 옮겼을 겁니다."

"아, 그래요? 그럼 우리도 빨리 다른 곳으로 자리를 옮기죠."

"그래야 할 것 같은데…… 잠시만요."

박범수는 방으로 들어가 가방에 옷가지를 챙겼다.

"혹시 어디 잠깐 숨을 만한 곳이 있을까요?"

"상남이가 알려 줬어요. 그곳으로 가죠."

박범수와 남 순경이 집에서 나오자, 그들을 지켜보고 있던 차우석은 조심히 뒤를 미행했다.

"그쪽은 이제 가 보죠. 나 혼자 갈 수 있으니까."

"아니요. 같이 있겠습니다."

"같이 있어도 도움 안 될 것 같은데……."

"아니……. 죄송합니다. 도움이 안 되더라도 같이 있어야 할 것 같아서요."

"날 못 믿는 거군요?"

남 순경은 아무 말 없이 고개를 끄덕였다.

"그럼, 그렇게 해요."

그들이 도착한 곳은 당구장이었다.

"여긴 당구장인데요?"

"상남이가 이곳에 가면 알아서 해 줄 거라고 했어요."

박범수가 앞서 당구장 안으로 들어갔다.

"안녕하십니까. 사장님 계십니까?"

카운터에 앉아 있던 사장으로 보이는 중년의 남자가 일어서서 맞았다.

"상남이 친구들이에요?"

"맞습니다. 상남이 소개로 왔습니다."

"그래요. 잘 왔어요. 상남이한테 전화받았어요. 따라와요."

당구장 사장은 안쪽에 마련된 방으로 박범수와 남 순경을 안내했다.

"여기예요. 며칠 묵을 거라고 하던데, 얼마나 있을 거예요?"

"며칠만 신세 지겠습니다."

"그래요. 그럼 쉬어요. 아! 당구 치고 싶으면 언제든 마음껏 쳐요."

"감사합니다."

당구장 사장이 나가자 박범수가 말했다.

"계속 여기 있을 겁니까?"

"아니…… 그게…….'"

"마음대로 해요. 당구 몇 쳐요?"

"저요? 120인데 그건 왜?"

"그래요? 잘됐네. 나랑 당구나 치죠."

"지금요? 아니요. 전…… 할 일이 있어서."

"그럼 말고. 난 밖에서 당구 치고 있을 테니 지켜보든지."

박범수는 들고 있던 가방을 방 안에 던지고는 다시 당구장으로 나갔다. 남 순경은 그를 따라 나서며 휴대폰을 꺼내 전화를 걸었다.

"검사님, 통화 가능하세요?"

"괜찮아요? 나 경사님한테 얘기 들었어요. 지금 박범수 씨와 같이 있는 거죠?"

"네, 죄송합니다. 그게…….'"

"뭐가 죄송해요? 박범수 씨가 위험에 처한 걸 남 순경님이 구했다면서요? 어디 다치지는 않았어요?"

"아……. 그렇게 들으셨구나. 저기 검사님, 앞으로 어떻게 해야 할까요? 제가 박범수 씨를 지키고 있어야 할지 아니면 복귀해야 할지 몰라서요."

"일단 같이 있어 줘요. 박 순경과 저는 여기서 안 경위님과 주명근을 지켜보고 있을 거예요."

"그럼 저는 당분간 여기서 대기할까요?"

"그곳도 오래 못 있을 거예요. 안전한 곳을 찾아 다시 옮겨야죠."

"우선은 그렇게 알고 대기하겠습니다."

"그래요. 부탁해요."

주일 빌딩 살인사건 D-4

서민주 의원은 안전 가옥에서 식사를 하고 있었다. 그때 현관문이 열리고 최우철 경위가 들어왔다.

"뭐야? 최우철, 왜 연락이 안 돼?"

"미안. 어제 좀 일이 있어서."

서 의원은 최 경위에게 얼굴을 가까이 가져다 댔다.

"어휴, 술 냄새. 어제 술 마신 거야? 왜 무슨 일인데?"

"아니라니까. 마저 식사해."

"혹시 한서율 검사랑 또 싸운 거야?"

"싸우긴 누가 싸워? 그냥…… 그때는 의견 충돌이 있었던 거지. 피곤해서 그래. 그동안 잠도 제대로 못 자고 해서."

"그렇다고 술로 풀면 어떡해? 우철, 민우직 팀장님이 저렇게 된 게 자기 때문은 아니잖아. 힘들어하지 마. 그리고 나 때문이라면 그렇게 걱정 안 해도 돼. 난 괜찮아. 봐 봐. 이렇게 밥도 잘 먹고 잘 자고 그러잖아. 그리고 이 정도는 각오하고 시작한 거 아니야? 안 그래?"

갑자기 최 경위는 정색하며 언성을 높였다.

"아니, 다들 왜 그래? 내가 이상한 거야? 아니면 다들 정신이 어떻게 된 거야?"

서 의원은 놀란 듯 눈을 깜빡이며 최 경위를 바라봤다.

"우철……. 왜 그래? 화낼 일이 아니잖아."

최 경위는 답답하다는 듯 자신의 가슴을 두드리며 말했다.

"왜 내 마음을 아무도 몰라주는 건데. 지금은 우리 힘으로는 그들을 상대할 수 없다고. 또 다른 피해자만 생길 거라고. 그게 한 검사가 될지도 민주 네가 될지도 모르는 일이라고. 그런데 어떻게 그렇게 괜찮다고만 하는 거야. 난 정말 미치겠다고."

"왜 그래? 정말 그런 이유로 그런 거였어? 다른 이유가 있었던 건 아니고? 이건 자기답지 않아서 그래."

"나다운 게 뭔데?"

"그걸 몰라서 물어? 지금까지 내가 본 자기는 늘 옳은 쪽에 서서 나서야 할 땐 자기 몸도 아끼지 않고 뛰어들던 사람이었어. 그런데 이번엔 왜 이렇게 생각이 많은 거야?"

"그거야 내가 해결할 수 있었고 해답이 보였기 때문이었지. 이건 앞이 캄캄하다고. 눈 감고 지뢰밭을 걷는 기분이란 말이야. 다음은 누가 될지 모르는……. 차라리 나 혼자라면 이러지도 않아. 하지만 동료들, 그리고 너도 위험하잖아. 뻔히 지는 싸움인 걸 알면서 어떻게 전쟁터로 나가자고 할 수 있냐고. 안 그래?"

서 의원은 최 경위를 진정시키려는 듯 그의 등을 쓸어내리며 말했다.

"알았어. 무슨 말인지 알아. 그걸 누가 모르겠어. 하지만……아니다, 나까지 자기 힘들게 하면 안 되겠다. 모두 예민해져서 그래. 그럼 어제 술 마시고 바로 잔 거야? 그렇다고 내 전화까지 안 받고……."

"미안. 그냥 전화기 꺼 놨어. 아, 이덕복 어르신도 만나고 왔어."

"그래? 구치소에 계시지? 건강은 어떠셔?"

"요즘도 식사를 제대로 안 하시는 것 같아. 몸이 더 삐쩍 마르셨더라고."

"정말? 큰일이네……. 일부러 그러시는 거지?"

"그렇지. 재판장에 서는 걸 두려워하시는 것 같았어. 그런데 어르신이 이상한 말씀을 하시네. 기억이 흐릿해지셨는지……."

"무슨 말?"

"민우직 팀장님이 오셔서 조덕삼 검사가 탔던 택시 블랙박스를 찾았대. 그래서 블랙박스가 있는 장소를 알려 주셨다는데, 그날이…… 그게……."

최 경위는 고개를 꺄웃거리며 말하기를 주저했다.

"왜? 팀장님이 사고 당하기 전에 찾아가셨나 보지."

"그래야 하잖아. 근데 요 며칠 전에 왔다 가셨다고 하는 거야."

"뭐? 에이, 설마. 어르신이 잠깐 깜빡하신 거겠지. 그럴 수 없잖아. 병원에 계신 팀장님이 어떻게 그래?"

"그러니까……. 아무튼 그 블랙박스도 다크킹덤 손에 들어갔 겠지?"

"혹시 모르니까 상황실을 찾아보는 건 어때?"

"그거야 진작 찾았지. 아무것도 나온 게 없었어."

"그럼 그것까지 그들에게 빼앗긴 거네."

"정말 되는 게 없네. 휴……."

최 경위가 개탄스러워하며 의자에 털썩 앉자, 서 의원도 옆에 앉으며 조심스레 물었다.

"근데 여남구 씨 부모님, 자살인 게 확실한 거야?"

"모르겠어. 관할 경찰서에서는 자살로 종결했더라고."

"그날이 언제라고 했지?"

"돌아가신 날? 그게…… 안 형사랑 남 순경이 찾아간 날 전이 었으니까……."

"팀장님이 사고 당하기 전날이었나?"

"그럴 거야. 그런데 그건 왜?"

"아니야, 그냥. 아 맞다! 그리고 자기한테 보여 줄 게 있어서 어제 찾은 거였었는데."

"뭔데?"

서 의원은 방으로 들어가 서류 봉투를 들고 나와 최 경위 앞 에 내려놓았다.

"국정원 자료야. 어제 국방 위원회에서 과거사 진상 규명 조 사차 국정원 자료를 일부 열람할 수 있었거든. 그때 몰래 찍은 사진이야."

"과거사? 그건 왜? 다크킹덤이랑 연관이 있는 거야?"

"그건 모르지만 눈에 띄는 게 있어서 찍어 왔어."

최 경위가 꺼내 볼 생각을 하지 않자, 서 의원이 직접 봉투에서 사진을 꺼내 최 경위에게 건넸다.

"안기부 자료네. 다크포스?"

"응. 비밀리에 다크포스라는 부대를 창설했더라고. 바로 해체되기는 했지만."

"그러네. 1999년에."

"그리고 다음 사진을 보면 국정원 동향 보고서가 있어."

"2009년이네."

"응. 여기 보면 동향 보고에 검찰과 사법부에서 사조직을 결성하려는 움직임이 포착되었다고 나와."

"사조직?"

"그게 다크킹덤이 아닐까?"

"왜?"

"왜라니?"

"아니, 사조직이라고만 했는데 바로 다크킹덤과 연관시켜서 말이야."

최 경위의 말에 서 의원은 머쓱했는지 이마를 만지며 말했다.

"아……. 그런가?"

"뭐야? 뭐가 더 있는 게 아니었어? 난 또 다른 근거 자료가 있어서 그렇게 얘기한 줄 알았네."

"그건 아니고, 그냥 연관이 있지 않을까 해서."

"민주야, 검찰과 사법부에는 지금도 사모임은 있어. 연구회라는 명분으로 끼리끼리 모임도 갖잖아. 그걸 말하는 거겠지."

"그런가?"

"또 다른 건 없었어?"

"다른 건 없었어. 또 열람할 기회가 있으면 좀 더 찾아볼게."

"그런데 이렇게 사진으로 찍어서 가지고 나와도 되는 거야?"

"안 되지. 크게 문제될 내용은 아니어서 괜찮아. 아무도 모르게 폐기하면 되고."

"그래. 폐기하는 게 좋겠다."

"안 그래도 자기 보여 주고 바로 폐기할 생각이었어."

거실 소파에 누워 있던 오 실장은 방에서 주명근이 나오자 벌떡 일어서며 말했다.

"아침 일찍부터 어딜 가시려고 그러십니까?"

"차 좀 보고 올게. 튜닝 좀 하게."

"이 시간에요? 그리고 튜닝을 어디서 하시려고요?"

"지하 주차장이지 어디긴 어디야?"

"그곳은 다 정리하지 않았습니까? 왜 그러십니까?"

"아, 그렇지. 그럼 빨리 나가서 세팅해 놔."

"지금 차나 튜닝하고 있을 때가 아니지 않습니까? 방에 계시죠. 경찰들이 언제 이곳으로 들이닥칠지 모를 일입니다. 그리고 사실 사장님도 이곳에 오지 말라고 하셨습니다. 사장님 눈에 띄면 바로 미국으로 출국하라고 성화이실 겁니다."

"난 이제 상관없어. 그러니까 당장 세팅해 놔. 저녁에는 차 좀 만지게 준비해."

오 실장은 천장을 보며 크게 한숨을 내쉬고는 말했다.

"알겠습니다. 그런데 정말 이 아침부터 차를 튜닝하러 나가시려던 겁니까?"

"그렇지. 그럼 뭐? 내가 다른 이유가 있겠어? 그리고 방에만 있으려니 답답해 죽겠어. 이게 감방하고 뭐가 달라? 나 잠깐 바람 좀 쐬고 올게."

"안 됩니다, 이사님. 이러시면 안 된다고 말씀드리지 않았습니까?"

오 실장이 막무가내로 나가려는 주명근의 팔을 붙잡자, 그가 버럭 소리치며 팔을 뿌리쳤다.

"아이, 젠장! 씨…… 아휴, 알았어. 그럼 빨리 가서 차고 세팅해 놓고 전화해. 어?"

"알겠습니다. 대신 밖으로 나오시면 안 됩니다. 아셨습니까?"

"알았어! 빨리 나가서 세팅이나 해. 잔소리는……."

오 실장은 오피스텔에서 나와 누군가에게 전화를 걸었다. 주명근은 현관문을 조심스럽게 열고 밖에 오 실장이 없는 걸 확인한 후 서둘러 밖으로 나왔다. 그리고 엘리베이터를 타고 17층으로 올라갔다.

"뭐야?"

집무실에 들어서던 주필상은 누군가가 있는 것을 보고 순간 움찔하며 물었다.

"누구야?"

뒤돌아 서 있던 주명근이 고개를 돌려 말했다.

"오셨어요? 사장님."

움찔하며 놀란 주필상은 주위를 둘러보며 말했다.

"네가 왜 여기에 있어? 오 실장은? 오 실장이랑 같이 있으라고 했을 텐데."

"같이 있었죠. 잠깐 제가 심부름 좀 시켰습니다."

"심부름? 네가 지금 제정신인 거야? 당장 오 실장 오라고 해!"

손가락질하며 버럭 화를 내는 주필상에게 주명근은 눈 하나 깜짝하지 않고 말을 이어 갔다.

"아버지, 왜 그러셨어요?"

"무슨 뚱딴지같은 소리야?"

"왜 엄마한테 그러셨냐고요?"

"그게 무슨 소리냐? 명근아, 네 엄마는 널 버리고 가출한 거다. 그걸 몰라서 이러는 거야?"

"이제 다 기억났어요. 엄마 납골당에도 갔다 왔고요."

"납골당에? 오 실장이냐? 오 실장이 데리고 간 거야?"

"그게 중요한가요?"

주필상 앞에서 쩔쩔매던 주명근의 모습은 그 어디에도 보이지 않았다. 처음 보는 주명근의 당당한 모습에 주필상은 어리둥절했다. 주명근은 매서운 눈초리로 주필상을 쏘아보며 거침없이 말했다.

"엄마한테 왜 그랬는지 묻잖아요!"

"뭔가 오해가 있는 것 같다, 명근아. 그래. 엄마는 네가 어릴 적에 돌아가셨다. 하지만 내가 그런 게 아니다. 내가 왜 그러겠니? 누가 그런 소리를 한 거냐? 오 실장이 그래?"

"내가 직접 봤어요. 이제 그날이 또렷이 기억난다고요."

"뭐라고? 기억이 돌아온 거냐?"

"알고 계셨군요. 제가 기억을 잊었다는 걸."

"그건 널 위해……."

주명근은 절규하듯 소리쳐 물었다.

"엄마한테 도대체 왜 그러셨어요?"

주필상은 다급하게 손을 내저으며 주명근을 다독이듯 차근차근 설명했다.

"아니야. 내 말 좀 들어 봐. 네가 뭔가 잘못 기억하는 것 같다. 그날은 말이다……."

비가 쏟아지는 밤이었다. 소년의 엄마는 아이를 재우고 방에서 나와, 술에 잔뜩 취해 소파에 잠들어 있는 소년의 아빠를 조심스럽게 깨웠다.

"여보, 일어나요. 방에 들어가서 주무세요."

"그냥 둬."

"여기서 자면 감기 걸려요. 방에 들어가서……."

"젠장, 조용히 하라고!"

소년의 아빠는 신경질을 내며 일어나 엄마의 뺨을 사정없이 내리쳤다.

"아으!"

"이 여편네가 잠을 깨우고 지랄이야. 감기에 걸리든 말든 네가 뭔 상관이야!"

"미안해요. 이불 가져올게요."

"시끄러워! 단잠을 다 깨우고. 미쓰 리랑 아주 좋았는데……. 빌어먹을 여편네."

"흐흑……."

이불을 가지러 가던 소년의 엄마는 자리에 멈춰 서서 흐느껴 울었다.

"재수 없게 왜 울고 난리야?"

"꿈속에서도 그 여자 생각뿐인가요?"

"이게 미쳤나. 어디서 그 여자야? 그래. 그러니까 이혼하자고 했잖아. 지금이라도 안 늦었어. 이혼 도장 찍으라고!"

"싫어요! 이러지 말아요!"

소년의 아빠는 엄마의 양팔을 붙잡고 흔들며 이혼을 강요했다. 엄마는 아빠의 손을 뿌리치며 몸부림치다, 넘어지면서 탁자에 머리를 박았다.

　　　　　　　　　·●

"……그렇게 네 엄마가 혼자 몸부림치다가 사고로 죽은 거야."

"사고였다고? 그게 사고라고요? 당신이 일부러 그런 거잖아!"

"당신? 주명근! 정신 차려! 이게 돌았나……. 네가 지금 제정
신이야?"

주필상은 눈을 희번덕거리며 두리번거리다 골프채를 집어 들
어 올렸다. 하지만 주명근은 피할 생각이 없는 듯 뻣뻣이 고개
를 쳐들고 있었다.

"네가 정말 죽고 싶은 거냐?"

"이제 내 차례인가요?"

"뭐라…… 하아! 미친 새끼. 그래, 오늘 제대로 맛 좀 봐라."

주명근은 날아드는 골프채에 맞으면서도 비명 한 번 내지르
지 않았다. 끝까지 골프채를 피하지도 않았다. 그럴수록 그의
머릿속은 더 선명하게 그날을 기억해 냈다.

그날 거실에서 주필상은 소년의 엄마에게 이혼을 강요하며
골프채를 휘둘렀다. 소년의 엄마는 골프채에 맞아 쓰러졌던 것
이다. 잊고 있던 그날의 장면이 다시금 소년의 머릿속을 생생하
게 채웠다.

제13화

다크킹덤의 실체

딱!

툭! 딱!

혼자 쓰리 쿠션 당구를 치고 있는 박범수 뒤로 의자에 앉아 졸고 있는 남 순경이 보였다. 당구장 출입문에서 소리가 들리자, 박범수는 당구봉을 두 손으로 움켜쥐고 경계의 눈빛으로 문을 바라봤다.

문이 열리고, 당구장 사장이 들어오며 큰 소리로 인사했다. 사장의 우렁찬 목소리에 졸고 있던 남 순경은 번쩍 눈을 떴다.

"어! 뭐야? 아침이야?"

"벌써들 일어났네?"

박범수는 당구장 사장에게 인사했다.

"안녕하십니까? 일찍 나오시네요."

"뭐가 일찍이야? 어서 아침들 먹고 와요. 난 정리 좀 해야 하니까."

남 순경은 가볍게 목례하며 말했다.

"사장님은 식사하셨어요?"

"그럼, 난 먹고 왔지."

박범수는 당구봉을 거치대에 꽂고 당구공을 정리했다.

"남 순경, 우리도 밥 먹으러 갑시다."

"저기, 잠을 안 잔 거예요?"

"그쪽 같으면 잠이 오겠어요? 난 죽을 뻔했다고."

"아니……. 그렇긴 하지만……."

"분명 다시 올 거예요."

"언제 올 줄 알고 계속 잠을 안 잘 건데요?"

"잠을 왜 안 자요? 밥 먹고 잘 겁니다. 그쪽이 불침번을 서 주면 되잖아요."

"그런 거예요? 아이! 그럼 어제 그렇게 말을 해 줬어야죠. 난 그것도 모르고 괜히 잠도 제대로 못 잤네."

"들어가 자라고 몇 번을 말했는데……. 내가 도망갈까 봐 못 믿고 보초 선 건 그쪽이라고요."

"도망갈까 봐 그런 게 아니고 보호하려고 한 겁니다."

"네네, 그런 걸로 하죠. 오후에 한숨 자요. 도망 안 갈 테니."

"에이, 아니라니까……. 밥이나 먹으러 가요."

남 순경과 박범수는 조금 가까워진 듯 투닥거리며 당구장을 나섰다.

"근데 궁금한 게 하나 있는데, 그 일성이라는 자는 채 의원이 살아 있다는 걸 어떻게 알았을까요?"

"일성을 뒤에서 조종하는 자가 알려 줬을 겁니다."

"그래요? 일성이 본명은 아닌 것 같은데······. 그자를 어떻게 알게 된 거예요?"

"내가 독직 폭행으로 정직당했다는 건 들어 알고 있죠?"

"나 형사님한테 들었어요."

"정직당하고 술에 빠져 살 때였어요."

"범수야, 술 적당히 마시고 들어가. 알았지?"

"난 괜찮으니까 빨리 가 봐. 호출 온 거 아니야?"

"맞아. 미안하다. 그럼 조심히 들어가."

"괜찮다니까. 어서 가 봐."

모처럼 시간이 난 상남이랑 술을 마시다, 먼저 보내고 혼자 걷고 있었어요. 그때 웬 건달들이 시비를 걸어 오더라고. 정직 당한 상태라 피하는 게 상책이라 생각하고 도망쳤는데, 이 자 식들이 끝까지 좇아오는 게 아니겠어요. 어쩔 수 없이 건달들과 맞닥뜨려 싸움이 벌어졌죠. 최대한 피했지만 여러 명이 덤비니 속수무책이었어요. 정신없이 맞고 있었는데 누군가가 번개처럼 나타나더니 날 구해 줬어요.

그 사람이 일성이었어요. 그날을 계기로 가끔씩 만나면서 어 울리게 됐는데, 어느 날 같이 술을 마시고 정신 차려 보니 내 앞 에 피를 흘리며 쓰러져 있는 사람이 있는 게 아니겠어요.

"형님, 일어나 보세요. 형님!"

"어? 어. 범수야, 일어났냐?"

"형님, 그게…… 저기 좀……."

"왜? 어, 뭐야? 야! 네 손에 피는 뭐야? 네가 그런 거야?"

"아니에요, 형님. 저도 일어나 보니까……."

"정말이야? 어제 무슨 일이 있었던 거지?"

"그러니까요. 술 마시고 모텔로 온 것뿐인데……."

"저 사람은 누구야?"

"저도 모르는 사람이에요."

"젠장! 재수 없게……."

"경찰에 신고해야겠어요."

손에 묻은 피를 옷에 닦아 내며 휴대폰을 찾으려는데 일성이 말리는 거예요.

"범수야, 안 돼. 이거 짤 없이 네가 덮어쓴다."

"그럼 어떡해요?"

"내가 해결할게. 너 정직 중이라며? 이 형 믿고 조용히 나가. 내가 뒤처리할게."

"어떻게 하시려고요?"

"내가 알아서 한다니까. 욕실에 가서 손에 묻은 피 닦고 얼른 나가."

식당에 들어선 뒤에도 박범수는 그날의 일들을 이어 갔다. 그들은 식탁에 자리를 잡고 앉았다.

"이때 실수를 한 거죠. 그렇게 나오는 게 아니었는데. 경찰에 신고하고 제대로 수사를 했어야 했는데……."

"그럼 그렇게 아무 일 없이 넘어간 건가요?"

"아니요. 범인이 잡혔어요. 일성의 부하가 지시를 받고 허위 자수를 했던 거예요. 그래서 그 일을 빌미로 그 부하가 해야 할 일을 내게 시키기 시작했어요. 처음은 부탁으로 시작했지만, 한두 번 해 주다 못 하겠다고 하니 협박을 하더군요. 점점 그 강도도 커졌죠. 그러다 결국 채 의원 일까지……."

"뭔가 냄새가 나는데요. 계획적으로 그런 게 아닐까요?"

"그걸 깨달았을 땐 이미 늦은 뒤였죠."

"나 형사님한테라도 부탁해서 그곳에서 나오지 그랬어요?"

"일성의 지시에 한 짓들이 내 발목을 잡았죠. 처음부터 꼬인 거였어요. 한 번 부탁을 들어 준 것이……."

"정말 일성의 윗선이 누군지는 모르는 건가요?"

"몰라요. 알았으면 상남에게 말했죠."

"그렇다면 일성부터 잡아야겠네요. 그런데 저랑 싸웠던 그 사람은 누구였을까요? 일성의 사람일까요?"

"아닐 겁니다. 그랬으면 내가 여기 있지 못했겠죠. 날 구해 준 사람 같은데요."

"그래요? 그런데 왜 나를……."

"그쪽을 일성의 부하로 생각한 게 아닐까 싶어요."

남 순경은 고개를 끄덕이며 생각이 많은 듯 메뉴판을 만지작거렸다.

···

"댁까지 이렇게 불러 주시고 감사합니다, 위원장님."

"윤 차장검사, 편하게 선배라고 불러."

"그럴까요? 선배님."

"그래그래, 윤 후배. 우리 사위는 잘 알 거고, 여기는 우리 막둥이. 곧 자네 후배가 될 거야. S대 로스쿨 다니고 있거든."

남철호 의원이 가리킨 막내아들은 윤필두 차장검사에게 고개를 숙이며 인사했다.

"선배님, 안녕하십니까? 선배님에 대해 익히 들어 잘 알고 있습니다. 존경합니다, 선배님."

"에이, 존경까지는······. 자네 춘부장께서 존경받으실 분이지, 난 아니야."

윤 검사는 흐뭇하게 웃으며 남 의원에게 가볍게 목례했다. 그 모습에 심노양 부장검사가 손뼉을 치며 말했다.

"겸손까지 하시네요. 우리 처남이 존경한다는 말은 잘 안 하는데 대단하십니다. 평판이 자자하신가 봅니다."

"심 프로, 아니라니까. 아무튼 좋게 봐 줘서 고마워, 예비 후배."

남 의원은 막내아들에게 손짓하며 말했다.

"아들, 다 먹었으면 먼저 일어나."

"예. 그럼 전 먼저 일어나 보겠습니다."

남 의원의 막내아들이 다이닝룸을 나가고 잠시 침묵이 흘렀다. 심 검사가 먼저 말을 꺼내며 윤 검사를 봤다.

"종로에 출마하신다고요?"

"그렇게 됐어. 어르신이 잘 봐 주신 덕분이지. 아! 물론 위원장…… 아니, 선배님 덕분이기도 하죠."

"내가 뭘 한 게 있나. 그 양반이 다 한 거지. 난 아니야."

"아닙니다. 어르신이 선배님과 논의하시고 결정하신 거라 하셨습니다. 믿어 주셔서 감사합니다, 선배님."

윤 검사는 남 의원에게 정중히 고개 숙여 인사했다.

"논의? 통보지. 잘 알잖아? 그 양반하고 나하고……."

"장인어른."

심 검사가 말려 보았지만, 남 의원은 멈추지 않고 말을 이어 갔다.

"왜? 내가 무슨 틀린 말 했어? 내가 서운한 게 많아……. 윤 후배니까 말하는 거야. 알지?"

"그럼요. 알죠. 편하게 말씀하십시오."

"한남동 어르신이 청와대에 계실 때 내가 뒤통수 제대로 맞은 거 알잖아. 정권 잡고 나니 우린 찬밥 신세였다고. 그래서 내가 공천도 못 받고 무소속으로 나온 게 아닌가? 어렵게 배지를 달았단 말이야. 그때 김기창 그 양반이 뭘 했나? 뒷방에 들어앉아서 어르신이 던져 주는 먹이나 얻어먹으며 개 노릇을 제대로 했단 말이지. 난 그 꼴 안 보려고 뛰쳐나왔다고. 우리 후배들이 또

개 노릇하는 꼴은 더는 못 보겠단 말이야."

심 검사는 윤 검사가 못 미더운 듯, 거침없이 뱉어내는 남 의원의 말을 가로막듯 말렸다.

"장인어른, 다 옛날 얘기 아닙니까? 고정하시고 다른 얘기하시죠."

"심 서방, 옛날 얘기라고? 그래, 다 지난 일이지. 그런데 내 이 가슴에 남은 상처는 누가 알아주냔 말이야. 윤 후배, 자네는 내 마음을 이해하겠나? 어때?"

"그럼요. 선배님이 후배들을 위해 앞장서서 싸워 주셔서 저희가 이렇게 고개 들고 다니는 거 아니겠습니까? 후배들도 다 알고 존경하고 있습니다."

"그래? 그럼 다행이구면."

"김기창 어르신도 어쩔 수 없는 선택이었다고 알고 있습니다. 그때 그렇게 하지 않으면 당시 수뇌부가 무너졌을 거라고……."

남 의원은 신경질적으로 윤 검사의 말을 잘라 말했다.

"그 양반이 그렇게 말하나? 자기만 살자고 식구들을 버린 게 아니고? 그게 뭔가? 결국 국정원에 빌붙어…… 쯧쯧. 내가 피를 토하는 심정으로 그 꼴을 봐 왔단 말이야."

"그래도 어르신과 선배님이 저희를 지금까지 굳건하게 지켜 주시고 계시지 않습니까? 곧 우리의 시간이 오지 않겠습니까?"

"우리의 시간? 그 양반의 시간이겠지. 윤 후배, 내가 자네를 부른 이유도 그것 때문이야."

"그게 무슨 말씀입니까?"

"김기창 그 양반이 말이야. 다음 대선에도 꼭두각시를 세울 생각인 것 같아."

"꼭두각시요?"

"그래. 한번 맛을 보니 그 맛을 잊지 못하는 거지."

심 검사가 남 의원의 눈치를 살피다, 말이 끝나자 바로 윤 검사에게 물었다.

"며칠 전에 어르신을 만나셨지요?"

"자네가 그걸 어떻게 알아? 사람을 붙였나?"

"사람은요? 같은 식구끼리 비밀이 어디 있습니까? 그게 또 숨길 일도 아니지 않습니까?"

"어, 그렇지. 그래도……."

"윤 후배, 무슨 얘기를 들었는지 모르겠지만 다음 대선에 내가 등판할 걸세."

"선배님이…… 당연히 그러셔야죠."

"놀라는 기색이구먼. 왜? 그 양반이 자네보고 나서라던가?"

남 의원의 말에 윤 검사는 손사래를 치며 말했다.

"아닙니다. 당치도 않은 말씀입니다. 제가 무슨……. 저는 종로 출마로 만족합니다."

"우리 좀 솔직해 보지. 어때?"

"어르신도 선배님을 생각하고 계셨습니다."

"그래?"

"바로 지목하지는 않으셨지만 말하는 뉘앙스가 그렇게 느껴졌습니다."

남 의원은 갑자기 박장대소하더니 윤 검사를 손으로 가리키며 말했다.

"자네는 정치판에서 길 좀 들여야겠어. 얼굴에 티가 다 나니. 윤 후배, 아직 늦지 않았네. 어느 줄을 잡아야 할지 잘 고민해 보란 말일세. 요즘 그 양반이 클럽 멤버들과 접촉한다는 얘기가 있어."

"클럽 멤버라면……."

"한남동 어르신이 주최하는 사교 모임 말이야. 거물급 인사들은 다 모인다는……."

"그 신성(新成) 클럽을 말씀하시는 거군요. 들어 알고 있습니다. 자제들 모임 때문에 몇 번 시끄러웠던 적도 있지 않았습니까?"

"그랬지. 그걸 막으려고 개고생을 좀 했지."

남 의원의 말에 심 검사가 덧붙여 말했다.

"지금도 여전합니다."

"그러니까 윤 후배, 언제까지 우리 후배들이 그런 짓을 해야겠나?"

윤 검사는 고개를 끄덕이며 대답했다.

"맞는 말씀입니다."

"우리가 바로 세우려는 나라가 이런 나라가 아니지 않나. 안 그런가? 근데 이 양반이 무슨 속셈으로 클럽 멤버들을 만나고 다니는지 모르겠단 말이지. 총선도 안 지났는데 벌써 대선 준비를 하는 건지…… 아니면 조직을 개편하려는 건지."

"저도 처음 듣는 얘기라……."

남 의원은 눈썹을 실룩거리며 윤 검사를 쳐다봤다.

"처음 듣는다고?"

"정말입니다, 선배님."

"윤 후배, 내 말 잘 듣게나. 다크킹덤은 우리가 만든 왕국이네. 어느 한 사람의 것이 아니란 말이야. 또 어떤 누구와도 나눌 수 없는 권력이란 말일세. 그걸 절대 잊어서 안 되네. 알겠나?"

2015년 10월

새벽 어스름이 내리는 한강 공원 주차장에 차 한 대가 헤드라이트를 끄지 않은 채 서 있었다. 그리고 얼마 지나지 않아 그 차 옆으로 또 다른 차가 들어섰다. 동시에 헤드라이트 불빛이 꺼지는가 싶더니, 막 도착한 차에서 누군가 내려 빠른 걸음으로 옆 차에 옮겨 탔다.

문이 열리고 닫히는 그 짧은 순간 차내등 불빛에 이연우 경위과 서필감 과장의 모습이 드러났다. 이 경위는 차에 타자마자 다급히 말했다.

"서 과장님, 어떻게 된 겁니까? 왜 수사를 진행하지 않으십니까?"

"미안해요. 조금만 기다려 줘요. 결재가 안 떨어졌어요. 내부적으로는 이미 진행 중인데 잠입수사를 위한 요원 파견이 안 되고 있을 뿐이에요."

"그럼 전달한 서류는 확인해 보셨습니까?"

"관련해서 내사 중이에요. 심재철 회장이 채이돈 의원에게 전달한 정치 자금 흐름을 쫓고 있는데, 현금으로 전달됐을 거라 찾기가 쉽지 않을 것 같네요. 심재철 회장 차명 계좌들도 추적 중이니 뭔가 나오길 기다려 봐야죠."

"채이돈 의원이 경찰서로 채비로 경감을 자주 찾아오고 있습니다. 꽤나 불안해 보였습니다. 다급한 일이 있었는지 직접 경찰서로 불쑥 찾아오는 일도 있었습니다."

"무슨 일인지는 몰라요?"

"그것까지는 알아내지 못했습니다. 남들 눈에 띌까 봐 외진 곳에서 대화를 나누다 보니……. 제가 어떻게든 더 알아보겠습니다."

"할 수 있겠어요?"

"해 보겠습니다."

"조심해야 합니다. 그리고 김기창 부장과 남철호 의원이 완전히 등을 진 것 같아요."

"어떻게 말입니까? 두 사람은 공생 관계 아니었습니까?"

"그랬죠. 지난 총선에서 남철호 의원이 팽을 당하면서 두 사람 관계가 어색해졌잖아요. 그 이후로 관계가 완전히 어긋난 것 같아요. 남철호 의원이 무소속으로 당선된 게 큰 계기가 된 것 같아요. 이제 독자 노선을 타겠다는 거겠죠."

"남철호 의원이 그 정도 세가 있었습니까?"

"사위가 심재철 회장 조카 아닙니까? 심재철 회장 후원을 제대로 받는 것 같아요."

"심재철 회장이면 김기창 부장과 더 가까운 관계 아니었습니까?"

"그랬죠. 권력 관계에선 어제의 적이 오늘의 동지가 되는 게 아니겠어요."

"그렇다면 김기창 부장과의 관계가 서먹해졌겠는데요?"

"그것도 아닌 것 같아요. 지금은 심재철 회장의 돈줄이 급하니 김기창도 어쩌지 못하는 눈치예요."

"참…… 권력이라는 게 뭔지."

"그러게 말이에요. 저들을 들여다보면 볼수록 재밌어요. 도대체 뭘 위해 저렇게 돈과 권력에 영합하는지 모르겠어요."

"또 다른 움직임은 없는 건가요?"

"비밀스럽게 모임을 갖는 것 같은데, 김기창을 계속 지켜보고 있지만 자세한 내부 상황까지 알기에는……."

"이제라도 오민석 씨를 찾아가 보는 건 어떨까요?"

"오민석……. 어디에 있는지 알아요?"

"대부업자 밑에서 일하고 있다는 것까지는 알고 있었는데, 지금은 어디에 있는지 모릅니다."

"대부업자?"

"이름이 주필상이라고 했습니다."

"주필상? 강남 돈줄 주 사장 말이군요."

"아십니까?"

"최근에 크게 세를 키운 모양이에요. 강남에 새로 건물을 짓더니 호텔 사업까지 진출하는 것 같더라고요. 남철호 의원 사위 있지 않습니까? 심 회장의 조카. 남부 지검 부부장검사예요. 심노양이라고, 그 심 검사와 주 사장이 근래 자주 왕래하는 걸로 알고 있어요. 그래서 주필상 그자도 주시하고 있었죠."

"그럼 오민석 씨를 금방 찾을 수 있겠는데요."

"내가 한번 찾아볼게요."

"서 과장님, 이제 그때가 된 겁니까?"

"그래요. 드디어 그때가 왔네요. 이연우 경위, 그동안 잘 참아왔어요. 이제 시작이에요."

현재. 주일 빌딩 살인사건 D-3

차 조수석에 앉아 바깥 상황을 살피던 박 순경이 운적석을 보며 말했다.

"안 형사님, 주명근이 계속 안 나오고 버티면 어떡하죠? 언제까지 이렇게 지켜만 보고 있을 순 없잖아요."

"박 형사, 나도 이틀째 잠복 중이라고. 답답해도 내가 더 답답해. 그래도 어떡해? 영장 없이는 들어갈 수가 없으니 기다리는 수밖에……."

"주명근이 이곳에 있기는 한 걸까요?"

"박 형사도 최 형사님을 내부 스파이로 생각하는 거야?"

박 순경은 당혹스런 얼굴로 안 경위에게 손을 내저으며 말했다.

"아니에요. 왜 그런 말을 하세요. 최 형사님이 그럴 분이 아니라는 건 저도 알죠. 아는데 주명근이 코빼기도 보이지 않아서 한 말이에요."

"그래, 아닐 거야. 근데 검사님은 어딜 가신 거야? 따로 연락 없었고?"

"네."

"검사님한테 연락을 해 봐야 할까? 언제까지 여기서 이러고 있어야 하는지도 모르겠고."

"제가 연락해…… 어, 저기 최 형사님 오시는데요."

터덜터덜 걸어온 최 경위는 뒷좌석 문을 열고 차에 올라탔다.

"고생들 많아."

안 경위는 뒤를 돌아보며 최 경위에게 물었다.

"어제는 왜 그렇게 연락이 안 된 겁니까?"

"미안, 일이 좀 있었어. 주명근은? 아직도 집에만 있는 건가?"

"이틀 내내 틀어박혀서 나올 생각을 않습니다."

"검사님은 어디에 계셔? 여기 계실 줄 알았는데."

"새벽에 일이 있다며 가신 후로는 연락이 없으십니다. 막 전화해 보려고 했는데…… 잠시만요."

안 경위는 휴대폰을 꺼내 전화를 걸었다. 신호가 갔지만 연결이 되지는 않았다.

"전화를 받지 않으시네요."

"그래? 무슨 일이 생긴 건 아니겠지?"

혼잣말처럼 내뱉은 최 경위의 말에 박 순경이 대답했다.

"아닐 거예요."

"박 형사는 어디 계시는지 아는 거야?"

"네? 그건 아닌데, 사실……."

박 순경은 본부에서 남 순경이 한 검사의 시체를 봤던 일에 대해 얘기했다. 얘기를 듣던 안 경위가 놀란 눈으로 말했다.

"그런 일이 있었어? 왜 진작 얘기 안 했어?"

박 순경은 머리를 매만지며 주눅 든 목소리로 말했다.

"아무 일 없이 지나가서 깜빡하고 있었죠. 검사님은 무사하실 거라고 했어요."

"그래, 다행이네. 검사님께 그런 일이 생길 뻔했다니……."

"그러게 말이에요. 남시보 순경이 아니었으면…… 생각하기도 싫어요."

최 경위는 앞 좌석 양쪽을 손으로 움켜잡으며 말했다.

"내 말이 맞았네. 정말 이대로 가다간……. 빨리 검사님을 만나서 다크킹덤 수사를 중단시켜야겠어."

안 경위는 이번엔 아예 몸을 돌려 최 경위를 바라봤다.

"최 형사님, 또 그 말씀이십니까? 검사님은 멈추지 않으실 겁니다."

"맞아요, 최 형사님. 그런 일이 있었다는 걸 듣고도 아무 일 없었다는 듯 행동하셨다고요."

최 경위는 안 경위와 박 순경을 번갈아 보며 말했다.

"이번엔 남 순경이 어떻게 막기는 했지만, 앞으로 또 누가 위험에 처하게 될지 몰라. 이제라도 검사님을 설득해야 해. 그게 안 된다면 우리라도 멈춰야 한다고. 안 형사, 박 형사. 다음 타깃이 우리일 수 있어. 아무런 진전도 없이 동료들이 위험에 처하는 걸 보고만 있을 수 없잖아. 당장 멈춰야 해. 연쇄 살인범만 잡고 수사팀을 해체해야 한다고."

그때 박 순경의 휴대폰 벨 소리가 울렸다. 박 순경은 들고 있던 휴대폰 화면을 보고는 최 경위에게 말했다.

"경감님 전화세요."

"어서 받아 봐."

박 순경은 통화 버튼을 누르고 귀에 갖다 댔다.

"네, 경감님."

"박 순경, 그곳에서 철수해요."

"네? 갑자기 철수라니요?"

"주명근이 빌라에서 나와 다른 곳으로 이동했어요."

"이곳을 빠져나갔다는 말씀이세요?"

"뭐? 박 형사, 그게 무슨 소리야?"

박 순경은 휴대폰을 잠시 귀에서 떼고는 안 경위에게 말했다.

"주명근이 이곳에서 빠져나갔나 봐요. 잠시만요. 경감님, 언제 이곳을 빠져나간 건가요?"

"어제 빌라 근처 CCTV에 잡혔어요. 지금 안 경위랑 같이 있죠?"

"네. 최우철 형사님도 함께 있어요."

"그래요. 그럼 내가 주소를 하나 보낼게요. 그곳으로 자리 옮기라고 전해 줘요. 박 순경은 일단 서로 복귀하고요."

"네, 알겠습니다."

"그리고 한 검사님이 연락이 안 되는데 어디 계신지 알아요?"

"저희도 몰라서 연락해 봤는데 부재중이셨어요. 계속 연락이 안 되시는 거죠?"

"그렇군요. 일단 지시대로 움직여요."

"알겠습니다."

남 순경과 박범수는 식사를 마치고 다시 당구장으로 향했다.

"남 순경, 그림자가 붙었어요."

"네. 당구장 앞에서 보였던 자가 식당 앞에서도 보였는데, 모자를 푹 눌러 쓴 사람 말이죠?"

"남 순경도 봤군요. 그럼 일단 당구장으로 들어가죠."

"괜찮을까요?"

"어차피 우리가 당구장에 있었다는 걸 알고 있는 것 같아요. 차라리 당구장 안이 더 안전할 수 있어요. 사람들도 있으니 바로 어쩌지는 못할 겁니다."

남 순경과 박범수는 당구장으로 들어갔다. 모자를 눌러쓴 자는 당구장으로 따라 들어가지 않고 밖에서 두 사람을 지켜봤다.

"옮길 장소를 바로 알아봐야겠어요."

남 순경이 휴대폰을 꺼내자 박범수가 말리며 말했다.

"서두르지 말아요. 당장 어쩌진 못할 테니."

"그래도……. 일단 나 형사님한테 전화해 볼게요."

"그렇게 해요. 당구장 문을 닫을 때쯤 밀고 들어올 수도 있으니 그 전에는 빠져나갈 방법을 찾아야 해요."

남 순경은 나상남 경사에게 전화를 걸어 상황을 설명하고 다음 거처를 알아봐 달라고 부탁했다. 얼마 지나지 않아 나 경사에게 전화가 걸려 왔고 문자로 주소를 전달받았다. 그리고 박범수와 함께 당구장 밖으로 빠져나갈 방법을 논의했다.

그사이 당구장 손님들이 하나둘 모두 나가고 사장님까지 잠시 자리를 비웠을 때, 밖에서 지켜보고 있던 자가 당구장 안으로 들어왔다. 남 순경은 당구장에 들어온 그자를 바로 알아보고 박범수에게 나지막이 말했다.

"그놈이 들어왔어요."

박범수는 아무 말 없이 모자 쓴 자를 힐끔 쳐다봤다.

"자연스럽게 행동해요."

하지만 박범수는 남 순경의 말과 달리 그자에게 걸어갔다. 남 순경은 깜짝 놀라 박범수를 말려 보려 했지만, 이미 그자에게 말을 건 뒤였다.

"자신이 있나 보네. 혼자야? 일성은?"

그는 말없이 쓰고 있던 모자를 벗었다.

"어! 저 사람……."

남 순경은 박범수의 집에서 봤던 차우석을 바로 알아봤다. 박범수가 힐끔 남 순경을 보며 물었다.

"아는 사람이에요?"

"박범수 씨 집에서 저를 공격했던 그 사람이에요."

차우석은 두 손을 들어 보이며 그들의 대화에 끼어들었다.

"그건 오해였습니다. 경찰인지 모르고 그런 거였어요. 그리고 말은 바로 하죠. 먼저 공격한 건 그쪽이에요."

차우석이 들고 있던 손으로 남 순경을 가리키자, 남 순경은 언성을 높이며 말했다.

"뭐라고요? 그쪽이 갑자기 뒤에서 나타나 먼저 공격했잖아요. 손에 흉기도 들고 있었고요."

"흉기라니요? 범죄자를 묶을 허리띠를 들고 있었을 뿐이었어요."

남 순경과 차우석 사이에 목소리가 커지자 박범수가 끼어들어 말렸다.

"잠깐만, 알았어요. 그럼 당신이 날 구해 준 겁니까?"

"맞아요. 이제야 말이 통하네. 내가 당신의 목숨을 구해 준 사람입니다."

"왜 날 구해 준 거죠? 날 알아요?"

"아니요. 몰라요. 대신 당신을 죽이려 한 자를 알죠. 권두식이 왜 당신을 죽이려 한 겁니까?"

"권두식?"

박범수가 처음 듣는 이름이란 듯 되묻자, 차우석은 살짝 고개를 갸웃하더니 말했다.

"그자 이름도 몰라요? 모르는 사람입니까?"

"아니요. 일성이라고……. 그자 본명이 권두식이에요?"

"맞아요. 일성이라고 부르죠? 본명은 권두식이죠."

"그랬군요. 그러는 당신은 누굽니까? 왜 날 살려 준 겁니까? 여기까지 왜 미행한 거죠?"

"권두식을 쫓다가 당신이 위험에 처해 있는 것 같아 구해 준 것뿐이에요. 그리고 일성을 찾아야 해서 당신을 미행한 거고."

남 순경은 뒤에서 둘의 대화를 듣고 있다 앞으로 나오며 말했다.

"그러니까, 당신이 누구냐고 물었잖아요."

"그건 말할 수 없어요. 권두식이 왜 당신을 죽이려 했는지 알 수 있을까요? 아니면 권두식이 있을 만한 곳을 알아요?"

"어디에 있는지 모릅니다. 당신이 누구인지도 모르는데 내가 당신에게 협조할 이유가 있을까요?"

박범수의 말에 남 순경은 고개를 연신 끄덕였다. 차우석은 그런 남 순경을 힐끔 보며 말했다.

"권두식이 당신을 죽이러 다시 올 겁니다. 이곳은 그렇게 안전해 보이지 않네요. 다른 곳으로 옮기는 게 좋겠어요."

"그건 우리가 알아서 할 테니 신경 끄죠. 그리고 앞으로는 우릴 미행하지 말아요."

남 순경의 말에 차우석은 피식 웃으며 말했다.

"당신 실력으로는 저 사람을 지키기 어려울 텐데."

"뭐라고?"

남 순경이 버럭 화를 내며 차우석에게 다가서려 하자 박범수가 말리며 말했다.

"잠깐만, 남 순경. 흥분하지 말고 기다려 봐요."

"내가 안전한 곳으로 안내하겠습니다. 함께 가죠. 권두식을 잡는 데 도움을 줬으면 합니다."

"좋아요. 가죠. 남시보 순경, 일단 따라가 보죠."

"네? 괜찮을까요?"

"위험한 인물이었으면 날 살려 주지 않았을 거예요. 남시보 순경도 마찬가지잖아요. 안 그런가요?"

차우석은 남 순경에게 눈을 찡긋해 보이며 대답했다.

"당연하죠. 박범수 씨가 맞는 말만 골라 잘하네."

"뭐요?"

남 순경은 미간을 찌푸리며 차우석을 째려봤다.

새벽에 모르는 번호로 전화가 걸려 왔다. 차에서 잠복하던 중 잠시 잠을 자고 있을 때였다.

"검사님, 전화 왔습니다."

"아, 네. 고마워요."

나는 곧바로 휴대폰을 꺼내 전화를 받았다.

"여보세요."

"……."

"여보세요. 한서율 검사입니다. 말씀하세요."

"오민석입니다."

"누구요?"

"오민석이라고 합니다."

"아, 잠시만요."

생각지 못했던 이름에 놀라, 허둥지둥 차에서 내린 뒤 통화를 이어 갔다.

"오민석 씨라고 하셨나요?"

"네. 잠시 만날 수 있을까요? 대신 둘이서만 만나고 싶은데…… 가능할까요?"

"알겠어요. 그러죠."

"혼자 나와야 합니다. 그렇지 않으면 다신 연락하는 일 없을 겁니다."

"그러죠. 혼자 나갈 테니 걱정 말아요."

"그럼 만날 장소와 시간은 문자로 보내죠."

약속 시각이 되어 오민석이 만나자고 한 장소로 향했다. 하지만 시간이 지나도 오민석은 나타나지 않았다. 두리번거리고 있던 그때, 뒤에서 누군가 나타나 헝겊 같은 것으로 내 얼굴을 감쌌다.

잠시 후 정신을 차렸을 땐 눈에 안대가 가려져 있었다. 코끝에선 눅눅한 곰팡내가 풍겼다.

"여기가 어디죠?"

"미안합니다."

눈을 가리고 있던 안대가 풀리자, 천장에 달린 붉은색 전구 하나가 위태로이 공간을 밝히고 있었다. 주변은 캄캄해서 잘 보이지도 않았다.

"말한 대로 혼자 나온 사람한테 너무한 거 아닌가요?"

"어쩔 수 없었습니다. 혼자 나왔다고 해도 혹시나……. 아무튼 나와 줘서 고맙습니다."

"오민석 씨, 오민석 씨가 맞나요? 이제 나와 보죠?"

붉은 전구 불빛 뒤에 서 있던 오민석은 앞으로 걸어 나와 의자에 앉았다.

"놀라셨다면 죄송합니다."

"이게 무슨 짓이죠? 굳이 이럴 필요까지 있었나요?"

"안전을 위해 어쩔 수 없었습니다. 이해해 주시죠."

"안전을 위해서요? 누구를 위한 안전인가요?"

"검사님의 수사팀 내부에 첩자가 있습니다. 모르셨습니까?"

"그걸 어떻게……. 누군지 아는 건가요?"

"그건 나도 모릅니다."

"모른다고요? 그러면서 스파이가 있다고 하는 건 뭐죠?"

"주필상 사장님이 당신들 내부 사정을 속속히 알고 있는데, 내부에 첩자가 있지 않고서는 어려운 일 아닙니까? 안 그런가요?"

아니길 바랐던 추측이 사실이었다니…….

"모르고 있었던 겁니까?"

"……당신이 연쇄 살인범인가요?"

"연쇄 살인범…… 난 아닙니다."

"그럼 주명근을 왜 돕고 있는 거죠? 아니면 당신이……."

오민석은 내 말을 싹둑 잘라 말했다.

"그 일로 보자고 한 게 아닙니다."

"그럼 무슨 일로 보자고 한 거죠?"

"한동탁 형사님 일입니다."

"아빠 일로요? 역시 당신이 뭔가를 알고 있는 거군요. 그렇죠?"

"한 형사님은 살해당하신 겁니다."

순간 내 눈은 번쩍 커졌고, 마른침을 힘겹게 삼킨 후에야 겨우 입을 열 수 있었다.

"……지금 그 말에 책임질 수 있나요? 예상은 했지만……. 그런데 그걸 당신이 어떻게 알죠?"

"그 일로 집에 찾아갔던 겁니다."

"당신이 죽인 건가요? 설마 그건 아니겠죠?"

"그랬다면 검사님을 만나자고 하지 않았겠죠. 한 형사님 사건을 조사하던 형사도 죽었습니다. 그 사건 때문인지는 모르겠지만 3년 전에 살해당했습니다. 한 검사님도 아실 겁니다. 그 사건 담당 검사셨으니 말이죠."

"제가 담당한 사건이라고요? 누구……."

"이연우 형사입니다."

"이연우 경위님 말인가요? 채비로 계장이 범인이었는데…… 그럼 제 아빠도 채비로 계장이…….'

"아닙니다. 채비로도 윗선 지시가 있었을 겁니다. 한 형사님을 죽인 자도 윗선의 지시로……. 아무튼 내가 만나자고 한 건, 혹시나 한 형사님 사건을 재수사하거나 파헤치려 한다면 그만

두라고 말리려 나온 겁니다. 검사님이 감당할 수 없는 사람들입니다."

"어떤 자들인데 그러는 거죠? 말해 줄 수 없는 건가요?"

"말해 준다고 해도 어쩌지 못할 겁니다. 그들을 쫓던 경찰들은 모두 살해당했습니다. 이연우 형사뿐만이 아니에요."

"왜 나한테 이런 말을 하는 거죠? 혹시 다크킹덤인가요?"

오민석의 한쪽 눈이 살짝 떨리더니 이내 시선을 피했다.

"맞네요. 그들이 다크킹덤이었군요. 도대체 정체가 뭔가요?"

"수사 중에 있는 겁니까? 어디까지 알아낸 거죠?"

"그건 말해 줄 수 없어요."

"좋아요. 더는 그들에 대해 알려 하지 말아요. 당신이 검사라고 해도 그들이 가만두지 않을 겁니다. 당신뿐만이 아니에요. 주변 사람들도 위험해집니다. 수사 중이라면 당장 멈춰요. 그게 내가 당신에게 말해 줄 수 있는 전부입니다."

"주필상 씨도 다크킹덤의 조직원인가요?"

"사장님은 아닙니다. 다크킹덤은…… 아니에요."

"우리 수사에 협조해 주실 수 없나요? 아빠한테도 위험을 알리려 했던 거죠? 그런데 말을 듣지 않으신 거고요. 아무래도 제가 아빠를 똑 닮았나 보네요. 저도 오민석 씨의 말은 들을 수 없을 것 같아요."

"내 말을 듣지 않고 그들에게 접근했던 사람들 중 살아남은 사람은 아무도 없었습니다. 제발 내 말을 들어요."

"오민석 씨, 이제 더 이상 무고한 사람들이 죽는 일은 없어야 하지 않을까요? 그들이 얼마나 대단한 자들인지 몰라도, 공권력이 그들의 존재를 알고도 모른 척한다면 그 피해는 고스란히 국민들에게 돌아갈 게 뻔하잖아요. 그동안 그들이 어떤 일을 벌여 왔는지 모르겠지만 무고한 사람들이 죽었고, 그들은 막강한 권력과 돈으로 온갖 비리와 범죄를 저질렀겠죠. 지금까지 밝혀진 범죄들은 빙산의 일각일 정도로요. 지금도 우리가 모르는 사이에 범죄가 발생하고 있고 온갖 부정한 일들이 일어나고 있을 겁니다. 당장은 우리 눈에 보이지 않지만 언젠가 곧 드러나기 마련이겠죠."

"드러나겠죠. 하지만 썩을 대로 썩어 악취가 나야 세상에 드러날 겁니다. 그리고 드러난다고 한들, 그때뿐이죠. 빙산의 일각이라고 했죠? 그래요. 빙산의 일각만 드러나고 그들은 절대 건드리지 못할 겁니다. 아니, 누구인지 밝혀내지도 못할 겁니다. 그만큼 그들은 우리 사회 저변 곳곳에 뿌리를 박고 자라났어요. 그 뿌리를 뽑아내려면 무수한 가지와 잎들을 쳐내야 할 겁니다. 그들이 당신 옆에 있는 동료이자 친구일지도 모르는 일이에요. 그래도 정말 쳐낼 수 있겠습니까?"

"도대체 어떤 조직인데 그런 거죠? 그만큼 만연해 있다는 거군요."

"그래서 못 한다고 말한 겁니다. 한동탁 형사님 혼자서는 절대 할 수 없었던 일이었어요. 이연우 형사도 마찬가지고요. 검사님도 못 할 겁니다."

"그럼 이대로 그들을 지켜만 보라는 건가요? 그들은 뿌리를 점점 더 깊숙이 내리고 더 넓게 사회에 파고 들어갈 게 뻔한데요. 그때는 아무도 건들지 못하는 존재가 될지도 몰라요."

"이건 대통령이 나선다고 해도 해결할 수 없는 일이에요. 하물며 검사 한 명이 나선다고 그들을 어떻게 할 수 있을 것 같습니까?"

"당장 잡지 못한다고 해도 그들의 죄를 알릴 수는 있는 거잖아요. 그렇다면 그들의 정체를 세상에 알리고, 혼자가 아닌 모든 공권력이 힘을 합해 그들을 뿌리 뽑아야죠. 그 단초가 될 수만 있다면 제 희생도 아깝지 않을 거예요."

"단초요? 그게 가능할까요?"

"그런 고민으로 망설이다 지금까지 아무것도 못 했던 거 아닌가요? 그들이 더 공고해질 때까지 우린 뭘 한 거죠? 그때마다 망설이지 않고 그들의 실체를 세상에 알렸다면, 모든 뿌리를 뽑진 못했어도 최소한 사람들은 더 살릴 수 있었을 거예요. 그리고 우리 모르게 벌여졌던 범죄도 막았을 거고요. 이제라도 막아야 해요. 그 싸움이 오래 걸린다고 해도, 희생이 따른다고 해도 반드시 막아야 한다고요."

오민석은 체념한 듯 짧게 한숨을 내쉬며 말했다.

"그 아버지에 그 딸이군요. 좋아요. 검사님 말이 맞아요. 이연우 형사에게 힘을 키워 오라고 했지만 그사이 그들도 더 막강한 힘을 갖게 됐죠. 검사님 말대로 피해를 더 키운 게 맞습니다."

오민석은 잠시 망설이다, 내 눈을 바라보며 말을 이어 갔다.

"더 이상 기다린다는 것이 무의미하겠네요."

"그 말은…… 협조해 주시겠다는 건가요?"

"그러죠."

"그럼 연쇄 살인사건부터 협조해 주시는 건 어떠세요."

"이미 가져왔습니다."

오민석은 캐디 백을 앞으로 내놓았다.

"이게 뭔가요?"

"연쇄 살인사건 증거물입니다. 피해자 혈흔이 묻은 옷가지들이에요. 그리고 살해 흉기들도 들어 있습니다."

"주명근 그자가 살인범이 맞는 거군요."

"맞습니다. 주명근이 연쇄 살인범입니다. 단, 자수할 수 있도록 제가 설득해 보겠습니다."

"자수를 할까요? 자수를 한다고 해도……."

"자수한다면 사형은 면하지 않겠습니까?"

"그렇겠지만……. 빨리 주명근을 체포해야 합니다. 그렇지 않으면…… 아니, 아니에요. 아무튼 빨리 자수할 수 있도록 해 주셨으면 해요."

"알겠습니다. 빠른 시일 내에 자수하도록 설득해 보겠습니다."

"그럼 다크킹덤에 대해 말씀해 주시겠어요?"

"다크킹덤은……."

서민주 의원은 국회 의사당 지하 주차장으로 보좌관과 함께 내려왔다. 보좌관은 서 의원에게 주차된 자신의 차를 손으로 가리켰다.

"저기 주차해 놓았습니다. 정말 혼자 가셔도 되겠습니까?"

"네, 괜찮아요. 미안하지만 차 좀 부탁할게요."

서 의원은 자신의 차 키를 보좌관에게 건넸다.

"알겠습니다. 그럼 차까지는⋯⋯."

"아니에요. 여기서 헤어지죠. 그럼 내일 봐요."

"네, 알겠습니다."

보좌관은 다시 엘리베이터를 타고 올라갔다. 서 의원은 주차장을 두리번거리며 보좌관의 차로 가 운전석에 올라탔다. 그리고 잠시 후 모자를 눌러쓴 민 경정이 조수석 문을 열었다.

"오래간만이에요, 서 의원."

"어! 정말 이렇게 멀쩡하시다니⋯⋯. 어디 다치신 곳도 없으셨나 봐요."

"아니에요. 여러 곳에 상처를 입었지만 이제 괜찮아요."

"천만다행이에요. 이렇게 뵐 수 있어서요."

"나도 그래요. 부탁한 건 확인해 봤어요?"

"네. 부탁하신 김기창 부장의 재임 시절 안기부 자료들을 살펴봤는데 특별히 눈에 띄는 내용들은 없었어요. 대신 국정원 자료에 다크포스라는 안기부 산하 예하 부대가 해체되었다는 내용이 있더라고요."

"다크포스라고 했어요?"

"네. 뭔가 느낌이 오시죠?"

"그러네요. 다크킹덤과 연관이 있어 보이네요."

"그것과 관련된 국정원 동향 보고서가 보여서 찍어 왔어요. 한번 보세요."

서 의원은 그렇게 말하며 민 경정에게 사진을 건넸다.

"검찰과 사법부에서 사조직을 결성하려는 움직임이 포착됐다. 이 내용이 다예요?"

"네. 더 자세한 내용은 없었어요. 없는 게 아니라, 삭제했거나 폐기한 흔적이 있어요. 다음 일련번호가 한 번 건너뛰어서 나오죠? 우철 씨는 사적인 모임 정도로 생각하는 것 같더라고요."

"그렇게 얘기해요?"

"우철 씨 말이 맞을까요? 다크킹덤과 관련 없는 내용일까요?"

"좀 더 알아봐야 할 것 같아요. 단정 지을 수는 없죠. 2009년도 자료라서 당시 관계자를 만나 확인해 봐야겠어요."

"저도 다음 회기 때 다시 한번 찾아볼게요."

"그렇게 해 줘요. 대신 조심해요. 국정원에도 다크킹덤 조직원이 있을 거예요. 특히 그들이 서 의원을 주시하고 있으니 더 조심해야 해요."

"조심할게요. 그래도 덕분에 안전하게 다닐 수 있게 됐잖아요."

"별거 아니에요. 그리고 내부에 스파이가 있다고 말했었죠? 최 형사에게 비밀로 해 줘서 고마워요."

"별말씀을요. 설마 우철 씨는 아니겠죠?"

서 의원은 그렇게 말하고는 민 경정의 표정을 살폈다.

"사실 그 일로 만나자고 했어요."

2015년 12월

경찰서 본관 주차장에 들어선 차 한 대가 주차 구역이 아닌 곳에 급하게 정차를 했다. 차에서 내린 채이돈 의원은 누군가에게 전화를 걸며 후문 쪽으로 뛰어갔다. 그때 주차되어 있던 차에서 내리는 한 남자와 부딪혀 넘어지고 말았다.

"아으!"

"아우, 어르신 괜찮으십니까?"

"뭐야! 갑자기 차에 내리면 어떡해?"

"죄송합니다. 일어나시죠."

남자는 채 의원의 손을 잡아 일으켜 세웠다.

"어디 안 다치셨어요?"

"어딜 건드려? 됐어요. 일 봐요."

채 의원은 옷을 털며 그를 한 번 흘겨보고는 다시 후문 쪽으로 달려갔다. 그는 채 의원을 지켜보다, 서둘러 채 의원의 차로 뛰어갔다. 그리고 뒷좌석 문을 열었다. 채 의원이 급하게 내리면서 차 문 닫는 것을 잊은 듯했다.

그는 뒷좌석에서 서류 봉투를 확인하고 안에 들어 있는 문서를 꺼냈다. 문서 상단에는 '다크킹덤'이라는 글자가 크게 쓰여 있었고, 그 옆으로 물음표가 쓰여 있었다.

그는 휴대폰을 꺼내 사진을 찍었다. 그리고 다른 문서들도 꺼내 사진을 찍으려는 그때, 갑자기 전화벨이 울렸다. 깜짝 놀란 그는 급히 전화를 끄고 주위를 살폈다. 멀리서 채 의원이 이곳으로 오는 것이 보였다. 그는 차들이 주차된 곳으로 몸을 피했다.

채 의원은 멀리서 차 키 리모컨으로 문을 닫고는 다시 후문으로 돌아갔다. 그때 그의 휴대폰이 다시 울렸다.

"네, 이연우 경위입니다."

"서필감이에요. 며칠 뒤에 안민호 순경이 형사과에 배치될 겁니다."

"잠입 요원입니까?"

"맞아요. 앞으로 안 순경을 통해 정보를 전달하면 됩니다."

"알겠습니다. 방금 채이돈 의원이 또 경찰서에 왔습니다."

"채비로를 만나러 온 겁니까?"

"그런 것 같습니다. 이번엔 둘의 대화를 확인할 수 있을 것 같습니다."

"어떻게요?"

"채 의원의 옷에 도청 장치를 부착했습니다."

"정말이에요? 위험하지 않을까요?"

"괜찮을 겁니다. 다시 회수할 테니 걱정 마십시오."

"알겠어요. 눈치채지 못하도록 조심해요. 그 녹취록도 공유해 줘요."

"알겠습니다. 그럼 이만 끊겠습니다."

전화를 끊으며 이연우 경위는 자신의 차에 올라탔다. 그리고 노트북과 연결된 이어폰을 귀에 꽂았다.

"아버지, 여기까지 오시면 어떡하십니까? 보는 눈도 많은데……."

"야! 비로야, 내가 이러고 싶어서 이러는 줄 알아? 이 애비가 콩밥을 먹게 생겼단 말이다. 너도 다 알잖아. 그렇게 모른 척 불구경하듯 할 거냐? 내가 누구 때문에 이러는지 정말 몰라서 그래?"

"아버지, 누가 부탁드렸습니까? 아버지 독단으로 하신 거 아닙니까?"

"뭐? 독단? 내 독단이라고? 너도 내가 말했을 때 반대하지 않았잖아! 그 일로 나만 죽으면 끝나는 줄 알아? 심 회장과 당 대표까지 걸린 일이야. 빨리 수습하지 못하면 당의 존폐가 걸릴 판이란 말이다!"

"아버지 그게 무슨 말씀이세요?"

"내가 괜히 널 이렇게 찾아왔겠어? 연루된 의원이 한둘이 아니란 말이다. 어떻게 그게 그들 손에 들어갔는지 모르겠다. 네가 좀 나서 줘야겠어."

"제가 어떻게요?"

"네가 한 번 만나 보는 게 어떻겠니? 너한테 연락이 갈 거다."

"뭐예요? 벌써 그러기로 한 겁니까? 아버지!"

"미안하다. 나도 어쩔 수 없었다. 이번만큼은 어떻게든 살아남아야 하지 않겠니? 그래야 너도 경찰청으로……."

"아버지! 알겠어요. 알겠으니까, 다시는 여기 찾아오지 마세요. 이번 이 몇 번째입니까? 사람들이 이상하게 보기 시작했다고요."

"그래그래, 알았다. 그러니까…… 여하튼 부탁한다. 네가 만나서 해결 좀 해다오."

"그럴 테니 이제 그곳에 그만 출입하세요. 연락은 누구한테 오는 겁니까?"

"나도 모른다."

"모른다고요?"

"그래."

"알았어요. 그만 돌아가세요."

"알았다. 고맙다, 비로야."

이 경위는 급히 차에서 내려 채이돈 의원의 차로 달려갔다.

현재. 주일 빌딩 살인사건 D-3

김승철 경감은 헤드셋을 쓰고 무언가를 조작하고 있었다. 그 뒤로 문이 열리더니 서도경 총경과 윤진 경위가 들어왔다.

"김 경감, 무슨 일로 찾은 거예요?"

"아, 오셨습니까?"

"안녕하십니까."

"윤 경위, 여기 앉아요. 과장님도 같이 앉으시죠."

"이게 뭡니까?"

"변조된 음성을 되돌리는 프로그램 모뎀입니다."

"그런 게 있어요?"

"네. 잠깐 지켜보시죠."

김 경감은 누군가의 통화 기록을 재생했다. 그러자 굵고 거친 음성으로 변조된 기계음이 들렸다.

"여남구 씨."

"누구시죠?"

"당신을 지켜보고 있는 사람입니다. 당신에게 기회를 줄 겁니다."

"기회라니요?"

"갖고 있는 이민지 씨 증거물을 우리에게 넘겨요. 그럼 아무 일도 없을 겁니다."

"지금 제 목숨을 가지고 협박하시는 건가요?"

"그렇게 들렸다면 맞을 겁니다. 우리도 이렇게까지 하고 싶지 않아요. 우리에게 필요한 건 당신이 가지고 있는 그 파일뿐이니."

"무슨 파일을 말하는 거죠?"

"모른 체한다고 넘어갈 일이 아닙니다."

"무슨 말인지 도통 모르겠네요. 이만 끊겠습니다."

"여남구⋯⋯."

"여남구라면⋯⋯. 그 증거물들을 찾은 겁니까?"

서 총경의 질문에 김 경감은 통화 기록을 정지하며 대답했다.

"제 휴대폰에 백업해 놓았던 음성 파일입니다."

"그래요? 그럼 음성 변조된 의문의 남자가 누구인지 밝혀낸 겁니까?"

"직접 들어 보시죠."

김 경감은 음성이 변조된 의문의 남성 목소리가 복조*된 파

---

* **복조** : 변조를 해체한다는 의미

일을 재생했다.

"이거 뭐예요? 귀에 익은 목소리잖아요."

"설마 우리가 아는 사람입니까?"

김 경감은 윤 경위를 쳐다보며 고개를 끄덕였다.

"민 팀장님, 그게 무슨 말씀이냐고요?"

"서 의원, 국회로 가는 길에 습격당했던 그날 말이에요. 떠올리기 싫겠지만, 그날 출발하기 전에 특이했다거나 평소와 다른 뭔가를 본 건 없었나요?"

"평소와 다른 거요? 글쎄요."

"그날 최 형사와 안 형사가 같이 움직였죠?"

"네. 혹시 안민호 형사를 의심하시는 건가요?"

"그날 의외의 모습을 보였다거나 누구와 통화를 했다거나 말이죠. 기억나는 거 있으면 뭐든지 말해 봐요."

"특별히 기억나는 게 없는데……. 아, 출발하기 전에 안민호 형사가 누군가와 통화는 것 같았어요. 그 외에 별다른 건 없었어요. 맞다. 남시보 순경과 같이 왔을 때 여남구 씨 어머님 얘기를 해 줬어요. 아시죠?"

"네. 돌아가셨다고……."

"그날 남시보 순경은 바로 가 보자고 했는데, 안민호 형사가 다음 날 일찍 가자며 말렸던 것으로 기억해요. 그럼 설마……."

"이 음성도 들어 보시죠. 그럼 확실히 누구인지 아실 겁니다."
김승철 경감은 또 다른 음성 파일을 재생했다.

"박민희 형사입니다."
"민우직 팀장 계십니까?"

음성이 변조된 굵고 탁한 남자 음성이었다.

"안 계시는데 누구시죠?"
"김승철 경감입니다."
"아! 네, 안녕하세요."

"이 목소리는 김 경감님 목소리가 아니지 않습니까?"
"음성 변조된 것을 복조해 보겠습니다. 들어 보세요."
김 경감은 변조되지 않은 원래 목소리로 음성을 재생했다.

"민우직 팀장이 연락이 안 돼서 말입니다."
"그러세요. 약속 장소에서 못 만나신 건가요?"
"아니요. 장소를 급히 변경해야 할 것 같아서 그럽니다. 그럼 민
팀장과 연락되면 이 번호로 연락 달라고 전해 줘요. 전화번호는
017-XXX-3987이에요."

"017-XXX-3987이요?"

"맞아요."

"알겠습니다. 그렇게 전달하겠습니다."

"이 목소리는……."

서 총경은 놀란 표정으로 김 경감을 바라봤다.

"이제 확실히 아시겠죠?"

"그러네요. 설마 했는데……."

"이제 가 보실까요?"

김 경감의 안내를 따라 서 총경과 윤 경위는 밖으로 나갔다.

"안 형사, 이곳이 맞아?"

"네. 박 형사가 알려 준 주소로 맞게 왔습니다."

허름한 건물에 여관 간판이 걸려 있는 3층짜리 건물 앞에서 안 경위와 최 경위는 안으로 들어가지 않고 머뭇거리며 대화를 나누고 있었다.

"여기는 또 뭐 하는 곳이야? 이런 곳이 여관이라고?"

"들어가 보시죠."

"그래, 들어가 보자고. 이런 곳에 본부를 새로 마련하신 건가?"

"여관 간판은 페이크인가 봅니다."

"그런가? 아무도 안 계십니까?"

최 경위가 안으로 들어서며 불러 봤지만 안내 데스크에는 아무도 없었다. 안 경위는 위층을 가리키며 말했다.

"2층인가 봅니다. 올라가 보시죠."

최 경위는 주위를 둘러보며 2층으로 연결된 계단에 올랐다. 안 경위도 최 경위의 뒤를 따라 올라갔다. 2층에는 복도를 따라 양쪽으로 객실들이 있었다.

"도대체 여긴 뭐야? 정말 여관이야?"

"그런가 봅니다. 최 형사님, 휴대폰 좀 빌려주십시오."

"내 휴대폰은 왜?"

"검사님께 전화를 해 보려는데 제 휴대폰은 방전이 됐지 뭡니까."

"그래, 여기."

안 경위는 최 경위의 휴대폰을 받으며 어딘가로 손을 가리켰다.

"어, 저기 문이 열려 있습니다."

"그러네. 저기로 가 보자고."

문이 열려 있는 객실로 최 경위가 앞서 걸어가며 말했다.

"여보세요. 아무도 안 계십니까?"

문 앞에 서서 잠시 안을 살피던 그때, 갑자기 안 경위가 최 경위를 객실 안으로 밀어 넣었다.

"뭐야!"

"죄송합니다, 최 형사님."

"안 형사! 뭐 하는 거야? 장난치지 말고 문 열어."

최 경위가 문손잡이를 잡고 이리저리 돌려 보아도 문은 열리지 않았다.

"여기 문이 왜 이래? 밖에서 잠근 거야? 뭐야? 안 형사! 안 형사!"

"잠깐 여기에 계십시오. 금방 끝납니다."

최 경위는 문을 세차게 두드리며 소리쳤다.

"야! 안 형사, 너 뭐야? 이게 뭐 하는 짓이냐고? 당장 열어! 열라고!"

《2권에서 계속》

시체를 보는 사나이 3부. 다크킹덤 ①

2022년 12월 22일 초판 1쇄 발행

지은이 공한K
펴낸이 박시형, 최세현

책임편집 김명래 **디자인** 정아연 **교정교열** 전해림
마케팅 권금숙, 양근모, 양봉호, 이주형 **온라인마케팅** 신하은, 정문희, 현나래
디지털콘텐츠 김명래, 최은정, 김혜정 **해외기획** 우정민, 배혜림
경영지원 홍성택, 이진영, 김현우, 강신우
펴낸곳 팩토리나인 **출판신고** 2006년 9월 25일 제406-2006-000210호
주소 서울시 마포구 월드컵북로 396 누리꿈스퀘어 비즈니스타워 18층
전화 02-6712-9800 **팩스** 02-6712-9810 **이메일** info@smpk.kr

쌤앤파커스(Sam&Parkers)는 독자 여러분의 책에 관한 아이디어와 원고 투고를 설레는 마음으로 기다리
고 있습니다. 책으로 엮기를 원하는 아이디어가 있으신 분은 이메일 book@smpk.kr로 간단한 개요와 취
지, 연락처 등을 보내주세요. 머뭇거리지 말고 문을 두드리세요. 길이 열립니다.